中国古典文学名着丛书

黄绣球

糊涂世界

颐琐 著
吴趼人 著

黑龙江出版集团
黑龙江美术出版社

中国古典文学名著丛书

出品人：
李久军

编辑委员会（按姓氏笔画）：
于晓北　于茂昌　李正刚　衣国强　陈　澈
步庆权　金海滨　林洪海　赵云长　梁　昌

责任编辑：
陈颖杰　于　澜

藏

书

票

装帧设计：
滕文静

编　　务：
于　澜

电脑制作：
杨　鑫　郭志芹　李　莹

出版者说

清末，文学界三大革命运动之一的“小说界革命”，把原本处于社会文学结构边缘的小说一下子推到了中心地位，使历来被视为“小道”“闲书”，只流行于俗的小说变成了“有识者”即社会精英阶层用来唤醒民众、开启民智的工具和揭露丑恶、抨击时弊的武器。

在这样的潮流中，“谴责小说”逢社会变革之机、乘“小说界革命”之风、承“讽刺小说”之绪应运而生，异军突起。对于在“小说界革命”浪潮中对现实的批判力最强烈、对社会的影响力最巨大的“谴责小说”，鲁迅先生在《中国小说史略》一书中曾指出，由于腐败的清政府“屡挫于外敌”，有识者奋起“呼维新与爱国”，“群乃知政府不足与图治,顿有掊击之意矣”，“其在小说，则揭发伏藏，显其弊恶，而于时政，严加纠弹，或更扩充，并及风俗”。不难看出，“谴责小说”从它出现的那一刻起就与社会上救亡图存、改良图治的浪潮息息相关，与政治结下不解之缘，而干预现实的战斗姿态和批判现实的思想锋芒，就是它鲜明的时代特征；其次，“谴责小说”的多数作品所谴责、抨击的对象，不是个别的社会领域、社会现象及个别的贪腐人物，而是包括了整个政府和政治体制的各个社会层面，其广泛性、尖锐性和深刻性是史无前例的；还有，“谴责小说”的作家多是有意识地以小说作为武器，对当时社会的罪恶和丑恶进行揭露、批判，可以毫不夸张地说，“谴责小说”集中出现的约十年间，是我国小说史上为数不多的，将小说的社会功能和作家的社会责任发挥到极致的时期。

当然，晚清“谴责小说”不可避免地存在着新旧交替时期复杂甚至矛盾的思想倾向，许多“谴责小说”作品存在着“辞气浮露，笔无藏锋”，媚俗浅薄，杂芜枝蔓等缺点；还有些作品粗糙草率，甚至有头无尾，这些都严重影响了作品的思想深度和艺术水准。

“谴责小说”的四部代表作《官场现形记》《二十年目睹之怪现状》《老残游记》和《孽海花》，已为人们所熟知。“中国古典文学名著丛书”曾将“四大谴责小说”和杰出的“讽刺小说”《儒林外史》一起作为“讽刺—谴责小说系列”推出，此次我们又将几部较有代表性和影响力的“谴责小说”呈献给读者。由于这几部作品的题材主要是对清末官场、官僚的腐朽罪恶和社会丑恶现象的“暴露”，我们姑且将其称为“谴责—暴露小说系列”。虽非十分贴切，却也差强人意。

《黄绣球》是一部传播新思想、塑造新人物、构拟理想化社会改革蓝图的小说。内容描写一个叫“自由村”的地方一位村妇黄绣球，受到启蒙主义新思想的熏陶、影响，勇敢战胜顽固保守势力的重重阻挠、迫害，由带头放缠足、破除迷信开始，把争取男女平权的运动从一村发展到一县，从兴教办学发展到成立义勇队、女军，甚至实现了地方“独立自治”。全书也对晚清社会衙门贿赂公行、豪绅包揽词讼，官吏因循奸狡、假借维新中饱私囊等丑恶行为进行了暴露、批判，抒发了作者立志改造旧中国的政治理想。

原书署“颐琐述，二我评”。有人疑“颐琐”或即为梁启超，无法定论。

《糊涂世界》这部小说是由若干独立的故事连缀而成，用写真纪实的手法，勾勒出一个鬼蜮横行的世界。作者把笔锋集中指向晚清官场，展现出从督抚大吏直至后补知县，无不贪渎昏聩、卖官鬻缺、偷天换日，寡廉鲜耻之极；同僚之间则是互相倾轧、翻云覆雨、尔虞我诈，手段无所不用；书中还刻画了城狐社鼠、三教九流诸辈种种夤缘苟且的卑污行径。

《糊涂世界》署“著者茧叟”，实即另一部著名谴责小说《二十年目睹之怪现状》的作者吴沃尧（趼人）。

总 目

·中·国·古·典·文·学·名·著·丛·书·

黄绣球

颐琐 著

黑龙江出版集团
黑龙江美术出版社

目　录

第一回
论房屋寓民族主义　叙天伦动巾帼感情

话说亚细亚洲东半部温带之中，有一处地方，叫做自由村。那村中聚族而居，人口比别的村庄多上几倍，却推姓黄的族分最大。村前村后，分枝布叶，大都是黄氏子孙。合村之中，物产丰盈，田地广阔。所出的人，不论男女，也都文文秀秀，因此享惯现成的福，极怕多事，一向与外村人不通往来。外村人羡慕他村上富饶，妒忌他村上安逸，晓得他一村人的脾气，就渐渐想出法子来联络，又渐渐拿起手段来欺侮，弄得自由村全无一点自由乐趣。这且不在话下，单表他村上有一人，名叫黄通理，此人约莫三十几岁，很出过几趟门，随处考察，觉得自家村上各种风物，无一不比外面强，却无一能及外面光彩，想来想去，不懂什么原故。要讲读书人少，眼见秀才举人比村上的狗子还多；要讲做官人少，眼见红顶子蓝顶子用巴斗箩担也就量不清、挑不完；要讲种田经商的人少，眼见佃户完粮，却为皇家一宗大大出息，生意买卖，差不多都是累万盈千。怎么问起来，总说是十室九空，只剩得一个外面子好看。乡绅不顾百姓，百姓抱怨乡绅，乡绅百姓又全与商家隔膜。读书先生除了想进学中举之外，一无念头，连自家门里的事都糊糊涂涂，甚至各种人的坏处，读书人无不兼而有之。真真应着俗语所说，关于天数。但是天数何尝就能弄到如此？总要出些人力斡旋，才可挽回造化。

黄通理正在自猜自解，忽然，他妻子出来说道："后边一带房屋，今年被风雨吹打，像要倾倒，官人要赶紧雇个匠人，修理修理。"黄通理听见此话，猛然用手掌在案上一拍，仰面向天大声叹息，喊道："是了！是了！"他妻子摸不着头脑，说："官人，这房子修不修在你，我不过讲一声，何必这般动怒。看来雇个匠人也花费有限，值得如此发急！我想，房子是世世代代要住的，总得图个结实坚固。倘然后边一倒，保不住牵连正房也要摇动。就说正房无碍，到底坍了一边，把一座整整齐齐的屋子变了破坏，成个什么样儿？"黄通理听到此处，益发凝思出神，说道："哦！哦！变了破坏，就不成样儿了。我想要成个样儿，索性一齐破坏了他，不是修饰修饰可以保得长住的。"原来，黄通理因为他心中的事，忽然触着了修理房屋的话，大有所悟，不觉心口自商，借题发泄。他妻子不明就里，只当他是不肯，同他呕气，便说："房屋应修的，自然要修，犯不着说些气话。嫌我多事不耐烦似的，是何苦呢？”通理扑嗤一笑，说：“你去吧，你的话不对我的意思，我的意思同你也说不上。”他妻子搭讪着走了开来。黄通理又自言自语、叽哩咕噜了好半会，才出至门外，将他那后边屋子仔细一瞧，又将他正房四面一看，负手而行。踱了几十百步，走进一家茶坊，泡了碗茶，兀是纳闷。

看官估量着他闷的是打房屋主意，或者是无钱修理了，做书的却不曾问得。只知黄通理当下坐在茶坊，所见吃茶的，大半是族中长幼，各人言谈，嘻嘻哈哈，全无一桩正事。问起农务，都说是要看年岁；问起生意，都说是不敷开销；问起男孩子们，说是还不曾上学；问起女孩子们，说是还不曾裹脚。七嘴八舌，听了半天，有的约了去吃酒，有的约了去吃乌烟，就陆续散完，日已沉西。黄通理想道：我们这村上的人，一个个如此模样，难怪风土人情如此颓败。算来这村上大半姓黄，虽说是年深日远，疏散无稽，毕竟田地都是姓黄的开辟，子孙都是姓黄的遗传，数千年繁衍至今，好容易成了这个村子，不讲替我那创造的始祖争些外面的好处，也须同心协力，做点气派出来。如今竟像我家房屋要倒的光景，岂不可惜？一个村子，分开来有几千百所房屋，合拢来却与一所房屋似的。正似我妻子所说的话，倒了一边，保不住要牵连摇动。房屋倒了，还要牵连，岂不是村上的风俗坏了一件，也牵连十件百件？人情坏了一个，也牵连十个百个？一而十，十而百，那就一齐败坏，不可收拾，实在可怕可恨。但是我一人所见如此，我们村上明白事理的，总该还寻得出几位，待我回家拣个日子，办两席水酒，请些人来商议商议。就拿我房屋倾欹，急须拆造的事，借为演说，想必有一二动听。一日，黄通理果然叫他妻子办了两席家常便饭，免不得肥鱼大肉，十分丰盛，请了些同族等辈。

大家一到，心里猜着：既不是有什么喜庆的事，必定他家又奉到官谕，要写什么捐，议什么社仓积谷，再不然，办警察、办团练这些事情，要大家商议。内中一人说：“这都不像，我家通理先生向来不管这些闲事。听见外头讲，今年村子上瘟疫很重，有几个人出头，要建斋打醮，做七七四十九天功德，莫非通理先生为了这个，要同我们商量？至于那地方官府的事，莫说通理不管，我们也大家不情愿——这无非把我们村上的钱，白白送与官府赚上腰包，我们还不如去养猫喂狗，倒有点用处呢！”说话之间，通理走了出来。先叙些浮文，都说：“今日有何事见谕？这般费心，却都来叨扰。”通理道：“自家人，说那儿话！连日只因舍下房屋今年被风吹雨打，有两间要像坍塌，心中烦闷，偶然想着诸位，邀过来谈谈。诸位赏光，菜是没有，这酒是可多喝几杯，我还有别话奉商呢。”当下各人坐定，有一位姓黄名禄的开口先说：“府上房子是多年老宅，如今若要修葺，却不宜轻举妄动。须得请个看阳宅的先生，拣个好日子，或是应该抽梁换柱，或是应该添瓦砌墙，倒也不轻容易。若还可以将就得过，不如雇两个瓦木匠，先用木架子支他几年，再用石灰砖瓦粉刷点，填补点，料也不妨。”又有一位姓黄名树的接口道：“我认识个瓦木作头，手艺很好，包工也很便宜，你老若是这么办法，我明日就荐他到府上来，叫他收拾收拾。”

这两位的话，入了黄通理的耳朵，好不中听。心下原想借着房子同他们说些整顿村俗的道理，他们先哓哓不休，反觉无从插口。转念听他们的言论口气，也都是一派倚赖性质，未必能干得甚事。且待我就他们的话打动一下，看是如何？便站起来，斟过一回酒，敬上一回菜，笑嬉嬉的说道：“我这房子年代太久，内中木料都已霉烂，若就外面支起一根木头，墙上加刷一层石灰，自然还可将就几年。但是我看这村上住的人家，大大小小，他那房子，有的已经支了木头，有的已经刷过石灰，又有的早经风水先生看了，只觉得总是东倒西歪，外面光华，内里枯朽。假如一年一年的，你家将就些，我家也将就些，只怕到后来一齐倒个干净，请风水都请不着，雇木匠却雇不来，岂不要大家露宿在地上吗？”几句话，说得合席好笑。就有人说：“通理先生，你这话呆了。从来只有水火之灾，遭个大劫，或者房屋一齐受累，那有好端端，便旧点破点，会一齐坍了的？这就过于多虑，虑的又不在理了！”黄通理道：“怎么不在理？不过我虑的是世界上的公理。须知那水火之灾，一半虽是人事不谨，还有一半天意在内。这大家住的房子，你连我的墙，我靠你的壁，你家将就支砌支砌，我家也将就支砌支砌，眼见得我们村上都是祖传的老宅子，也经过几番水火，加上年年的雨雪风霜，难道就这么支得过去？万一我家的倒了，连累你家，你家的倒了，连累他家，接二连三，岂不要倒个干净？”说至此，大家放下杯箸，说：“这般道来，莫非想把一村的房子都拆了重造吗？看你酒也喝得不多，全是说些醉话。正正经经，你那房子若是修，若是拆，我们总得来帮忙，不修不拆，也不必烦闷。人生在世，如白驹过隙，得了一天算一天。俗语说得好：前人栽树，后人乘凉。我们守着祖宗的遗产，过了一生。后来儿孙，自有儿孙之福。我们年纪已渐渐老了，讲不得德润身，还讲什么富润屋呢？”黄通理本来话犹未完，至此又被一番抢白，好气好笑。心知这一班人都会意不到我的宗旨，半晌沉思无语。只索叫妻子搬过饭来，让他们吃了好走。只白白厮混了一天功夫，听了些无味语言，看了些可憎面目。都怪自己没有眼识，当他们是明白事理的，不道也同茶坊里一班人物一样，这可就无法可想。于是胡乱的就让了饭，送了诸人出外。

他妻子见他十分懊闷，又方才他席上的话，也约略听见几句，猜着他嘴里讲的房子，心里头的意思却不是为房子发作。前日同他讲修理房子的时候，他说他的意思同我说不上，如今同人家也说不上，究竟葫芦里卖的甚药，倒要去问个明白。一面收叠碗盏，打扫厨房，把开水泡上一壶茶，走入里面房屋。黄通理却已蒙被睡了，到晚来饭都未吃。他妻子怕他是醉，也就不去惊扰，这晚一夕无话。

次日早起，黄通理坐在书房，他妻子梳洗已毕，搬了早饭过来，唤同他两个儿子一起来吃。大的儿子七岁，小的儿子五岁多。大儿子生得乖角文弱，小儿子生得英锐刚强。平常带着两个识识字，讲些蒙学教科书，也都有些领会。这日见他两个同吃早饭，问道："譬如这碗饭，弄了好些污秽在上面，便怎样法子？"大的说："用水漂洗漂洗，也就可吃了。"小的说："不然。这一碗饭有限，倘或那污秽洗不清楚，就要吃坏人，不如倾拨了，另换一碗。"又问："譬如一棵花，种在地上，花上爬了些蚂蚁，这便怎样？难道就把花掐了不成？"那大的说："这与花何害？只要将蚂蚁除去便是。"小的又说："不然。好好的一朵花，固然不能掐去。但是蚂蚁除了又有，就算这枝花上除去，他又爬到那枝花上去了，除之不尽，劳而无功，不如寻着蚂蚁的窠，或是搠了他的根，或是把种的花移种在好地上去，叫蚂蚁无从再爬，然后我们的花才能开得枝枝茂盛，年年发荣。"

黄通理听他小儿子的话，十分中意——不想这小小孩子，倒有这般见识！就趁势问他："你娘说，我家后边房屋像要倾倒下来，这是要修理呢，还是要拆掉了他？"两个儿子尚未回答，他妻子说："我正要问你，连日你为着房子的事，同发痴一般，昨日又与人家发了多少议论，到底在这房子上另有个什么用意？"黄通理道："不要忙，且听小孩子们讲讲。"他那小儿子就说："这个要看房子的大势，我就不知道了。"他妻子说："五岁的小孩子，晓得什么？你也去问他！"黄通理道："不要看轻了五岁孩子，他这要看大势的一句话，就是有道理。对你讲了吧，我实为我们村上的风俗人情，败坏到不成样子，名为自由村，自己村上的人全不知振作，反被外村人挟制，受外村人糟踏，想要恢复我这自由两字的权限，组织我自由两字的光彩，所以在这房子的事上，有多少寓意。"

他妻子不等说完，便道："原来如此！可不知世界上也有女子出来做事，替得男子分担责任的么？"黄通理一跃而起，说："怎么没有？"他妻子说："有就好了。"急忙收拾碗箸，撇着两个儿子，大踏步出至厨房，回到卧室，扑通将房门一关。他那七岁的大儿子随了出来，看他母亲关起房门，只道是与他父亲斗气，在房门外喊起来。毕竟他两口子不曾斗嘴，那里有什么气斗？却是房门关得蹊跷，做书的人也不觉替他小孩子着急，待我慢慢的弄个明白，下回交代，看官不要一同着急罢了。

第二回
譬触电激发思想　因看会疑扰病魔

上回说到黄通理的妻子进至卧室，凭空将房门关起，他那大儿子在房外喊起来，那时自有个所以然之故。如今，先要略叙黄通理妻子的出身事情。两头话不能并作一头说，只好把那所以然之故暂搁不题。却说这黄通理妻子，他娘家也是世代书香，从小儿就殁了父母，是他一个房分婶娘带了过去抚养，乳名叫做秀秋。后来做黄家的养媳，因为未曾圆房，当他是女儿看待，家下人都称他为黄小姐，至今谈的人，就反把他家娘的姓一时忘了，这也无关紧要。

可怜这黄小姐从小没了父母，到他那婶娘身边，才两三岁。婶娘既不是嫡亲的，性情又不甚厚道，平时待这黄小姐，饥一顿，饱一顿，勉勉强强过了四岁，就当作丫鬟使用。到六七岁上，把一切粗重的事都逼着他做。夏天任他睡在蚊子堆里，冬天大冷天，也只给他一件破棉袄，冻的澌澌的抖，拖了鼻涕出来，还要打要骂。一年到头，疾病痛痒，更是毫不相关。却有一件：天天那双脚是要亲手替他裹的，裹起来使着手劲，不顾死活，弄得血肉淋漓，哭声震地，无一天不为裹脚打个半死，有时他房分叔子听不过，说："你也耐耐性子，慢慢的与他收束。若是收束不紧，也就随便些。一定弄到哭喊连天，同杀猪一般，给左邻右舍听见，还道是凌虐他，是何苦呢。"他婶娘道："这女孩子们的事，用不着你男子汉管。原为他是个没娘的孩子，将来走到人面前，一双蒲鞋头的大脚，怎样见人？偏生他这撒娇撒泼的脾气，一点儿疼都忍不住，手还不曾碰到他的脚，他先眼泪簌漉漉的下来，支开嘴就哭，叫人可恨！恨他不是我养的，要是我养的女儿，依我性子，早就打死了！不然，也要捶断他的脚跟，撕掉他几个脚趾头！若是左邻右舍说我凌虐他，请问那个邻居家的堂客们不是小脚？脚不是裹小的，谁又是天生成的呢？如今我不替他裹也使得，日后说起婆婆家来，却要说我婶娘。既然抚养了他，不讲什么描龙刺凤的事，不去教导他，也还罢了，怎么连这双脚都不问信？如此传出去，不但我受了冤枉，只怕人家打听打听，无人肯要，倒耽误了这孩子的终身，对不住他那死过的爹娘。再说大脚嫁不出去，你就养他一世不成？看你有饭还怕吃不完呢！"絮絮叨叨，一面说，一面更咬紧牙关，死命的裹。

黄小姐那时虽然年纪小，听了他婶娘这一番话，晓得他的利害，也就死命熬住了疼，把眼泪望肚里淌。以后，一天一天的都是如此。那年他婶娘的儿子开蒙，在村上一个村馆里上学，就叫黄小姐每日挟了书包送他进馆。上午送中饭，下午领回来，一日三趟，都是黄小姐奔跑。他那儿子顽劣异常，若是这三趟之中在路上跌了，或是有什么惊吓，这就是黄小姐晦气——总说是欺侮了他，作弄了他，不是臭骂，便是毒打。试想黄小姐一双半烂不断小脚，年纪又同他婶娘的儿子差不多，怎样追随得上，照应得来？常常就暗中饮泣，说："我与他是一家人，不过他有父母，我无父母。我既做了他的女跟班，还要吃多少冤枉苦，真真女孩子不是人！可惜我是女孩子，要也是男孩子，虽然也同今日一般的苦命，定归趁着去学堂的时候，背地里要问问先生，多识几个字，等到大来，也好自寻饭吃。别的不讲，先不先这双脚，那怕生个疔、害个疮，也不会这般的痛楚。"

光阴似箭，日月如梭，看看又是年把工夫，黄小姐已经九岁望十岁了。在那婶娘手下受的磨折，吃的苦恼，也言之不尽。十岁上发了一身痧子，又出了天花，这两桩都是小孩子要紧的事，随便什么贫苦人家，他女儿遇了这个当口，总得要调护着些。那天花又是险症，没有不请个小儿科，吃副把药，避几天风，还要忌生人往来。落在富贵之家，更不消说，当那天花将发未发之前，就连那吃的发物，如雄鸡、鲫鱼、蘑菇之类，也要花上多少钱。那时黄小姐不讲这个，简直比贫苦人的女儿还不如，他婶娘就不曾问过信。也是黄小姐的天命，日后要从那黄家做出些烈烈轰轰的事，于这自由村上大有关系，所以他这两桩病轻轻发过了，连自己都不知不觉，这是后话，慢表。

自从这年之后，他婶娘却已亡故，就有黄通理家领了去做养媳妇儿。那时黄通理也是寻常一个小孩子，并无姊妹弟兄。过了几年，圆了房，一直跟着黄通理，也不过会些寻常操作，安安稳稳的做个妇道人家。平时只听得人说什么三从四德，自家想：那四德的"德""容"两字是说不上，"言"字不懂是怎样讲。若说是能言舌辩，只怕是男子的事，不应该妇女上前。至于那"功"字，又件件不曾学得。在家从父，我从小又是没父母的人，如今只索从了丈夫，日后从了儿子，就完了。但不知自古以来，男女是一样的人，怎么做了个女人，就连头都不好伸一伸，腰都不许直一直？脚是吃尽了苦，一定要裹得小小的。终身终世，除了生男育女，只许吃着现成饭，大不了做点针黹，织点机，洗洗衣裳，烧烧饭，此外，天大的事都不能管。像我是细巧事不会，相貌又不好，幸亏丈夫还体谅我从小儿在婶娘身边，失了教导，一切不与我计较。只可惜我苦命，投生了女人，终久不能显亲扬名，不能帮着丈夫在外面干些正事，只好闷在大门里头，有话也不敢说。几时世界上女人也同男人一般，能够出出面，做做事情，就好了。这是黄小姐一向怀着的鬼胎，不过有此思想，并未有何事触激他的脑筋，晓得世界上的男女，本来各有天赋之权，可以各做各事，所以他这思想，还是从小时候受他婶娘的苦处，自怨自恨而来，并不知女子本有女子的责任，不应放弃的道理。因此上跟了黄通理十几年，习惯自然。这种思想也渐渐的忘了。却是他这思想譬如一件东西，含有电质在内，浑浑融融，初无表见，碰着了引电之物，将那电气一触，不由的便有电光闪出，可以烧着了衣服，毁穿了房子，其势猛不可遏，猝不及防。电气含得愈多，发作得愈烈愈大。

当日他听黄通理的话，无意中问了一句："可不知世界上也有女子出来做事，替得男子分担责任的么？"黄通理却一跃而起，说："怎么没有！"就如触动了他的电气，把他那一向所有、十几年渐渐忘了的思想，顷刻间兜上心来，故接着只说得"有就好了"四字，翻身就走，不暇往下再问。他这"有就好了"四字之中，有多少欢喜美满的情景，有无限恍悟决断的精神。在他自己，亦莫知其所以然。一念之间，想道：要做事，先要能走路；要走路，先要放掉了这双臭脚。如今这脚底下缠了几十层的布条，垫了两三寸的木头，慢说要与男子一同做事，就是走路，也不能同男子大摇大摆，这便如何使得？所以，就急忙忙关起房门，要去放那双脚。这个原故，也交代出了。

却说当时他只趁一时之性，原不曾计及女人的脚是能放不能放，放了能走不能走？等他那儿子在门外乱敲乱喊，他反狐疑起来，说只怕要去问问他老子，于是重新开出房门，搀着他大儿子，又到了书房。只见黄通理与他小儿子坐在那里，对着一个地球仪，指手画脚的说，他那大儿子也就挤上去看。黄通理便对他妻子道："你去吧，你一个女流之辈，不要在这里搅扰，让我同两个孩子讲些学问。"他妻子道："方才我不是问过你，说女子也可以出来做事。既是可做事，也就可以谈谈学问。虽然我年纪大了，究竟比你小得多，你同孩子们讲的，不信我就懂不得。向来我只道是女子不能同男子一样做事，故此十几年来，只还我的女子本分。如今想要在本分之外，再做些事业，也好帮着你教教两个儿子。"黄通理听了，喜不可支，便问："你若要做事，却先做那一桩？"他妻子说："只要是地球上体面的事，一件一件的都要做出来。"

黄通理不觉笑道："我们这村上，不过是地球上万万分的一分子，我是个男人，要从这万万分的一分子寻个做事的方针，还无可下手，你一个女子，小脚伶仃的，就算能做事，应着俗语所说'帮夫教子'，也不过尽你一人的愚心，成了我一家的私业，好容易说到地球上的体面！你看这地球仪上，画的五洲形势，其中经纬度数，面积方里，盛衰沿革，野蛮文明，许多有学问的专门名家，都考究不尽。单讲那地球上地理科学的范围，有关于地球表面之天文地质等事，有关于地球上政治生业等事，宏纲细目，除非像孩子们，六七岁时就研究起来，动得他的观念，发达他的心思，然后他们好各就其材力性质，做得地球上一两件的事。但是地球上的地理学，是先从自己的知识扩充——由自己所住一乡一里的知识，扩而至于外乡外里，由外乡外里的知识，又扩而至于我的国度；由我的国度，扩而至于别的国度，然后能就全地球的事，考究得失，做他出来。不是什么读书的只为取功名，种田的只为收租税，做生意的只为赚铜钱，就叫做做事了。”

他妻子接道：“这样说，做女人的也不是只为梳头裹脚，做活计，是明明白白的了，怎见得我就不能扩充知识？只要你有什么知识，换与我，我也慢慢的会有知识。再给两个孩子们开通些知识，这先就有了四个人了。从我们一家四个人，再慢慢的推到一个村上，那怕他风气不行？只有一句顶要紧的话问你：像我这一双受罪的脚，可以放得放不得？方才我倒要放他开来，又恐怕是放不得的，要问你一声。如今我是问过你，你说可放最好；你说不可放，我也一定放掉他，不能由你作主！”

黄通理又笑道：“放了这脚，却见你女子们开风气的第一着，怎么使不得？只怕放了倒不能走路，又不怕阖村的人笑你吗？”他妻子道：“亏你说出这句话！照你说，一个人站在地球上，不能做点事，不能成个人，才怕人笑话。这我放我的脚，与人什么相干？他来笑我，我不但不怕人笑，还要叫我们村上的女人将来一齐放掉了脚，才称我的心呢！至于走路一层，向来缠紧了几十层的布，垫了二三寸的高底，还要蹢蹢踱踱，一天走到晚。从前小时候，两只脚烂的出血，还跟着我那婶娘的儿子上学，一天走几趟呢。如今虽说是小的走惯了，一放开来，头两天不方便，到十几天后，自然如飞似跑的走给你看。”黄通理听了说：“看你不出，一直是个庸庸碌碌的，忽然发出这些思路，好极！好极！”

他妻子道：“从来说天下无难事，只怕有心人。你看我庸庸碌碌的，我将来把个村子做得同锦绣一般，叫那光彩激射出去，照到地球上，晓得我这村子，虽然是万万分的一分子，非同小可。日后地球上各处的地方，都要来学我的锦绣花样，我就把各式花样给与他们，绣成一个全地球，那时，我就不叫秀秋，叫绣球了。就说没有这个大势力，我却发了一个大誓愿，你瞧着罢！”黄通理又连说：“好极！好极！好极！从今以后，我便叫你做黄绣球，把这黄绣球三字当个记念，如何？”他二人说到此处，做书的又要交代一句：黄通理的妻子，以后就统名之曰“黄绣球”，看官却要分清眉目。

当时说话之间，黄绣球举目一看，不见了他两个儿子在旁，说道：“孩子们往那里去了？”原来，他两个儿子在他二人说话的当口，走出书房之外，听见外边人说街上有会，他弟兄两个就跑入会场顽耍。黄通理一听，果然不见他弟兄在面前，先出至屋内一寻，又走到大门外一寻，晓得有出会的事，一定去看会了，便进来对黄绣球道："你关上门，我去寻他们回来。"少顷，时已过午，黄绣球早把午饭端整，先自吃了。看看交到申牌时分，才见他父子回转。少不得黄通理要教训他孩子们一顿，正在发怒，只见黄绣球穿着他大儿子一双鞋，半旧不新，一跷一拐的，不觉笑道："你当真已经把脚放掉了？"黄绣球道："凡事说做就做，有什么不当真？听说外边的会一连要出三天，你不要骂孩子们，明天我且带了他们去看两天，练练脚劲。"黄通理道："这种事，迷信鬼神，伤风败俗，我们不能禁止，没的还叫孩子们去看。你一向不出大门，如今便说放开了脚，要练练脚劲，也没的要去看会的道理。若讲女人放掉了脚，今天去看会，明天去看戏，就使不得。与你那说的话，发的誓愿，就成了一个大反对，还说什么绣那地球上的新花样，只怕村上的新鲜话把先让你绣出来了。"黄绣球也不搭白，仍旧一跷一拐的走了开去。这里，黄通理又把些教训孩子的话讲了好半天，回至内室，大家都不谈起，正是一说不休，说过便了的常事。

不意这晚黄绣球安睡之后，就得了一个病：浑身发热，如火炉一般，昏昏沉沉的，人事不知。好奇呀！此病从何而来？看官且胡乱的猜上一猜，猜不着的，等做书的下回再说。

第三回
梦中授读英雄传　天外飞来缧绁灾

上回说黄绣球无端得病，便昏昏沉沉的人事不知，怕不是着了邪魔，一定中了时疫，却原来都不相干。那天，黄绣球说要带儿子去看会，被黄通理责备几句，不曾搭白，他那心中就另有一番盘算，想道：脚是放掉了，究竟放掉了脚之后做点什么事情，自己也没有捉摸。一来虽是粗粗的识几个字，总是不曾读书；二来实实在在自从进了黄家大门，守着妇女不出闺门之训，一步不敢胡行乱走，大门外东西南北的方向还辨不清楚。起先原想借看会，到外面游览一周，拼着两天功夫，到底看看我们村上是那样风景，有多少山，有多少水，有多少田亩，大略有多少人家，望那一条路去通着那里，见那一边要道接着这边，再问问一年四季出的是那些物产。转念一想：出得门去，一个人不认识；认识的，又无从讲到这些。并且自己不会写字，就耳有所闻，目有所见，也记不清许多。两个孩子又小，不能帮忙，难道出去两天，当真去白白的看会，惹人笑话？再说，这事也不是两天弄得清的。这般那般，嘴里不说，心里是翻来覆去，想不出一个法子，好不烦躁，不觉的他那热血膨胀，激动了心火，一时上升，渐渐的浑身发烧，沉思久倦，便脱衣而睡。

朦胧间走到不知什么所在，抬头看见一所高大牌坊，牌坊顶上，站着一位女子，身上穿的衣服，像戏上扮的杨贵妃，一派古装，却纯是雪雪白的，裙子拖得甚长，脸也不像是本地方人，且又不像是如今世上的人。正在疑讶，那女子却招手叫他上去。恍恍惚惚的，也就同他站到一起。这女子自说名字叫做玛利侬，姓的是非立般。黄绣球一想，世上那有这六七个字的名姓？当时听得不懂，说："我只姓一个字，叫做黄；名字叫绣球，是这村上本地人氏。你奶奶是从何方来的？"这女子说："你姓黄，是黄家的人。可晓得我是白家的人？"黄绣球听他问得鹘突，说："想必是嫁的姓白的了？"这女子不答，随手在身边摸出几本小书册子，指与黄绣球看，上面弯弯曲曲，横横斜斜，画得一排一排的，并不见有一个字。便问："这画的何物？怎么没有字迹？看他何用？"这女子又从新拿出一本书来，上面却有三个大字，黄绣球只认得一个，说："当中不见一个雌雄的雄字吗？"这女子道："是呀。你既知道有雌雄之义，雌雄是就禽鸟讲的，怎么历来的人，都把男子比作雄，女子比作雌，说是女子只可雌伏，男子才可雄飞，这句话我却不信，人那能比得禽鸟？男人女人，又都一样的有四肢五官，一样的是穿衣吃饭，一样是国家百姓，何处有个偏枯？偏偏自古以来，做女子的自己就甘心情愿，雌伏一世；稍为发扬点的，人就说他发雌威，骂他雌老虎。一班发雌威、做雌老虎的女子，也一味只晓得瞎吵瞎闹，为钱财斗气，与妾妇争风，落得个悍妒之名，同那粗鲁野蛮的男子一样，可就怪不得要受些压制，永远雌伏，不得出头了。"

数语打上了黄绣球的心坎，甚为欢喜，说："奶奶怎么就是神仙，知道我的心事？你便不是神仙，也真真是我的知己。我有些话与你意见相同，不嫌唐突，我便说了。"那女子笑道："我何尝是个神仙？既承你引为知己，有话请讲。若是其中有什么委曲难解的事，或者还可细细的商量。"黄绣球听了，更加高兴，就把他怎样怎样的话，前前后后述了一遍。这女子听完了，默不作声。半晌，说道："这是你黄姓村上的事，自然你姓黄的人关心切己，与我白家无涉。你黄家果然像你做得出点儿事，岂不叫我白家减色？我白家人也不少，向来男男女女到你们贵村上来的很多，想是你不出大门，不曾看见过。来者无非总在贵村上，把你们的花样搁在一边，另外翻点花样，沾些光去。近来你们的花样霉的霉，烂的烂，原来都是纸糊的，就如女

工一般，只好描描，不能上得绷架子，动针动线，那里还能够用锦绣铺起绒来，平起金来，洒起什么花来？”话犹未了，这里黄绣球兀自想着说：“这人的话好不蹊跷！听他的口气，不但请教不出他什么主意，怕他把我的事，还要告诉他白家人，来拆我场子，我倒上了他老大的当！”那心中一时万分急躁，所以他形神离合之间，神魂忽然一躁，形体也就忽然一热。

话休烦絮。且说那女子话犹未了，只见黄绣球呆呆的不曾理会他，猜着他心中不服，倒真是一个立志自强的女子，便拍一拍黄绣球的肩说：“闲话少谈，你方才见的那三个大字的书，与几本小册子，我都送了你吧。”黄绣球说：“你送我无用，我连三个大字都识不完，其中的文理，同那小册子上弯弯曲曲的一式，更不解何物。你若不弃，何妨讲给我听听，再让我带回家去，请教别人。”那女子道：“这三个大字的书，书面上是中国字，从我们那边翻译出来的。三个字叫做‘英雄传’。做这传的人，生在罗马国，把他本国的人同以前希腊国的人，各拣了二十五位，都是大军人，大政治家，大立法家，一抵一个的两相比较。我自十岁上，就很爱看这个传。后来，听说有两位著名将相，一个叫俾士麦，读此传最熟；一个拿破仑，至终身未尝释手。这些小册子，却是我自己从前做的，你看这两书里面都是弯弯曲曲画的，委实就是我们的字，也难怪你不识。如今，我且略略的与你讲些。”就讲了好大一会。黄绣球竟不觉的十分解悟，模模糊糊，像是那弯弯曲曲画的，都变了字；又像这些字都认惯的，一目十行而下，不多几刻，便把两种书中的大概都记着了。停了一停，再抬头看时，像又不是那个女子，向着黄绣球说道：“这两种书你看了，虽通知大意，但还不是你的学问程度。”就另外取出一本书来，薄薄的不过二三十张，却全是中国字，指着说道：“这是教育上讲求地理的教授法子，怎样晓得地理上的生物，怎样晓得地理上的人种，又怎样晓得所居的地理，推而至于各处的地理，包括一切。照此一本书求之，无所不有。譬如由你村上的日用常品，考求制造工艺的好歹；由你村上的市面，考求远方贸易的利益；由你村上的儒释道三教，考求各处的非儒非释非道的宗派；看了此书，就有个着手。”

黄绣球一面听，一面看，一面心中想起黄通理同两个儿子，说：“可惜他们没有同来，不然倒好大家听听。我且记住了这个有牌坊的地方，回去同丈夫说知，一同再来。但此女子是外方人口音打扮，不知是一向住在村上的呢，还是路过的？须问明白了。”正想着，忽见那女子拖着一条白裙，远远的像在云端里去了，须臾，连牌坊也就不见。心中又想道：只难道是白衣观音吗？我向来也不曾相信菩萨，奉个观音斋，怎么他会来点化我？不去管他，我取了这几本书，快点回去罢。一转身，听见人问他说：“你怎样了？”原来其时天已黎明，黄绣球身热已退。黄通理看他一夜睡得昏昏沉沉，至此才翻转身来，故而问他怎样。黄绣球听见，说："我并不怎样，我都领会得，谢谢你，我去了。"黄通理晓得他是梦话，拍醒了他。黄绣球一看，才也自家晓得是梦。略安息了一回，便照常起身。梦中的事，居然记得碧清，顿然脑识大开。比不到什么抽换肠胃，纳入聪明智慧的那些无稽之谈，却是因感生梦，因梦生悟，把那梦中女子所讲的书，开了思路，得着头绪，真如经过仙佛点化似的，豁然贯通。

当日早晨，因着别的事，未及谈此梦境，后来想起：现在村上从未听见有姓白的人家，什么有个白家古坟，今天原说去看会，不管识路不识路，一定同两个儿子出去，打听打听。主意想定，这日果然趁着黄通理不知，搀了两个儿子，向门外一跑。只是那双脚到底新放开来，跑不上去，反惹得街上人家见了惊奇动怪，一齐哄上来看。有些邻舍妇女与黄绣球认识的，还只当他做了带发修行的尼姑，个个诧异，都来动问，那时反把黄绣球挤住去路，大不耐烦。脚又实在还不能走，就搀了他儿子回转。一班人跟在后头，此说彼猜，纷纷议论，一直跟到黄绣球家门口。男的散了一半，一半还立在门外，等听新闻；那些女的，就跟进大门内，有看的，有问的，黄绣球却不慌不忙，对着众人说道："大众不是为我这双脚的希罕吗？其中却有些希罕的事情，今日我来不及说，明天让我出空一间屋子，请诸位过来坐着，细细的告诉你们，你们一定喜欢听的。"

那时，黄通理见黄绣球惹出这件事回家，颇为着急，不想黄绣球如此机变，一时就打发开去。到了第二天，老清早的就有人在门前探问，随后陆续而来。刚过早饭时候，已经挤满屋子，都要听这希罕奇闻。黄绣球是预先准备，连黄通理也不知他腹中如何打的草稿。这一天见来的很是不少，黄通理更代为踌躇，怕的越来越多，容不下去，而且难免有趁火打劫、顺手牵羊的事。只听见黄绣球又对着众人道："我这屋子不宽，这希罕机密的事，又不便给男人们听着，各位姊姊嫂嫂，快请进来，暂吃杯茶，等我把大门关一关再说。"那时有的要回去有事，有的带了小孩子不安顿，也就散去几个，还剩得十几个，却与黄绣球家是相识，就不客气，穿房入房的，各自坐下。有的先去扯着黄通理问到底怎样，黄通理陪笑不答。不一时，黄绣球邀齐了这十几位，坐在屋子内，同他们讲论一番，前前后后，细细到到，把他发心放脚的原故，与那妇道家也好讲学问做事业的情理，又说起他所做的梦来。众人听着，都诧为奇闻，面面相觑，有的笑着，有的听了出神。

黄绣球只是侃侃而谈，全不像他平时的性质。黄通理在旁却暗暗称异，说："怎么他竟变了一个人？这些话竟讲得淋漓透澈。若是我家设一个讲坛，开一个演说会，请他演说演说，倒是一位好手。恐怕当日那位广东薛锦琴女史，也不过如此。但是大凡的女豪杰、女志士，总读过书，有点实在学问，游历些文明之地，才能做得到。如今他却像是别有天授的，便这般开通发达，真令人莫测。”再听时，黄绣球正在那里问什么牌坊，什么姓白的人家，众人都说不知。黄通理便问：“这是你前日梦中的事吗？你再讲一遍我听听。”于是，又述了一遍。黄通理就明白了，说：“这且不忙，此时你看天已过午，大家既晓得你这放脚的事，也该歇息，料理午饭，请各位嫂子们用过饭去。”大家听得希奇，正自忘记了，一句话提醒，大家才觉得是有些饿，就各自告辞。有两位托熟的，就留住吃饭，不题。

且说那出去的几位妇女，把所听的话传扬出来，无不当做一件奇闻，说是一桩怪事。从此，黄绣球家天天有人来看，黄绣球就也天天对他们讲那些话。一班男子们也天天有人来与黄通理谈论，人多口杂，不去记他。只有些人说黄通理治家不严，任听妻子装妖作怪，弄出些新鲜事来，或又说不是黄通理不好，都是他要修什么房子，乱动了土，拆了木头，冲撞了太岁，所以惹出些狐鬼，附着他夫妻，颠颠倒倒，弄些笑话。这还不打紧，若是传到官府耳朵里，说是女扮男装，照起律例来，一定要拿办的。他们左邻右舍，当是好顽意儿，不去规劝些，赶紧叫他敛迹，等到拿起来，就是一个扶同隐匿的罪名，干连互坐，可不冤枉杀了。街谈巷议，这么三长两短的，起先当作奇闻，后来都当作一件大事，奔走相告。黄通理晓得辩驳不清，就嘱咐黄绣球且在家内多看看书，多养养知识，暂时不要出头露面，与人家谈说。慢慢的走下来，遇着一两个闺房同志，或是我遇着了一两个同志人，再看事行事，推广开来，就不至大惊小怪的了。

如此歇了好几日，黄绣球与黄通理事过境迁，已不在心上。黄通理将黄绣球的梦推详了，已解说与他听过，说：“这是法国的罗兰夫人，在一百数十年前时候。”黄绣球问：“他说的姓，明明是三个字的非立般，并不姓罗；又说是白家的人。”黄通理道：“他二十五岁上嫁了一个姓福拉底，名字叫罗兰的，后人都称他为罗兰夫人。至于那白家两个字，这是句寓意的话。当今地球上的人，共分五种。五种有五种的面色，一种黄，一种白，那三种是棕色、黑色、红色。这五种是通行之称，其实不过是黄白两种为大族。凡外国人，如英、法、美、德、俄罗斯，以及荷兰、瑞典、意大利、西班牙各国，都是白种；像我们村上的人，都是黄种。白种的人在欧罗巴洲，黄种的人在亚细亚洲，这是有书可以考求的，且不必说。向来只说白种人的文明，一切学问事业，都是他们白种的好。我们黄种的人，无不落后。所以你的意思在梦中说给那罗兰夫人听了，夫人料着你是黄种的微弱女子，怎样能做事，替黄种生色？什么白家不白家，就是指着他们种类而言，奚落你的。但是这罗兰夫人生平最爱讲平等、自由的道理，故此游行到我们自由村，恰遇着你一时发的理想，感动他的爱情，遂将他生平的宗旨学问，在梦中指授了你。我自此多买些有用的书回来，同你研究研究，你的知识作用，将来虽不必处那罗兰夫人的境地，不必学那夫人的激烈，自然也非同小可，眼前万不可着急。天下事只怕无人发起，所以前几天我独自忧虑，想要谋之于人，而今忽然得了你这样的猛进，叫我也退避三舍，这个幸福，是万万意想不到。既然得了你，这事就有了发起的原因，逐渐的造因，逐渐的结果，断非一时能因果并成的。又比如你是器物的原质，要一一化分出来，也不是一日之功。你道这话如何？”黄绣球又道：“我梦中像另有一个人给我一本书，是教育上的教授法子，我都还记得，只不知是何书名。如今最要紧你那句话，多买些书看看，趁着外边来问我放脚的机会，好同他们谈谈，引些同志的来，叫他们开开知识，自然也不会大惊小怪的了。”

话分两头，这里黄通理与黄绣球自在家中谈论，那外边传出来的谣言，却也纷纷未息。每日里都还有几起人到黄通理处探访，只是看不出什么动静。不过总疑心黄绣球的脚放得稀奇，黄绣球的话说得别致，谣言百出，果然就有黄氏族中多事之人，传到官府里去，说黄通理的妻子黄绣球行为诡秘，妖言惑众，派了差役来拿。恰值黄通理不在家，不问皂白，就将黄绣球带去，发与官媒看管。一二十天来，黄通理本不曾预备竟有此一着，临时才在外听见风声，事已不及。后事如何，下回交代。

第四回 借风使篷图得幸福 随案了事买到便宜

上回说黄绣球被拿到官，黄通理闻风而回。自想：这件事真出于意外，必须自家投到，申诉明白，不能平白地叫妻子妄受诬辱。急忙写好一张诉呈，把家中托了一个可靠的人，看顾门户，又接了一位上年纪的奶奶们，照应孩子。不及吃饭，走到衙前，照着衙门口的规矩，要递上那张呈子。衙门口的人说：“这事本官尚未过堂，等过堂时，少不得妇女犯法，罪坐家长，自然要补提的，你且在外静候。如今递上这张呈子去，虽说是自行投到，本官收了呈子，未必就批，批了未必就问，说不定也要管押几天。这就你们两口子，一同缚住了身体，外面打点不来，家中更要着急。你老是漂亮的，只要留着人在外面打点得光，不说你这张呈子简直的不必递，就是你令正，也安安稳稳的包管无事。我们晓得这件事并没有什么为非作歹的凭据，不过本官听着外面谣言，一时发作，料想不是大不了的。”

一席话，说得黄通理心下恍然，当下即邀了这衙门口的人到一间茶坊内，说道："我这件事全仰仗于你，怎样的先请你领我与妻子一见，让我安慰他一声。或是请你打个主意，先将他保释出来，再行候审。这其中的道理，请你讲一句，我总得尽个心意，不待商量的。"那人沉吟了一回，说："你老要去见你令正，却是容易，我先叫一个人去关照媒婆家，其中的事情，你都交给与我，只管放心。但是取保一层，现在不必。大约本官在这一两天内就要问的，我替你先在里面打通门路，等到过堂时，说不定问一堂就可了结。万一本官断结不了，再取保不迟。你老既托了我，我必不误你的事。大家同是一村的人，话总好说，我不误你，你老自然心上明白。这时候你先回去一趟，我在此等你，你来了就可到媒婆家去看你令正，一切都极容易办的。"

黄通理想着他叫我回去一趟的意思，心上一拎，在身边暗暗的一摸，恰好带着两张钱票子，数虽不多，眼前尽可点缀，便笑说："诸事关爱，承情之至。"又凑着他的手臂低声说道："这里有个小小的敬意，请你先收着，我们到一家去拣个座儿，喝盅酒，随意吃几样菜，当了晚餐，再请你着人领我到妻子那边去。此时我不须回家，等见过我妻子之后，明日大早仍旧在那茶坊内候教，还要多多补情。最好拜烦你想个什么法子，请本官早些审结了，可就格外感激。"那人听话时，已看过钱票，约莫也在个谱子上，就也陪笑答道："今日不必客气，我还有点公事，不能奉扰。此去路不甚远，就是媒婆家，我顺便同你一行，有话准定明早再谈。"黄通理说："这就费心了，何妨先叙一叙。"

谦逊之间，那人已起身欲行，黄通理随之于后。不到几百步路，那人望一家大门敲了一下，内中出来一个中年妇人，胖胖的身躯，努睛露齿，脸上拍着些粉，通红的两个颧骨，迎面笑道："我道是谁，原来是张先生呀！今天有什么要紧公干，张先生亲自上门？快请屋子里坐。"那人说："不坐了，今天是顺便陪着这位黄通理先生来的。"就挤眉挤眼，站在门口与那妇女谈了几句。那妇女点头不迭，便说："我指着黄先生进去，你老还是坐一坐罢。"那人说"我是不坐"，又与黄通理讲了个"明日再会"，扬长而去。

这里黄通理知道此妇就是媒婆，依着他所指，走入一间小房，黑漆漆的伸手不见五指，一脚踏下去，七高八低，都是泥土。房中像有两三个人，那时天色近晚，更看不清。只听见那媒婆已到房外喊道："黄奶奶，你家有人来看你，请出来在外面谈吧！"黄通理知道关节已到，招呼不同，便也说道："黄绣球，你在那里？与我到外面来。"于是跨出这小房的门，才见黄绣球手上带了铐。出来之后，那妇女另外引到一间，却已点了盏灯，有几付床板，几张凳子，并上前替黄绣球开去手铐，说："你俩稍谈几句，今晚就请黄奶奶住在这间房里了。”黄通理少不得也敷衍他一两句话。灯光之下，见那黄绣球的面色虽然黑暗了些，还不十分消削，便将日间的事，一一说知。

黄绣球道：“我本不着急，等到堂讯，我已打好主意，自有话说。如今既这么着，更自宽心。你今晚回家，看着孩子们，这等事，想来经历点也壮壮胆识。等经过了，弄明白了，倒反好出手做事，免得人家惊疑骇怪，一世不得出头。所谓打个霹雳，雨霁云开，自然天也清朗，这种霹雳是没有什么可怕的。但是……”说到此处，就附近黄通理的耳朵言道：“衙门口人欲壑难填。也不好太懦弱了，尽着他们的口胃，他们得着口胃，就咽不满的馋涎了。”黄通理说：“这个晓得。”又略说几句话，便回头走出，与那媒婆招呼了些，直奔回家，料理家事。这里，黄绣球也移在那有板铺的房内，散散的过了一宵，这都慢表。

却说那张先生，是衙门里的刑书头脑，最有声势。昨日黄通理恰遇着了他，他也晓得黄通理是地方上一个正经住家的，家道还过得去，故而一见黄通理要递诉呈，就替他打算一番，札到点好处，果然把这事连夜的内外安排，定于明日提审，这是书吏的一般长技，毫不为难。

到第二天，黄通理晓得衙门里上半天是三班六房都冷清清无人到的，就从家中径至所约的茶坊内等候。茶坊内的人，也都交头接耳，议论此事。就中一人，是前次黄通理请他吃饭、要荐水木作头的那个黄树，便问道：“前次你讲修房子的，我们看你就说的一派醉谈，怎么不多几日，你嫂子又疯疯颠颠的放掉了脚，跑到街上惹出祸来？可见当时那黄禄在席上说房子不可乱动，要看看风水的不错。难道你那房子已经拆动了吗？”黄通理听了尚未回答，只见那张先生手里拿着根湘妃梅绿竹杆子象牙嘴的长旱烟袋，眼睛上架着一付水晶老花眼镜，昂昂的过来，在黄通理桌上一坐，跑堂的加上一盆水，添上一个茶杯。将烟袋在地上一敲，装上一袋烟，问黄通理道：“吃过早饭了？昨日见过令正，事可放心？”黄通理也回问一句，道谢一声。

张先生吃了两开茶，停了一会，才又说：“这事闻得本官看得极其郑重，这两天公事忙，要暂且押些时，再细细审讯。我既受你之托，晓得你令正怎禁得许久的苦闷，连夜同门上大爷商议，已弄妥了，趁着今日晚堂，可以一问。你老是很明白的，这些事可大可小，纵说是没有什么真凭实据，既是一个妇道家，叫人会兴起偌大的谣言，事也不在小处，倘是认真办起来，你老是跑不掉，拖下去家破人亡，祸在旦夕。我们公门中好修行，能够在宅门以内疏通得清的，无不以大化小，以小化无。况且你老是正经体面人，有个不竭力帮忙的吗？但你我都是本乡本土的人，一遭做事，总留得两遭交情，有个什么计较的。至于宅门里的大爷、师爷们，直到本官身上，开口只讲官话，板面无情。去年，本官为着他同寅的一桩事，还塞了好几百呢！你老去想吧。”黄通理听他话里有因，说：“这个自然，我此事很费了你的心，应该怎样，还待请教。此处不是讲话所在，我们出去吃顿午饭。你若是用筒把烟，我们先去开一个盘也好。”张先生说：“你看我这样子像吃烟，其实是一些不近的。竟领你老的情？去吃顿饭吧。”随即二人同上了饭馆，拿两壶酒。张先生是能喝几盅，喝酒的当口，慢慢的讲好：黄通理再出二百五十吊钱，包扫一切，先交一百吊。便正色言道：“如果今晚一堂便结，一面销案，一面再打一百五十吊的票子送来，我有家有室，总不能抽跳板的。万一其中有别人扠起后脚来，我却不管，就凭你说话了。横竖事已经官，真伪曲直，官也到底不能枉法陷人。我不过承你的情，略图省事，打点到了。等上了堂，将我妻子这事剖白清楚，以释群疑。若是不稍稍托你打点些，既觉辜负了你的情意，又怕那堂上不容分辨，糊里糊涂弄下去，不但蒙冤，且耽误了我多少正事，这就叫理亏之中拿钱买便宜，并不是别的。若一定要怎样不足，可又不能勉强了。”

张先生此时酒已半酣，说：“很是，很是。依你的办法，就先收一百吊，下余的明早再交。看上去今晚一堂可以了结，有我总不至给你上当。里面弄妥了，不怕外面有什么枝节，你老放一百二十个心。只恐怕你令正上堂，吓的说不出话，或是说差了，那时本官收不得场，倒觉费事。我得在值堂上，同招房录供的再关照声，临时帮着些，你道好不好？”黄通理道：“这又费你的心，我那堂客还不怕说不出话来。”张先生道：“如此更好，这事总过得去了。忙了这两天，你那令正到底是怎样的一件事，我还不曾明白，就会经官动府？”黄通理笑道：“你问我，我也问你，妙极！妙极！你听外面谣言所起，是甚来由？”只见张先生放下筷子，筛了酒，喝过一盅，提起旱烟袋说道：“这些无头无脑的事，我们一年到头不知有多少，那里去考教实在的来由，不多是糊糊涂涂的办过去。开头办不了，有的拖了几年，官也不问，我们也忘了；官若问起，或是上司查下来，也总有一个现成例套。不瞒你说，就是办完了，连我们也不知其中的所以然。要一天一天、一桩一桩的考教，不说无此心思，也那来这些功夫？却是妇人家除了奸盗蚁贩等案，像你令正这种奇事，倒难得遇着。”

黄通理叹了一口气，见这张先生酒落欢肠，话颇坦直，虽然是个蠹吏，性情是瞭亮，容易打伙的，便动了借篷使风的主意。将自己与黄绣球怎样发心，要怎样做事，并略略将黄绣球忽然开通的话，一直说到那日出门看会以后情形，张先生听来，觉得津津有味，说：“如此，并没有什么犯法的事。况且女人放脚，好像奉过旨，本官也奉文出过告示，就怎么少见多怪，起了风波，可真意想不到。告诉你吧，这都是寻常无人在意，就如我，不是遇着你现在谈起，也只知女人放脚为奇，忘了是奉过旨、出过告示的。真也好笑，你这事可惜起先不曾碰着我，不然，实是一件美事，那里会弄到这样糟糕。”黄通理听得心中暗暗欢喜，想道：不料因此倒得了一个可谈之人，古人云：“祸者福之倚”，将来借着这人做开来，就有多少幸福。庸俗之见，最是势利难破。这人在衙门口，看来很有手面，我们不妨借他手面，运动机关，或者他为我所化，顺了我们一边，那时，办事的势力圈，就不怕不发达了，却是今日且不必同他深谈。想罢，便与张先生加些殷勤，说：“连日幸会，等今晚此事停当之后，我再慢慢请教。彼此既已结识，请教的日子就很长，能得同尔学些公事，不至像此番受人之欺，那更好了。”

张先生道：“这是容易，尔日间尽管请过来，我下午总在衙门里。舍下住在衙门东边不远，一问无人不知的。”黄通理连连答应，喊上了饭，又谦逊了一回。饭罢，一看对时表，已两点多钟，两人起身作别，张先生拱一拱手，说声：“叨扰，晚间到我刑房里坐了候着便是。”黄通理也还礼说道：“遵命，遵命。大约晚饭后来不迟？诸事费心！”张先生道：“晚堂总在九点钟，你宁可早来点好。”

黄通理答应着，各自散去。顺便又到了官媒家看了黄绣球，如长彼短说了些，黄绣球也着实高兴。出来，便回至家中。他两个孩子记挂着母亲，哭闹不休。黄通理说：“今晚明早，你母亲便回来了，好好的等着。”就与那照管的谈了几句，嘱咐了一遍。待黄昏时，略吃了点饭，来至衙前，才七点半钟。张先生正在那里办公，说声：“请坐，一切事都已舒坦，大约再有点把钟就要坐堂，你令正也就要带了来。先问一起已审未结的教案，快得很的。”果然一些时，听见传点发梆。又一些时，三梆升堂。张先生并不进去，黄通理跟着伺候的书办们先就进了宅门，在二堂下听审。只见中门开处，两个人捧着两盏羊角风灯，引导于前；两个人一个拎水烟袋，一个垂着手，相随左右。那官升上公座，底下两旁红黑帽吆喝一声，那官将朱笔提起来，就有一个隶役推着一个罪犯，跪至案前。

那官喝问道：“这几天本官已经查访明白，知道你们同伙很多，到底还有几个？当日在堂中闹事，到底动手的有几个？快老实讲！”旁边那书办也接口道：“快供上来！”那罪犯才说得一句“老爷开恩”，这官已把惊堂一拍，说：“这个混账东西，与我拉下去打！”不由分说，就有两个红班皂隶横拖竖拽，将那犯按在地下，劈劈拍拍打至一二千板，放了起来，仍旧跪下。那官便道：“你们这种可恶，可晓得教堂里的神甫老爷们，在地方上，皇上家叫督抚大人保护，督抚大人们责成我地方官保护，你们做百姓的，要怎样客礼相待，才算安分。本官到任以来，就几次三番的传谕董事，出过告示，有一点点小事情，本官就派差弹压，生怕你们百姓吃亏，也算在你们百姓身上尽心的了。你们动不动同那教民寻仇，无非是为了一只鸡、一只狗的事。虽然也有他们教民先起头的，究竟有他们神甫老爷去管。本官还要让他七分，你们倒无法无天，闹起事来。闹事之后，一哄而散，叫神甫老爷全把过处推在本官身上，说是失于防范，不善调和。一封信告诉了上司，上司一道札子，就吃住本官，要记过撤任，末了参了官，还要赔钱，身家都害在你们手里，可恨不可恨？"如此怒气冲冲说了一大篇，带下去，又换了一两个人，都是问一两句话，就打个一千八百。

这桩案子原是未结，问过这一案，那官回头问书办道："还有什么？"书办回说："前三天饬拿的黄绣球，今早也发出谕单，随堂带审，现已伺候了。"那官说："黄绣球？……哦……是件什么事情？"只见他背后走出一个家丁，唧唧咯咯的说上几句，书办在旁，也插上几句。黄通理此时格外留神，晓得这家丁必定是稿案二爷。起头听不清说什么，后来听得几句，说："外边当这女子是女扮男装，起了谣言，实在是弄错的，可问可不问。吩咐下去，叫那女子具个结来存案，就完了。"那官便道："很好。"一言甫出，书办已抱下案卷离开，又是一声吆喝，那官早就退堂。

黄通理心下暗想：就这么希松了结，可见钱的力量真真不小，公门中事真真可笑！忽又想道：我真糊涂，怎么听审时堂下并不见黄绣球？于是急忙走入刑房，张先生业已回寓。

有人告诉他说："黄绣球原不曾来，张先生交代的，你明早随便写个保结，连那个东西一齐送到房科里，张先生在此等着，不要误事，当时就可到官媒家领回人去。"黄通理便也致谢告辞。一路上，还有多少心口猜度的话，与那些后文，须听下回分解。

第五回
黄通理初访张先生　官媒婆说起祸根子

话说黄通理出了衙门，心想：这件事方才见那官在堂上，似乎并不曾晓得有此一案，却为何竟被收押起来？又居然当堂发落，这定规是外面做的把戏。幸亏我因为省事，用了二三百吊钱，凭他打点开来，不然，就不知要怎样的诪张为幻，将此事锻炼周内，做到什么地步！公门中人三头六臂，广大神通，真令人无从捉摸！毕竟这件事的起事根由，固然是从谣言上来的，却是其中定还另有一个蹊径，如今也不去管他。明日看来是要补足那一百五十吊的票子，再同那张先生接一接头，便可领出人来。等此事了后，少不得当真与张先生交结些，想个运动他的法子。那时，不但这事可澈底明白，要连他们的广大神通，一切玄妙不传之秘都勘破了他，方能做事。如此低头自想，迈步而行，不一刻，已到家门，与家下人说知，大家方才放心。一夕无话。

次日早起，起好了保结的底子，检齐钱票，又带了些银洋，吃过早餐，来至衙前。一看对时表，已九点多钟，衙前各房科尚是鸦鹊无声，只得退至左近一家小茶坊内，略为等候。等到十点钟外，再去一看，依然人影寂寂。往复三四次，过了午正，要待回家。心里又记挂着黄绣球，巴不得早一刻交清。便可早一刻领他出来。要先到黄绣球处一探，又恐误事，不觉的十分急躁。渐渐那茶客散完，时候交到未正了，只因有事在心，忘却饥饿。

茶博士上前问道："你老等候何人？还不回府吃饭？"黄通理兀自纳闷，听那茶博士问起，便说："我有要事，等衙门里的张先生。约好今日早间到他房科面叙，去了三四趟，他却还不曾到。"茶博士听犹未毕，接着说："可是刑房里的张开化张先生？他家离此不远，你何不去问一声，反在此呆等？张先生向来没有什么公事，总须下午五六点钟才进房科。昨日是你约他的，还是他约你的？若是他先约你，断无失信之理，只怕是你约了他，他并不清楚。不知你老为的是件什么事？等的可是这位张先生？"黄通理闻之爽然，自想：连日趁口称呼，只是张先生，并未请教他的名号。又昨日是一个不相识的人，给我如此这般说法，当时只以为传言吻合，匆匆不曾问个着实，然而总算是他约我的，难道是传话的人弄错了，或是我听错不成？便对茶博士道："你晓得刑房里可有别人姓张？除了刑房里张先生，还有第二个没有？"

茶博士说："衙门里人很多着呢！只有几位大头脑，我们知道的。你老讲是刑房，却除了张开化先生，并无第二个。若不是刑房，就还有一两位声势更大，你老怕不能轻易遇着了。"黄通理说："这位是吃长旱烟袋，带老花眼镜，年纪约莫不上五十岁光景？"茶博士说："是了，是了，正是张开化先生。他家住在东面后街上，如今你快去看他。闻说他今日要到一位亲戚家去，帮办喜事，离此有二十多里，不要在早半天已经去了。"黄通理心下一想，顿然惊疑：怎么昨晚的话，果真是我听错的！便央请茶博士说："给你些酒钱，抽一空儿，领我到这张先生府上一问，可使得么？"茶博士应允，领至他门口，进去问了。张先生果已出门，再问有什么话交代何人，他家下回说不知。又问几时可以回转，也说不知。

黄通理惘然若失，无法可施，急忙赶至衙前，寻入刑房，见昨晚交代带保结、付钱票的人，已在房内，因而此长彼短，一一诘问。那人道："昨晚张先生交代后，重新又来，却迟了一步，你已去远了，追赶不及。说你这件事还有变动，他今日自有私事，要待两三天再作商量，请你等着些儿。且交代你：媒婆家不能再去。”黄通理听说，大吃一惊，问：“是何变动？可能略示机关？昨晚明明白白已经当堂了结的，怎么又凭空变动起来？”那人道：“是张先生如此说法，我们也不甚灵清。究竟你这事既无人告发，也不见本官访拿的差票，外间闹得一天星斗，这个风潮从何而起？难道你真懵懵懂懂，一些儿也不知道么？我也万万不好同你讲得，你且安心再等两三日，等张先生来了，自然晓得那变动的情由。此地不可再多说话，我们已到办公的时候了，你快请便吧。”

黄通理此时又疑又急，瞪着两眼坐着，不一时，见来的人多不去理睬他，才愤愤无语而出，一口气直奔回家。那看顾门户的及照管他孩子们的一位老奶奶，都当是黄绣球一同回来，喜之不胜；他两个孩子，更有一种欢欣鼓舞的天性，相迎出来。谁知事竟不然，不但无黄绣球的踪影，连黄通理也怒形于色，面上夹青夹白的，好不难看。大家不敢动问，两个孩子登时哭嚷。黄通理歇息了好大一会，方始说知情节，抚抱了孩子。大家凝神咋舌，默无一词，只不过劝慰宽解。又是他小儿子，一面哭，一面问道：“母亲却在那里？什么衙门不衙门呢，可让我去看一遭。衙门总不是出妖怪、出老虎的地方，父亲可以去得，母亲可以去得，我虽年小，同着父亲似乎也可以去得。母亲既去了一时不回，叫哥哥在家，让我去陪伴母亲，岂不甚好？”黄通理不觉又笑道：“你懂什么？你母亲现在的地方连我都不许去了，何况于你。你说衙门里不是出妖怪，出老虎的，我却碰见了妖怪才回转来，你母亲却正在虎口呢。”他小儿子不明其故，便又认真哭嚷，定要扯着黄通理同去，好容易才得解释清楚。

闲话休题。却说黄绣球那边，这日等黄通理也不见来，直到晚上，媒婆子就发起话来，说：“张先生原讲今日叫你当家的领你回去，为何此时还不见到？又无别的信儿，我这里打听过，你的事情不小，张先生做不得主。这间房子又不像你住的了，你住过一夜，又是一日，我已是十分容情，少不得仍请你到那小屋子里再去住住。挪到小屋子去，就有小屋子的规矩，少不得仍替你上起手铐来。我们吃官饭，奉官法，你怪不得，我也顾你不得许多。”黄绣球不慌不忙的说道：“既然如此，理应从命。但只请教一句：你打听我的事情，到底是个什么风声？莫非我那黄通理也押起来了，张先生也丢手不管了么？”

媒婆子道：“我成日不出我的门，各管各事，就有些风声，好说给你听的吗？吃饱了饭都来替你们放风声、传消息，我当官媒婆的还要犯个偌大罪名，坐起女牢来呢！你只管听我吩咐，快走到小屋子里去，好好的给你铐了，总铐不死的。谁又叫你女扮男装，做出妖异之事？那张先生糊糊涂涂，替你担代，今日若不是黄祸讲起，我还只道是件不关紧要的案情。如今只怕张先生也吃消不起，你那黄铜泥不黄铜泥的，还想置身事外吗？”这是媒婆子无意中一连说下来的，言者无心，听者有意，黄绣球当时听得“黄祸”两字，想：黄祸是我家一个远族，生平恃着衣顶，结交官役，惯行挟制于人。数年前很与通理意见不合，却已出外许久，并不在家。必然他恰才回来，遇着我那日之事，他便捕风吠日，搬出这场是非，不知通理可曾知道？万一通理不知，由这匪人播弄，不难闹到我家破人亡。我一家虽不足惜，岂不叫我这村子上越发成了个黑暗世界？我便死也不能瞑目。想了许久，忽然心生一计，对那婆子笑道：“你既奉法行法，我也犯法知法，何敢多言。但方才你说的那位黄祸，正是我家族人，我向来最敬重他。前日我当家的还对我讲，晓得他同你处相识，可惜他出门未回。若是回来，早就托他到你处多多孝敬，求你看在他的面上，不必劳动张先生，反分了好些。如今想必他作客初回，理应我当家的先去拜候。官法瞒上不瞒下，可否请你密递一信与我当家的，或是请那黄祸到此处，与我一谈？横竖我在你家，总逃不了，飞不去，料可放心无事。”媒婆听罢，说：“今晚不及，你总先挪进小屋子歇过一宵，明日再让我看事行事吧。”

原来这黄祸居乡，惟利是图，无恶不作。虽是世传仕宦，本身也读过几年死书，年轻时便不习上流，胥吏公差，无不结纳，凡事一到他手，无不闯祸遭殃，所以他的老子代他改题一个祸字为名。他却后来生得个好儿子，叫做黄福，与黄绣球很共些事，这是后话，慢表。当下黄绣球闻得黄祸二字，猜度他既已回来，我的事被他所知，不论是否由他启衅发难，必须先牢笼了他才好。况且十有八九为其所害，我夫妇只当他出门在外，不曾想着，如今只恐通理亦竟未知。我不妨和他见了面，窥察他的神气语意——如果事由他起，则系铃解铃，原须一人；即不由他起，得了他，许些甜味儿，先不先就可晓得眼前的消息，这才是恶人有恶人的用处呢！故与媒婆说了那一番话。那媒婆自是老奸巨猾，何肯轻信？到第二日，却私下叫人去请了黄祸过来，把黄绣球的事又问了一遍，方把黄绣球的话告诉了他。黄祸原只从黄绣球出门看会的那一天恰才回家，也在人丛中听得黄绣球放脚的一段新闻，便计上心来，趁着黄通理不知他已回，见风起浪，要从中发一注小财。仗着与衙门里的门上认识，进去说了一桩别的事，请门上打了一张门条，叫差役将黄绣球押发官媒，并未说什么女扮男装，亦未回禀本官。适值外间纷纷的谣言四起，拿人的差役只当为了谣言之事，及至黄通理要递诉呈，遇着张先生，张先生也只当为了谣言之事，其实那谣言不但官不晓得，连门上与宅门以内的人，一概不在意。却是黄祸又想出大题目来，撺掇门上，进了个间道出兵的计策。先使门上授意书办，将此案随堂发落，以显其欺官舞文的手段，给黄通理瞧着；然后将大题目加上去，做起大文章，便可铲完黄通理的家，至少也得数千金，各人依分享用。此意就连张先生也不曾知道的。昨日暗地里通知官媒，嘱官媒收管好了，却亦未曾说及这些机关。

今听得官媒反把黄绣球的话来说，一想：要先见黄绣球的而，即有多少碍着情分之处，再禁不住他当面哀哀哭哭，软了心肠，这事不就砸了吗？不如装做不知，不愿与闻为是。又转念一想：这事是我从中放的药线而制造机宜，门上却付托了张书办之手，万一张书办弄点手法，私下先吃一饱，我与门上两不得知，虽然事成之后，不免也要分他一宗大数，然而反挑他进个双分。如今他既有事，要耽搁两三天，趁此当口，黄绣球又要找到我，落得见了面，假惺惺的捞他一把，要个二三千，索性撇开了张书办，就此与门上一说，提些小分头，四面八方点缀点缀，我与门上就分得一千八百。门上的说话权柄，可发可收，不怕张书办有什么纠葛。又但凭我的主意，门上没有不依。若是黄绣球不肯照我的意思答应，划算不上，仍可借着不敢多事推托开去，有何不妙？左思右想，才对那媒婆道："这事我原想替他出点力，不过他家黄通理还不晓得我出门已回，多年不见的人，不好自去兜揽闲事。既这么着，我只算顺便来望望黄绣球，做个不知其事的样子，与他谈谈，有何不可？"那时，媒婆便将黄祸引到小屋子外面，掇过一张交椅，让他坐下。

这黄绣球虽是与黄祸同族，却平素少见，声音面貌都不很熟悉。当下黄祸坐定后，与黄绣球寒暄叙述的话头，不必多赘。只听见黄绣球说道："我这事，不论你大伯子起先晓得不晓得，如今是明白了。据你大伯子有个什么妙法？"黄祸道："这事我前日方才略闻梗概，只因回家不多几天，诸务忙碌，尚未看见通理。今日偶然在这媒婆家门前走过，说你还在这里，本来不便进来看你，承你的情，请我来详诉一切，不知你可同通理接洽过？"黄绣球道："正是为了这个，最好请你屈尊去寻着通理，一切便拜托你大伯子，惟命是听。昨今两日，必想我这事有了变动，所以通理隔断了消息。你去将我的话说知，通理一定也惟命是听的。"此是黄绣球要探听黄通理这日何以不来，与其事何以变卦的生法，并非真马马糊糊，就惟命是听。

黄祸却听了这四个字，就打到心坎上了。说："既然如此，事不宜迟，我即刻到你家寻着通理，再来商量。"站起身便退出来，心想：数年之中，不料通理的夫人能如此出趟，看他说几句话剪剪截截，很懂大局，倒是个爽利性情。只怕通理向来迂腐腾腾的，也慑于阃威，所以他许我惟命是听，拿得定通理也不敢不听他的命令。他家财虽是不多，凭着我的手势，弄他三四千，留他一两千给他夫妇养老，就还不算丧尽良心了。所以拍拍胸膛说："诸事在我！"便如飞似的辞了媒婆出去。

那媒婆原不深知黄祸与黄绣球各人有各人的心思，但知又有财气进门，是不至落空的，登时同黄绣球又换一副脸嘴。却不好马上再叫黄绣球又搬到好屋子去，只到吃饭时，送进一大碗洁白的饭，一小碗好吃的菜，借着请他吃饭，又松了手铐。这个当口，忽听见有人敲门，开了进来，你道是谁？竟是张先生与黄通理来了。黄绣球一见通理，劈头一句便问："你碰见黄祸没有？"通理还未觉得，张先生反似竖着耳朵，凝了凝神。这不知为着何事，且听下回再讲。

第六回
议捐款张先生转圜　考决科黄通理应课

话说张先生起初原是受了门上之命，于中取事，其事由黄祸发端，原也晓得，但不晓得黄祸又有诡计，以为不过就是这么一件事情罢了。那知当晚本官一面在堂上发落，一面门上又有密示送至他家，说今晚黄绣球尽管不必到堂，尽管说任他的本夫具结取保，却是还要从缓才能开释，并不许他本夫再去探望。所以那晚未审之先，张先生还与黄通理说过"你令正也就要带来"的一句话，谁知后来竟无须带到，这是连张先生都不料的。张先生接了这个密示，不解所以，重新到房科里要转告黄通理，已是不及，要再请门上的示，问个端的，门上又回说没有什么，不过再要一两天内，在本官面前禀清楚了就是。恰好张先生要到亲戚家应酬一两天，趁便就说："书办本有点私事，如此正好。"出来即叫人通知黄通理，大略说得个事有变动，官媒家不必再去云云，并不知竟有个大大的变局在内。次日午前动身往亲戚家之后，路上想起与黄通理在饭馆内谈得相契，曾说请他放一百二十个心，又说早碰着我这事就不会糟糕。如今忽然翻变，连我都不知来由，岂不更叫黄通理惊疑？故此一到亲戚家贺过了喜，即便回转，不曾帮忙——这正是张先生所以名张开化的好处。却未曾料着，是黄祸已出了头。一回转来，便寻黄通理说知。

黄通理正苦无法无门，便一同拉他先来黄绣球处，作个计较。猛然听黄绣球问及黄祸，耳朵一竖，心神一凝。待黄绣球一五一十的说来，张先生是默然不语，黄通理是诧异不迭，两人有两样神色，亦有两样意思：张先生的意思，不疑心黄祸在黄绣球身上又起了眼，反疑心是黄祸在他身上出了花头，与那门上说，他讲的钱不止此数，所以门上明说没有别事，暗中实使我为难。我受了冤枉，还因此叫黄通理派我个办事不周，落了面子，好不可恨！那黄通理的意思，则为黄祸向来不是好人，这事原说虽从谣言而起，其中必另有一条蹊径，不想就是他回来与我作对。于是，与黄绣球又各将各话彼此说了一番，却碍着张先生与媒婆两人在旁，不能痛述。那张先生听此情形，动了个仗义不服的念头，正要发话，只见黄祸已闯然进内。不提防三人打了照面，三人又各有一时说不出的话，与那假周旋真惊惶的一段情景，且略去不表。

单说张先生当时盘算了一会，把仗义不服的念头又生出和平完全的法子，对黄通理道："你暂在此，我与黄祸出外料理去。"说罢，便邀了黄祸，要同到衙门里会那门上。黄祸始而不肯，继而想：仗着门上的交情，所怕何事？就同去面见。张先生将如何遇着黄祸，先行说明，然后委婉曲折，带问带说，低低的说道："这事原是假公行私，既然过了堂，本官不追究，里头师爷不知道，若再回禀本官，画蛇添足，一查起来，澈底翻转，弄假成真。案子是无头的，人是私押的，赃是过了手的，而且是卖官诈赃，这些罪名，反比黄绣球的事闹得大了。爷们不肯承当，书办替爷们办事，可也承当不起，黄祸也岂能脱身？依书办的愚见，就仍照前日的数目了事。另有如此如此的好机会，凭在书办身上，大家再明走一条路，可使得么？"门上听了点首，黄祸听了，对着门上说："这就甚好，内里有你，外面有我同张先生，快点办起来，使得，使得。"张先生说："如此我们就去了结这一桩事，立刻取了黄通理的保结，叫黄绣球出来。"门上答应道："就是这样，不可含糊。"张先生即与黄祸仍到黄绣球处，不过两顿饭功夫，就办妥了。

看官们将张先生当着黄祸与门上说的一席话，解了葛藤，明了心迹，是看得出来的。至于如此如此的那话，怎样叫黄祸与门上便欣然乐从，成个虎头蛇尾，只怕一时不懂，要说做书的叙事鹘突，不能不申说明白。原来张先生前两日在饭馆内听黄通理说，黄绣球怎样开通，怎样想发心做事，甚以为然，已将一线文明输入脑气筋内，所以当时黄通理暗存了个借风使篷之意，张先生也暗存了个剑酬烈士之心。至此又因黄祸一番交涉，触发起来，想黄祸无非是要弄钱，黄通理夫妇却喜在地方上创兴事业，这两日内，闻得本官正奉文要举办新政，什么警察，什么学堂，那经费出在那里？还不是向地方上捐集？现在捐款很为吃力，本官即捐廉为倡，还恐不能踊跃。这位本官更是吝啬不过，难得有黄通理夫妇这样一种人，想办事而不可得，若与之一说，叫他趁此机会，于学堂、警察二者之中，随意择一自任，捐出三五千金，他力所优为，一定应允。有他这三五千，再捐别人，事就容易了，本官不必自挖腰包了，马上有人办事。既博得上司奖励，那款子除去创始的经费，随收随劝，上摊下分，自然也就不少。等到不够，或是重捐，或是中止，是极寻常的，不妨再作道理。这么一来，黄绣球有罪可免，黄通理有事可做，门上另有财可发，黄祸又有路可走，这是张先生起先盘算在胸，后来所说如此如此的话儿。

当下到黄绣球处，先说事已了结，随便将写的保结交付于我，人可出去，且不说及此事。黄祸也是不说起，只不免自居其功，像全是他的神力，黄通理与黄绣球莫明其忽难忽易之故，即赠了媒婆几番，托他雇一乘小轿，黄绣球坐了先回。张先生邀同黄祸，也随到黄通理家，才以地方上要举办警察、学堂，劝他捐金任事的话略略一说。黄通理闻之，欢喜欲狂，说："这又真真应着祸者福所倚的一句话了！今日不及细谈，明日午间，仍奉请张先生与敝族黄祸，在那酒饭馆内面叙。"二人就少坐，分辞而去。

去时黄祸对张先生说："凭着你了，你可要早点蓟的。"黄通理心下一疑，想：这又有什么凭不凭的？等张先生去后，黄祸却独自回转，问黄通理道："你意中想捐多少？闻得衙门里说，捐得上万，可以详请专案奏保。我与你一家人，衙门里的门上同我至好，你若先给个数目与我，好替你预为地步。公事虽不能跳过书办的手，却不用书办费心，况更不与刑房书办相干，故此张先生是用不着的。最好你有话对我讲，让我去托门上，吩咐礼房赶紧替你具呈，只须你认定数目，那款子不必说一定先要存库的呀，你懂得么？"黄通理听了，又恨又气，一语不答，只说："总总明日再谈吧。"送他出了门，这才与黄绣球休息下来。想起黄祸的面目口吻，越见得前事是为他所害，曲折分明。可惜张先生不知他为小人，又拉扯了他。究竟不怕他什么，倒是以前要寻个做事的方针，无从下手。不料绣球他生病做梦，发心要同我一样，惹出这一场磨难，如今倒得着机会。我想毁家输财，以私财谋公益，也是一件极应该的事，但恐学堂、警察这两事的办法，也很难定夺——不难于发起兴办，难在于切实完备。学堂要有造就人格的各种教育，警察要有捍卫地方的各种教育，我们不曾受过什么教育的影响，于这些上头很有缺点，故临事虽放着一片热心，却将何术应付？想来真可惭愧。但事机所在，万无因难而退之理，自然要竭力鼓舞。正应着诸葛孔明所说：成败利钝，非能逆料，且尽我义务而已。

黄通理这话，原是对着黄绣球讲的，那黄绣球心领神会，却不言语。你道为何？原来他受了两三天的委屈，沉思静观，越有一种义愤豪侠的原动力摩荡于心，一面听，一面忖，反觉黄通理的话有些模棱，不以为然；又无奈苦于无可发明，不能辩驳，遂似做了个息夫人。黄通理只当他是疲倦极了，岂知他那郁勃激烈的精神引而未发，更是十分圆满。当下二人闲谈就寝。

次日，料理些家事，打发照管门户、看顾孩子的人先后回去。未及午时，那黄祸便跑了来，瞎七瞎八讲个不了，定要问这学堂、警察的两宗事，认办那一门？认捐几何？黄通理被逼不过，说："这事本官才奉文下来，还不知本官是怎样办法？大约那学堂是由书院改做，管书院自有董事，本官必须先与董事商量，查明经费，拟好章程，或是要扩充规模，或仍照旧添改，均不可知，此时我冒冒失失具呈认捐，不免事嫌搀越；且尽我的力量，也只恐捐得有限，怎能望那保举？"黄绣球眉头一皱，忽然说："保举呢，总有可望，不过在多少上分个大小罢了。我们既是向来不与闻公事，什么事情都不会办，我的意思，不如我们送大伯子二百块钱，由大伯子自己再凑些，去捐为公款，或者图得个小小保举，那其间怎样办法，由官做主，大伯子也犯不着去管。这是我报补前日大伯子的情，不必同外人讲着。"黄通理听了，知是黄绣球要拿此推开黄祸，倒也干净。

黄祸本是个贪利小人，只要有了钱，那里还顾什么前后？听得有二百块钱独自到手，心花怒开，也不计与门上如何交代，便说："如此就生受了。真是你奶奶明白瞭亮！不是我说，像我们这读书人，少出头露面管那些闲事最好。我也晓得你们家财并不甚多，我虽生受了你们二百块钱，总算同是姓黄，捐到公中用了，也就算是姓黄的人在地方上占点面子。这话既然如此，少停同张先生吃饭，就让我来说，你们不必开口。"黄通理与黄绣球扯了一扯袖子，说："那更费心了。"

黄通理随命黄绣球退入后室，略略商量了几句话，正要出来托黄祸去邀张先生，张先生已来了，与黄通理见过后，即请见黄绣球，说："奶奶连日受惊了。"黄绣球福了一福，说："多劳先生鼎力，尚未登门拜谢。至于前几日的事，何足慰问。闻得泰西女杰，常有以数十年牢狱生涯为众生请命，终能达其目的，发出光彩于世界历史之上，似我又何足为奇？我原有从我们村上绣出全地球的一个誓愿，这区区之诚，想必我家通理已与先生谈过，现在也谈不尽许多，诸事由通理请教，请同去用个便饭吧。"于是三人出至饭馆，黄通理在黄祸不留神之间，已与张先生递过消息，约他另谈。张先生会意，所以这日在席上，只淡淡的将昨日所说之事提了几句，装了个既醉且饱，毫不关心的样子。

黄祸也暗喜张先生并不上紧，那门上处只消我去说开，他本没有成见，不至追究。二百块钱安安稳稳到了我的手，黄通理夫妇还要大大的见我的功。将来看势再借一二百块，也叫他不得不肯。不一时，三人酒饭已毕，张先生散去，黄通理却招黄祸又同到家中，叫出黄绣球，当面说道："前两日事，用了好几百下去，如今送他的二百块，家中已无存储，要待收些租子，取点利息，原还凑得上来，只是时候耽搁了，事情亦有耽误。不如你拣几样衣裳首饰，就托他去一当，不够，可添上几十块吧。办事筹款，真不容易。若是要我捐二三千金，只怕变尽产业，也未必能如数呢！张先生不知我家底细，幸亏有了你大伯子，不必与他再谈。你大伯是自家同族，此番虽是报他的情，却也是为了自己的事，更不好耽搁的。但只门上那边要格外费心弥缝了结，从此就不提此事了。”黄祸见如此殷勤，十分高兴，便谨依台命的照话而行，自去不题。

一连几日，恰近乡试决科之期，这年乡试初改策论，报名的也有四百多人，内中监生七八十个。你道这一班秀才监生们，平日连八股都未精求，有些竟连之乎者也都掉不清楚，晓得什么策论？至多在窗下读了几篇《古文观止》，就算是高材生了。再有能看看《纲鉴易知录》，分得出什么吴楚材的《纲鉴》，袁了凡的《纲鉴》，那更是顶儿尖儿，算一位大名家，每年在书院应课，一课差不多可取几个第一的。自从改行策论，这一班高材生、大名家，毕竟聪明过于寻常，遇着题目，只在八股里面翻一篇，除去破承，删去两三股，作为段头散文钞了上去，那出题阅文的人，原不过一般材料，得了这种文章，就奉为至宝，加上那庸庸碌碌、不明这个秘诀的，缚手缚脚，做不上来，于是这一班越显本领，因此平时争膏火奖赏的，竟少去大半；一班老生老监，与一班资望浅薄、性质拙笨的，都靡然自沮，不敢相争。却是到乡试年分，有一宗宾兴费，按名分给，在膏火奖赏之外，决科不到者，即摊派在到的人数上。此项之费，看人数多寡，每届得三四元不等。这年又是恩正并科，正科得四元，恩科减半，合来也有六七元。到一到，领到手之后，作为试费，省俭点就缺短有限，所以大家矢愿观光，不论老朽幼稚，只要可以进得场的，都报名投考。黄通理这样一个文明的人，难道还应此腐败科举，想去争一个第一，或是领这数元宾兴费吗？却因知道有开办学堂的事，要希冀遇着个题目，抒写他胸中意见，万一竟把开学堂出了问题，更好条议个章程，以文字为运动之计。遂连日在家与黄绣球计议，预先也报了名。不多几日，借书院决科扃试。

那时正逢五月底，六月初，天气炎热，黄通理这日应名接卷，感受暑气，神思不振，自早晨六点钟至十点钟，还未落笔成得一字。俄而交到午牌，传本官谕知：各自携卷回家去做，限明日辰刻集卷交礼房汇收，逾限不录。要知这日题目为何？黄通理怎样得心手？且听下回分解。

第七回
阐讲义乘凉吃西瓜　办学堂抗言怀北美

话说那日决科一天，天气甚热，点名出题之后，已过辰刻，向例虽亦是扃门，而此等考试，不比岁科考，必须恪遵功令，故因热不可耐，也就传示散卷。官话叫做体恤士子，其实扃门散卷，都属具文。要说体恤，莫如竟把膏火奖赏与那宾兴费，按人匀给就完了。

闲话少叙，这日黄通理于黎明进场之时，感受暑气，文机索然。坐定后，又见那考生笑语喧哗，搅得神思混浊，头目昏花，深悔多此一行，抵桩曳白而出，故连那题目也无心观看。及至得了携卷出场之令，匆匆回家，反觉心目间豁然开爽。黄绣球问道："你如何这样快？已交了卷了？"黄通理道："我还未晓得是何题目，那里有卷可交？"便说知其故。说时从新去到别人家，去将题目问了回来，却是一篇经义，两篇论题，另外一个纸条，写着道："诗云不愆不忘义"、"王安石论"、"策论八股优劣论"。把这三个题目的命意一想，无非庸腐锢旧的宗旨，不愆不忘者，分明说要守着祖宗制度，不可改革，王安石乃以是新法败坏宋朝之人，亦是借他做个影子，叫人勿言新法；第三者虽是问的口气，实也侧重八股，有个此优于彼之意。据此看来，这卷子无甚做头，若照我的见解意思做了上去，必与他宗旨反对，且就此可见这官的顽固，不是能奉行新法的，怪道他接了办警察、办学堂的文书，搁住了不发出来，将来还怕不是含含糊糊敷衍过去。

黄绣球说："话虽如此，但是做文章原要自出机杼，自行发挥，不是迎合他人的嗜好；况你又并非真为了科举，争什么名次高下，做也罢，不做也罢，倒是这三个题目，据你的见解，自然有不同之处，我却不但莫测你的见解，便是那不愆不忘的书理，与王安石的人物历史，我也不知，你可讲给我听。就拿你的讲义写在卷子上面，来得及，便交了去，试试衡文的眼法；来不及，只算当我是个女学生，讲两首书，你又何乐不为呢？"

黄通理笑道："这'不愆不忘'的一句书，在《孟子》上，大孩子已经读过，应该会讲了，先叫大孩子讲几句听听。"于是，他那大孩子便照着朱注讲过一遍。黄绣球问："讲的可是？"黄通理道："不差。但这几句书'不愆与不忘'虽是四字对举，却为一意交互。愆训过失，凡先王之法，惟其不愆者，必宜遵守勿忘；如忘之，即非先王之法。若其已愆，又宜及时修

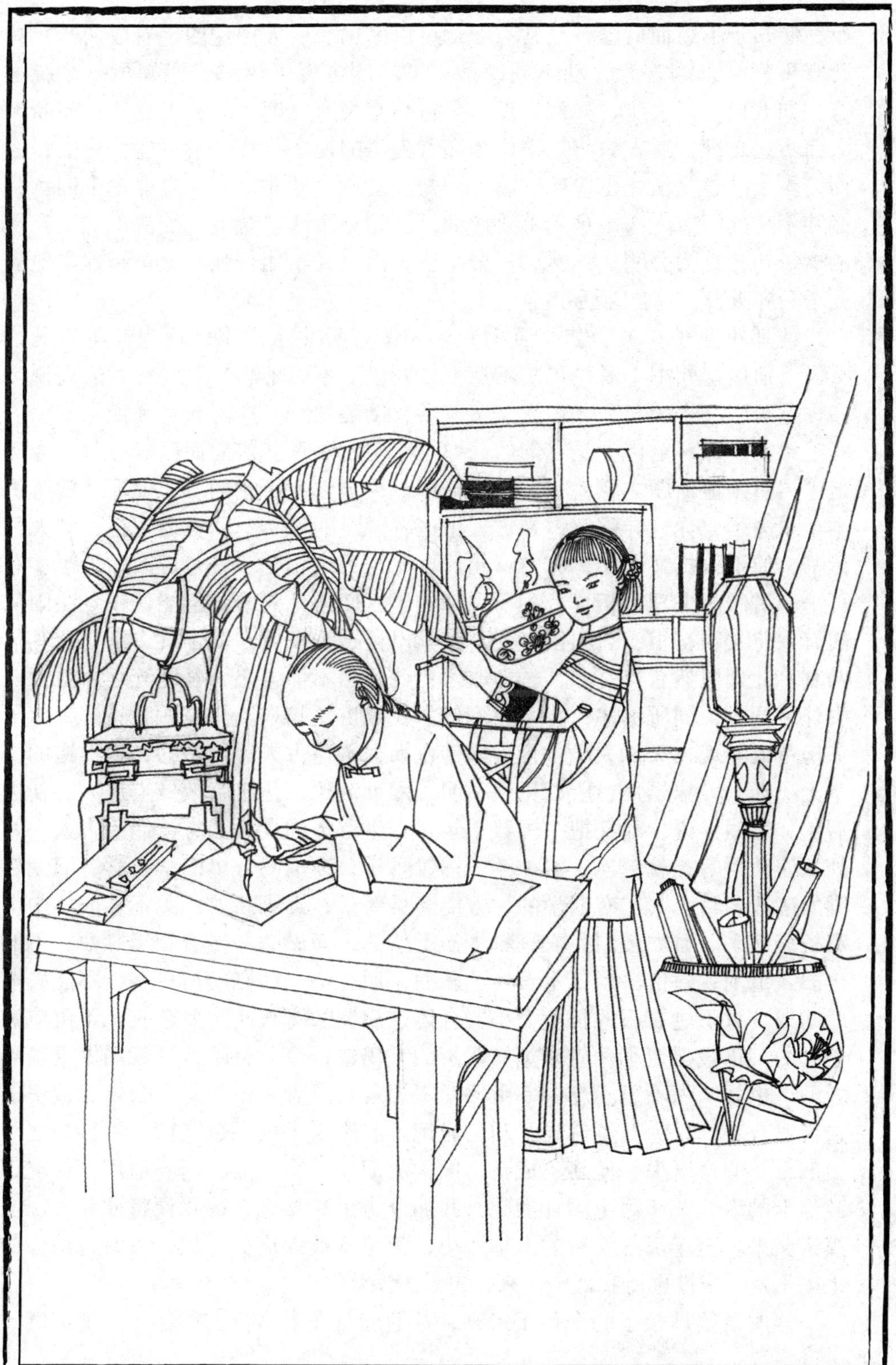

改，使归于不愆而后已，故常有旧章可以率循。后人把这四字看成两橛，只死守下句，以词害意，动不动说是先王法度可愆不可忘，岂知愆是差脱之意，如五星运行失所，亦谓之愆，星行尚有失所之期，故先王立法，亦断无久而不愆之理。后人只将愆字作为违背先王的说法，犹言不可违背先王，因而连先王已愆之法，也斤斤守着。不知法已愆，即非旧章，果能率由旧章，必须不忘其不愆之法。这句书要如此讲，始觉圆活。观上文徒法不能以自行的这一句，更为分明。不然，只要是法，何以又不能行呢？”黄绣球与他大儿子一齐听着，均自无话。

他那小儿子在旁说：“这书我还未读，听父亲讲来，也尚懂得。既这么讲，何以这句书不说‘不忘不愆’，要说‘不愆不忘’呢？”黄通理说：“你这孩子又来驳我了，古人文字，本有倒装句法，这两句是《孟子》引的《毛诗》，那《毛诗》是有韵的，取忘字与下句章字协韵而已。”黄绣球问道：“然则他命题之意，一定是寻常解识，与你大不相同。但他那寻常解识本于朱夫子，你这异常解识在古人中也有说过的没有？”黄通理道：“大凡读书，原不可拘文牵义，泥煞章句。讲法与书理相合，就是近人的，也多有可采，讲法与书理不相合，不要说朱夫子，便连孔夫子，岂能信得？法国从前有一位文明初祖，名叫笛卡儿，其学以怀疑为宗旨，谓于疑中求信，其信乃真。此理厘然有当吾心，吾即取之；苟愍然不慊吾心，吾即弃之，虽古今中外之圣哲，同所称述，皆疑而不信。我今讲这句书，只是凭我见解，何须依傍古人？现在天下大势，正坐依傍古人，不讨古人说得是的，说得错的，毫无决择，一味崇拜，所以见理不明，谬种流传，达于腐败极点。一二新进后生，略闻异说，却又把中国数千年来先生留传的良法美意，偶因古人一两处的误会误解，就牵连一概抹煞，嚣然腾辨，渐渐的分出旧学新学、旧党新党的诸般名目。其实有旧学的，方能窥见新学；真维新的，无不从旧学中考察折衷而来。譬如裁制一衣，料子换了新的，而做法一样有领缘襟袖，不能出旧式范围；建造一屋，木石换了新的，而造法一样有门窗户壁，不能破旧时间架。只不过衣服的长短大小要合体，房屋的宽狭明暗要合宜，不可应该长大的，仍裁得短小；应该宽广明爽的，仍造得窄而且暗，这就叫做维新不守旧，也就叫做不愆不忘，率由旧章了。若故意做衣服做得不合体，造房子造得不合宜，以为新鲜奇异，却已忘记了衣服房子的不愆制度，不得为之率由旧章。旧章既失，便新不成新，旧不成旧，一物一器，尚不适用，何况那政治上的事，关于民生国计的呢？我如今讲了这半天，待我便将此意发出一篇讲义来。至于那王安石的人物历史，策论八股的优劣比较，一时说给你们也来不及，索性也待我做他出来，再看再谈。”

当时黄绣球领了两个孩子走开，黄通理自在书房内构思作文。那天气竟酷热无比，到了黄昏，寒暑表尚高在九十几度，黄绣球说："如此热法，何苦必定要去做他？不如端张椅儿，仍旧谈谈说说，当作乘凉。"黄通理却文思泉涌，笔不停挥的，坐在灯下，并不起草，就一行一行写在卷子上面，真有得意疾书之乐。黄绣球放心不下，时常走去看他，替他扇扇子、赶蚊子。顷刻之间，已成了一篇不愆不忘的讲义，一篇《王安石论》，暂为搁笔，命他孩子们捧一个西瓜出来，交与黄绣球，逼些瓜汁来饮，略为润燥。他大孩子闻得有西瓜吃，忙去拣了个大的，滑手一跌，将西瓜跌成两片。黄通理道："看你做事慌张，好好的一个瓜，又送在你手里！"黄绣球上前看时，这瓜白瓤白子，像还未熟。黄通理听说是白瓤白子，便道："这也罢了，还没有什么可惜。要是黄瓤黄子的，有此一跌，就应着不是个好兆头。"

黄绣球闻之，知此话寓着那黄种白种的意思，对他大儿子道："你明白你老子的这句话么？你看这西瓜，外面的形式就如那书桌上摆的地球仪一样，内里的瓜瓤瓜子，就如地球上各色种族人民一样，瓜子是种，瓜瓤是族，瓜子附着瓜瓤，就如人种各附其族，虽然瓜是黄瓤，不必定是黄子；瓜是白瓤，不必定是白子。而人民不能离族以居，就如瓜子不能离开瓜瓤而生，是一个道理。如今这跌碎的瓜是白瓤白子，怎么你老子说不甚可惜，要是黄瓤黄子，就可惜了呢？不过影着白的是外国种族，黄的是中国种族。中国种自然要有爱中国种的一副心肠，所以说出这句话。这个理路，是前次我梦见那罗兰夫人，他说他是白家的人，我是黄家的人，这两句话，你老子剖析与我听了，我才晓得的。故此我们父子娘儿们，既然生在中国，算了黄种，切须自己爱护着同种，大家你爱我，我爱你，生怕伤害了似的，并不是说西瓜定要拣白瓤的吃，黄瓤的就预先看得出，不可破开来吃呀。你们不要听了又拘执班驳起来。"黄绣球这样说着，只见黄通理又去据案而书，黄绣球忙又另开了一个西瓜，逼了一碗瓜汁送去。约莫到二更时分，三篇都已写毕，把那《王安石论》《策论八股优劣论》也都略与黄绣球解说了。次日，不及辰刻，即交入礼房。别人交卷的，也纷纷而来，却还只收得三分之一。

黄通理趁手接着一位熟人所做的卷子，翻开来一看，只做了首尾两篇，当中的一篇王安石论，并不曾有。那人因问道："少做一篇，不算不完全卷吗？你看看我这四书义钞得还像么？至于那策论比八股，自然策论在前，八股在后，自从有《古文观止》以来，就有《国策》的，怎么不比八股优点？这官出题目也实在不伦不类，我却将此意做在里面了。请教你可是不是？"黄通理听了这些谬话，连连将卷子替他交上，口称高明极了。一面说，一面见那礼房在那里齐集文书，一张张都写好折起来的，问知就是要举办警察、学堂的告示，今日送进去标朱用印，再歇几天，便发出去四处张贴。黄通理因先抽了一张办学堂的，央借一看，上面写着：

为出示晓谕事：照得某月某日，奉府宪札，转奉藩宪札开：“案奉督抚宪行知，承准学务部咨称：现在京师已设立大学堂，各行省之府厅州县，亦迭经奉谕举办。自应督饬酌量兴立中小学堂，以宏乐育，而开风气等因。准此，札司通饬，等因到府”，奉此札县，等因到县。除移商儒学训导外，为此示仰阖邑绅民及举贡生童知悉，如有熟悉学堂事宜，着即具禀来县，以凭核详上宪，遵办无违。特示。

黄通理看过之后，交还礼房，辞了出来。心下踌躇：这告示明说叫人具禀请办，却不说办的款子要人报捐，亦不说是将书院改为学堂，囫囵吞枣，大约要等人一个个禀了上去，再定主意。这其中很有多少敷衍取巧的法子。如果具禀的肯捐款子，便与批准候详；不捐的但具空禀，便可批驳不准。那批准的或有八个十个，估量凑得成一宗巨款，他然后详请上司，以学堂并入书院，拿书院旧有经费作为学堂经费，再在捐款内略添补些，其余即尽归中饱。这个隐情，是如今官场办事的人人如此，我必猜着八九。所以张先生晓得他内中的意思，来关照于我。他这告示上不先说筹捐者，正是巧于为计。倘或具禀请办的个个都不提捐字，他自然又有后文。当下回家，将此话与黄绣球说知。

黄绣球道：“他这学堂无论捐不捐，总是个官办的了。我们也不要上什么条陈，参什么议论，顶好借着他开风气、宏乐育的两句话，另外禀请办个民立学堂，就出个一二千，买他一个准字。他算是捐也好，他说不是捐也好，只求不受他的压制，庶乎我们得行其志，可以好好的立起学堂章程，教育科则，造就些人才出来。”黄通理想道：这话何尝不是，但我们不办则已，要办，就不能像官办的草率敷衍，那经费谈何容易？既出一二千送与官，又须独任义务，真个变尽产业也未必济事。黄绣球说：“这却不然。你不常说，人不可有倚赖之心吗？办学堂是何等郑重的第一大事，岂可倚赖如今的腐败官场？若讲少经费不济事，我又有一段书，是近来看的，要说给你听了。那书上讲：北美国有个农家女，名叫美利莱恩，他自言誓志以教育为世界建国，苟妾有千百之生命，愿尽为教育界之牺牲；苟妾得无量数之财产，愿尽为教育界之资本。其初在乡自立一学校，说于乡，乡人笑之；说于市，市人非之；请于臣绅贵族，更嗤之以鼻。而其从事于学，奔波于教育，至三十余岁犹不嫁人，后游于大学，遇着一位知己，极力赞成，未二年，即成为大教育家。此处放一线之光，彼地立一竿之影，皆自彼苦心孤诣，一个寒微女子而起。彼又常自说道：‘一国之教育，譬如树谷者之播种子，多一粒嘉种，便多一亩嘉谷。’今日北美合众国建立文明世界，就是他撒种造因，才有这般结果。我虽出身寒微，还比不上这美利莱恩，却平日受你的薰陶，承你的意旨，觉得就是变尽产业，开办一个学堂，也不为过，安见他日也不遇着个赞成的人呢？”

黄通理又道：“你真能有此志愿，我那有个不乐从的。这位美利莱恩女子的事迹，我却不甚详细，想必定是女中极有才学的，所以他能自任教育，像我实不敢承当。你虽立志可嘉，只怕也才不胜任，这便如何？”黄绣球道：“这位莱恩女杰，他才学固然卓越，但他也只从口讲指画入手，每遇乡愚，津津乐道。凡有教育，皆注意在伦理宪法上，使人人知公德，不以嚣张为自由，这些才情，我自问却也还担负得起。只请你多替我讲些学问的大纲题目，我自能领会研究，演说与学堂中人听去，就不在我这学堂中人，也可四面八方去说给他们，原不拘拘的要立个教习名目。况且我有所见，请你笔述出来，你有撰作，叫我演说起来，尤为两便，不比请几位教习强得多吗？”

黄通理听黄绣球说得高兴，着实打算了好些，说：“这么办罢，你我既经同黄祸说过没有了钱，若是马上卖田卖房子，招人耳目，事颇不妥。待我且去向张先生暗中商量一番，就把家中那后面的一带房屋修理出来，也是大大的三间。先设一个家塾，收些本家子弟，便连女孩子们也可招徕几个，立定了一个规模，再推广而行。所以要同张先生先去商量，一来前日约他另谈，不可不有个回报与他，二来这事总是个学堂的因头，与他商量了，不怕出什么岔子。我们中国一向是专制政体，民间办事不能凭着一时激烈，反以热心贻误全局，故有你的勇猛进取，就不能无我的审慎周详，这就叫做相辅而成，你道是否？”下文如何，再听分解。

第八回
黄绣球遇弟拜姊妹　张先生扶病送文书

话说黄通理要寻张先生，并想在自家屋里先开一个家塾，与黄绣球讲过之后，这日未去，打听得张先生近来有病，黄通理一连去看他几次，都不能见。如此停了一二十天，但闻病势沉重，远近医生延访了好几位，服药皆无效验。一日，黄通理又去探问，说是有一位女医士，昨晚看了看，服了些药丸药水，已略好了些。这位女医士从外国医院内毕业回华，路过此地，原与张先生的岳家有点瓜葛，因此上岸来借宿一宵，恰遇着张先生有病，就挽留请他诊治。那药丸药水，都是他带来现成的。

黄通理闻道："好呀！我说我们村上那里有什么女医士，不知这女医姓甚名谁？是何处人氏？年纪约有多少岁数？"张先生家下的人说道："他姓毕，名一个强字，外号叫做去柔，也是我们江南人氏，年纪不过三十多，不上四十。却是一双大脚，像广东婆娘，走起路来直挺挺的，两步跨作一步，倒着实爽快。"黄通理一想：这人与我黄绣球一定对着劲儿，待我在客堂外远远的瞧他一瞧，到底是个什么样儿。果见那女医在内室经过，身材也不长不矮，不瘦不胖，穿一件拷绸衫，全是广东装束，只不听见他的口音。黄通理当下又托张先生的家下人进去问候了一声，便回来告知黄绣球。黄绣球果然欣喜，说："明日我就去拜望张先生的家眷，只算你叫我去慰问张先生病症，便可与那女医会面。那女医既在外国医院毕业，虽或但以一技行道，又或偏奉外国宗教，究竟总有些道理。据尔说他那神情气概，必是个可谈之人，我若谈得合式，拉拢他来一起办事，岂不甚好？况且他是一双大脚，我如今也放了一双大脚，居然有个伴当。同他在一起惯了，免得我这村上少见多怪的人，又以为奇。"这张先生离黄通理家有两里多路，黄通理又要雇乘小轿与黄绣球坐去。黄绣球坚执不可，说："前日在媒婆处，因为闷了两天，寸步不移，脚下觉得重滞，所以坐了小轿回来。如今我脚下散漫已久，很能走得，借此也认认路径，看看村上的景致。好在我由小脚放大脚，一场笑话已是无人不知，不会再闹什么谣言，我就带了小的孩子，你引我到他门口，张先生家又不是衙门公馆，我进去，难道他家能吆喝出来？"

黄通理只得依了。引了黄绣球，搀着他小儿子，一路来至张先生之门。黄绣球的脚步也竟洒洒脱脱，不十分的扭扭捏捏了。走了里把路光景，迎而一个人，把黄绣球上下仔细的打量了一回，走过几步，又上前细看。这一看，黄绣球陡然想着，说："你不是我婶娘那边的兄弟吗？十几年来，怎么就不见信息？"那人说："姊姊你真好记性，我也觉得面熟，只是不敢动问。姊姊你现在何处？这位可是姊夫黄通理先生？"黄通理与黄绣球忙说："我们仍旧住在老宅子，现在要往刑房张先生家去问病，少顷即回，你到我家去再谈。"那人又说："妙极巧极，我新近跟着张先生一位女亲眷毕太太才来的，正住在张先生家，可以同走。"于是一路走，一路问那人："你几时出门？几时跟着这毕太太的？"那人道："自从姊姊到黄府上去那年之后，我父亲即同我到福建广东各处做生意，亏蚀了本，不上四五年，我父亲就死在广东。我那时才十四岁，被人拐了去，当做什么猪仔，卖到澳门，又贩到外洋。好容易受尽苦楚，挨了十几年，跟人逃出来，回到广东，遇着这位毕太太，念我同乡孤苦，收了我做个佣人。这毕太太学得外国医生一手好本领，我跟了他不过才一年多，已弄了几个钱。天假之缘，又得在家乡与姊夫姊姊亲人相遇。"黄绣球听那人说时，不免生多少凄感之意，默念：他是我的房分弟兄，竟已做了人奴，如今我正要去见他主人，若一时说破，不但叫那毕太太看轻，也是自己的羞辱。且叫他装做不晓得，不必同行，便在那里见了面，也只装着不认识，待我慢慢的自有道理。因此，将此话与那人说了，那人也自觉惭愧，说：“姊姊这话很是，我晚上再到姊姊府上面叙一切。”须臾，走到了张先生住的那条巷口，黄通理指点了黄绣球的大门，就先自回转。

黄绣球搀着小儿子进了张先生门内，说明来意，便有张先生的妻子媳妇们迎出来，请进去坐。叙过套礼，问过张先生的病情，又略说了前次感激张先生的话。那张先生的眷属于此话颇不甚了了，这是何故呢？因为这些衙门中的事情，张先生在家并不与妇女谈及，所以他眷属等于黄绣球一段公案，只知是张先生办的公事，不知其中是张先生应斡旋解围。当下听黄绣球略说几句，也略略的谦逊了几句，接着说：“我们当家的这病，起初甚险，幸亏敝亲毕大嫂子来了，用外国的医法，这两日已一天好似一天。”黄绣球道：“原听见说府上到了一位令亲毕太太女医，高明得很，现在那里？可容相见？”说时，恰好毕太太从张先生卧房用了药出来，便指着与黄绣球互见了礼，大家坐定倾谈。黄绣球将他近来的历史，从头至尾一直说到他要怎样开办学堂的话，都尽情吐露，从饭前到饭后未曾住口，竟似忘记了初次在张府上作客一般，毫不客气。这是黄绣球的一片激发性情，想必与那毕太太话更投机，故而如此。实在也是做书的化详为略，省得拖沓烦絮的法子。

却说那毕太太听完黄绣球那一篇话，且异且欢，心中也把黄绣球引为知己，只说：“可惜我要急于回去，不能在此与黄嫂子多盘桓几时。我去后耳听消息，你等张先生病好全了，把你的事商量停妥，请你通个信与我，有什么见得到的，我自然回信告诉你。或者秋凉后九十月间，我特地再来一趟，就长住些，帮你点忙。难得我们女子中，在这内地里，有你这黄嫂子这种人，不可多得。今日幸会，实在佩服！”

黄绣球笑道：“我本晓得什么，像你毕大嫂子，周游外国，利己利人，才算是女中豪杰。如今张先生的病，总还仗你调理几天，再耽搁些。你府上原籍地名，同张家嫂子是怎样一宗亲戚，我方才请教的，还不清楚，请你再叙一叙，想同你仰攀个姊妹称呼，连着张嫂子三个人通一个谱，不知可不嫌唐突否？”张先生的妻子忙道：“我使不得，他是我母亲的婶婶，比我长两辈呢！”毕太太说：“也罢，就是我两人自此以姊妹相称，不用那俗例，写什么帖子。我有一张名片交给你，做个纪念，你也写一张名片给我便是。”张先生的妻子一看那名片，只是二寸多长，一寸多阔，白白的一片厚纸，上面当中有五个字，是印刷的。问：“这就是名字吗？”黄绣球接来看时，正是：“毕强字去柔”的五个字，便说：“我没有这样名片，也没有什么表字，请你就代我写一张，并起一个表字出来如何？”毕太太道：“表字没有何妨？我也没有这样的空白片纸，替你拿洋纸裁一个，你自写一个名字在上面，交与我就结了。”黄绣球说：“我的字断不能写，还是请代写为是。”

这里女宾主三人，与一班妇女，方在叙谈，闻得张先生从卧房内呼唤他妻子说道：“黄嫂子在这里，黄通理先生来了没有？”他妻子答道：“今日未来，可要请他一声？”黄绣球接口道：“前几次他原有话要同张先生面商，只因贵体违和，未得晤叙。明日如果张先生精神好些，我回去叫他来请教些就是了。”张先生说：“没有别的，我想起前次通理先生要捐办学堂的事，这具禀捐款是极容易的公事，倒是学堂章程一时难定。我们舍亲毕太太，他曾在外国学堂读书多年，虽是习了外国医的专门，却于中外普通学问很讲求过的，凑巧好请通理先生大家谈谈。”毕太太闻此言，又谦说：“我也只得一知半解，不懂什么。方才听我黄妹妹叙他的近事，真可谓女志士，非我所及。我们两人现已认为姊妹，等我回去一趟再出来，说定与他帮忙。是我女子们可尽的义务，可达的势力，断不敢放弃推诿的。”

黄绣球道：“原来姊姊尚有如许才学，不肯自露，更叫我自觉粗卤，论起来就该拜姊姊为师了。姊姊在此，既须为张先生调理病症，又急欲回府，不免有点烦冗，倘还能留些空儿，明日我再同我家通理来聆张先生的教，顺便请姊姊再指示些。”张先生听说道：“如此甚好，你二位也不必客气，明日通理先生来商量定了，我等一两天也就要进署办公，打听办学堂的文书几时发出来，便可乘机具呈。”黄绣球说：“外面告示是已经出了。”便把黄通理所说的告示大意，告之张先生。张先生道：“这两日正在考决科，怎么那办警察、学堂的告示也出来了？我在病中，可就不得个信儿。据这告示的意思，真不上紧，真是那句话，要等上司催下来，再拿无款可筹四字搪塞。如今我们捐款请办，定可批准。所怕题目太大，捐的人独力难支，通理先生想先办一个私立家塾，也是不错。既名家塾，更由得我们自定规模，自立派头。这是毕太太优于布置的，包管与通理先生见了面，一定意气相洽，有说有商量的，其事易成。”黄绣球不胜欢喜，又谈谈说说的，外面报道：“黄先生家打发人同小轿子来接了。”黄绣球道：“我是要走，不要坐轿子。”遂回绝轿夫，叫来人领了他儿子，辞了张家，订期明日再见。

回至家中，黄通理先问张先生的病情如何，黄绣球告以一切，黄通理也十分兴会，说：“张先生病了这一个多月，还把我们的事切切在心，可见实是个热心热肠的人。”说话之间，天色近晚，那黄绣球的房分兄弟找了上门，不免叙些寒暄礼节，带了些广东、澳门、香港各处的土物送来。问道：“姊姊今日与毕太太谈了这一天，可提起我没有？”黄绣球道：“这不便就提，看毕太太为人极好，想必平日待你必不是那薄情仗势的。他叫你什么名字？你可仍旧是小时候的名字么？”那人道：“我自从卖为猪仔之后，就被他们改叫做唐顺仔。去年跟了毕太太，也就仍旧叫唐顺仔。”黄绣球说；“你小时候的名字可还记得？”那人道：“我小时候名字叫复华，怎么会忘记呢？”这复华与黄绣球黄通理又各自细谈了好些，末后黄绣球说：“毕太太在这几日内须动身回府，你且跟着他同去。随后我只说有个兄弟，自小分散，闻得在他那府上相近一带，写信托他访求，那时再作个巧相逢。始为光傥。”复华道：“甚好。今晚来得已久，我要去了。我已是无家之人，可怜飘泊十几年，得此意外欢叙，还要姊夫姊姊念着父母之情，格外看待。我积蓄得外国金洋百余元，藏在身边。内地既无可换，明日想送来姊姊这里放着，姊夫要有正用，尽可托人到上海去换了使用。大约合着本国洋钱，也有一千多呢。”黄通理问；“此项为何向来不存放毕太太处？你跟他年把工夫，为何积蓄得这多？”复华道：“一半是辛苦攒聚的，一半是佣资赏资。在广东原是放在毕太太处，临走时，他说他到东到西，行踪不定，途中或与我分散，交给我自己收存。毕太太他的款子也不多，也是随身带了走的。”黄绣球道：“这个你交放于我，原可放心。惟如今既仍跟着毕太太，万一他问起你来，不实说，就难以支吾，一实说，倒不好，不如你还带着为是。再者，我明日同你姊夫还要到张家会毕太太，你仍不要露面。便露面，不要露出神色来。”

复华答应着辞去。刚送出门口，只见黄祸掌着灯笼，急踹踹的走进来说：“那决科的案出了，怪稀奇的，取了两名备取，就是我同你，你在先，我在后。向来决科没有备取名目，这必因我们做的两本，本在不取之列，又因是决科，一榜尽赐及第，故附在后头，这宾兴费总可以领得到手。我们只要去下场，中出举来，管他备取不备取。”黄通理听这些话不耐烦，说：“我不想下什么场，我这宾兴费也让你去领了就是。”黄祸喜道：“这个何必？你也不必因此灰心，不相信那阅卷的怎样瞎了眼，把你的卷子看得这般低。我与礼房相熟，我去把你我的即刻领他出来，看是何批语。”黄通理越听越厌，也不则声。黄祸一翻身，提着灯笼便走。

黄通理对黄绣球道：“这真是面目可憎，语言无味！时常来搅扰不清，将来不要我有什么事，他都来插身插嘴，就应在这个连名的上头，我在先，他也掣肘于后，那可就害死人了。小人难养，有利就无厌，无利就怀恨，偏偏被他纠缠住了，好不可恼！我黄家却是这种不肖子孙最多，开了家塾，把这些不肖的教化几个，也是极要紧的了。认真明日去同张先生毕太太商量，请毕太太先代我拟个规则，请你先做我这家塾的干事员罢。”正说着，黄祸又敲着大门进来，手拿着两本卷子说。“你的并没圈点，只批了一个批语。我的你看这横杠子竖杠子，打了许多。我原不会做，你却可惜了。怎么不依着《四书合讲》，又把王安石大大的奸臣说好了呢？”黄通理说：“你不必问，我把卷票子送给你，我那宾兴费一定归你去领。我还要替孩子们背书，你坐坐再去。”黄祸又得了一宗外快，欣然说道：“如此明日再会，我就去了。”

去后不多一刻，又有人来打门，问是谁人，不答；问了半天，只说“是我，我”，听不出个声音。毕竟开过门那人是谁，且看下回分解。

第九回
申见解夫妇看文章　定主意慷慨发议论

话说黄祸去后，有人又在外面敲门，听不出是谁的声音。及至开了门，乃知是张先生。那张先生病了才好，精神还不能十分复元，所以气力声音都低低的，一时听不清楚。黄通理一看，便道：“你老人家是卧病新起之人，何以这般高兴，夜间还光临舍下？也不带一个人来，快请进来坐着。却有何事见教？”张先生说：“我昨日就觉得病体轻松，今日在床上又养息了一天，方才你同令正从舍间回府之后，随手有衙门里的一位礼房朋友前来看我，他袖中带了一通禀稿，是本官禀复上司办学堂的一宗公事，发房存案的。这位朋友临走时我送出房门，又送到大门，再送送，不觉的到了街上。脚力很是轻健，看看月色甚佳，一个高兴，我想起要将这禀稿送给你瞧，就问那朋友借了来，一直跑到府上。一住了脚，敲门不开，才觉有些吃力。出来的时候，家下人全然不知，必要着急，请你们这里打发个人去替我通知一声，叫他们着个人来接我，我便可略坐一坐，谈几句心了。”黄通理忙即搀扶他在客堂坐下，打发人去替他送信。黄绣球也上前迎候，泡茶敬烟。

张先生慢慢的将禀稿递交黄通理与黄绣球同看。禀词是官样体裁，做书的用俗话摘叙，大概说是：

> 奉上司的公文，开办学堂、警察两事。这学堂尤其要紧，但须先筹经费。现在地丁钱粮，尽征尽解，还要抽提盈余，缺小而苦，钱粮本不甚多，历年都是赔累，实已无可再措。其余地方公款，只有积谷、书院两项。书院膏火有限，恐难扩充；积谷仓是连年荒歉，向来存谷甚少，还待购补，以备不虞，亦无闲款可拨。至于僧道寺产，尤为微薄，怕也难以凑数，所以再三体察，先出了告示，叫地方绅士，有什么章程，具禀上来，再为核其情形，禀详上司。

这一篇的话，一味是敷衍推诿。黄通理看毕，就问张先生道："他只说钱粮地丁不能再提作经费，也就罢了，其实他这地丁项下，就每两再提一分，还可提得出二三千的常款。那地丁钱粮，按着田户是算得出来，就除去火耗尾欠，及所提盈余，一切报销也算得出来，何至有什么赔累？这就不去说他，到底提他一厘同挖他一块肉似的，能不心痛？所以他第一层，就万万不肯。要讲其余的三项，第一项这僧道寺院，在我们村上虽没有什么大丛林，该个百十万的产业，却也有无数庙宇。穷苦的不必讲，单讲那前街的观音殿，后街的太乙道院，黄桥头的无介寺，这三个处在，一年的香火极盛，每个庙中都有一二十万田产房产归那道士和尚执管。另外那些小庙，有十万八万的更多。若把这些庙宇清查归并，总计有若干数目，十成中提一半归公，一半仍分给他们和尚道士，自为存活，也不为苛刻。"

黄绣球听到此处，插嘴说道："要这些和尚道士何用？还不一齐驱逐了，勒令还俗，将庙宇改作学堂，将产业尽数归公，一半办学堂，一半办警察，只怕就连办机器厂，办纺织局，都够了。为什么仍要留一半，养这些无耻游民？"黄通理便道："这话难讲，且待我说来。据我算计，大约僧道两产，果然提得一半，极少干干净净，可有四十万，四十万之外，也就有一二十万不实不尽的可以沾染了。不知做官的何以总不肯作此一举？这是就我们村上而言，若在府城省城地方，有极大的丛林寺产，多到二三百万呢！说句笑话，做官做百姓的，还有犯下罪来要抄封家产，顷刻的可以由富而贫。独是做和尚道士，积了财产，一朝犯法，不过换个方丈住持，从没听见说抄和尚道士的家的。第二项讲到积谷，我虽不甚晓得底细，想来每年买谷存仓的一注公款，积了这十余年，本钱就该不少，加上历年的利钱，至少也有好几万。那官倒说存谷甚少，还待购补以备不虞，难道我们村上这积谷仓既不存谷，又无按年常款的吗？张先生你想想看，这句话就太含糊了。至那书院经费，纵说有限，就照此有限的经费，把书院改作学堂，在我想也绰乎有余，这官却将这三项推个干净。这三项是筹款的头路，既然撇掉了，又不禀请上司，想个什么别的法子，但说叫绅士拟个章程上去，这章程不知是说学堂中办的事呢，还是就指着筹款而言？若讲办事，既然无款，就立不成学堂，事从那里办起？若讲筹款，既然地丁、书院、积谷、寺产一无可筹，一定是要人报效了，何以这话又不说明？"张先生道："这无非搪塞上头，不肯认真兴办，好叫上头晓得为难，不来催问。等到催问下来，自然要归到捐而后已。现在若具呈请办，申明自行报效，不用官款，他倒落得个名目，在上头去讨好。你想先办家塾，起初你说那些情理，我也道是不错，所以赞成。继而一想，只怕那官反批个开合批语，说意甚可嘉，但官立学堂还未议定，且叫你等官立的章程发出，再照着去办，岂不反受掣肘？"黄绣球在旁听得，指着黄通理道："这话果然不差。你说要把些钱先孝敬了官，就可办起家塾来，那孝敬的，图他一个准字，譬如作为经费，这掩人耳目，把个正经事反做得不光明，虽是一片苦心，究为不妙。凡事不必畏首畏尾，定归在我家产业上变个五六千，禀办个学堂，申明自订章程，自请教习，这种懒怠的官，他只要有个学堂替他撑出场面，在上司处可以交代一句，还怕他有甚工夫来管我们闲事？我们只须托人再点缀他些，那更堵住他的嘴了。"

黄通理道："话原极是，我不过怕做得太显亮了，被小人生心。不如先打个小锣鼓，先由我自唱曲子自做戏，倒有个实在影响，若骤然间开出戏场，就怕有看的人闹些笑话，不免反要受官府弹压。还有一层，你说拿五六千禀请开办，莫说五六千不过能立个小局面，仍与家塾无异。万一禀了去，那官说道很好，你就并入书院经费，把书院改个学堂二字，你们去办罢，这却五千倒有四千落了他的腰包，我们仍办事无权，倒出了钱买些腐败的气受，那还是我们的本意吗？"黄绣球道："这样，据张先生说呢？"张先生沉思未答，他那家下的儿子已领了一乘小轿来接。黄通理看他已坐了许久，谈了好些，到底病是新好，不敢久留，也就请他上轿而回，与黄绣球送至轿前，说声："明日到府，同毕太太大家商议。"

这时候还在初更以后，黄通理两个儿子同在书房顽耍。书房内桌上，摆着黄祸送来的一本决科卷子，他大儿子指着卷面上刻的第一名三字问道："怎么取了第一，连文章都没有圈点？"黄通理说："你不看见上面还有备取两字吗？"他小儿子便道："这却奇怪，不论备取不备取，他既不看文章，连个点子都没有，何以又加上一个批呢？"黄通理说："这是文章不对他的宗旨，约略一看，就批斥了。凡是考场看文章的，大半如此，那个当件事情，平心而看？"

黄绣球道："他那批语是怎样说法？大孩子，你念给我听听。"他大儿子便念那批语，是"首艺违背朱注"六个大字，二三两篇并不曾批。黄绣球问黄通理道："做讲义一定要守着朱注的吗？我原问过你，你那一篇不愆不忘的讲义，可有什么根据？你说是你自己的见解，这种见解，除非说给我，我能懂得，可怪不得那看文章的不懂。倒是那王安石的一篇论，当时你说了，我却懂不甚清，待我再来看看。"只见黄绣球从他大儿子手中将卷子取过来，摊在桌上，看那上面写道：

王安石论

吾尝论有宋一代人才，惟王介甫为窥见时势，惟陈同甫为深知祸害……

黄绣球问："陈同甫是何等人物？"黄通理道："这也是南宋的一位大儒，名叫陈亮，人称为龙川先生，与那朱夫子也是相好朋友。但生平学问，主于发挥事功，所有议论，与朱夫子大相反背。他常说：‘孝弟忠信，不足以趋天下之变，而材术辨智，不足以定天下之经。’这两句话，朱夫子就目为怪论。他又有上宋孝宗皇帝一封书，内有两句说：‘今世之儒士，自谓得正心诚意之学者，皆风痹不知痛痒之人也！’明明是指朱夫子的一流，与之嘲笑，朱夫子却也没奈何到他。他又说他的文章才气，可以开拓万古之心胸，推倒一时之豪杰，在当日南宋凋弊时代，这陈同甫的确有特别性质，独立精神，只可惜也不尽其用。”黄绣球道：“慢讲，让我看下去。”下面写的是：

其他率皆囿于习俗，迂疏寡术。至于道学之谈，尤为高而不切。或曰：安石行新法以祸宋者也，其人亦足取耶？则应之曰：安石惟窥见时势，故为是新法，其意固欲福宋，曷尝知其祸宋耶……

黄绣球又问：“法子跟着时势而走，什么时势自然用什么法子。比如我们做女人的，不曾留头，不曾剃眉毛，未出过了嫁的，自然是闺女的打扮；既嫁了人，自然又是一样，与闺女不同，这就因为是时势变迁，理所当然，那有个什么新呀旧的？只要合着时势才好。既然合着时势，又有个什么祸与福呢？”黄通理道：“你莫打岔，你再看下去。”下面又写的是：

今夫人臣，孰不愿遵守先王之法，纯谨无过，以博光荣？而必犯万众之喙，冒不韪之名，创立法制，更革成宪者，固有所不得已也……

黄绣球看道：“哦！哦！原来新法是新创出来的！这也不错。”又看下面，是：

安石见宋之不振久矣，以西夏之小丑，且不能奏平定之功，若一旦北邻失和，倾国远至，又将何以御之？且燕云诸州，中国故土，不能任契丹以久据，故辗转思维，百方筹度，不得已而出于是也……

看至此处，黄绣球又将西夏北邻、燕云诸州为契丹所据的种种历史，问了黄通理。黄通理略略的说个大概，再看下去，是：

安石又见国家之能自立，未有出于国富兵强之外者，然益上不免于损下，右武或诎于修文，故缘饰经术，以钳天下之口，一意孤行，为彼青苗马甲诸法。虽行之不免于弊，然其心甚苦，其志甚忠，其识见又何远也……

黄绣球道：“不要忙，青苗马甲诸法，又是怎么讲？怎么就能富国强兵？怎么又行之不免于弊？”黄通理随又解析了一番，黄绣球又看下面，是：

吾乃慨当日在廷诸臣，不能探知安石之心，和衷商榷，共订嘉谟。执其旧习，一闻新法，相率谏阻，则新法之不能行，与行之不能无弊，岂可独罪安石一人哉？今之欧美列邦，宪法精详，富强日进，彼固历数百年之损益，经数万人之讲求，而后至于斯也。此岂安石一人之意见所能仿佛耶？是故安石之法不足采，而其心则大可取。后世人臣，率鉴安石之改革取祸，相与墨守旧章，不敢少异，其亡人家国，盖不知凡几矣！

那时看完这一篇，讲讲说说，不觉已到夜深。他两个儿子，大的是已经伏在桌上打盹，小的却坐着不动的静听。黄绣球还待看第三篇那八股策论的优劣比较，黄通理说："时候不早，明日要早些起来，准备去会张先生毕太太呢。"这才各就卧房安寝。次日，过了辰刻，夫妇二人正在料理到张先生家，黄绣球的兄弟复华却先走了来，说："毕太太今日下午动身，我特来给个信儿。我的事，就仗你俩放在心上。"黄绣球道："这个自然，你快回去，我们即刻也到，仍旧不露风色为妙。"复华答应而去，黄通理与黄绣球随后也到了张家。那些套叙的话，按下不表。

且说这日毕太太整理归装，雇定了船，一大早就把行李安放上去，叫那唐顺仔——就是复华的，在船上看守，自家仍上岸在张先生处，与黄氏夫妇叙谈。喜得张先生病情全好，比昨夜在黄通理家谈的精神更足。彼此计划了半天，那毕太太说："事情依着黄妹妹，一定可办的。但是也不必禀官，就开个家塾，外面只照家塾的规模，内里尽管参着教育新法，兴办起来。所需经费，无非要办些教科仪器，同那有用的书籍，多备两份，这一注钱也不必就倾变产业，通理先生若是措手不及，我这里还存得千把银子，可以拿出来用。这仪器书籍总要在上海备办，我原有事过上海，很可代办得来。余下修房屋、制几案、各种零碎用场，通理先生同张先生尽够承任的了。如此，等我回头来，不过两三个月工夫，那时官办学堂或是仍无消息，或是已经设立，我们都不管不问，只从我们自己的宗旨下手，逐渐的开发出来，一不用那激烈派，二不讲那高远不适程度的话，也就不至起什么反对风潮，惊动官府，何必预先要堵他什么嘴呢？但是如今这风气，连新法教育也腐败不堪，你们这村子上，不怕创不出新法教育，只怕创起来流弊比旧法更甚，黄先生同我黄妹妹不免倒担个始作俑的罪名。再说外边这几年，女子世界上，未尝不有些发达，女志士、女学生各处也都有的，那不缠足会、女子学校、女学报也是很多。只就我在各处看来，要拣个内外完全的，却是很少。不但在中国的不能完全，便是从前及现在一班出洋的女志士、女学生，学问自然高了，然也大半是鄙弃本国，没有什么真正爱国的热心，十年八年，总不想回来，传布些什么实业，灌输些什么文明，只是自成其名。有的竟与外国人结了终身，这样又与我们中国的女世界有何益处？至于不曾出洋的，聚在上海最多。我几次路过上海，着实调查了些，结识了些。从表面上说起，就连那勾阑中妓女，都有好几个要进学堂读书，人人推称，奉为中国女豪杰、女才子，几乎把欧美各国向来女学最盛的，都一概抹杀，还当了得！不晓得其中千奇万怪，尽有大写生家画不出的种种色相，大演说家说不出的种种情形，如今上船还早，待我慢慢讲与你们听着……”毕太太正要往下讲去，只见已开了午饭。下文如何，做书的趁他这吃饭当口，暂且又搁住笔了。

第十回
演说怪象抉尽弊端　感触亲情陈其原委

话说当时男女内外各吃了午饭，张先生的妻子另外替毕太太端整了几样路菜，搁在一边，又叫人送了饭到船上去与复华吃。

吃过饭，稍停了一会，黄绣球道：“方才姊姊的话没有说完，是怎样的千奇万怪？”黄通理叹了口气说：“这些话我不等毕大嫂子说，我就听见得不少，看见的也多。从前外间的风气怕的是不开，如今一年一年的，风气是开了，却开的乱七八糟，在那体育德育上很有缺点。你记得你梦见罗兰夫人吗？他临终时有两句话道：‘呜呼！自由，自由，天下古今，几多之罪恶假汝之名以行！’现在那社会上的千奇万怪，不论男女，都应着这两句话，真是可耻！所以我们在内地办点事情，讲些教育，要着实力矫其弊，不可一窝蜂的闹些皮毛。”

毕太太听了道：“不错呀，不错。就如开学堂一事，一时闻风而起，官办民立，大的小的，不计其数。不是成了个制造奴隶厂，便是同三家村授《百家姓》《千字文》的蒙馆一样。而且那冲突的风潮，腐败的现象，各处皆然。嘴说改良，改来改去改不好；嘴说振兴，兴来兴去兴不长。内地不必讲，越是通都大邑，他那外观极其宏敞，调查他的内容，竟至不堪闻问。这些在那新闻纸上常常记着，虽然也言之过甚，委实参考起来，总十有八九不成话说的，这是说男学堂。那女学堂只有上海最盛，如今的风气都看着上海的样，却不知文明世界的好样子，连上海都没有一点，倒弄些奇怪样子把人家看。通理先生，你是到过上海的，你道是那班女教习、女学生、女志士身上的打扮装束，出来的神气言论，算得奇怪吗？”黄绣球便问：“装束打扮，怎样另有一派呢？难道他们就改了西装，或是日本的装吗？”

毕太太道：“索性改为东装西装，装得道地，也还不去问他。说来可笑，他们那种装，只像个浪荡公子，浮薄少年，上海的俗话叫做‘滑头’。再说得不好听点，简直的像个上海倌人，这岂不是奇怪极了？何以我还道不算奇怪？这几年想必通理先生也不曾出，不晓得的。我去年还到过，今年又走过一次，两次都耽搁了十几天。凡有女学社、女演说，无不到场，认得的人就很多。有两个朋友住在昌寿里、华安里、余庆里等处，我时常到这几处走动，总在下半天傍晚时分。去时总看见这几处有些女子，打扮得鲫溜伶俐，或是在门前嬉笑，或是在巷口同男人谈心，或是在楼窗子上同下面的、对过的男男女女指手画脚。起先我还只当是上海本地住家，那上海苏州的风俗似此，原不为奇。后来闻说，这都是女学生。看看果然都是天足会中人物，我就很为诧异。两位朋友告诉我：这何足异！他们一样的坐着橡皮马车逛张家花园，到四马路一品香吃大菜，上丹桂、天仙、春仙各戏园看戏，看戏还要拣个末包的厢楼，紧紧的靠住戏台。吃起大菜来，也不妨同着几个青年留学生诙谐百出，叫个把局开开心，香宾酒灌了几瓶，白蓝地喝了一杯，忘形鼓兴，还就唱起九连环十八摸的小调，大家拍手喝采，比那外国男女跳舞会既好看，更好听呢！若是一个男学生请了两三个女学生，这个男学生又好比当日卢梭享的艳福，那些女学生的视线，一齐都射在他身上，尤其好看。据此说来，不是大写生家也画不出的色相吗？但是这系旁人的闲话，我并不肯相信。

“过了两天，我也是到昌寿里去替一个人家看病，只见那里门口停着两部马车，一部车子空着，一部车子里坐了一位姑娘，看上去不过十七八岁，梳的上海头，穿的上海时式衣服，衣襟上系着一朵鲜花，眼睛上戴着一付金丝眼镜，一双瘦条条的脚，穿一双蒲鞋面的象皮鞋子。我打量着，必定是住在这里的人家，同他们家里人出去，那一部空车子，必定还有奶奶们坐上去，同那婢仆辈跟了也坐上去，此时还未出来，这位姑娘先坐在车上等的。我不以小人之心度人，也就忘了这昌寿里一带，很有把戏的。当时我管我的，到人家去看病。好大一刻，天已凑黑了，才从病家走出。只见那两部马车还在那里停着，却都已空了，只有四个马夫，两个两个的分在车上坐着，车上已点了灯。我也不在意，望前先跑。跑不多路，只听见后面车声辚辚赶了上来。我站住要让那马车，头才一回，只见头一部就是那位姑娘一人坐着，后头一部乃是一个少年，胖敦敦的，身上脚上都还是中国式，只头上戴了一顶草帽，不坐而立。这个当口，那位姑娘回过头来笑道：‘先到那里？’那少年把手往西一飏，马夫便知是转湾先到张园了。于是，两部车子风驰电掣而过。随后我将近走到泥城桥，碰着个美国女医生，在马车上迎面看见，他驻了车，邀我也到张园。这日正是礼拜，所以张园里西人游迹亦多。却是西人何以到黄昏时还有去的呢？因为这日张园有外国大影戏，这女医生也是去看影戏的。到了张园之后，马车甚多，先从草地上各处行览一周，那游人之盛，自不待说。就像所见的这些男男女女，也穿来穿去，触目皆是。那位姑娘同那位胖少年，果然在戏场内又看见了，两个人都分着坐的三等椅位。不多一刻，戏场散完，女医生是先已辞去，我在人丛中也想雇了东洋车而回，恰好我雇东洋车的时候，那位姑娘同少年也上马车。却少了一部，两个人竟合坐一部车子起来。”

黄绣球听得说两个人合坐一部车子，便道：“奇极！奇极！”毕太太说：“这就我走我的，他走他的，事情过去了。谁想第三天我又到昌寿里去看病，病家的女主人告诉我一件新闻，说是那邻近有几个男人，为着一个女人，口角打架，险些打进新巡捕房。今日那个女子约齐了他的帮，要在四马路海天村番菜馆议事，轰轰的起忙头，就差没有发个传单。停会，我请你也去吃大菜，听听他们怎样议法。果然我们走上海天村，已有一座房间被些女客占去，看来都是同那位姑娘一派的装束。我那女主人便说：‘这多是些女学生，前天为了口角打架的，就是当中那穿黑衫儿的一位。’其时我们另外拣了座儿，恰与他们的座儿相对，听了半天，也听不出什么花样。后来我看见前回那位姑娘也入了座，这才听见说得几句，像是与那穿黑衫儿的斗嘴，没头没脑，说什么话也终久听不清。只听见内中有一个人喉咙极响，道是：‘现在女权发达，平等自由，是世界上的公理。既然吸了文明空气，大家享自由的幸福，行平等的主义，他固管不得你，你也管不得他。那里有读了这些时的外国书，还讲那野蛮手段，拿娘可压制女儿的？’底下的话，此一句彼一句，说得甚多，这时我倒说不出口。末了又说：‘从今以后，只当没有此事，大家仍各尽义务罢了。’我只才明白，大约穿黑衫儿的是那位姑娘的母亲，其中是为了母女吃醋的事。

“你道这种事怎不稀奇？不是奇他在番菜馆里公然说这些丑话，奇在他说读了外国书，就像这种事是极文明的，又说各尽义务，就像把这些事也作为正经，真真不晓得把文明义务这些理路怎样解释！平日把平权自由挂在嘴唇子上，只当是下流社会也可与上流社会的人同受利益，只当是趁我高兴，就算打死一个人，也是我的自由，不必偿命的，岂不奇而可笑？我这一番话，你们大家不要疑心我是嚼舌头，造口孽，这的的确确是近来新学影响。女流中如此，男子社会上更就可想而知。所以我说不怕创不出新法教育，怕的创出来，流弊更甚。然而我们做事，又不可学那旁观派，一味退缩，只要洞澈其中的弊病，从那弊少利多，细细想些法子，渐求进步，拼着些坚忍功夫，做到铁棒磨成针的地位，看似发达得迟，实在收效最速。我黄妹妹天生女杰，有文明思想，有冒险气质，生在这风气未开的地方，譬如一块金矿，凝结不动。如今受了通理先生的陶镕，又经那罗兰夫人的指授，再加上一番黑暗磨折，就譬如那金矿已凿出矿苗，光焰腾腾的，人都望而知宝，日后开起了这一座矿山，定然那光彩可射遍地球。少不得再研究些提炼之法，筹备些资本，以期逐渐行销，将来的价值自是不小。凡事久而后成的，愈觉成就得好。从前法国有个名叫巴律的，嫌他本国制造磁器粗拙，欲加改良，先在家中设个瓦灶试验起来，一回不成，再换一回，弄得家资告罄，人也弄得困苦不堪，经了十八年工夫，才弄成了。又西人马达加斯加，他以传教为业，传了十年，才得着一个信徒。孟德斯鸠做了一部书，叫《万法精理》，也做了二十五年工夫。亚丹斯密做一部《原富》，也有十几年才做好出版。他那国中人，就记着他那书出版的年分，作为理财学的诞生年分，何等郑重！可想事不在乎急，在乎成，又在成而可传。中国自仿办新法以来，不论什么事，都要急切求效。有些少年勇猛的，凭着一时血性，做起事来霹雳火箭，就同一刻都等不得的。及至草草的放了一响，还没有看见烟焰，倒又都退去几十里路，从此便意懒心灰，不复过问。更有一班凭空的无事无端，口口声声说不怕流血，不怕破坏，及至遇着了点小事，不要说流血，就连皮肉都干系不着的，他早已躲闪了，不见个人影。这两种人，论他们本心都是可与有为的，不过没有受得教育，合着中国的一句旧话，叫做‘少不更事’而已。至于那误认天赋之权的，剽窃外国哲学的皮毛，借着爱国保种为口头禅，却一旦要灭他自己的家门，杀他自己的父母。家尚不爱，何爱于国？父母生身的血种，尚不欲保，还讲保什么种来？一戴了顶日本帽子，一穿了双洋式革履，昂然入市，把酒色财气看为英雄豪杰的分内常事，甚而借着妓女优伶，讲求运动。这些人物，就只可陈设在中国博览会中，供东西各国的人冷嘲热笑了。我这唠唠叨叨讲下来，不是阻黄妹妹的一片好意，也只叫是话逢知己，说得畅快罢了。”

当时黄通理黄绣球两人，都听得津津有味。张先生也连连点首说：“这般看来，还是我们村上风气安顿些。”毕太太道：“这又不然。我说的是开通以后的流弊，内地未曾开通，其弊犹如顽痰一般，结成痞块，横在喉咙里，或是顶在胸口，久之饮食难进，气脉不舒，不把那痰化开来，一霎时痰涎涌塞，死了还无人得知，岂不可惜？那开通以后的弊端，犹如头上生了疖子，腿上生了流注，七穿八洞，脓血淋漓，归不到一处去。两种病，看似生顽痰的不觉得些，其实也是不可忽略的症候。试问地方上人人不开通，就好比人人起了顽痰，那还要得？我是业医的，你们不要笑我三句不离本行，可是不是呢？我此番去后，一定两三个月内就来，拿钱在上海买些学堂应用之物，来送给你们。或者我附着你们，也来设个医院。”张先生与黄通理夫妇都说：“如此甚好。那买物买书的款子，也不客气，就等你带了来再还。”毕太太说：“这又差了，黄妹妹不是说那美国莱恩女士言道：‘苟得无量数之财产，愿尽为教育界之资本。’这就算我步那莱恩的后尘，赞成我黄妹妹的正事。将来指望黄妹妹竟同莱恩一样，执了教育会的牛耳，我就同莱恩所遇的一位朋友，叫做喜齐确科的前来祝贺，仿他的祝词道：吾不为黄绣球贺，吾为黄绣球果然绣成了地球贺。这不比坐在黄金世界上还要快乐吗？”说得大家欢喜非常。其时已近申牌时分，张先生的妻子们又安排了点心，大家吃过，闲文不表。

且说张先生谈过了心，说要到衙门里去走上一遭，回来再送毕太太登舟，黄通理也要先回去一趟。二人出了大门，这里内眷们从新谈些别的事情。黄绣球想起他堂房兄弟复华的事，要与毕太太说明，便趁着毕太太独自进房的当口，跟了进去，拉他坐下来，问：“姊姊从广东一路而来，怎么不带个女仆，倒用个男管家的？”毕太太道：“这人原是好人家的人，我顺便收留他，带他回南，并不当他用人看待。”

黄绣球一闻此言，心上一喜，又问：“姊姊收留他有了几时？晓得他是南边何处人？”毕太太说：“我只问过他，说是生在南边，十三四岁就从福建被人贩卖到广东，当了猪仔，逃出来的。你何以忽然盘问这个？”黄绣球不觉的一阵心酸，像要掉下泪来，正在回答不出，他那兄弟复华跟着一个老婆子引到毕太太房门口，说了些话，毕太太却不理会他，只把眼睛瞟住了黄绣球。要知复华说的什么话，黄绣球怎样同毕太太说明，请看下回。

第十一回
两番行期真情始露　一个阵势奸计又来

话说黄绣球的兄弟复华，当日在船上看守，傍晚时分不见毕太太上船，知是毕太太须吃过晚饭然后动身，就将行李各物重新打点一回，以待关掩舱门。忽然觉得少去了一件东西，想着临上船时，检的清清楚楚，怎样会少？为此嘱咐船家，他又上岸来向毕太太查问。这里毕太太正疑黄绣球问及于他，眼圈儿上红红的，像有难言之隐，故不以复华所言在意，却瞅定了黄绣球身上。看黄绣球见了复华，一时更愣住了，说不出话。复华站了一会，毕太太这才对他讲道：“那一件东西不是上半天我已拣出，留给在此地了吗？你倒忘记得快，快回船去。我在此吃过晚饭，也就上船，趁着潮水便可开船的。”复华答应了笑道：“原说上半天发行李时还看见，怎样就记不起呢？”毕太太指与黄绣球说：“此人老老实实，不傻不乖，在外洋也赚得几个钱，到我处又攒了些。我带他回南，想要替他安顿一桩事业，却还没有工夫盘问他的底细。妹妹如何忽然说起来？”

黄绣球道：“说也话长，可惜匆匆的姊姊就要动身，他原是我的房分兄弟呀！”毕太太听了，好生诧异，道：“如此妹妹何不早为说明？那顺仔又像似不认识妹妹的。怎样他既到了自己家乡，也并不与我说过一句，这很奇了！”黄绣球反笑嬉嬉的，欲言不言。只见张先生的家眷们走进来问：“你们在此讲些什么？”毕太太道：“好呀，诸位可晓得黄妹妹讲出一件奇事来了！”便将方才的话告诉大家，大家都逼着问黄绣球的究竟，黄绣球备细的说其原委。正说着，张先生与黄通理已一同回来，道：“今晚是戌时涨潮，该料理晚餐，请毕太太好早些登舟。我两人已打定主意，诸事等毕太太回头从长议办。”毕太太喊住了张先生说：“今日我不能开船，你来听听我黄妹妹的事情。”

黄通理只当又有什么议论，跟着张先生上前，只见黄绣球如此如此的谈法，说：“怎样就讲到这个？不怕毕大嫂子笑话？我那房分舅爷，自从他老子带他出了门，就没有得过信息。他原没有近支，没有亲戚，此番听他自己说，吃过苦，倒还积得几个钱，或者毕大嫂子提拔他点，给他做个生意买卖。”张先生一班人都说：“这真是有缘千里来相见，可可儿的他碰着了毕太太。毕太太可可儿的带他回了家，遇见自己的姊妹。既这么讲明了，自然要请他上来，大家叙个亲谊。通理先生同绣球小姐一时不便与毕太太说穿，也还罢了，不该连我们都瞒着，使我们失礼。”黄绣球把这两句话问住，甚是惭愧。却不知黄绣球，他心中是横着他那兄弟做了人奴，有多少说不出的委曲，要留待日后斡旋，如今也只先想与毕太太说明，不提防大家都晓得了，当时着实的踌躇。毕太太便对大家言道：“理应快请上来，就烦通理先生去走一趟。另外雇个人去看船，或是仍将行李发上来。”张先生便打发一个长工，同黄通理去至船上，与复华述明原故。不多一刻，果然连人带物一齐登岸，算给了两天船钱。

大家叙过了礼节称呼，毕太太道：“在外洋广东时候，他原只称我为毕先生，我只叫他名字，如今，我也称他为唐先生。”黄绣球接着道：“他本名复华，并不姓唐，只唐顺仔是外洋人替他造的。闻说外洋人多称中国人为唐人，仔者又是极贱之称，这个名字的意思，就道是唐人中顺了他的贱人，你道恶毒不恶毒？可耻不可耻？复华，你既得了这番造化，从此要拿这三字做个记念，发奋为雄，挣扎起一个人来，也不枉毕太太的恩义。我那叔父客死异乡，婶娘的灵柩还厝在村上，待我明日回去做一桌菜，你也去祭告一番。”当晚黄通理夫妇辞了张先生家回来，一宿无话。

次日，是复华先至黄通理处，随后张先生的妻子与毕太太也同了来。

两人都是初次登堂，不免张罗些客套。毕太太见了黄通理的两个儿子生得极好，小的尤觉眉宇轩昂，拉住了手问他两个的名字。黄通理道："大的乳名叫钟儿，小的乳名叫权儿。我就把他们的学名起做黄钟、黄权。这大的虽也乖觉，只是没有悟心，知识平平，不及他兄弟有些见解，同那钟一样，要时常敲着些，警觉他，只怕还是个木钟，敲不响呢！"毕太太道："到底年纪还小，教小儿的法子，只要趁他知觉既开，随事触发，就那浅近容易、极有兴味的，凑合他的知识逐渐引牖，引到各种科学上，自然见功。"

黄绣球道："我前次梦中，还有人授我一本书，说是地理教授法，也同通理讲过，说是很好。这地理教授，岂不就很难吗？"毕太太道："地理所赅甚广，凡天然界、人事界的各项学术，譬如天文、动植、矿务、农田、人民、财产、政治、制度，无一不从地理上发生，因为人不能离地球而立，地理即在地球范围之中。譬如我们住在这村上，这村上的气候形势，以及民情物产，怎样与他处不同？他处的又怎样与各处不同？一处一处的合拢来，考究比较，看是何处优，何处劣？劣的必须想出法子，求占优的位置；优的也必须格外上进，防的堕入劣点，这就各种学问都由此而出，所以总可归之地理科，不但单讲山川土地的。说起此事，我倒想起一个笑话来：我家有个伯叔辈，在安徽作客。说那年初奉上谕开办学堂，安庆府是省会地方，就先开了一个。一日子，有个洋人游历过境，拜会地方官，谈到这学堂的事。那洋人精通官话，便问：'贵学堂内可有地理学没有？'这地方官的知府，是八旗籍贯，还不曾回答。那知县却是榜下翰林，选了缺，新调首县，向来声名赫赫，就抢前回那洋人道：'我们中国，只有做风水先生的讲究地理，又谓之堪舆。那种事是极其渺茫，怎么学堂里好教与学生？'那洋人听了，半天不则声。这知县等洋人去后，还对那知府说道：'洋人晓得什么？不是卑职驳斥了他，大人就被他问住了。'那知府连连称赞说：'毕竟老兄能办洋务。'这知县也得意洋洋，甚为高兴。你看，一位翰林做了地方官，弄出这种话把来！"黄通理道："所以办学堂一定不能要官府举办的，越是翰林进士的官，越不能办。他拿他翰林进士的腐败意见，布置点局面，立出点章程，无不可笑。那捐班的又只当学堂受他管辖，把教习看作属员，把学生看作仆隶。新近听得苏州元和县属的学堂内，派了差人地保去查看情形，差人地保得了此种号令，不敢公然在城内的学堂作威作福，却到四处乡下拣那教蒙童的村馆，挨家逐户去说：现奉县主大老爷，查考学规，同学生人数，一律要送入城内学堂。如怕去的，就每一个村馆要按着所收学生多少，按月缴捐，莫如送我们茶钱若干，就好替你们少报些。那班村馆先生，一年到头，一家数口，都靠着做猢狲王过活，那里禁得起捐？不捐就学生少了，坐不成馆，故此一闻此说，你送五百文的也有，他送一千钱的也有，四下一走，倒弄了好几百吊。此风一开，你看将来渐渐的也要在城里发作。而且我说的这件事，是在苏州省会出现；你说那笑话，是安徽省会的实在新闻。这三江省会地方，官办学堂尚有这些事端，边省偏隅，以及那小县分，笑话奇谈更多着呢！倒觉得有了学堂名目，反不如从前书院干净。所以我想办个家塾，先立定基础，也是一个道理。”

毕太太道：“是极，是极。”随即走到黄通理的后面一带房屋，察看一回，看是三间两厢，尚为宽阔；面前一个院落，也大大的；院子西面，还有一棵大柏树，只是房子的墙有些松动，窗壁也不很坚整，西厢房连着正屋的后进，尤其驳落，便说：“这屋子收拾起来，却不容易，把墙要另起两垛，板壁门窗一齐换新，靠西厢房只好留出一尺，再筑一垛复墙，可就与正屋不致大碍。上面的椽子，通过那边，虽有点倾欹，似乎还不要紧。照此花上二三百吊钱，做一两个月工，也就成个样子。复华他无事，就叫他战敠些。顶好再把这一片地修得平坦洁净，还可做个小小体操场。”说着，大家又走至前面屋子，叙谈多时，盘桓了一日之长，并将复华留住在黄通理家，叫他将自己的行李搬过来。毕太太是仍回张先生处，不题。

且说毕太太为着复华的事，暂时耽搁，歇了两三天，原料理雇船动身，另带了个老婆子去，将些笨重物件，寄放下来，张先生也自此照常进署办公。这时候，赶乡试的人也已去了大半，只有黄祸因录遗没有录上，他竟不等补取，大大方方的去而复回，对着人讲：“我本荒疏已极，那个想中这劳什子举人？不过为了几块洋钱宾兴费。连我那本家通理先生的领到手，也不在少处。”这日齐巧毕太太上船，张家黄家两面的人都送行出来，被黄祸碰见。众人正在船岸边与毕太太作别，黄绣球叮嘱道：“两三个月内，等你快来，大家好早点办事。我那房子，即日动起工来。”其时黄昏之际，黄祸听上去觉得声音很熟，一看果是黄通理、黄绣球、张先生一班人，甚为疑异；又听见什么办事动工的话，莫明其妙，也不理会，就将身子闪开，躲了过去。一连几日，才走到黄通理家说：“你看我要中场外举人了！”

黄通理便问：“为何你却不去下场？就是有科举的，也该去得了。”黄祸又笑道：“你还打趣我，不晓得我原是监生大老爷吗？”黄通理道：“这个想必咨文没有办得及。”黄祸又说：“办咨文是件什么难事？衙门里几位书办，那个不与我交好？这些至容且易的事情，怎样会来不及？我是大老官脾胃，去了录遗，录遗之后，就跑回来。不瞒你说，简直的录遗没有取，那个再爱去等他补出来呢？我说要中场外举人，不是讲文章，是讲我已经成了仙了。”便将那晚碰见听见的事情说出道：“我人还没有到家，就晓得你们的事，这样灵机先知，怕不算个仙家？要在场外送进一篇仙家文章去，怕不中出举人来？”黄通理道：“这些我与张先生已议了好久，想必你并不曾去录遗，在外听见的。你既说是成了仙，你可知道我们那日送行的是谁呢？”黄祸道：“这原是戏谈。我且问你：你们说办事动工，可是造房子开学堂？”黄绣球见他纠缠可厌，黄通理说的话不能开发他，便道：“你大伯子何苦要钉着问我们的事？前回我们孝敬你那一注钱，尽可自家去设法些捐到官府里，办学堂也好，办警察也好，总可图得个保举。眼前又放着举人解元不去抢，这是什么原故呢？”

黄祸被这两句话说得无趣，搭讪着辞了出来，心下想道：他们鬼鬼祟祟做事，偏要相信张先生，拿我自家人不当心腹。我虽然用过他们几百吊钱，却是替他们出力不小。这也不去怪他，独怪那张开化，不过是个刑房书办，在官人役，就拿地方上的公事在外面招摇揽权。那开学堂的事，全然不与刑房相干，倒把他应办的警察不加紧的送稿请示，狡猾已极。再讲那办学堂的事，地方上也很有大绅士可以出面，如王侍郎、李太史，同做过浙江道台的那位陈观察，都是两榜高才，一乡师表。还有些京外仕宦，多可请教的。就算旁人出捐，办事也须先尽这些绅士，怎么一个书办与一个不上场面的土财主，也不曾发过榜，也不曾做个官，就私下要承办学堂？这是从来没有的事！我们村子虽名为自由，却让不得他们这种自由法子。黄通理不过有几千产业，想必要勾结了张开化，借着学堂，里应外合的，把持起来，好发大财，哼哼！这个心思念头瞒得住别人，怎样瞒得住我？我也不同你们说破，也给个里应外合的阵势，教你们碰碰利害！第一，我先进去，把张开化招摇揽事的弊病揭开，革除了他的卯名；然后写一封信去，告诉我一个朋友，这朋友是广东候补道，同我们这做过浙江道台的陈观察世交，请他挽出这陈观察来，总司其事，我还可在堂内谋干一个位置。凭着良心，不想弄钱，也有口现成饭吃。我的儿子黄福今年也十一岁了。趁此也好带到堂内读书。通理是不懂事，看他一家人，也替他荐个分教习，我那儿子就请他教着，他万不能收我的束脩，岂不一举数得？当下，黄祸这般说过，笑了一回，又咂嘴咂舌的想了一回，做书的就此照话编出。要知他那话怎样做法，下文自有交代。

第十二回
张先生无端犯奸案　黄绣球忽然信尼姑

话说上回书讲到黄祸所说的话，怎样办法，在此回交代。看官，要知那办法已在所说之中，自可不必急急。如今且说黄绣球见黄祸搭讪着乏味而去，以为他不好意思，就丢开了。不料他奸计又生，迁怒到张先生身上。那张先生因病耽搁，将近个把月，才亲自进署办公。公事就忙碌得很，也无暇再到黄通理家去。

不知怎样外间传起一件奸情案子，说是衙门里有个姓张的，霸占良家妇女，同本夫吃醋打架。本夫是无用的人，斗不过这姓张的，气愤无法，几次三番要寻死觅活，都被乡邻劝了下来。内中有个乡邻人家的婆子，在城里绅士家做乳娘，把这话说到绅士的太太耳朵里，绅士的太太又同那老爷说起，那老爷道："这还了得！叫乳娘回去告诉那妇女的本夫，进张呈子，一面我去拜会官府，说明此事，请官从严查办，替他出气！"那乳娘虽只答应了，却原不在心上。绅士老爷更是说过也忘记了。正是无巧不成书，这件事又早被黄祸晓得，黄祸连日正要打主意害张先生，只因前回私下得了黄通理那一注钱，没有同里头的门上有个交代，怕见了门上的面，问起来难以为情，而且仍旧是张先生的事，显见得其中有些挟嫌，不甚光荡，所以还没有下手。忽然刮着这一阵风，却又无从插身多事。后来那乳娘回家，把他主人绅士老爷的话说出，那妇女的本夫还只含忍不发，并且所谓霸占的事也无确据，所谓霸占的人也认不清，不过那妇女实有外遇，那本夫实因暧昧情由，同人斗过几次嘴，打过几回架，乡邻人等看本夫并不关心，自然谁又去管他的闲事。只有黄祸要寻事生非，各处打听。一日，打听到那乳娘的话，欢喜非常。那乳娘的主人绅士老爷，不是别人，就是他所说做过浙江道台的陈观察。一想陈观察向来情分相隔，怎样弄个门路去见他，怂恿他出头？我那广东候补道的朋友，信是写了去了，但只说学堂的事，要等他回信来，去见陈观察，再谈此事，不免太迟；就再追封信到广东，往返也得个把月，缓不济急。想了半天，说道："有了，这事有关地方风化，可以告诉学老师，请学老师招呼印官。是官的书办犯法，不怕他不查问。等他发作起来，那时自好运动。"

谁知跑至老师处，恰值老师送考上省，遇着了一个门斗，便把来意同门斗说了，并问这门斗可知其事。那门斗道："这些事是常常有之，也没有闹捉奸，闹人命，怎样出得出花头？"黄祸道："你不晓得，要是别人，我也那有工夫管这闲事。听得是衙门里的刑房张开化干的，这张开化很不是个东西，在外着实招摇，新近串通了我们一个本家，要借着办学堂撞骗钱财，我那本家受他欺蒙，已勾结了他。你想我那本家的妻子，才被他害了吃过苦头，你是晓得的，他弄了好几百吊钱。现在又要弄送我那本家，我气不过。谁知他本来这般不安分，仗着是衙门里的书办，没人敢动他，所以我一定要碰他一碰。"那门斗听了，不甚招揽，只回报一句"等老师回来再说罢"。心下想着：别的事与我无涉，这办学堂的话，并没有听见什么动静。因又问黄祸道："你贵本家是谁？可是我们学里的人？"黄祸道："是那开智桥头的黄通理。方才同你说，他妻子因为放小脚，放到女班房里的就是他，怎么还不明白？"那门斗道："这位通理先生是极有道理的，虽已早出了学，若要办学堂，应该来同老师商量商量，不至于就同一个书办私下共事，这倒要让我便中去问他一声。"黄祸道："不必不必，实在你要问他也不妨，但切切不要提张开化犯奸的那事，将我的机关戳破，我可不依你的。"门斗笑允了，各自走开。那黄祸又怎样生法，暂搁不题。

且说黄通理在家无事，与黄绣球、黄钟、黄权夫妻父子们，终日读书谈论，无非研究些新知识、新学问，预备设家塾的一切义务，也抽空与张先生往来计议。张先生渐渐的把所积公事扫清，时常同黄通理夫妇薰陶濡染，那胸襟意识越发开豁得多，凡有文明的事，都想一一担任。

一日，问黄通理道："你那房子也该叫人收拾起来了。"黄通理说："已经叫木匠泥匠看过，日内就好动工。内弟复华，他于这建造工程倒有几分在行，请他监督着，大约两个月尽可完工。"歇了几日，水木匠一齐上手。偶然有个木匠同那学里的门斗相识，在门前碰见，引进来坐坐。复华正在那里监工，那门斗也招呼了，问这屋子何以要翻造？复华不知三七二十一，随口说是造了开学堂。那门斗听说事果有因，就又问道："这学堂怎么开在家里？是这里房主儿一人开的，还是合伙开的？"复华却回道："又不是开店，有什么合伙不合伙？"说时黄绣球走出，那门斗知是女主人，也不回避，便问："通理先生可在家么？"通理却随后听见，道："是那一位在此？"门斗忙上前相叙道："本来几天前头就有件事要来请教，一直搁住了。今日碰着这匠人是相识的，才同了进来。不然，也就过门不入，把要请教的事又忘了。委实这事无甚紧要，不过你老有个本家，那天去访我们老师，老师送考上省，不在斋中，他对我说，你老要开办学堂。"即指着复华道："方才听这位先生讲，这房子修造了就是开学堂的。我只要问问这事，没有别的，可是容易忘记呢！"

黄通理问："我那本家是谁？莫非是黄祸吗？他可说起有什么张先生？"门斗当时一呆，心上想道：他怎样也就晓得？其实黄通理不过猜着黄祸讲他的事，必然牵涉张先生，并不知黄祸另外有些什么。此时门斗只当他连黄祸讲张先生的奸情、想要播弄一番的事也都晓得，便道："你贵本家正是黄祸。他原专为那张开化来寻我们老师，倒卫顾着你老，怕你老上张开化的当。"于是，照着黄祸的话，略略同黄通理说过。又说："这其中我是没有招揽，他却再三叮嘱我，不可戳破他的机关，你老也存在心上，不必去问。"黄通理听了此话犹可，禁不住黄绣球一听，又怒容可掬道："这黄祸真真可恶！我要寻他来，当面去告诉张先生，问他为什么胡说八道？"黄通理忙与黄绣球挤了一眼，说道："这事于我们何干？况且他还有好意卫顾我们。"那门斗却心下起了一疑，以为黄祸就是播弄张开化，怎么这黄奶奶这样抱不平，黄先生倒像帮着他。可见黄祸说，黄通理受了张开化的牢笼，互相勾结，这句话是不假了。总而言之，于我更是无干，不过要开学堂，应该通知我们老师一声的。那门斗如此想着，也不曾出口，不一刻就出来了。

黄通理见门斗去后，与黄绣球进至内室，道："方才门斗的话，也说得没有清楚，黄祸既然拉拢我们，莫如就趁他的假意，探我的实情，将他寻了来，问他一个明白，只说托他去察访张先生平日为人，到底靠得住靠不住？那黄祸是个一团茅草的人，自然瞎嚼蛆的嚼出来，不打而自招的了。"

却说黄祸浪荡无事，镇日价不会在家。这日从一条街上，恰恰与通理碰着，看他头上顶了个大帽子，穿了一件马褂，脚下却是一双鞋子，踱了过来。黄通理便问："你到那里去道喜应酬，这般起劲？"黄祸道："去拜陈膏芝观察的陈少爷，没有会见，空走了一趟。"黄通理道："到我家去吃中饭如何？"就一同到了黄通理家。先是闲谈，随即吃饭，同他说："我那办学堂的事，一定不举动。现在修理房屋，一半是本来要修，一半为着孩子们读书，想自己开个馆，多收几个附读的学生。"谈说之间，黄祸道："我今日去拜那陈少君，你道何事？是他府上传出一句风声，说那张开化在外边霸占良家妇女。我想开化常同你往来，看他规规矩矩的公门中人，不至于知法犯法，怕那陈府上误听人言，设或告诉了本官，就不甚妙，也不好去问开化，所以想在陈少君处探探口气。如果此话不虚，便当关照开化，及早弥缝。据你看，开化会做这种事不会？"

黄绣球当时也在旁听着，着实忿恨，只因要装作不知，不好抢白，却忍不住说道："张先生是断不会的。"黄通理忙道："这个知人知面不知心，也难说一定不会。但我们因为前回讼事，同他交涉，后来他生了一个多月病，踪迹就疏了。自从前日同他送一个客人的行，至今又有好些时不见面，不知陈府上那话，是怎样传出？"黄祸道："是陈府上的一个乳娘，同他这所占的女人是邻居，传到陈府上，又传出来的。我也不知其细，所以要去探探，偏生又会不着这陈少君。去的时候，不好因这点腌脏的事，冒冒率率上门，想他府上与我本有世交，我自从出门回家，还没有去拜望过，因此戴顶大帽子，只算是拜他的，便中打听。”黄通理道：“陈少君不在家，他那老翁呢？”黄祸道：“他老翁究竟是做过道台的大人，不好惊动，只留了一张小字单片，上去请安。这些分寸，我们在官场里走走的，总要晓得。”黄通理道：“是，是，我看这桩事不必去管。”黄祸又道：“这事我想开化不说不会，谅他也不敢。我要问问，原是不相信的意思，谁去管他？如今公门中人，也实在不守本分。不是我说，张开化虽则似乎还好，却也狡猾得很。即如你办学堂不办学堂，他要插在里面鬼混，无非想鬼混你两个钱。他一个当书办的，就配同我们书香世家讲话做事吗？以后少抬举他为是。”

黄通理听了不响，也道：“是，是。”黄绣球却又忍不住说道：“只要人能独立自由，自由又能自尊，不论男女，人人都是平等，有什么书办书香？”黄祸听此话不懂，不甚端详，停了一会，就将大帽子用一块汗巾包起，马褂子也折入其内，拎在手里告辞而去。

黄通理与黄绣球商议了一阵，便到张先生家，把这事婉婉的一说，张先生笑道；“这事闹得已久了，差不多有了两三年，是我们承发房里的伙计姓张的，相遇了一个女人。是凡衙门口的人，明荡荡无人不知，黄祸到此刻才晓得，还钻头觅缝，当桩新鲜事谈，亏他还自充能干呢！随他去，让他去吃屁罢！”于是另谈了些话，暂搁慢表。

且说有一天，黄通理家门口来了个尼姑，登门化缘，被复华挥斥不去，索性坐在门楼子下大敲起木鱼来。复华随即去监他的工，不去过问。是黄绣球听了出来，看那尼姑，年纪约莫三十几岁，背上背着一尊观音，项下挂着一个大木鱼，低着头，闭着眼睛，不住手的敲。便上前与之诘问，心上转了一个念头，说：“我们中国号称四万万人，女人去其一半，已都是拘着了内外界限，男尊女卑，不能同男子一样的做事，如何还有这些做尼姑、当道姑的，索性连女子的职分一概也抛弃干净，学那没出息的男人，吃起八方来？不知这恶习是几时有的？你看他这一类人，既然放掉了脚，又没有男人压制在前头，身体也可谓自由极了，怎么怀着这种魔想？念经敲木鱼，有何用呢？我是一个女人，待我来就他们当中劝化出一两个人，日后帮着我点，也是好的。”想罢，便进去量了几升米，取了几百钱，给与那尼姑，说：“师傅在那个庵里？我改日到你庵里去顽顽可否？”那尼姑只当是大施主，与他有缘，喜之不迭，口称：“阿弥陀佛！阿弥陀佛！你这有福有寿的奶奶，小庵在西角上觉迷渡口便是，离府上很远，还是小尼常到府上来给奶奶做个伴罢。”一面说，一面就想走进屋里去坐。黄绣球心下又一想，说：“这些三姑六婆，只可我用他，不可叫他来用我，我还没有看出他的好歹，不可叫他先看见我的虚实。”当时便拦住了，说：“当家的在里头，你快去罢，改日再谈。”那尼姑才合十诵佛的走了。黄通理此时在门内也曾看见，知道黄绣球不是迷信神佛、结交尼姑的性情，必有一番作用，故而并不露面。

黄绣球随即对黄通理道：“我们村上除了和尚道士的庙宇，这尼姑庵有几座？”黄通理道：“不多不多，至多一两处。你难道要去修行吗？”黄绣球道：“我是不肯修行，若要修起行来，包管要修出点实际，不是空口讲白话，什么上西天，做菩萨，叫人看不见的。你如要我修行，却依我两件事；你不要我修行，也依我这两件事。总是要你依我，我不依你的。”黄通理笑道：“这又奇了！你我同心合意的办事，有什么依我依你？如今正在要开办家塾，你又何必另起花式呢？”黄绣球也笑道：“我不起花式，我怎样绣得出地球来？你且看着。”黄通理便说：“如此，依你那两件事？”黄绣球当时却不说出，做书的写不下去，只好又说句老话，叫做且听下回分解。

第十三回 论鬼神善破迷信 拜观音假托荒唐

话说黄绣球对黄通理言道，要他修行，须依他两件事。黄通理问是那两件事，又不肯就说出来，谁知是一句随口支吾的话，莫说两件事，连一件事都没有。当时做书的被他诳住，如今看官们也只算受了做书的一个诳，一笑而已。

闲话休题，却说自由村上，那觉迷渡口的一座庵堂，原名就叫觉迷庵，数十年来未遭兵燹，却是房廊殿宇均已颓败，一向无人住持。近几年才有一个年老姑子，带着一个伴当，在庵内修葺了两间小屋，借地修行。这个老姑子，原也生长在自由村上。自幼随宦出外，嫁于外乡，也做过小小之命妇，眼前已五十多岁，穷寡无依，故此回到家乡，拣了这个庵堂，安身事佛。那伴当便是到黄绣球家去化缘的，系从外乡跟随而来，佛门名为师徒，其实同俗家母女一样。他二人住在庵里，起初靠着老姑子的些微积蓄，布衲淡饭，将就过得。后来老姑子病了一场，又被贼偷了一票，虽说出家人用度俭省，也搁不住是坐吃山空。老姑子既得了这座荒庵，又有个终老之意，看看自家老病颓唐，一旦寂灭之后，叫那中年伴当，怎样支撑得住？因此上才叫那伴当出来募化些，广结善缘，无非想得几家施主，弄几个护法，从中揽些经忏

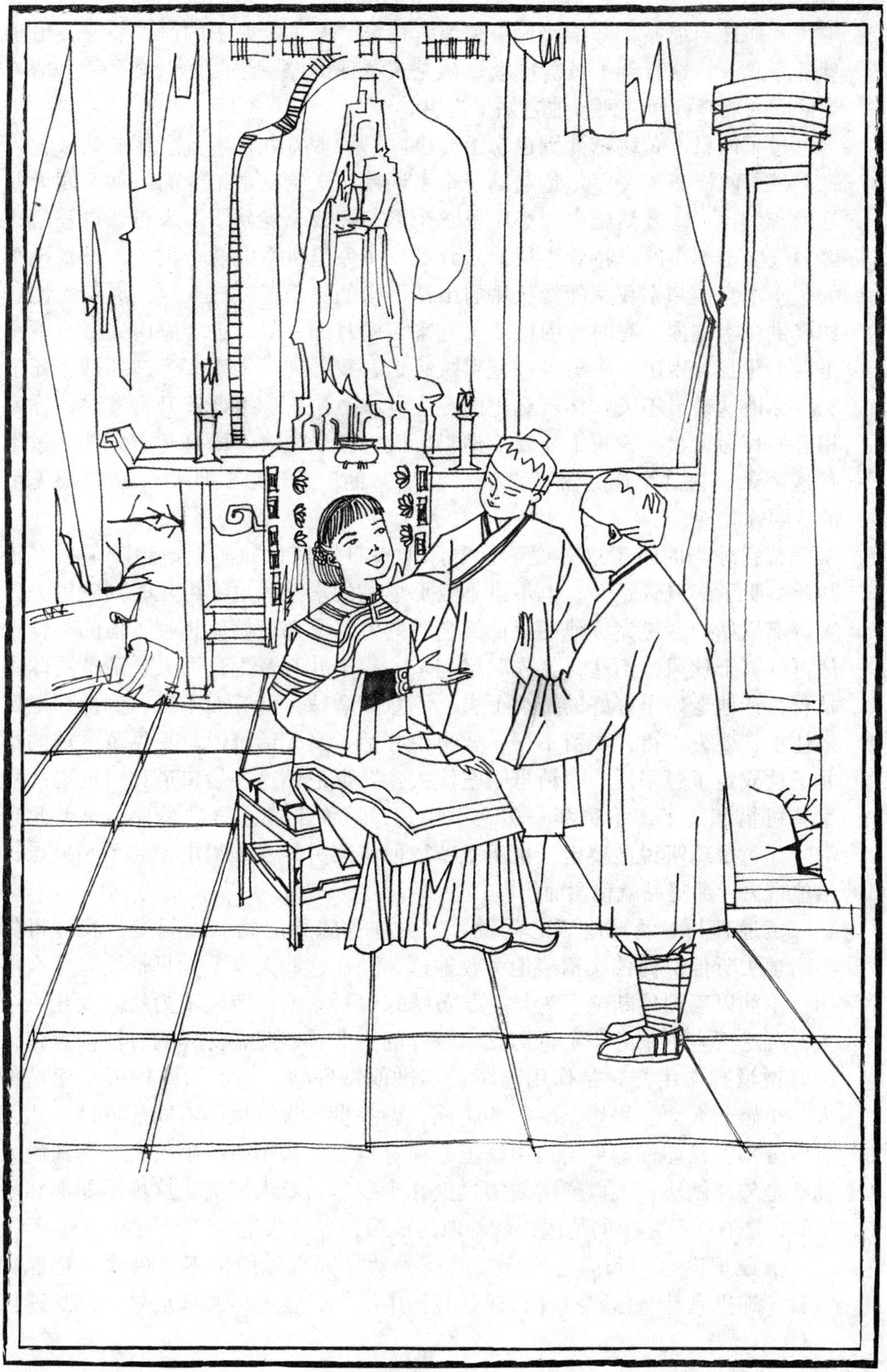

生意。那伴当尼姑，却于此等事是惯常行家，奉了老姑子的命，一连就出来募了好几天。这日到了黄绣球家，认是黄绣球倒像一位信女，又见黄绣球要到他庵内随喜，回去便与他老姑子言讲。

过了两日，黄绣球处倒也忘了此事。恰为遇着九月十五，那尼姑又上门来，带了两样素菜说："是老姑子亲手调制，送给施主结缘的，歇三四天便是观音生日，还要请施主到小庵里吃个素斋。我家老姑子本来想亲自登门，因为气喘走不得路，特着小尼前来致意。小庵里供奉的观音大士，虽是小小的一座木身，却系我家师傅从峨眉山请下来的，奉了二三十年，灵验无比。如今供在木龛内，有时龛内就放出光来，同月亮一般。去年庵内失贼，不亏是大士化身，现出一个男子，把那贼赶走，我师徒二人险些还被那贼害死了呢！你道这是灵不灵？你若到庵内虔心拜求，包管你家老爷升官发财，你家相公们长命富贵，你将来还要受诰封，做一品老夫人。最好趁十九菩萨过生日这一天，去许个愿，替菩萨装个金身，助一盏琉璃长明灯，是功德无量的。阿弥陀佛！"

黄绣球当时听了这等说话，要照他平日性情，如何肯耐烦听下去？他却此番听了，只管是笑，也不讲不收那尼姑的素菜，也不讲几时到庵里去，直待那尼姑把话说完，他还只像笑嬉嬉的发呆。那尼姑原想收了他的菜，自然再好打个秋风，不然，就先联络起来，等十九观音生日那天，请黄绣球去拈香，让他老姑子好好的结交上去。不意黄绣球尽管笑而不答，倒把那尼姑呆住了：要去不得，要留不得，要再说些话，又无话可说。只见黄绣球的小儿子黄权走了过来说："请母亲吃饭去。"那尼姑这才趁口道："这里两样素菜可惜搁冷了，不曾蒸一蒸。小相公，请你带过去尝尝罢，小尼就此告辞。"黄绣球听说他要走，也不款留，便将菜另外拿碗腾出，装了些果点，给他带去，那尼姑就称谢而行。

黄通理与黄绣球吃饭之间说："方才这腌臜尼姑一派胡说，我晓得你不耐烦去听他，何苦又招接他，收他这菜？在这些人身上，只怕没有什么作用，不如以后同他断绝了为是。"黄绣球道："这话我又不为然。大凡一个人，既是天生下来的，不论男女，一样的有五官四肢，一样的有性情意识，怎好说没有作用？只是作用差了，不讲他是尼姑，入了邪魔外道；便是夫人、小姐、太太、奶奶，享得些庸福，做一世庸人，也还不同那尼姑一式，有何分别？且如你们男子当中，不论何等执业，只图得一生衣食，不知做人到底是怎样做法，大概懵懵懂懂过上几十岁，与草木同腐，这更不如那和尚尼姑，还有一种迷信的范围，就着他的范围，容易感化呢！"

黄通理道："和尚尼姑迷信的是菩萨，究竟他们也不过借着菩萨诓骗衣食，那里有什么信，有什么迷？我们中国人，也不但和尚尼姑，都是迷信鬼神。如今正要破去世界上的这种迷信，岂可还用那神道设教的法子，再把《封神传》《西游记》的影响，造起因，证起果来？”黄绣球道：“你说和尚尼姑不是真心迷信菩萨，这话有理。要晓得中国人迷信鬼神，也不是真心迷信，不过存着个邀福避祸的心。得了福，以为是鬼神所赐；得了祸，也以为是鬼神所派。因此无福的求神拜鬼，惹祸的求神拜鬼，无祸无福的也求神拜鬼。他时时处处有一个祸福的念头，所以他时时处处就有一个鬼神的思想。你看乡下城外，有一棵树，一口井，或是一块木头、石头，偶然碰了碰，过一过，没有病的病起来，有病的凑巧第二天好了，就哄然说树上、井上、木头石头上有神有鬼，弄得大家来拜跪祷告。问他所以祷告的原故，不过说是求免灾晦，求发财，求生子，总总有求而已。求的时候心中有个鬼神，目中也像有个鬼神，俨然在旁；求过了之后，不但目中毫无鬼神，就连心中也一丝记不着他，可见并未尝实实在在奉着鬼神，算得个迷信二字。照我说迷信的实际，就如人好嫖好赌一样，有也要想着他，没有也要想着他；穷也不怕，饿也不怕，连日连夜，不睡觉，不吃饭，沉溺其中，任什么事都不管不怕，只是心心念念想去嫖赌，才算真是迷信。做到这样迷信的地步，在嫖赌上是成了个极下流的东西。若把这迷信移到做正经事、讲正经学问，便成了个百折不挠、自强独立的大丈夫，奇女子。就是那求神拜鬼的一班人，果然不计祸福，确确实实见得有个鬼神，要去崇拜他，成了迷信，这种迷信，自古以来也很少有。都因为只把鬼神不是看得怪诞，便看得尊严，所以说得深的，就同天一样，高远难稽；说得浅的，竟犹如巫祝一般，可以任人干请。据我看，鬼神只是与人相同，全凭一个道理，做人的道理，应该爱国爱种，爱己爱物；做鬼神的，自然也应该爱国爱种，爱己爱物。从黄帝以来，凡是中国的鬼神，无不爱中国，即无不爱中国的种族。没有什么和尚尼姑应该奉鬼神，不是和尚尼姑不应该奉鬼神的话。若是鬼神兴妖作怪，妄弄祸福，就是鬼神的不知自爱，不成为鬼，不成为神，犹之乎一个无道理的人，人人得而攻之。岂有做人不依道理，可受人唾骂，做鬼神不依道理，都可一律信奉的？孔夫子不语神，不知鬼，我想也是因为鬼神无形，所以懒得讲。后来的人却看得有尊严怪诞两层，就反把鬼神专属了佛道两家，任一班和尚道士尼姑们颠倒播弄，真真可笑。”

黄通理道：“鬼神终究是无影无形，怎样见得有道理、没道理呢？”黄绣球道：“道理在人心上，鬼神就在道理上。一个人合着道理，就算守着鬼神。至于祸福，原从道理上生出，有道理自然获福，没道理自然遭祸，祸福只看自家的道理，自受自取，也没有什么形影可寻。确实在有个机关在内，这个机关便是鬼神，隐隐然伏在道理之中。难道鬼神真有个狰狞之状，高大之貌，同那庙里塑的、纸上画的一样吗？我是不曾读书，我也不相信那书上的话，觉得我的意思论鬼神便是这样。你想想，我这话讲得去讲不去呢？”黄通理道：“听你的讲法，胜如听宋人所讲的一篇语录，比那讲阴阳二气、良知良能清楚得多。但是发了这一番议论，怎样的叫那和尚尼姑们可以懂得？只怕像我们这村上，就要在绅商士民当中，寻一个能懂的也不容易。”黄绣球道：“你不去管他，我明天且到那觉迷庵去走一遭。”

次日清早，居然雇上一乘轿子，抬到庵内。一下轿，寻着那尼姑，也不等尼姑款接停妥，开口便问：“供的观音菩萨在那里？”那尼姑连忙引至一间厢房里，指着桌上一座龛子说：“这便是了。”黄绣球不等说完，已在桌子前面俯首下拜，口中还像是喃喃祝告，拜了又拜，伏在地上，好一会工夫，才慢慢的站起身来，神色之间，似乎十分敬异；又在桌边朝着那龛子，望了好一会。那尼姑同那老姑子笑立一旁，说：“请奶奶到中间坐罢。奶奶这样的诚心，阿弥陀佛！那观音娘娘一定要保佑的。”黄绣球又不等他们说完，便一屁股坐在供观音的桌子下边一张条凳上，说道：“昨天我听讲这位观音菩萨灵得很的话，心上就着实感动。”那尼姑听此一句，对着那老姑子道：“是呀，昨天我把娘娘放光退贼的事告诉了奶奶，奶奶就只是出神，没有再比他诚心相信的了。果然奶奶的根基厚，福气大，娘娘就来感动你了。”

黄绣球又正色道：“说来这还了得！你们也掇张凳子坐下。我昨晚做一个梦，真真稀奇，我是千信万信，只怕你们两位师傅倒要疑我说诳。如今当着菩萨的面，可要说给你们听听。”那两个尼姑齐声说道：“阿弥陀佛！娘娘从来不轻容易托梦把人。还记得十几年前，我们两师徒从普陀朝山下来，寄住在宁波一个人家，这家是个举人太太，他那举人老爷去世，又没有少爷，单留下两位孙相公，年纪都在二十岁上下。这太太年纪已经望八，薄薄的也有点家私，指望他两位孙相公进个黉门秀才，再连着登个金榜。一直做好事，行方便，冬天施棉衣，施粥，散米票子；夏天施药，施茶；又起座文昌宫，修魁星阁，造宝塔，什么好事都肯做。花的钱也渐渐要完，无奈他两位孙相公总连一名秀才都中不上，也是他家祖宗积福，这一回碰着我们这位观音娘娘，暗中怜惜他的一片善念，有一晚，就托梦点化这位老太太，叫他捐些钱到书院里去，说是花园里要养树木，书院里要养人才，人才养得多，就可以出秀才了。果然，第二天那位太太托了个人，到书院里写了五百吊钱的捐。后来我们走了，闻说这两年，他两位孙相公都已当了秀才，这位老太太去年才过世的。自此以外，这位观音娘娘从没有什么梦兆到人。我们可不晓得什么叫做书院，想必是念书的园子，同花园差不多的。”

黄绣球道：“我昨天做的梦，比你们说的还要神，你们断乎不能相信，要是不相信，反替你们添一层罪过，不如不说罢。”两个尼姑怎样肯依，一面去泡出茶来，一面又坐在凳子上，笑颜动问。黄绣球却先将那老年姑子打量了一回，问："你师傅是几岁上出家的？俗家姓的什么？看你的根基，也像个好人家出身，同菩萨大大的有缘。"那年老姑子禁不住拭着眼睛，掉下一点泪来，说："我也本是个乡下先生的女儿，老远的跟我父亲到云贵四川各处投亲，就嫁了四川的一个芝麻绿豆官。不上年把，就守了寡。又是几年，我父亲也死了，我就在四川峨眉山削的发。后来请了这位观音娘娘，一直供奉在身边，眼睁睁活了五十多岁，不是同娘娘有缘，那里得到今日？"黄绣球道："这就对了。昨天娘娘托梦于我，说我的话，且慢慢告诉你。倒有两句说你的话，不晓得你心上服不服？我拿我的话比起来，只怕你听了也不能不服的。"

那年老姑子急忙问："是怎样说法？"黄绣球道："当着娘娘，我也不敢瞎嚼舌头，娘娘说你一生一世，虽然吃苦修行，保住今世的寿数，免不得来世还要罚做……"说至此，缩住了口道："这话罪过巴巴的，不要讲罢。"老姑子道："罚做什么？可怜还要罚我做女人吗？"黄绣球道："女人也是一个人，岂可看轻？能够仍旧罚做女人倒好了。简直的说，要罚你做女人当中的娼妓！且说照你的罪名，在常人，还不至于罚到如此，因为你做了一世的尼姑，吃了八方，虽是苦度，却是与人世间无一用场，还有多少虚糜人间的钱财，离间人家的夫妇，不知不觉积下罪恶，所以拣了那又受苦又安享的一种妓女，叫你来世也去受用受用。至于你的罪名何在，就说你不敬重书院里的念书人，在书院里不曾修些功德。其余的，还不比这个罪大。娘娘又说，你年纪老了，罪孽已满，死得已快，来不及再点化你，我还有点宿根，同你在前世里原是姊妹，一旦有缘相会，叫我来嘱咐你。从今娘娘要离开你，到别的庵里去享受香火，或是仍归峨眉山去了。这是娘娘叫我告诉你的话，对不对，我也并不晓得。那娘娘讲我的话，告诉你，你也不知来由，却在我自己想想，实为灵验，所以我此来诚心叩谢，意欲请娘娘供奉到我家中去。如蒙慈悲应允，今晚上还请示个梦兆，等再得了梦，再来细谈。"

当时一老一少两个尼姑听得面面相觑，那老的更听得伤心，两只眼睛看看龛子里的观音菩萨，又看看黄绣球的神色，半晌不语，呜呜咽咽哭得出来。忽然望后一倒，几乎倒栽一根葱！忙即扶到他禅房内，向床上安睡，一口痰在喉咙头唏哩哈拉的响了一阵，又咽下去，叹了一声气，这就闭着眼不闻声息。吓得那中年尼姑浑身发抖，也大哭起来。正哭时，那老姑子又微微的喘了一声，黄绣球道："不要紧，且扶他靠在枕头上来，你去冲碗滚水，给他喝一口看。"后事如何，下回再讲。

第十四回
曲曲折折做成一件事　光光荡荡收了两个人

话说那年老姑子靠到枕头上去，歇了一会，吐出好些粘痰出来，内中还有一块同冰糖似的，坚硬不化。这一块吐出之后，觉得胸头甚为宽畅，就将滚水喝了一口，神气顿时清爽。黄绣球道："你且就此安息一回，我便回去，有话再细细的谈。横竖我同你都要信奉娘娘，或是你自己，或是我来替你，再在娘娘面前祷告祷告，忏悔忏悔，照着娘娘的话，你就在书院子里做些功德起来，定归仍要保佑你过到一百二十岁的。"那年老姑子又挽留了黄绣球坐下，说道："我这痰喘病有十几年，往常发起来，厥过去，一阵痰滚在喉咙里，及至咽下去，醒过来，心口头总不舒服，从没像今天吐出这硬块，就登时畅快的。真真是菩萨保佑，碰着你奶奶有根基有福气的人，菩萨就托你来超度于我。"

黄绣球道："你说我有福气，是还未必，若说我有根基，我也不敢自认。却是前晚梦中，娘娘告诉我，说我前生确有来历，今生一定也要做个女中豪杰的。我原当不起这话，不过拿我生平志愿，及从前经历的事，一桩桩想起来，倒有点意思。而且当晚娘娘说我的话，倒像一二十年来娘娘都是亲眼看见的，说得我比我自己记得的还要清楚。这些话说来甚长，慢慢再讲。我明天一大早来，定准再代你求求娘娘，只要你发个什么愿心就是了。"那年老姑子又叹了一口气说道："咳！我出家了几十年，并没有积聚得多少钱。自从进到这个庵里，修了这两三间的房子，师徒二人吃吃用用，不瞒你奶奶讲，如今箱子里就剩了一注送老的钱还没有动，其余只有些念经拜忏的家伙，变不出捞儿来了。"黄绣球道："这个不是打算，一个人要做有益于人的事，在有钱的，自然不可紧紧捧住腰包，死也不肯放松；在没钱的，又当别论，岂可就拿没钱推托？像我也不是有余之家，若样样事都要等有钱的做，难道我们没钱的应该看着现成，享着自在？譬如饭是要等人买米来烧给我吃，衣是要等人买布来做给我穿，不但无此现成自在，便算有了，也须知可耻。天下有钱的人，又那里替无钱的人做得多少事？不是我说，从来像你们这出家做姑子的，同那和尚道士，只顾自己修行，要修得来世，不顾吃的八方，看得太现成，享得太自在，其中暗暗的损了人家钱财，借了人家福分，所以观音娘娘说你有这般罪名。凡是做和尚尼姑的罪名，原都同你一样，娘娘怎样单单的派着你呢？这因为你一生信奉，到底可怜你，要提拔你结一个善果。我既受了娘娘的感化，同你缘分不浅，不好不结结实实再告诉了你。我晓得你年纪这样大了，自己也定不出个主意，只要你看得起我，相信我替菩萨点化你的话，自然还有菩萨交代我的事情来分派你们。你们师徒两个想想看，好不好？若是好的，即刻点付香烛，当着娘娘，我们三个人磕头许愿下来。”

黄绣球的话说到此处，那年老姑子连连点首，还不曾则声，那中年尼姑却笑起来问道：“我们师徒两个并没有骗人家的钱，仗人家的福，辛辛苦苦，不过是募化来的；不然，就是施主情愿施舍来的。听得说有些大尼姑庵里，田产积了许多，金银该了无数，一切起居服食，比那富贵之家还要受用，他也只顾是自己修行，并不把他庵里的家私拿出来做事，而且他的家私越弄越多，也不要募化。这种福气，想必几世才修得来的。”黄绣球道：“这么说，修来修去，修到做一个尼姑，活守着寡，勉强吃了素，把五伦之道都断绝了，把口体饮食之奉也克减了，家私虽多，同不做尼姑的一样，生不带来，死不带去，这却有什么好处？况且自古修行，只有苦修，没有富修的。既然修到了该起田产来，积起金银来，除了吃斋拜佛，一无用场，不好说的话，那穿绸吃荤，都不是出家人应分的。至于那不肖的行为，更就不该。你想照着这样守起规矩，要那钱财何用？天下越是有钱的人，越难守规矩，做和尚尼姑，做到了同富贵人一般享用，这种和尚尼姑的做法也就可想而知，一切腌臜龌龊的话，也不用说了。如今且不说和尚道士，单就你们当尼姑的说，你不听见有些地方的尼姑庵，出了名，同窑子一样的？就是娘娘所说罚做娼妓的实在凭据。一面做尼姑，就一面受了报应，还等不到来世呢！可怕不可怕？”年老姑子连诵了几句“阿弥陀佛”，说道：“罪过，罪过。我们快些仗着奶奶的护法，从新忏悔，不要再胡言乱语。看我这一把老骨头，今世是来不及了，总巴望来世好好的做个人。”因指着那中年尼姑道：“像你若还留起头发，跟着这位奶奶做点正经事，倒也不错。”黄绣球急忙正色道：“这句话你老人家真又福至心灵了！到底观音娘娘暗中指点你，所以你才说出这句话来。”当即起身又向观音下了一拜，说：“此话娘娘是已经交代过我，叫我随后劝他，不想你已一口说着，娘娘当面，可不是我性急先说的。事情正多，一时办不了，我却先要回去，快些我们三个人来谢了娘娘，让我回去，再来同你们摆布。”

当时黄绣球从觉迷庵回到家中，黄通理道：“你怎么去了就将近一天？又同那尼姑们弄些什么乾坤出来？”黄绣球拍掌大笑说：“这个乾坤大着呢！神仙也猜不到的，你且莫问。”随即打扫了一间屋子，摆了一张搁几，一张方桌，桌上摆好了香炉蜡台。又叫人挂了四盏灯，去买了檀香蜡烛，买了几尺黄洋布，缝起一个帏幔，用竹竿竖在桌子面前，挂了起来。然后在香炉里烧了些檀香，把门窗关好。黄通理同他儿子们看了，都不懂，问问又不肯说，一宿无话。

第二日却是十九这天，黄绣球在五更以前就起身收拾清楚，东方发白了一息息，已走到觉迷庵里。敲起庵门，神色张皇的，同那两个尼姑道："昨晚娘娘又托梦与我，说你们还信心不诚，一定要离开你们，回峨眉山去了。半夜里我惊醒起来，不能到你庵里，赶紧的望空叩祷，再三替你们求情。朦胧之间，好像娘娘才答应宽留两日，却要到我家去，看你们能够把交代我的话，依我分派不能？我想等过了今天娘娘生日，让你们在庵里再供奉一天，娘娘都不肯，我所以已连夜打扫一间屋子，趁着天明一股清气，我同你们把娘娘的龛子请过我家去罢。"其时两个尼姑晓得当天是观音生日，却也已经起身，料理上香礼拜，不意黄绣球来得更早。一听此话，活神活现，老姑子又哭起来，中年尼姑也呆住站着不动。

黄绣球道："事不宜迟，老师傅且在此，等我打发轿子来接，我同你徒弟先捧了佛龛同去。这庵门暂叫香火看着，房门窗门一齐关锁好了，再把要紧的箱子也带到我家去，先安顿了娘娘为是。"说时迟，那时快，果然中年尼姑跟着黄绣球捧了观音龛子，进门一看，看见那供奉观音的一间房屋，甚为惊异。不多一时，那老年姑子也接了来，带了一口小皮箱，一只竹篮。黄绣球将观音供好，叫两个尼姑就坐在供观音的房内，安放了他的箱篮。跟手焚香点烛。吩咐磕头下跪。把个黄通理如同看戏法一样，又笑黄绣球发痴，心中又嫌他瞎闹。幸亏天气尚早，那修房子的水木匠还未来，一切家下人都未知道。只见黄绣球跟着拜跪以后，就对着两个尼姑说："娘娘交代我分派你们的事，一桩是叫你们不论老少，都留起头发来；一桩叫把那觉迷庵暂时空锁几天，留你们住在这佛堂内，由我供给。等两三个月头发留得长了，另有事做；一桩娘娘明日就要回峨眉山，不愿将木身存在世上，叮嘱我跟同你们即用檀香末掺在柴草中间，立时焚化了。这三桩我已说明。你们谅不容不依。"于是又叫两个尼姑一同拜跪，口中念念有词，拜毕，便捧了观音龛子，说："到后院清洁地方去，好好焚化。等焚化了，再来请你们去磕头。"三跨两步，走了出去。那两个尼姑人地生疏，不晓得后院在何处，不便跟随，只弄得呆呆的任凭发落。黄绣球捧了出去，几个转身，就把一座观音木头段子抛在后门外一条河里。回头恰遇见黄通理远远的看见，黄绣球笑道："你看我比韩文公讲的'人其人，火其庐'的两句话还痛快些罢！"一语既毕，仍至原处，说："娘娘已经归山，快随我来拜送。"便引着两个尼姑，急急忙忙，在后面一个小院子里胡乱磕了几个头，又急急忙忙引了进屋，说："你们赶紧默诵《观音经》一千遍，念了《观音经》，再念

《金刚经》十遍，念了《金刚经》，再念《太阳经》《高王经》，这一天都不能歇。我去弄茶弄水，弄些点心来，替你们关上这门，不要高声，给人家听见，就要搅乱了，心不诚的。到吃饭时，我自然送饭来。老师傅若是坐不住，我去搬一张藤床，搁在半边，也可以休息休息。”

黄绣球安排妥当，关了两个尼姑在那一间屋内，这才进去对黄通理说出他这一番作用：如何假托梦境，如何假装观音点化，要骗那两个尼姑养起头发，甩掉他那段木头根子，慢慢的自然用着他们。“我说依我两件事，一件就是要多养两个尼姑在家里吃饭，一件就是要用着他们的处。在两件已有一件做到了，还有一件，你且看着。”

看官，若问这句话是黄绣球事后现成的话呢，还是起先就有这话的意思，做书的假说他支吾着诳，如今补出来的呢？也不必深求。却说黄通理听了黄绣球的话，大家谈论了些，当日替两个尼姑另外收拾了一间卧房，只叫他们一天到晚不则声的念经，不同他们交接别事，也不许他们走出所住的两间屋子之外。老姑子不放心庵里的东西，也替他搬过来，只留些厨灶碗盏、台凳桌椅，给香火住在里面管着，付了些薪工，说两个师傅出门做道场，半月二十天才回来，箱篮什物，是寄在黄府上了。自此黄绣球安顿了两个尼姑，闲时与他们讲些经卷，渐渐的与他们讲些女子教育，看待他们同自家人一般，所见所闻，无非是新机新理，久而自化，两个人也过惯了。

有一天，黄绣球问他两个说道：“你们看，做女人的是那几件事情最苦？除掉无家无室、无钱无儿女这几件事不算，要讲自出娘胎到五六岁起，做女儿一直到嫁人做媳妇，养儿子做娘，这当中一层一层的苦处，老师傅都是经过来的，小师傅想必也是轻年出家，没有不晓得的。”那中年尼姑先回答道：“女人自然是没有丈夫的最苦，俗语说‘嫁鸡逐鸡，嫁狗逐狗’。像我若是丈夫不早死，就苦点过日子，在家也好修行，不至于当尼姑了。当了尼姑，靠菩萨吃饭，就不得不募人家几个钱，供养菩萨，自己带着沾些菩萨的光。虽然吃素念经是门分账，到底这募化就是第一件苦事。我跟了老师傅这些年数，到人家化缘，有的人家欢喜施舍，多多少少总还容易；有的人家不欢喜施舍，勉强化了些钱米，无济于事。碰着人家奶奶太太们相信的，被当家主人拘束，私底下施舍些，一次两次，不好时常登门，还有些人家的男子汉，一见了我们就嚷，半推半骂，受了糟蹋，仍旧一双空手，化不到一把米，一个钱。其中的气恼渐渐的忍受惯了，虽不觉得，想起来这出家的苦，也算有一无二。不懂那些大庙里、大庵里，能够叫施主整百整十的送去，就积了产业，是什么缘分福气？”

黄绣球道：“本来一个女人，虽说没有了当家的，何苦要走到这条路上去自讨苦吃？难道手里做不出点事来自顾一身？难道有当家的女人，就该吃现成、用现成吗？如今且不说这话，我不问你们既出家之后的苦楚。你们想想，到底未出家之前，做女人的那几件事吃苦？就算做富贵人家的女人，吃现成，用现成，也有不能说的苦头，你们且说且看。”那老年姑子便道：“做女人不如男人，已是第一桩苦。男人读了书，或是学了生意，要成名就成名，要发财就发财。女人由他是才女，有什么本事，都用不着，这就是前世不修，今生受的苦了。”

黄绣球道：“像你修了几十年，怎么观音娘娘还是那样说法？也不去问他，单问女人堕下地来，先会哭，后会笑，抱着吃奶，尿尿屎屎，那一件不与男子相同？怎么几岁之后，就不如男子，要吃起苦来？那苦在何处呢？”老年姑子又道：“父母自然爱儿子，不爱女儿，小时候好顽意儿，父母还不多嫌，到了几岁上，父母看着总是一个赔钱货，所以凡事都是做女儿的吃些苦。越到后来，嫁了出门，或是受翁姑的苦，或是受姑娘妯娌的苦，或是受丈夫的苦，说不尽言。也有福命好的，父母从小疼爱，一生一世不受磨折，不过是少些罢了。要讲女人不论贫富贵贱，最逃不去的一重苦关，莫非是生产那事。”黄绣球笑道：“你修行修到这大年纪，倒还记得生产的苦楚，反不记得女儿家包小脚的苦吗？你们两个人吃过这个苦头没有？”

那老姑子也笑了笑，那中年尼姑道：“说起来这件事，真是做女人第一大苦！可怜我出家那年，初次放这双脚，一放开来，就同木头段子拖在腿底下，一步都动不得，倒反疼了好几十天，才同那小孩子学走路似的，慢慢跨开来。切记得那时隔壁一个人家失火，大家都逃跑了，我这双脚再要挪都挪不上去，急的要爬要死。当时就不曾放脚，也是鸡眼叠叠，越吓越疼，走不出去。幸亏那火没有烧得成功，后来竟躲在屋里，赤着一双脚，放了个把月，如今也就忘记这个滋味了。”老姑子便道；“这是做女人人人都有的，除了在旗的，与那广东、苏州、江北各处的乡下人，随真随假，个个都是小脚，这也不算甚事。我看外国的女人，他那两只奶子，总要用个架子撑得很高；他那一道腰，总要束得极细，说是以此为美。我们中国裹小脚，就同外国装奶子、束细腰一样，不过是好看而已。”黄绣球道：“据你说，这好看是自己看的呢，还是给人家看的？人家看了好看，还是敬重我呢，还是轻薄我的？究竟我们女人讲贤惠、讲德行、讲相夫教子诸般大事，可在这双小脚上做出来的不是？”老年姑子只笑着回答不出。黄绣球又道：“你不看观音娘娘就是一双大脚吗？”正要把话说下去，黄通理来言张先生来了，另有话谈，黄绣球就打断话头。做书的也就搁住笔头，且听下回分解。

第十五回
造假信不害真事业　出新法教作女先儿

话说张先生这日到黄通理家，一为打听毕太太去后有无信来，二为衙门里又奉到文书，催办学堂；本官也换了人，特来通知。闻说新换的官，人极有用，他在别处任上办过蚕桑馆，也办过学堂，都有成效。黄绣球道："官办学堂，我们说过不必问信，他催办些什么，我也不愿听，倒是巴望毕太太早点来。我这两日又做了一件快活事，请我家通理告诉你尊驾听。"黄通理接着将收留尼姑的事，带笑带说讲了一通。张先生道："现在上头催办学堂的方法，正说要清查地方寺产，作为经费，他那觉迷庵虽无产业，大可将房子地基捐出，或是估价变卖，或是就改作小学堂。"黄通理道："这庵不大，地基也不值钱，若是变卖了，凑凑数，还可做得。绣球，你将来就叫那老姑子出名，捐掉了他。"黄绣球道："如今两个姑子既然要养他还俗，正苦这座庵无从交代，只管雇着香火看守下去，也不是道理。我想另外叫人出名，把这庵捐作女学堂。外头托张先生，里头暗地下，我等毕太太来，一同布置。先禀上去，本官既要交卸，一定不批；新官既是能办事的，自然一定可以批准。我们仍旧办我们的家塾。这样，那座庵堂才能在我们手底下联络一气。"张先生道："机会好，主意也好，本官交卸是快的，我等他交卸前几天，代你们做好呈子递进去。"黄绣球道："这就很好。"

说话之间，只见来了一个人，手里拿着一张名片，说是学老师那边，来请黄老爷即刻过去。张先生告辞而出。黄通理去到学老师斋中，谈起："前日送考回来，有个贵本家叫黄祸的来见，带着一封广东来的信，说你足下要办学堂，并不禀官，也不来同兄弟商量，却先同一位衙门口的书办，串通了别处教堂里教民的妻子，在外面招摇。足下是老实人，都被那书办作弄。兄弟想开学堂的事，自然听地方官主裁，我这里都不便越俎，何况足下？至于同教民交涉，尤其非我辈所宜。他们当书差的，诪张为幻，极其可恶，足下断不可受他的愚。我这里又接着移文过来，说学堂已奉上宪催办，将来倘然办起来，总是几位乡绅主持其事，我代足下谋个教习的位置，岂不安逸得多？"黄通理听了答道："这事尽可请老师察访，如果晚生同那书办有在外招摇的实据，也瞒不过敝本家黄祸。如今我们这地方并无人讲起，反是广东隔了几千里路，倒有信来通知老师，不是晚生顶撞老师的话，只怕老师倒受人之愚了。至那教民的妻子一句话，更加糊涂。那是张开化张书办的亲眷，同贱内结拜姊妹，一向在广东那边习的外国医学，此番回家，路过此地。那日大家送他上船，在岸上大家讲到开学堂的事，托他到上海带点学堂应用的书回来，给大家预备，将来叫子弟进学堂用的，这也寻常之事。”

那学老师听到此处，心上一愣，就支吾说道：“莫非是此人仍回广东，以讹传讹说出来的？我这里来信是真，并非兄弟说的假话。”便将黄祸送来的一封广东信，给与黄通理阅看。黄通理接来看时，分明就是黄祸的笔迹，内言张开化欺他本家黄通理懦弱无知，串通外来教民之妻，借着学堂敛钱入私。学堂为新政发端，岂容蠹吏嫁名行骗，要请老师查明，详禀重办。末后又言，地方上如果开办学堂，敝友黄某可任经理之责，也请切实保举。他那本家黄通理，若是并不知情，也可开脱其罪，酌充分教习云云。黄通理看完此信，问道：“老师同这位写信的人自然很有交情，晚生却同他不相闻名，何以也替晚生着力？是所不解，这其中必定另有一个因头。”老师道：“这倒不明白了。”黄通理笑道：“老师不明白，晚生倒有点明白的意思，一定老师受了敝本家之愚。老师的话不假，这封信却是假的，老师不认得写信人的字么？”老师道：“这种信还不是请人代笔，何以见得是假？”黄通理道：“要就是请敝本家代的笔，见了敝本家，且请问问他看。晚生承老师的吩咐，决不多事。老师也弄清楚了，晚生再来奉教。”说罢，起身兴辞。那老师反弄得一团疑心，想了半天主意，打出一个回信稿子，请黄祸过来，叫他代誊，誊好了细对笔迹，方知来信也就是黄祸捏造。当时并不揭穿，后来又请了几位门生，连黄通理一并来吃便饭，才问清黄通理与黄祸两人的前根后苗，老师就置之不问。直等旧任官已经交卸，新任官接印之后，黄祸又去到老师处怂恿其事，被老师大加申斥，只才没趣而罢。

原来黄祸妒恨张先生，既想拿奸情诬陷他，又要拿学堂的事诬陷他，后来打听奸情是万万牵搭不上，就不说起。这学堂的事，写过信把他那广东道台的朋友，拜过那陈膏芝的陈少爷，也着实从中媒孽，并自家替自家挖当了许多，只是广东朋友总无回信，陈少爷总不得见，他便造这一封假信，不想就败露得这样快，偏偏还败露在黄通理眼内。那学老师是好好先生，却也不曾对他说是黄通理看出来的。

光阴迅速，黄通理家的房子业已修理完工，觉迷庵捐办女学堂，也经新任官批准，而且新任官将书院改并学堂，以及清查寺产、开办警察诸事，一切都有了眉目，迥与那旧任官不同。但是这地方上久已闭塞，人心风俗鄙陋不堪。一旦风气初开，多还有顽固社会，百般阻挠，所以各事草创起来，不但全无精神，连形式也是杂乱无章。有些高明子弟，没有得着新学的皮毛，反中了新党的习气，就如瘟疫一般，一时传染开了，倒叫施医的无从下手。

因此那老成保守的一派，目中看见此等人，只是头戴草帽，脚穿皮靴；耳中听见此等人，只是讲流血，只是口口声声平等自由，及至考究他的人格，却腐败到了极处，就竭力的批驳他们，死命的排挤他们，把他们的污点，抹杀了全社会的新理。这一班人又反唇相稽，弄得彼此反对。始而反对，继而抵抗。越抵抗越隔膜，那保守派分外的坚持俗见，维新派也分外的激烈猖狂。其实新不成新，旧不成旧。旧的讲忠君爱国，不过在功名富贵上着眼；新的也讲爱国爱种，做起书来，刻在纸上，登在报上，开口闭口四万万同胞听者，无不淋漓痛快，句句动目，字字惊心，却是说话高兴，连自己的老子都要活活杀死，说他是野蛮，不配做文明人的老子。这就讲没有三纲，不论名分，难道自己的老子不算黄帝子孙，不是同胞同种？若人人都看得野蛮，可以杀了，还保什么种来？还说什么曾国藩杀戮同胞的话呢？

闲言少叙，却说黄绣球把那两个尼姑安顿下来，觉迷庵布置出去，眼看已是腊尽春回，只不见毕太太回转，又无音信接着，其中不知何故。数月以来，与黄通理、张先生大家同心办事，两个尼姑经不住黄氏夫妇早晚的教导劝化，头发养的渐渐长了，知识也改的渐渐通了。不过一个已老而无用，一个虽在中年，不甚识字，究竟又根性浅薄，不能指望他成个巾帼奇才。黄球绣就想出一条新鲜法门，把女人缠足不缠足的利害同那婚姻卫生、体育胎教、养成做国民之母才能遗传强种的道理，编为白话，又编为七字弹词，同女先儿教弹词一样，口授了他们。叫他们也学那说大书、弹盲词，到四处街镇上，拣那空场子，或是茶坊酒店，照着说，照着唱，简直还叫他们带了一面镗锣，一付鼓板，做足了样子，哄动听的人，不但不疑心，且暗暗有益。又不一定要钱，所以听的人也就很多。这是拿无用的人化为有用，开通下流社会的第一好法子。

黄绣球费了几个月苦心苦功，真可算大有作用。其时新年头上，城乡内外都在闲空的当口，街上红男绿女，游人甚多，各处摆西洋景，出戏法，唱庙戏的，也热闹得很。有几家大户人家的妇女，不出闺阁，听得街上新出了两个弹唱女先儿，就叫人雇到家里去听。第一次去了回来，告诉了黄绣球，黄绣球更连日连夜的口授他们，约莫前前后后也授了二三十套。短的仿着俞调开篇，《五更曲》《四季相思》的调门，长的仿着演义，一段一段的，七八百字、千把字不等，只要两个尼姑容易记，听的人也容易明白。暗中虽说是为开通顽固起见，明只是当作唱十不闲、打莲花落一般的顽意儿。黄绣球又切嘱两个尼姑，不要说是出家还俗的，代他们两个人依着俗家的姓，起了两个名字，一个就叫王老娘，一个叫曹新姑。自此王老娘、曹新姑两人，每日午饭之后，出门弹唱，还叫复华装做听的人，远远的去查察情形。

一日，有个绅宦住宅邀去弹唱，这日是那绅宦老太太的生日，张灯结彩，外面唱清音、摊簧，内里也有一班大木头人戏。王老娘、曹新姑直到傍晚边才开起唱来。听的女客们有的说没甚好听，有的听了同《天雨花》《再生缘》《凤双飞》情事不同，又不像《卖花球》《卖草囤》《庵堂相会》的调头，有的问王老娘："你既是王老娘，可会唱《王大娘补缸》不会？"后来却被这位老太太问道："这些说的唱的，似乎都是报上的。我镇天闲着无事，歪在炕上看报，常看见这些说话，委实也有点道理。你两个是从何处学得来的？这句子想必有人编出来，刻好了卖的，可是上海才有得卖？"王老娘、曹新姑二人平日已受了黄绣球的嘱托，便答道："我们也跟人口传得来，不晓得什么刻本。我们原都是好人家人，因为团匪乱那年逃难下来，老少无依，才遇一个人，口授几套小曲，借此糊口。"那老太太道："你们两人两姓，自然不是婆媳，是母女了，如今住在那儿？"王老娘一时口快，便道："起先住在西头觉迷庵，现在承蒙一位亲眷留住他家。我们两个虽不是亲生母女，也算结拜母女呢！"那老太太又问了两人的年纪，说："你们这家亲眷做什么的？养得起你两个多吃闲饭吗？可惜我听见觉迷庵已归了官，不然，叫我家大人留了这庵给你们养老可不好呢！"王老娘、曹新姑心中明白这庵已捐为女学堂，怕再说下去要露出破绽，违了黄绣球之教，便道："我们已唱完了，时候不早，请老太太陪陪客，我们要去了，明日还有新鲜的，再来唱给老太太听。"

当时那老太太唤了老婆子，包了些糕桃馒头，取了几个喜封，叫点一张灯笼，送这两个女先儿回去——近来正在那里办巡查，街上的巡兵动不动就讹诈人，黑夜叫两个妇道之家尤其不便，必定要送他们的。王老娘再三推辞，说："只要借盏灯，让我干女儿搀着慢慢的走，不打紧的。"曹新姑也知一送送到黄通理家，这就不像；可又无法推托，只得称谢而行。谁知黄绣球正如诸葛孔明送刘备过江赴宴，已安排赵云、张飞随后接应，早就打发他兄弟复华在大门左近瞧着。那时送出门来，复华故意走远几步，再回头看见，喊道："王老娘，你们到这时候才回去？从那儿来的？"曹新姑接口道："我们就在前面这大宅子里出来。"复华又道："正好同路，送你们回家了。"曹新姑便对送的人道："如此，不劳拖步，这是我贴邻乡亲，让他同回去罢。"那送的人本不愿意送这老远的路，听了此话，便分头自去，却不曾把盏灯笼借了过来。

虽还不到二更时分，那天是黑胧胧的，王老娘走路也不无是慢腾腾的，走到百十步之外，转了湾，再走百十步，就有灯笼可买。不料转过湾，才走不上十几步，暗地里一个人拦住复华。看这人腰底下别着一盏灯，当时取下来，向复华、王老娘两人一照，曹新姑缩在后面，不曾照见。就盘问道："你两人不点灯，到那里去？你不晓得老爷已出过告示，办了警察的章程吗？”顺手拍了复华一个巴掌，后面曹新姑一吓，问道：“这是什么原故？”忙来搀扶王老娘。那人才又照见曹新姑，见是个中年妇人，更外作怪，又刷了复华一记，道：“你带着两个一老一少的女人，一定不是正经路数。”不由分说，要拉到巡防局去。

复华大声嚷道：“巡防局就是巡防局，去也使得，你不应动手打人。”曹新姑站住，颤兢兢说不出话来。还是王老娘向那人说道：“我们两个方才在前面一个绅衿人家弹唱出来，绅衿老太太叫人送我们回家，门口碰见我们这位乡邻，做了同伴，那送的人就回转去，并不是什么犯夜。你不信，可以去问。那家替老太太做寿，这时候只怕客人还没散完呢。”复华道：“不讲这个，他总不能乱打人，我们就跟他到巡防局去，好在比回家还近，有话同巡防老爷去讲。”正在争执，有人路过，手里拿着一盏官衔灯笼，上面写着“钦加三品衔浙江候补道”，看见复华与那人争闹，旁边站住两个妇女，仔细一问，晓得就是在宅中弹唱的两个女先儿，说：“老太太方才叫人送你们回去，怎么又换了他？我不认识。”王老娘便告知其故，这人说道：“不必吵了，我将灯笼送给你们照了去。路上没有灯笼，巡警兵是要盘问的。”复华此时才看清了，那动手打他的一个巡兵，面孔瘦刮刮，鸦片烟的气子熏得满脸，身上穿了件破号衣，头上歪戴了一顶油光大帽子，指着说道：“他盘问我是应该的，不应该连打我两记巴掌。”这路过的人也骂那巡兵道：“混账东西！叫你们在街上查夜，不曾叫你们打人。明天我不告诉大人，叫委员把你革掉了看！”说着，又尽推复华快走。复华初还不肯甘休，后来也就接了灯笼，各自走开。

回到黄通理家，说了此事，黄通理一见灯笼，便知那做寿的绅衿，就是陈膏芝。黄绣球也问了些话，王老娘、曹新姑把那老太太的话，就约略说了。黄绣球又安慰复华一番，说：“总看在我分上，受这委屈，却不便追究。一追究，我的机关就要戳破，以后他们就唱不成了。”复华只得依允，不提。如是一天一天，黄绣球教着王老娘曹新姑，都趁着早晚的工夫。那稿子是同黄通理大家参酌，中间也有发科打趣的处在。午后等王老娘他们出去之后，一面派复华暗暗跟随，一面自家又同黄通理、张先生料理开家塾、办女学堂的事，或是同着他儿子们看书讲学问，倒也忙个不了。只专等毕去柔毕太太，渺无音信，一连也寄了几次信去，不见回报，按下不表。

却说王老娘、曹新姑二人，虽然养起了头发，究竟在觉迷庵内耽过两年，平时是无人留心，只当是这两个尼姑往别处去了。现在每日在街上弹唱，就有人疑心他们的相貌，像是觉迷庵的姑子，也并不认真在意。事有凑巧，偏有个人认定了说穿出来。此人是谁？下回交代。

第十六回
敲镗锣王老娘说书　拟匾额黄通理劝学

话说有一天，王老娘、曹新姑二人，在个河岸边空场上照常说书唱书。那天说的一段书，是一件宁波府象山县城里的故事，讲："那象山在宁波府属五县之中，最偏僻瘠苦的一个地方，风俗蛮而且陋，百姓都是撑海船、种罂粟花的居多，读书人发秀的也少，却四乡多有些土财主。内中有一家，单剩了一个孤孀，该了些田产，并无子侄，同族中也没有什么多人，只落得逍遥自在，自享自受。乡邻亲戚虽然各处往来，穷的也极肯照应，但生平从不肯瞎用一钱，靠着自然之利，不想什么富上加富，财上添财；也从不肯拿出一百八十，送给地方上做事。若是地方官挽出乡董绅耆，要捐他几文，说替他请旌请封，他总不愿答应；就用声势来逼勒他，他也不怕不动，只是做人做在理上，用钱用得得当。同邻的人看他是个孀居寡妇，没奈何到他。后来，有几位再三登门理劝，情分难却，他才答应说让他看事而行。那年，就有人派他助赈，又有人派他修庙宇，派他捐善堂里的常款，他都踌躇着分文不出。那些劝他的人，不免就啧有烦言，连官府也很恨他，渐渐的结怨不少。那时候风气与现在不同，最重的是八股文章。象山城里，人文虽是极坏，应考的童生还有好几百名，乡试的生监也有好几百名。那童生到宁波府应考，就爬山过岭的不便，遇着三年大比，那生监们到了宁波，还要从宁波过江到杭州，辛苦是不消说了，盘缠也就不赀。小县分的寒士，比不得大县分里，尽有带着几百个钱动身，一路起早搭航船，一到省城，腰里早已干瘪，顾不及租考寓、买卷子的事。那没有科举要录遗的，从七月初便须由家动身，等三场考完，足足三十几天，好不容易挨了下去，真真同女人怀胎，挨了十个月工夫，还不晓得生下地来是男是女，弄得不好，还是死胎呢！大凡应考的相公们，中正榜譬如生儿子，副榜譬如生女儿，不中不就是个死胎吗？"

说到这里，王老娘敲着镗锣，曹新姑点了两记鼓板，笑了笑，又往下说道："那孤孀女人早经存了一条心，要将所积的家私做个正用。晓得银钱一捐到地方上，经了官府绅士的手，多没有实济，名目好听，一定十个钱倒有八个糜费中饱的。想来想去，又没有一件事不要经过绅士官府。末后，又想到平日因钱财结怨渐深，要是解悦人心，顺了张三，堵不住李四的气，反为不美；而且总不算正用。有个实在正用，又叫人人个个，不论官府绅士，四乡八镇的好人歹人，都要称赞拜服，就是冤家对头也打不动的一桩事情。你道是什么事？他那一年从家里带了些银钱，借着到杭州西湖上顽耍，在杭州买了一片地，雇了他宁波家乡的木匠，造了十几间宽大楼房。造成之后，他才就近具个呈子到抚台、学台衙门：把房子作为象山试馆。等抚台、学台批到府县，立案传奖，这个信息便将象山全邑的读书人鼓动起来，那个不说一声好儿？其实他却花了多少钱呢？不过二千几百块鹰洋。向例捐出一千块，便可奏立乐善好施的牌坊，况且加了一倍有余。那读书人家感激他的，就连他守节的年分，造了事实册子，禀请府县官详到上司，替他请奖请旌，十分体面。你们想，一所试馆不过三年一回，预备考生住上三四十天，以外还只是租给人住，收点房租，作为修费，并没有什么希罕大不了的事，就能买服人心到这样妥帖。如今风气改了，八股废了，考秀才考举人也要一科一科的裁了，那试馆似乎无用。在当时，不能不说他是一件大正经。如今的正经是在开学堂，皇上家下了旨意，官府们也出了告示。听说这学堂不像从前的义塾，光教贫苦的小孩子识几个字；也不比向来的书院，光叫童生秀才们每月做两篇文章，骗几个花红膏火。要叫进了学堂之后，人人能通天文地理，能知古往今来，做成大英雄、大豪杰，敌得过那外国人，外国人都来学我们的本事呢！这样讲，莫非有天神天将下凡到了学堂里头？可又不要乱说，大概总在读书上来的。”王老娘、曹新姑二人一抵一换的滔滔不绝，讲个未了。

这一段原也讲得长些，讲的时候，恰好毕去柔毕太太的船拢到了岸，正对着王老娘们说书的场子。毕太太停了船，打发人上岸瞧挑夫，这人一去不来，毕太太到船头上等候。望见说书的是两个女人，便吩咐别的人看着船舱，他也上岸，挤在一群女人当中，略为一听。听听这说的书不是寻常所有，猜着一定有人指授，又端详王老娘、曹新姑二人的面目神气，不像是说大书唱弹词的。要仔细再听下去，那雇来的挑夫等得不耐烦，到毕太太身背后催道：“不要听了。”趁势朝前一望，顿然说道：“这分明是我从前住的隔壁两个觉迷庵里的尼姑，再像是没有了。”此话一出，毕太太不容心，也不开口。就有几个人附和着说：“是像极。”内中有个和尚道：“说穿了，的确是的。”旁边复华听见大家这般猜疑，晓得王老娘们不关心，是不听见的，又不好去关照，生怕当真闹穿了，一时急智，故意同人家口角起来，高声乱喊。那时听的人就走散一半，毕太太也下了船。不多时，毕太太跟着行李挑子到了张先生家，自然有些安排询问的话，不必多叙。

却说张先生家因为黄通理家也盼望毕太太来得许久，略将黄绣球这几个月里的近事，并王老娘、曹新姑二人的事，都说了。毕太太道：“我已见过这二人，听过他二人所说的书。”如此这般，也说了一遍。当晚，就同到黄绣球处。黄绣球开口说："姊姊来得何以这样迟？"毕太太不接应这句，开口说："妹妹做得何以这样新鲜？"黄绣球道："新鲜是新鲜，你但听见张府上告诉你的新鲜事，不曾看见我的新鲜人呢！"毕太太道："岂但已经看见你的新鲜人，而且已经听见你新鲜人说过书。"黄绣球道："姊姊岂有此理，怎么来了不到我家，也不到张先生家，在外面先住了几天？"毕太太道："我是即刻才到的，何尝住在外面？"张先生接着把话说明，大家笑了。黄绣球回头问复华道："既然如此，当时你倒不看见毕太太呢？"复华道："听的女人都近着王老娘们面前，我是在人背后老远的，听得人家议论，不去留心到女客身上。后来假意闹散场子，又远远的照应王老娘们回来，故此就不曾看见了。"于是毕太太同张先生、黄氏夫妇们畅谈了一切。说是到家后病了几十天，到上海因事又耽搁了几十天。"接着的信，正在病中，接不着的信，我是已到上海。在上海天天想动身，天天走不成，因此也就没有复信。迟到此刻才来，连自己都料不到的。"

这一夜谈的不久，第二日，重新又大家叙谈。黄绣球指着王老娘们说道："我自从做亲拜堂，照着旧派的俗礼，拜天地，拜神明，以后除了拜祖宗，这一双脚膝将近二十年没有轻容易弯过一弯。为了他们二人，叫我下过几十回跪，磕过几百个头。当时我自己自认同发痴一样，至今也觉好笑。"王老娘挤着两只老花眼睛，也笑迷迷的说道："我们早晓得做人有这些道理，又同你们受这些乐境，不是我又说句旧话，像我这大年纪，早就成了菩萨，没有菩萨能让木头烂泥做了。"黄绣球、毕太太一齐鼓掌大笑。毕太太又道："到底菩萨是个骗人的东西，可以骗人到邪路上去，也可以骗人归入正路。你看这两位，倒被你拿他骗成活菩萨了。袁子才的诗'逢僧即拜僧，见佛我不拜。拜佛佛无知，拜僧僧现在'这两句真有见解。妹妹你是拜着了尼姑，倘或那天是和尚上门化缘，你可有什么法子到他？"说罢，又笑了一声，随即到黄通理家那后面新修的屋子里，看视一周。修得门窗整洁，髹漆光明。院子也铺平石板，一棵大树也剪得崭齐。楼上下桌椅书架都摆好了，旁边还有两个天文仪、地球仪的架子。院子里廊檐下，罗列的各种花草，门窗内外，一律挂了帘子——这多是黄绣球同黄通理的布置。黄通理道："我在中间斋壁上，同楼上当中一间，还做了两块匾额。斋壁上拟了四个字，叫'商旧培新'，楼上的拟了三个字，叫'多苦心'。朱夫子《鹅湖寺和陆子寿诗》：'旧学商量加邃密，新知培养转深沉。'我是用他这个意思。向来总说朱夫子拘守心性之学，这两句却极其通达精细。看他在商量下着个'加'字，培养下着个'转'字，见得旧学不商量就不能邃密，不邃密就不成其为旧学；新知不培养，或觉得新不如旧，就知了也是皮毛，浮而不实，必定要培养起来，才觉得新知的好处，转入深沉，于是新旧相辅，两不相离。这个功夫，你道朱夫子不是经了一生的体验，说出来的吗？如今讲教育的风气，守旧的偏着旧学，头脑子里涨了一部高头讲章，开出口来，四书五经，动起笔来，之乎者也。问他的实在，连四书五经上的字还十字有三字不识，讲起来更是十字有九字不会讲了。等到拿笔写个字条，开头都装了'今夫'、'且夫'的字样，底下就连之乎者也都掉不清楚。从前看见人代人家带了一封开口的家信，是写给他父亲的，切记得他中间有两句话，问他自己的儿子在家有没有错处的意思，叫'小犬之小犬，其寡过矣乎'，这种文真掉得可笑。带信的说：'此人还是两榜名下。'我也说：'若不是两榜同翰林们，那里掉得出"小犬之小犬"这样的文法呢？'这样文法，莫非从旧学中出，弄得把孔明当作孔夫子的子孙，抱着大版《康熙字典》，说是的的刮刮宋朝的原版初印，不要讲邃密，可就疏忽荒唐到不成句话了。近来晓得这种荒唐疏忽，多是旧学所误。大家改了新学的口头禅：路得、庐梭、玛志尼、拿破仑，纷纷的议论不休，民约、民权、天演物竞，也纷纷的拉扯不清。这还是在上等一层，再下一层，一本拍尔马不曾读完，爱皮西提二十六个字母不曾拼会，只学了广东、香港、上海洋泾浜的几句外国话，就眼睛突出到额角上，说精通洋文洋话，能够讲究新学了。

"我曾经遇着这样一个人，他却会写几个洋字。有一天，他自己写他姓的一个'窦'字，他就在宝盖头下加了一个'玉'字。问他，他说：'我姓宝，这是省笔小写，怕的大写费事。'原来他不但不会写'窦'字，就当他自己原是姓宝呢！这种笑话，又是从新学中出。我们这家塾办起来，只先从蒙学初级入手，最要紧的是撷取旧学精华，阐发新理新识。所以，在旧学中，要淘汰了琐碎迂谬的一派，发出那博大明通的解说，新学家叫做改良，就是商酌尽善的话头。把旧学商酌尽善，参入新学的教科法子，你道可是不是呀？但是不论新旧，一个人总要吃得苦。从前只把'三更灯火五更鸡'，埋头在八股试帖小楷的各种事情，以为是能吃苦了，便是古来讲什么断齑画粥，教子成名，也不过希冀在一人的功名利达身上，还不是吃的有用之苦。却后来如范文正公，已能有先忧后乐的怀抱，欧阳文忠公，也做了一代名臣，都是从微贱时吃苦磨炼而出。如今号称志士的，才有心进学堂读书，或者开学堂教人读书，却又错认了自由宗旨，只图做的事随心所欲，说的话称口而谈，受不得一毫拘束，忍不住一点苦恼，往往为了学堂里的饭食菲薄，争闹挟制，不说是贪厌肥甘，同那膏粱子弟的习气，反拿了卫生的一片大道理，借口生风。殊不知进了一个学堂，只要看那学堂的科则程度能否称我来学之意，能称的，我便安心受学；不能称的，应该早就不进这个学堂，自家也可发愤用功。难道那学堂天天有肥鱼大肉供给我，便算是个好学堂么？况且如今的学堂，说是培植人才，人才要有用于国，国非强种不能立，种非合群不能生，合群先要爱群，强种先要保种，怎样的保种才能保国？怎样的保国才算爱国？这其中委曲烦难，自有多少苦心苦力，要慢慢的从学堂陶铸到二十四分。本不单说敷衍了五年卒业，十年卒业，领个文凭、得个出身的话。你看哥仑布不过一个穷人，单身万里，四度航海，才寻着一块新世界；玛志尼撑一只小船，绕过地球，冒了万死，三年工夫才开通太平洋航路；立温斯顿探险到亚非利加洲的内地，进了沙漠，蒙了瘴疠，同那土蛮猛兽交斗，几十年不怕不怯，才能叫那非洲全境归他英国所辟；俄皇大彼得，登了九五之位，还私换服式，杂在佣工当中，学那些技艺；法国有个名叫巴律的，看他本国的磁器粗拙，要改换做细巧些，在家筑灶试验，屡筑屡换，那泥总烧不细，样子总做不巧，他散尽家私，想尽念头，吃尽困苦，到了十八年，毕竟被他烧成了些细巧磁器，至今法国磁砖，还是大大有名。这多不是吃得苦，所以才能成得大事的么？我这楼上，预备将来给学生们住宿，就又用了陆机'志士多苦心'的一句诗，题了这三字，好叫他们触目警心。这句诗的上一句叫'恶木岂无枝'，见得人有肢体，如同木有丫枝。木虽恶，丫枝没有不生发的；人虽不肖，一旦能吃苦立志，也没有不成器的。"一席话，毕太太听了，连连点首称是。

黄绣球听到后头引证哥仑布的几件故事，更着实出神。毕太太等黄通理说完，便道："当初日本明治维新以前，有个大儒福泽谕吉，没有师授，自己学那英文，独立创了一所学校，名叫庆应义塾，至今为日本私立学校的开山祖师。日本国人知道讲求新学，也自此而起。他国皇改革维新的事业，也请教这位福泽谕吉的大儒居多。通理先生同我绣球妹妹，可算异地同功，日后果见绣出全地球来，驾过区区三岛，就更驾过那福泽谕吉。我要再送一块堂名的匾额，用那《易林》上'驾福乘喜'的句子，叫做'驾福堂'，为这学塾庆贺落成之喜。"黄通理忙道："这个何敢？既承美意，把我那四字斋额移到外面门上，中间斋壁上另制一块堂匾，叫'景福堂'罢。万万不敢希望福儒的功业结果，也存着个景仰的心，勉励做去，不至于堕落，就真托福不浅了。"

当日，黄绣球原已交代家下人端整家常酒饭，并嘱王老娘们帮着料理，随即开了两桌饭，在景福堂内外分摆出来，张先生同黄通理、黄钟、黄权、复华等一桌，毕太太、黄绣球、王老娘、曹新姑等一桌。后事如何，趁他们吃饭当口，消停一会，再听下回分解。

第十七回
景福堂内四人聚谈　陈乡绅家二次做寿

话说毕太太大众吃饭之后，说些闲话闲事，这日仍回张先生家。连日部署行李，料理酬应，与黄绣球家往来一切，事务繁多。约莫又将近一月，那黄氏家塾的规模章程粗粗议定，觉迷庵准开女学堂的事，也在这当口，大家商议过了。那毕太太带来应用的书籍器物，足足的有十几箱，分散开来，添做了许多书架。凡是零星物件，本地买不出，一定要用，或是备而不用的，也都齐全，记出一篇账来，连水脚关税，差不多用上一千数百番。这注账，都是毕太太所垫，合起黄氏夫妇修房子、买家伙、收拾觉迷庵、点缀衙门口，也在一千以外。往后的经费，通盘筹划，并无着落，又没有生息的款子，就这两个一千以外，算毕太太同黄氏夫妇两分担任，才只创成个局面，不曾下手做事。虽说大家各尽义务，无甚开销，究竟同志不多，没有人可以赞助，能够赞助的，又或材不胜任。那家塾同女学堂，要两处完全周到，很不容易。若是女学堂在别处另延教习，这女教习又不比男教习易请。男教习真能任教授资格的，已是难得。女学未经发达，别处便有识字知书、深娴礼法、又肯热心女学的闺秀良媛，只恐也自习有余，教人不足。内地更不比通商大埠，风气大开，女人总有多少不便，若是就地推选，无论寻常的人不必讲起，几个绅衿家的诰封夫人、千金小姐，也都推选不出。黄绣球因此同大家商议了好些日子，那家塾大致已妥，只等择期布告开学。惟有女学堂倒易说难行，提议不决。

后来黄绣球变了一条计策，说："我们这女学堂，且不照大概的教法，仍旧用我教王老娘、曹新姑的法门，编些歌唱演义，如《二十四史演义》《二十一史弹词》之类，比王老娘们的稍文雅些，浅近却是一样，刻好钉成雪薄的本子，再拣毕姊姊带来的最新唱歌书，绘图速通，虚字法，各种天地人物的图谱画张，每日在那学堂里教与人听，指点把人看。学生约定额数，先招五十名，年纪要在十三四岁以下。教的时候，指点的时候，也按着班次，先后一律。每日也分午前午后两班，每班若干人，上午教两个钟头，下午也只教两个钟头，七日来复，也散歇一天，惟第六日不歇。这个法子有几样好处：头一，我同毕姊姊只要每日轮流，分两点钟的工夫到女学堂去。第二，那刻的本子由学生带回家去，叫他家所有的人都看得懂得，一个学生身上就譬如化了多少学生。有人想来要这本子，每本卖他十四五文，除去成本，积下来可以补助添印。第三，名为教女小孩子，实则连男孩子，并不论男女老少，都看了有益，算得见个普通社会的教科书。外面地方闻风继起，或是照样编起来，或是来借刷我的稿子，就从我这五十名女小孩子，教出五百名、五千名、乃至四万万同胞多得了影响。有了这个影响，任他们各就各处的深处去求，高处去学，先替他们做个开通知识的引子，收效必定不小。第四，照这个程度，半年可以卒业。卒业之后，另招五十名。等到年半两年，三四次卒业之后，可将此事推给曹新姑，我们再做加进一层的办法。等到加进一层去办，这两年中所教的女学生，又化出去接上来。你看，不到十年，我们这村上的女子世界成个什么样儿？一定出几个人，如英吉利提倡女权的傅萼纱德，镕铸世界的奈经慨卢，俄罗斯欲专制地球的伽陀厘一流人物。像我生平梦见的罗兰夫人，想见的美利莱恩，也一定有人可以承当的。”毕太太道：“这除非妹妹将来承当得起。此时照妹妹所说，真是平实切近，大有道理。但我怎样能附得上你？”黄绣球道：“我又何尝有什么本领学问？这些编造的事，还不靠在通理一手承任？一面编，一面刻，索性过了端午节，歇了夏，到秋季开学。这几个月内，甚为宽舒，你我也趁这几个月再涉猎点，再斟酌些，还要再想法子筹出一笔钱来。”

黄通理当时听了这一番话，沉思点首，末后才开口说道：“这个教授的法子的确甚好，亏你真想得不错。看似极浅俗，几乎不成了个学堂格局，细细想去，实在使得。只收十三四岁以下的，尤其稳当。在我们内地，不至于骇人耳目，弄出别的事来。现在外面各省的女学堂，不是说什么内容败坏，就是徒有其名，再不然，又同那浮嚣诡秘的维新社会一样，只听他说经费不足，却筹了多少经费，不曾见个什么样子。过了些时，那已筹的消耗了，未筹的就经年累月不得成功，反将购办的什物变卖，抵充房租火食。再支持不下，就关门落闩，一个个的分散开了。如今我们的这样办法，经费是极有限了，终久不能说不要经费，所难的，只恐就在这一层上。”

毕太太道：“是呀，我这次路过上海，在这些里头，又很查考了些。不说别的，单讲那上海什么马路的一个学校，起先在泥城桥发起的时候，租了大洋房，规模十分像样。不上几时，移到一条弄内，又不上几时，移到现在的地方。学是开了，事是办了，经理的人是实在吃力得很了。在先的经理不下，换了在后的。在后的经理不好，又换了在先的。换过两三次，支了一两年。听说他校内仍是竭蹶不堪，因竭蹶而敷衍，弄得毫无规则。其中的女学生，走出外面，不独是没有女学生的形式，却往往连形式都看不下去，穿的衣服，甚至于爬上许多虱子，还脱不下来。有些轻嘴薄舌的笑他们，说是他们只有一条爱国的心肠，死命的想那爱国的方法，所以连自己卫生的道理也没有工夫去问，正见得他们肯吃苦发愤。其实平心而论，他们总因为生计艰难，做几套衣服真不容易。又大凡中国女子的性质，多半疏懒，涂脂抹粉，只管同砌墙头似的，胭脂涂得通红，水粉搽得雪白，他那颈脖子底下一圈儿黑泥，却像一道铁箍，日久月深，刮都刮不掉、洗更洗不清的，不知多少。但是要涂脂抹粉，还说不定早晚洗个把脸儿，一到到了女学堂，尽可以为着不用脂粉，连脸也少洗几次。脸都懒得洗，那身上想必更懒得去擦，污里八糟，怎样不会生出虱子来呢？也有自命志士的，头发养得又长又乱，身上的内衣，穿得同煤锅一般。早上起来，来不及洗脸就吃饭；晚上到三四更天，连着外衣，就滚在床上，呼呼大睡。今日如此，明日也是如此。这种性情，向来是中国的名士派，叫做不修边幅，又叫做落拓不羁。那些女学生，若是也有这种性情，以为男女平等，正好一样做去，既可省事，又可省钱。不晓得这种情景，大不文明。文明的人，第一以洁净为主。洁净又不是专讲修饰的说法，不可误会。大约一个人能爱洁净，总有个爱好的心，做起事来，不论好歹，总有个精神可见。若是一味的随便，洁净也使得，不洁净也使得，那就习于懒慢。懒惯了，就处处打不出精神，想点正经心思，也是阴柔疲软，不能振作。自古言有余而行不足的，虽不都是这一班不爱洁净的人，大概不爱洁净的也十居五六。学堂既是造就人才的，不把这败坏根由先振刷了，怎样能将文明思想灌输进去？所以，像上海那教会中开的中西女学堂，通理先生该是知道的，他那一座大洋楼，高敞宽明，不消说起，便是他里面起居动用的什物，件件精致。在堂宿息的，个个都是铁床。出来的学生们，大大小小，无不衣履鲜洁，行步整齐。便有几个贫苦人家女儿，自己料理不周，既进了他堂中，总得合他的规则，不然竟其不收，这无非经费充足的原故。经费不足，就不免诸事迁就。始而迁就，继而撑持，撑持不住，又收不得场，一个人办的，不免意懒心灰；两个三个人合办的，更就彼此观望，日夜作无米之炊，弥补了前头，亏空了后面。筹算运动还来不及，那再有心想讲到堂里的教育？所收的女学生们，失了教育，也只沾染些习气，加上那本来疏懒顽疲的性质，怎么不要腐败出来？”

张先生至此忽然插嘴说道：“听诸位讲这些话，真正做一桩事好不烦难，我是一个公门中奴隶，配不上参议这个。却是开学堂，不过为造就人家的子弟，听诸位所说，要这样费力尽心，才算道理，要这样想法筹款，才能经久，我就不懂。向来我们中国人，请一位教读先生，看得教读先生极其尊贵，责备教读先生也极其清高。平等人家不说，那官府人家，说起西席老夫子，大到极处，吃酒席总是第一座，奉旨不能让的，似乎郑重无比了。那里晓得，所说的竟同所做的大相反对。请两个师爷，必定是教读师爷的钱少；开两桌饭菜，必定是教读师爷的菜坏；住的公馆宅子，总是拣剩下来的房子请教读师爷铺床。用的底下人，终日在外面闲荡；教读师爷一个月里偶然离一离学生，便说脚步散，没有坐性；终年的主人延宾拜客，却从不拜一拜教读师爷。这个尊贵教读的意思，在于何处？我想请个教读，无非为自己儿子读书，不讲什么尊贵，总要叫这教读用心在我儿子的身上，我尽了敬重先生，不犯天诛地灭的罪，才能叫先生也不误人子弟，不受男盗女娼的因果。照如今请教读、待先生这样光景，不但先生就误了我的子弟，并不耽过，而且自己把子弟先已误了，对不住祖宗。这个想头，料必就同办学堂的道理相近，办得不好，不但对不住众子弟的父母，也对不住国家要培养人材的主意。糟踏了众子弟，就是糟踏了国家人材。现在人材很难得的，可禁不住一处一处的学堂糟踏开来。所以诸位虽是办个家塾，办个小小女学堂，想出些好法子，又想立得经久，实在是不错的。我张开化人是在公门之中，这些道理却悟得透了。新官到任以后，那改并书院的事不由我经手，我也一直同诸位在一起，不去理会，简直的从此跟着诸位办事，不愿理会那官办的事了。”

黄通理道：“改书院的事，你可以不消理会，那法律上的事，同近来举办警察，你是离不脱的呀。”张先生道：“你看我近来公事都交给伙计们，不去过问，等诸位各事办成了，用得着我，我情愿缩做小孩子，请诸位教导教导。不过我还有一个主意，现在不说给诸位听了。”旁边复华张着眼睛，看大家此谈彼论，只有黄绣球半日不语。大家听张先生说到此处，也无话接下去，低低的向着黄绣球道：“姊姊，我那笔钱不好用么！也有一千多呢？”黄绣球陡然的站起来，走了开去，使手招复华行至外面，黄通理也赶上去问是何事。原来复华的那句话，大家都没有在意，只有黄绣球听见，故此走出去要问复华一个实在。那时黄通理、黄绣球先后走开，张先生同毕太太也出了景福堂，及至黄绣球同复华问过了话，张先生已去，毕太太与黄钟、黄权在那里谈笑。只见他兄弟二人拿着他母亲教王老娘们的一本说唱底稿，带看带问。毕太太赞了几声，随后也仍回张先生家。

这里黄绣球自与黄通理赶办各事，三日两头，照常同张先生、毕太太等往来商酌。王老娘们也照常做他的女先儿。有一天，又是陈膏芝陈乡绅自己做生日，他老太太又叫家人们在街上弹唱的场子上，唤了王老娘、曹新姑到他府里。那老太太见王老娘这般年纪，还是像强健得很，觉得自己虽然福气好些，精神还不如他，老年人碰着老年人，说话投机，就谈得十分亲热。这日外面的热闹应酬都有人承值，那王老娘们说的唱的，也无人爱听，只有这老太太用两个丫鬟在里面服伺着，叫王老娘们说说唱唱，作个陪伴。那老太太听了又谈，谈了又听，中间问起王老娘、曹新姑二人的出身来历，二人虽则吞吞吐吐，不曾实说，老太太却是絮絮叨叨，问个不了。后来老太太因为咳嗽了几声，躺上床去，叫两个丫鬟捶着两只腿子，把脸朝着床外向王老娘道："我就是这个咳嗽毛病，怪可厌的，咳得不好，就要起痰，一起了痰，胸口就有几天不舒服，这痰又吐不干净。请过多少大夫，吃过多少药，年年吃燕窝，吃白木耳，总顺不下去。你倒一向强旺，没有什么病历么？"王老娘一时触动他的旧事，说："我从前也是这捞什子的痰，常要发作。去年才奇怪呢！……"说到这里，曹新姑抢住接道："去年我干娘那痰病发了，厥过去好半天，醒过来，大吐一顿，吐出一块同冰糖似的，从此直到如今，没有发过，连咳嗽都除了根，并没有吃什么药，所以真奇怪呀！"

王老娘原意要叙他碰着黄绣球的一段故事，看曹新姑抢着说了，又暗中得了个眼色，便不往下再说。那老太太听了又道："这是你一定有菩萨保佑了。怪可怜，像你这种人，比不得我们，到底菩萨有眼，你好好的修着罢。"王老娘听见提起了菩萨，忍不住又道："菩萨的灵不灵，我倒活了几十岁，修了几十年，参他不透。"老太太便问："这是一句什么话？你不信菩萨便罢，信了菩萨，没有个不灵的。"曹新姑忙又道："不慌不慌，请听外面闹嚷嚷的，为什么事？"老太太静心一听，就坐起来，叫一个丫鬟到外面张了一张，说："老婆子们同二爷们口角，不知为了何事？"老太太吩咐喊进一个老婆子来，又叫了少奶奶进来，先说："今日是老爷的寿辰，图得大家安静，连我也要替老爷取个欢喜兆头，不肯生气，你们大胆的，闹得声音到了我耳朵里，少奶奶们也不拦着些。外面的客人来了多少？席面可端整齐备？厨房里的酒菜可好？少奶奶也该招呼周到些，难道还要我出来催三督四的吗？少奶奶你去查查，那个底下人同老婆子吵？我立刻告诉老爷，撵掉了他们！"老婆子站着不敢则声，少奶奶见老太太动了肝气，也引了王老娘们退出来。后事如何，再听下回分解。

第十八回
因女医竟联同志　开庆祝待赏中秋

话说那少奶奶，在老太太口中虽是这个称呼，其实就是陈膏芝的夫人，年纪已上四十多岁，只生了一位少爷，就是黄祸几次去拜他的那个。这少爷年轻轻的纨绔公子，虽不说在家用功读书，却也不在外游荡。若是在外面游荡，就可从那花柳赌博之场寻他的踪迹，黄祸早就结交上了，拜他不着，自然会他得到。如此说，既在他府上，黄祸连拜几次，何以总是不见面？难道故意的拒绝黄祸，不肯相见？这也不然。只为他老翁那膏芝观察，是个吃鸦片烟的大瘾，无冬无夏，总在他太太房内躺着一盏灯。打烟的人，从太太以至姨太太、小姐、丫鬟们，轮流不息。这位少爷，自小儿为老翁欢爱，一直带在身旁，长到二十几岁，鸦片烟虽是从来没有进口，却也成了一个闻鸦片烟、看鸦片烟的老瘾，无日无夜，寸步不肯离那一盏烟灯，比他老翁吃烟的还要利害。那太太也是如此，不过比少爷略好了些。

这日陈膏芝做生日的一天，不比上回老太太做生日，女客到的，都是自家姑奶奶、舅太太、干女儿、干媳妇们，没有什么外人。这些女客又都在外面听清音、堂名，不爱听那王老娘的弹唱，所以里面单剩老太太在房里，同王老娘们消遣。太太就照样在老爷吃烟的处在，伴着儿子，坐着看着。当时老婆子同底下人吵嘴，并未听见。外面的男客，晓得陈膏芝向来不陪，一到之后，拜过了寿，有的守着吃一碗面，有的并不停留，也只有一班亲戚至交，在厅上打两桌牌，便饭例酒，没有什么要太太自己照应的事，故此太太更不当心。忽然无缘无故的为了老婆子受老太太呕气，出来就怒冲冲打发了王老娘们出去，一面喊了那老婆子到自己房门口，问："是何事？这种没规没矩的，吵到老太太耳根子里？不要仗着今天老爷的寿辰不好骂你们，到底同那个奴才拌口舌？快些说明白了！"老婆子回道："方才胡二爷进来，说有个姓黄的客人要见见少爷，说来过好几趟，都没有见着，今天理应当着少爷，拜老爷的寿，还有话同少爷讲呢！我手里正端着几碗面，要送给各位奶奶小姐们，胡二爷来不及的乱推乱挤，就砸了一只碗，把我的一双手烫得生疼，衣裳上泼了一身的面汤。我同他说说，他还不肯认错，这样的吵起来。"

太太道："好混账东西！今天日子上，你们敢砸了我的碗！"那少爷慢吞吞的说道："娘呀，你莫问他，喊他快滚出去！叫胡升进来，让我问问看。"老婆子又差了别人叫了胡升进去，太太是已经坐上老爷的床，不复开口。那少爷见了胡升道："你也太胡涂了，今天什么人来替老爷拜寿，都是挡驾，有个什么黄不黄的，要见我？我从来不见客，你难道不晓得？要同老妈子多嘴多舌的，闯下祸来。"胡升便回道："这位黄老爷头里来过几遭，说同老爷少爷们有世谊，不是还送过老爷少爷的礼吗？今天他先是衣帽来，吃了面去，又带了他的儿子便衣过来，说一定要会会少爷。奴才不好到上房里来，才叫老妈儿代回一声。他带理不睬，连跑连走的，就撞翻了一碗面，并没有碰碎碗哇！"少爷说："既然没有碰碎碗，就结了，不要再讲。这位黄老爷到底是谁？你可留下他的帖子片子？"胡升就从手里将帖子递上去，说："请少爷看呀。"少爷一看，帖子上写着"世愚侄黄祸，率子福顿首拜"，另外夹了一张黄祸的名片，上面写着三个小字，是"世愚弟"。看了说道："我们村上全是姓黄的人多，世谊年谊也认不了，什么福呀祸呀，在人家做喜庆吉利事的日子来歪缠不清，请他快些去罢。你们为着他已经吵嘴，我若见他，还要惹祸呢！"胡升笑道："我原说这人怎样取名字取个祸字，不晓得他还是闯祸的祸字呢！那倒希奇古怪。这种人，少爷快点不要见他，让奴才回绝了他，叫他以后不许上门。"少爷道："这也不必，他那儿子几岁光景了？"胡升道："有十五六岁的光景。"说着，少爷打了一个呵欠，胡升垂手站了一会，便退出来，把黄祸的名帖片子一概还他，同他说道："你就叫个黄锅罢了。"

黄祸乍听不懂，胡升又道："怎么就这样欢喜闯祸，把名字起出这个字来？碰着你也是活该，险些叫我在上头就闹乱子。你同你的相公快快请罢，上头上好的做寿，不要讨没趣了！"黄祸这才悟到他的名字不吉利，没得话说，心里懊恼，不该在今日再三要见，倒弄蹊跷了。皱着眉毛，无精打彩的，等胡升走过去，他还踱到打牌的桌子边，背着手看人打牌。内中有个人问道："你近来同大头苍蝇似的，钻来钻去，谋学堂的事，谋巡警局里的事，到底成功了没有？"黄祸也不响，看了看走开来，同他儿子悄悄的去了，不在话下。

却说王老娘们在老太太房里，跟太太出来之后，走到女厅上，被一班女客们留住，叫他也说一段书，唱几只弹词。那女客当中听了听，就有的说："这些无非是劝人的话，你们可会唱《刘香宝卷》呀？"回说："不会，我们唱的都是这些劝世良言。"有个姑奶奶便问："既然是劝世的，怎么又不说忠孝节义，不说阴骘报应，只说劝人放脚，劝人念书？又只说女人要同男人一样做事？这些都乏味得很。"有个孙小姐便道："女人念书是有用的，《镜花缘》上不是说武则天开科考女状元吗？"有个舅太太道："不错，但没有讲考女状元的是大脚呀。"又有一位姑奶奶道："女人若要同男人一样做事，可就不放脚不行。如今我们这儿，倒是几个丫鬟年纪又轻，脚是天生没有裹，快些念起书来，保不定将来也可中个女状元。"孙小姐道："考女状元的事，千古希逢，只怕《镜花缘》说的也靠不住。"丫鬟们道："就是有这回事，我们那里来的福气？"内中却有一个丫鬟是陈太太干媳妇身边的，名叫樱儿。相貌长得粗光荡，年纪不过十六七，已替他许了人家。他说："福气原是注定的，运气也不可不碰。若是有这回事，我倒要念几年书去碰碰看呢！"大家都笑他说得有趣。

头先的那位姑奶奶，对着王老娘们又说道："这些顽意话，都不用讲，只看这些丫头都是大脚，也都同小使们的一样做事，可有什么好处？再看你们，也是大脚，怎么识了字，记了这些话，老到如此，还只做个女先儿，弄两个钱糊口？我就替你们可惜了。"王老娘们一齐回道："我们正为晓得这个道理迟了，各事来不及，不必再提。这些姐儿们若还是好好的念起书来，有人肯提拔些，何至于就当了梅香使女，伏侍诸位奶奶小姐呢？”那姑奶奶道：“话也不错，我们做奶奶小姐的，十个倒有九个小脚。小脚当中，也有会写字做诗，称为才女的，终久不能学男子汉出头露面。难道不包这双脚，要充男人么？”那樱儿在旁边又说道：“我常看我家小小姐裹脚的那种苦楚，能够不包也好。”他主人啐了他一口说：“像你做大脚丫头去！”樱儿无言退下。后头的那位姑奶奶道：“讲女人有用无用呢，原不在乎脚大脚小，当真的武则天考女状元的那句话，也不晓得这位女状元脚是装的呢，是真真小的？我听见从前林文忠公的夫人，能够替文忠公在军营中筹兵筹饷，办奏折，办文案，文忠公倒反事事倚仗他，只从没听见他这位夫人是个大脚婆。可见有用的，不在乎脚大脚小；没用的，就是大脚，只好做做丫头老婆子。像我们这双脚又不大，又不小，只会坐在房里吃饭，靠着祖宗福荫，做了奶奶小姐，一无用场，才算惭愧呢！真不如放掉脚，也去当个丫头老妈子罢。”大家话说了半天，各自散去，不题。

王老娘们回家，说其大概，过了一晌，那陈家的老太太又叫人在街上喊了王老娘们过去，说：“近来很没有消闷的法子，我这咳咳痰喘越发的重了，你们在外面，可有什么单方？”曹新姑瞟着王老娘道：“闻得衙门里张先生家有个女亲眷会医，可荐进来诊一诊脉么？”老太太道：“我也听见说，此人还是行的外国医法，住在那儿？你们认识他，何不就找了来替我看看？”王老娘道：“使得。他就住在张先生家，我去说明，请老太太打发一肩轿子去接他，必定来的。”回来告知黄绣球，黄绣球又告知毕太太，并同毕太太商议道：“此去就乘机把我与王老娘们的事揭开来说了，也不要紧。我想陈家那些亲眷里头的女人，很有可以劝化的，借他一条路，我们走上去岂不甚好。”

次日，毕太太到了陈家，王老娘、曹新姑做了陪伴，看病叙话，不用细表。果然乘机而进，把自己的来历，同王老娘们的来历，以及黄通理、黄绣球的事情，简简括括说个明白。那老太太听得眉花眼笑，道：“姓黄的原是我们村上一个大族，当初有个什么黄唐黄虞的，都享了太平年代，他家是单名相传。后来又有几个叫黄图、黄书、黄河、黄海，无不门楣赫赫，声势隆隆，人丁茂盛到极处，财产富饶到极处，出的人材，也文秀到极处，这是在我们以前的老辈多晓得的。到了我们这一辈，就衰落了。如今后辈子只知道说起他家的黄石公，是辟谷成仙，黄道周是杀身殉难，其余的什么黄童、黄香，当作典故，那个知道他家世源流？不说在我们村上，便合起天下的人家，也算数一数二。难得他现在的子孙还有这样一个黄通理，同他的堂客黄绣球，肯这样做人做事。我真老悖得很，没有听见讲起。”随即叫房里的丫鬟去请孙少爷来，吩咐：“去问你父亲，可晓得这黄通理的人？”孙少爷说：“前天父亲生日，倒有个黄祸，同他儿子黄福来拜寿，不晓得什么黄通理，让我去问问父亲。”

去后，毕太太接着道：“说起这黄祸，话又长了。”便又将黄通理家先后同黄祸纠葛的事，约略一谈。老太太道：“这么说，黄祸又是个坏人？可恨黄家的子孙，就败到如此！我也不懂什么办学堂、开女学的道理，想来总是有好处没坏处的。我那儿子、儿媳妇、孙子，成年的埋在鸦片烟堆里，名说捐个官，也不去做，定了孙媳妇，也不讨，外头的天掉下来，地坍下去，他们总不问信。有几家却是在外头做官，或是在家里纳福，只会借了功名富贵搜刮钱财，不要讲不肯替国家办事，连自己的儿孙都不肯培植。我也常常的同我儿子讲，无奈他仗着是道台大人了，把我老娘的话，也不过一过耳朵。我这几年的毛病，一半也因此而得。我是老了，早晚眼睛一闭，两只脚一直，管他妈的！”毕太太见这老太太说话爽直，索性安慰一番，又恭维一番，带恭维，带激动的，又解说了一番，然后归到看病的事，给了药方，同王老娘们辞出。自此毕太太的医道学问，王老娘们的住处原由，同黄氏夫妇所做的事，渐渐传扬出来。因此及彼，就来往的人家很忙。黄绣球也不叫王老娘们装作女先儿，竟其叫他们到那修改的女学堂里，先开了个演说会。

那时陈老太太已捐助了二百千的经费，各家奶奶小姐们，合着总数也得上三五百千。复华的存款，半是外国金洋，一时兑换不出，倒反留住未用。拿这五六百千，刻书本子，刻章程，忙忙碌碌。合起赞助的人，先是嫌少，到此时那黄通理的同志在外另算，单算黄绣球的同志，也有了七八位。一位就是陈老太太，还有一位李太史的夫人，一位胡孝廉的夫人，两位吴家的小姐，其余两位，是生意人家的奶奶，一位叫徐进明，一位叫文毓贤。吴家两位小姐，一位叫吴淑英，一位叫吴淑美。胡孝廉的夫人叫胡进欧。李太史的夫人叫李振中。其中除了陈老太太，年纪是文毓贤最大；文明知识，也是文毓贤最多。第二李振中，第三徐进明，第四胡进欧。淑英、淑美，年纪都只在十五六岁。这胡进欧，就是在陈老太太家讲不如放掉脚去当丫头老妈子的这位姑奶奶。余下的，便是由陈老太太同胡进欧牵连出来，与黄绣球、毕太太时常往还，既捐了钱交给黄绣球办事，大家都兴头头的，要像王老娘们跟着黄绣球早晚受教。黄绣球应付不下，分托了毕太太。毕太太见识虽高，学问不足，也更应付不了。无非多是黄通理从中帮着。

看看将近八月半，前几天，黄绣球对毕太太道：“家塾的事，让通理同张先生们去料理开学，我们这女学堂，约齐同志，先开个庆祝会，带着算中秋赏月，取个团圆不缺之意。”这一天，就请各人把各人的意思见解，略为说个头绪，以后便拣定日子，也开起学来。章程发出去，报名的倒也过了额子，好在是些女孩子们，多收几名不妨。黄通理听见，说道；"家塾日期已定了九月初一，女学堂可以同在一天。这日子也须先贴出去，把额子止住，不然还有半个月，报名的太多，那学堂太小，人手又不多，你同毕大嫂子怕的临时为难。陈老太太、王老娘年纪大了。其余的，只有文毓贤，还可派作分教习。事情是初次试办，不要太嘈杂为妙。"毕太太道。"是极，是极。"当下，黄通理就叙起一张知单，上面写道：

择期九月初一日女学堂开学，先期于八月十五日开庆祝会，并赏团圆佳节。洁治菲筵，奉屈同志。

以下几行写的名字，是：

陈老太太
文太太　毓贤
李太太　振中
徐太太　进明
胡太太　进欧
吴小姐　淑英
吴小姐　淑美

共是七位。底下写的"黄绣球、毕去柔同订"。

写好了，黄绣球道："女学堂也要有个名目，我们一直不曾想到，想想看拟两个什么字？"黄通理道："果然没有想到。可见事情初创，漏洞必多，须得细细补救。我们这女学堂，本是城西觉迷庵改的，就叫做城西女学堂罢。"毕太太道："前回禀请改办这个学堂的话，可曾定了名字？要问问张先生。"黄通理道："禀稿我看过的，只说改办，没有定名。"于是，将知单重写一副，叫人发出。后事如何，又要看下回了。

第十九回
预备报名议定规则　连番看病引出奇谈

话说上回书讲黄绣球请黄通理写发知单，邀集同志，开女学堂的庆祝会，并赏中秋佳节，那些事随后再表。

且说黄通理叫人发了知单，便道："家塾的事，我同你们也大概弄好，几块匾也做成送来，也须在九月初一以前，拣个日子上上去。你那女学堂的名字叫做城西女学堂，这个家塾，也得有个总名，也把我们住的地方加在上面，叫开智学塾。再做一块横额，钉在总门外，一定把‘景福堂’三字钉在中间斋壁上，‘商旧培新’四个字钉在中间廊檐下。现在章程已刷印好了，招的学生，是姓黄的本家子弟居多，倒还与家塾两字相称，约莫着得了二十几名。眼前是秋末冬初，人家的子弟从定了先生，不肯另换，看明年春天，定归加倍都不止。也只好以四十名为额，不能像女学堂那样多。”黄绣球问：“章程刷印了，我还未见。”指着他大儿子道：“钟儿，你去取一张来。”只见那章程上头一行是“黄氏家塾规则”，黄绣球道：“即此甚为大方，不用什么开智两字。我想那块匾也做了‘黄氏家塾’四字罢。”黄通理道：“不错，不错。”以下所有规则刻的是：

一，家庭与学堂联络，为蒙养之圣功，故本宅即修葺旧居，辟兹学舍，备同族中之子弟愿学者，来塾报名。其非同姓之子弟有愿来者，亦一律收取。额数多寡，俟开塾前再行酌定布告。

一，时下通病，偏重洋文。不知童幼之脑力未足，精神有限，伸于此，必绌于彼。中文与东西文，文法又截然不同，背道而驰，两途并行，失此顾彼，非卒无一成，即终有所倚。本塾先以通达汉文为务，暂阙洋文。自在首植根基，并非意存弃置，初功既竟，后效弥多，无急急也。此专就初等班学生而言。

一，凡为子弟，皆系国民。本塾以培养性情、扩充知识、强壮气体为宗旨，以童年皆知作人之正理，皆有谋生之计虑为收效。一切教授、训练、管理诸法，悉遵钦定学务章程，参酌时地，曲体程度，推行尽善，逐步改良。

一，本塾分七岁至十一岁，初开蒙字义未通者为初等班，五年卒业。十二岁至十五岁，略解书算文义者，为高等班，四年卒业。他日在初等班毕业，可升入高等小学堂；在高等班毕业，可升入中学堂及初级师范学堂。所授各课，必严守章程，一律重视，无可偏废。凡有志来学者，幸勿勉强尝试，轻易进退，既误光阴，又耗费用。须知学塾规模，皆有一定班次，一定课本，每更一处，即前此所用读本，尽须抛却，另购新本；降班补习，至少一年或半载，方能齐班，又复顾而之他，在学塾既徒劳无益，在学生亦心志纷更，耗日糜费，而学龄已过矣，此实学界之通病，不可不预示湔除。

再看底下的分章分节，连初等、高等两班的课程年限，及条约经费，无不层层周到，罗罗清疏。黄绣球对毕太太道：“你看这定的初等班功课，第一年学的数目名实、乡土故事、乡土地理，运动游戏，单音唱歌，一直到第三年，教到常用加减乘除的算法，历朝年代国号大事的历史，本省本乡的地理，乡土动植物用的格致，我同你都弄得下去，像文毓贤几位同志，或者也教得来。到第四、五两年，要讲群经大义，造句作文，要讲中国幅员大势同外国大势，只怕多吃不住了。好在等初等班的到了第四、五年，我们总可进了高等班的地步，这事可只要肯用心耐心，一步步学上去，就可一步步教出来，有什么难的？况且我们那女学堂，更是从粗浅入手。就把所编的本子，按着这个程级，开个单子，一种一种的教教说说，带着嘴里插点趣。手里指点些图画，小孩子们除非是石头，若是个人，还不慢慢的开通，我就不相信了。”黄通理道：“你且慢说，你们看我所定的规则，还有什么不到的地方？如今官府也开办学堂，虽还没有见过官办的章程，只怕总不能照我的劈实，不过我们叫做私立，难保官不干预，遇事指摘，所以我带着句悉遵钦定的话。又凡官立学堂，必有人专制箝束，闻得近来黄祸很在外面钻谋官学堂的执事，我们姓黄的子弟甚多，他晓得我这家塾全为姓黄的子弟而设，如果他得了官学堂中的事，必定要播煽各处本家去依附他那边。这个原不必争，却于子弟有害。主意不定，也实在是个通病，所以第四条上，把这个通病讲明，实可收得少些。”正说着，曹新姑走来言道：“昨日白天，我同王老娘到陈府上去，他那老太太又生了病，请大夫请了两三位，看似沉重得很。回来到晚上，王老娘已上床安睡，半夜里好端端也说不受用，今天大清早起就坐起来，觉得并没有什么，现在倒又说身上发烧，怪难过的。”黄氏夫妇一听这话，一面叫曹新姑再去看陈老太太，一面同毕太太去看王老娘。

不一刻，曹新姑赶回来道：“陈老太太的病比昨天更利害了，我去时，他家乱嘈嘈的，插不住脚。看那老太太神识不知，我问了他姑奶奶胡进欧一声，也没听清楚。这里王老娘怎么样了？”毕太太道：“他的疟疾，只怕病已伏了好几天，他的体气强，先不觉得，近来想必又吹了风，夹着又受了点辛苦。我这里替他调理调理，倒不要紧。反是那陈老太太生的富贵病，他家老爷少爷太太们，只晓得老人家一得了病就乱请郎中。郎中看富贵人的病，只晓得是补，况且是老太太，一定说血亏气虚，用的药就人参燕窝，鹿茸於术，胡乱开了方子，一帖吃下去，又换一个郎中，换上三四个，把病证弄得不死不活，这可不是顽的。待我也去看上一回。”曹新姑道：“他们未必相信西医，要是相信，他那太太也晓得你的，应该就来请了。”毕太太道：“且去看一看，不必就替他医。中西医理不同，我在这内科上，也自考校中国的医法，不肯轻易用外国法子的。”黄绣球道：“这便我同姊姊一齐前去。”于是，交代曹新姑看顾了王老娘，二人来至陈家。

那时候已过十二点钟，走入内室，还静悄悄的。有几个丫鬟老妈子报与陈膏芝的夫人知道，只说：“就请到老太太那边去，轻轻的看一看罢。”进了老太太的房，只见那位孙小姐同姑奶奶们在房里坐着。一位郎中正在那里诊脉，孙少爷也坐在一旁，却是垂着头同打盹一般。各人见黄绣球、毕太太二人进来，悄悄的招呼下了。等郎中诊过脉，一个丫鬟推起了孙少爷，陪到外面去开药方子，黄绣球、毕太太才走近那老太太床上一看，那老太太像是昏迷不醒，毕太太又细细看了看面色，随即同黄绣球退了开来，丫鬟放下帐子。胡进欧便邀毕太太们到卧房的外间，问些得病的根由，看了几个郎中的药方。

话还没有说得几句，又见两个老妈子引着孙少爷，陪个郎中进来。胡进欧对孙小姐道："老太太才睡着，可以不要惊动，请孙少爷把先前郎中开的药方，叫这位先生参酌参酌罢。"那郎中道："如此也好。"便要退出去。毕太太见这郎中还老老诚诚，便站起身来问："先生昨天可曾进来看过？到底是个什么症候？"那郎中道："我昨天开过一个方子，原说这病费手，请府上多请几位高明。"说着，竟像大不高兴的抚了出去。毕太太、黄绣球仔细的问了出来，实在是一个痰厥病。说前两天，因为他媳妇陈太太晓得这老太太捐助了女学堂二百千钱，又见老太太新近来往一班女客，不三不四，都像入了王老娘们做女先儿的一党，就告诉了陈膏芝。陈膏芝在晚上过足了烟瘾之后，到老太太房里劝过一回，叫他老太太不要交结这一班人。

老太太不听，他媳妇又在陈膏芝耳朵里讲："老太太把私房银钱瞎用，有得将银钱送到外头去，不如收过来，预备他老人家身后的事。"陈膏芝一则是懒，二则到底是自家老娘，不肯问信。这陈太太一定要怂他老爷去查问，两口子叽哩咕噜，在烟榻上足足吵了一夜。陈膏芝呕气不过，这晚取了烟具，到老太太外间一张炕上开了个灯。老太太睡醒了，问起是他儿子同媳妇斗气，为的什么？陈膏芝却不开口。第二日早上，老太太叫丫头去催他媳妇过来。那陈太太便披头散发的进来，带哭带说道："我也是好意，叫你儿子请你老人家爱惜些银钱，不要整百整百的往外头送。外头瞎七瞎八的女人，无非是来骗你老人家的钱，少往来些。你儿子就赌气离了我。你们母子一心，拿我媳妇儿当做外人，倒是我外人从来没有拿一个钱送到娘家去呢！"老太太听了这话没头没脑，气的半天不则声，就有一口痰涌到喉咙头，赶紧叫丫头们扶了坐起来，立刻请大夫。

忙过这一天，到昨天下午，郎中已换了三个，今天又是三四个，方才这郎中，是第五个了。黄绣球听得这些话，不由的心里发怒，嘴里要发出议论来，毕太太忙道；"我们轻着些。再取过药方来，我瞧瞧看。"果然四五张方子都大同小异，上面开的：党参、归身、黄芪、白术。顶高明的一张，开了燕窝五钱、杏仁三钱，还有些平肝豁痰的药，用白木耳四两，煎汤代水。孙小姐们说："这一张是头一位先生开的，吃下去不动不静。老爷叫拿后来开的几张煎服，还有几张没有用。请你们斟酌斟酌，到底吃那一张好？"黄绣球不觉的说了一句道："有这种媳妇，药还吃得好吗？"毕太太心下暗想：这病把痰都糊满了，经不住气分虚弱，一脱就要脱的。便道："让我再进去看看。"当时他那医具箱子是带去的，便进房取出听肺筒，在病人身上听了听，又对着时辰表，诊了诊脉息，出来并不讲好歹，只是皱眉咂嘴。胡进欧知是不妙，碍着人多，不好问得。

毕太太也着实不安，然而一时无法。停了会，见陈膏芝进来，那时已将近申牌，来时原不曾吃午饭，不免饿了，趁着回避陈膏芝，便辞了陈家，同黄绣球回去。一问王老娘已经退热，又将陈老太太得病的事说与黄通理听了，黄通理也很为叹息，说："这样倒是我们害了那老太太，叫他婆媳失和。保不定有个三长两短，如何对得住他老人家？你们两位总得时常去理劝理劝，那吃不得的方子，叫他们少吃才是。"黄绣球道："我看他家正主儿几个人，既然日夜的登在黑暗地方，又那般野蛮无理，其余剩些奴仆小孩子们，七忙八乱，无话可说。眼睁睁看那老的实在可惜，我们俩去了这大半天，那位陈大人的太太始终没有见面，只见病急乱投医，煎的药同茶似的，来不及一碗一碗送进去灌。依我的性子，就要叫了那太太，当面教训他一番。"

毕太太笑道："这个那里能够？却是看那病状，虽只起了两天，药是吃坏得不少，照他家那样杂乱，未必可以挽回。少停到黄昏后，说不得我同曹新姑再去看一趟来。发出去的知单，我看要另改日期。好在胡进欧是知道的，等会就托他各处去知照一句。"黄通理又叹了口气，说道："这女学堂虽是你们两位的发起，却全亏了这通达贤明的老人家，才替你们团结起来。如今他老人家的病万一不好，不免令人伤心。"黄绣球登时眼圈儿一红，脱口说道："只怕庆祝会做不成，先要做个追悼会了。"黄通理、毕太太半晌无语。忽然张先生那边打发人来：张先生有病，请毕太太过去。大家听得这话，说："真真好运气碰在一堆！"大家急至张先生处一问，也是从前天起的病，旧恙复发，无甚要紧。不过上回是毕太太看好，所以又来请他。大家放下了心，谈起陈家老太太的病情，张先生也着实感叹。毕太太替张先生看了，折到陈家。陈老太太的病依然如此，只听得喉咙口的痰声如锯，昏沉沉两眼不开。

毕太太道："这都是黄芪吃下去腻住了，可不能再往下吃。"房里的丫鬟们道："下午老爷已叫停了药，炖过一杯参汤送上去，全吐出来，一口没有到肚。"毕太太顿着脚道："这都使不得！"陈膏芝的夫人陈太太正在外面听着，说道："什么使得使不得，要你多事！顿得脚底下地板喳喳的响，吓坏了老太太，你不要承当不起！"毕太太好不气忿，忍住了走回家，一连几天就没有去。在家里看了王老娘，又去看张先生。这两人病都无碍，惟有陈老太太的病到底关心，一日，又约了黄绣球们同去。走过一条街上，见一家铺子门前拥了几十个人，大声吵闹，挤也挤不动，要从旁边一条胡同里抄出去，又见一大班人，也正从这胡同东面吆喝出来。不知为了何事，只得站开让过。听那些吵的讲着，讲的却是一片奇谈，好笑好气，好不吓人。要知怎样吓人，怎样好笑好气，请看下回。

第二十回
买棺材钱庄上打架　守灵柩孝堂里寻人

话说那胡同里吆喝了多少人出来，毕太太们被这班人挤住了路，走不过去，当时站开让在一旁。只听见那些人七嘴八舌，讲得好不热闹。有的骂，有的笑，有的说打呀打呀，乱嘈嘈摸不着一个头脑。远远看见那些人，都向那街上铺子里去，一时那铺子门前围的人更多，却想不起是爿什么铺子。只听得话当中，晓得陈老太太已死，吃了一惊。至于那话的离奇嘈杂，却总听不清楚。走既走不过去，索性拉住一个人来，问其仔细。那人大笑道："新鲜！新鲜！奇怪！奇怪！一个人死了，三四个人要想发财。你们要发财，也插进去就是，不必多问。"毕太太道："到底怎样一件事？"那人又笑道："你们俩是女人，想来插不进去发这一注财的，让我来告诉你们：那爿铺子不是叫益大钱铺吗？这个胡同里，有一家寿器店。今天大清早起，陈乡绅的老太太死了。"

黄绣球一听此话，说："就死了么？"那人道："你能叫他不死？死了是要装棺材的，不足为奇。论起陈乡绅这样人家，那寿材该是早就合好，他偏只当他那老太太要过一千岁，还不曾预备得到。等到躺下来，才托了他的本家老爷，带着一个家丁，到这寿器店内，要选买一口上好的棺木。本家老爷同寿器店老板背着家丁讲好了：拿二百块钱的货色，叫他开上七百块钱的发票，应许在正价之外，分给一百块，自己赚个四百上腰。寿器店老板始而不肯，继而又允了他各得一半，就把账开出发票，叫家丁拿着，到益大去开两张三百五十块的票子。益大原是陈府上有存款、有往来的，自然容易。不想这事早被家丁看出破绽，心上以为本家老爷吃心太狠，做事太辣，只没有个缝儿好问那寿器店老板，又不敢问本家老爷，要挑剔棺木不好，又不懂得，着实难过。一想益大庄上是他拿钱拿惯的，趁这混水池里的鱼，何不也捞他一把？当下走到益大，便说："照数开二张钱票，另外取三百块现洋，为老太太丧事开销，簿子上就出一千块的账，分做两笔。不够还要来取呢。”益大的掌柜伙计便道：“这是要带了折子来的。”

毕太太们听说道：“这话不错呀！怎样会打起来？”那人道：“我也只当是家丁硬要取钱，故而打起来的。妙极！妙极！来打的却是寿器店里的人。你道为何？原来那家丁因为没有带着取钱的折子，庄上不肯轻付，他就索性把本家老爷买棺材赚大钱的话，同庄上商量，说：‘老太太一个丧事下来，接二连三的要用，不在少处，大约总要用够一万八千，这一万八子横竖都出在你庄上，都是我经手来取的多，你庄上也落得在账上消没了点，好大家于中取利。我们老爷、太太、少爷，什么事都不精明，只要送几个好鸦片烟土上去，等丧事办完，结起账来，可不就糊糊涂涂的搪塞过了？你们庄上往来多年，上下就推班几千，也查不到。如今这三百块，你先拿二百给我，那一百你就自己消了，一同出了账，随后陆续而来，这其中我虽沾光，你庄上也吃个饱。外面这些时银根甚紧，利息微薄，庄上多此一笔外快，贴补贴补，也是千年难遇虎磕铳的事，包你不出岔儿。’那益大掌柜的一时听信了他，说：‘如此你回去想法，把个取钱的折子骗了出来，或是偷了出来，给他们寻不着，记不清，我在存根上多写几笔支出去的，换个簿子，再加上以后丧事里支取的，就齐齐整整，好干没他七八千，同你对分。照你的主意，零碎赚个三四千，于你是得了一二千，慢慢的收着，于我庄上却不见有什么大益处。如今准其依你，先付你二百，那个折子一定要你偷出来，骗出来，尽今天送到，不然，以后若是有人拿这折子来，我就说穿你这话，止住不付，我不怕二百若块钱不会出梢，只怕你是担待不起。’那家丁利令智昏，急忙答应，要取了二百块钱，去回覆本家老爷的事。当时庄上付他两张三百五十块的票子，另外付他二百块的现洋，把现洋别在腰里，洋票交与本家老爷之手……”

说到此处，黄绣球道：“说了半天，到底怎样打起来，闹得烟雾成天？你快快讲罢。”那时闹的人已渐渐散开，挤的几乎站不住脚。那人招着毕太太们，又让过几步说：“这家丁交代之后，那本家老爷就先走了，叫寿器店随即抬棺材送去。不晓得怎样，暗地下有个人，在寿器店老板面前给了一个信，说钱庄老板也得了一百块钱。寿器店老饭听话不明，只当他那票子上写的二百五十块，就出巷来奔到益大庄上说：‘如何凭空扣我一百块钱？难道买我的棺材，要你出钱票子的拿扣头么？’益大的掌柜倒弄得不明不白，不好把那家丁的话说出来，只道：‘谁买你的棺材，谁付你的钱。我庄上也没有同你交易这件东西，你拿这晦气话闹到我庄上来，好没情理！’顺手就庠出一盆洗脸水来，泼得那寿器店老板没头没脑，同淋了大雨似的。跟来的人见老板吃亏，回头叫了十几个做棺材的伙计，一拥上门，打了进去。起先还只道是白昼行劫，后来看看，都是这条街上做手艺的，不问情由，大家挤着来看。一传十，十传百，手艺中人自然帮着手艺人，个个指着钱庄上，骂他无理扣钱。等到内中有人把事问明，叫出当地的地保，两边排解。一时寿器店老板倒把那本家老爷买棺材的事，当着众人大喊大嚷，于是起先打的人，同看的人、听的人，愈聚愈多，庄上只装做不知。后来那通信把寿器店的人，又将那家丁同掌柜的所说之话，也叫穿了，所以引得人又笑又骂，又兴起来要打那掌柜的，说他恶毒，跟手叫送棺材到陈府上去的通风报信，一面地保就在内看守了这掌柜的。如今这班人想是要看陈府上怎样来料理此事，所以还不肯全散。这真真叫做卖死人！你道这种事新鲜不新鲜？奇怪不奇怪？”那人一面说，一面伸着颈脖子朝前望去，就一步一步的挪远了，离了毕太太们。毕太太同黄绣球听得这一席话，只是摇头顿脚。当时人声嗡嗡，人头簇簇，言多语杂，不晓得是个什么收场。

话分两起，且说毕太太们站在街上听过新闻，心中自有一番惊疑烦恼，踅回转来，同到黄通理书房，说知其事。黄通理道：“我也在门前听见走路的有人讲起，一爿钱庄里同人打架，不道就有这等事！岂有此理，可算要钱要得没有王法了。”话未说完，胡进欧、文毓贤同张先生家都打发人来，通知陈老太太的死信，也谈到这一桩事，无不诧为希奇，并说：“陈府上如今闹得喧天揭地，倒反把个死人搁在床上，里里外外嚷的是钱，棺材也扔在天井里，连个阴阳先生还没去请，不曾定入殓的时辰日子呢！”

黄绣球十分气忿，无心接应这班来人，连这些话都不情愿再听。对着毕太太道：“现在陈府上横竖是乱嘈嘈的时候。我们何不同到他家去？一来看看那死人，好哭他一场，二来胡家妹妹一定在那里的，好问个结果，有什么事，说不得也同他商量着出点子头。”曹新姑在旁说：“我也同去。”毕太太道：“你须在家服侍王老娘，不必同去的好。”正要跟着一班来人分头起身，复华喘吁吁的走过来道：“我方才从闹的地方看到陈府上，那棺材送到陈宅之后，他本家老爷同那个家丁得了信息，就一齐赶到益大庄去招呼了地保几句，就驱逐了多少闲人，不一刻，又有几个差役来把守着宅子的大门，不许闲人观看滋闹。看他宅子里的神气，外面虽然闹得这样翻江搅海，里面孝子孝孙们，像似还没有摸清头绪，来的男客，很有几位却跳出跳进的。只有那本家老爷同那个家丁最忙，其余大约都是亲亲眷眷，也糊里糊涂，不知何事。上房里我是不能进去，看上去女客倒不多。”

毕太太道：“这样一桩大乱子，那本家老爷同那个家丁，不晓得怎样显个小小神通就糊弄过去？看他一时招呼了地保，就一时雇到了差役，无非是卖弄势利。可怜那陈膏芝父子两个，偌大一个门户，一分家私，就此怕在老太太身上消灭了。”黄绣球又问复华道：“你来时可听说几时入殓？那孝子孝孙们怎样的成服？”复华道：“这都不闻不见。”黄绣球道：“难道那棺材还扔在天井里么?”复华道:“可不是?石灰炭屑还不见有人挑得来呢!那棺材却是漆得金光雪亮,厚札札的,也看不出是什么材料,是拼的,还是独幅?我在那边好半天,出来的时候,人倒静悄悄的,里头听不出哭声,外头连那本家老爷也不见了,想必去办事买东西,停会就可齐备,我也停会再去看来。”黄通理道:“闹来闹去,只可惜那陈老太太死得太快,等不及我们办起事来给他瞧一瞧。至于陈膏芝父子的那个门户,那分家私,终久是要败的。说到归根,还是他老太太福气,万一再过几年,或是陈膏芝先死,可就不知道更要成个什么样儿,出个什么把戏哩!”黄绣球接着道:“那家丁趁火打劫,想谋通钱庄上吃没几笔账,虽也是小人常技,若没有他本家老爷,在棺材上赚得太狠了,怕还不至于动了小人的念头,就必不至于生出钱庄上的恶计。推原祸根,那本家老爷罪是杀不可恕。起先只是家丁同钱庄掌柜两人串谋,掌柜的倒要拿家丁撇开独吞。如今必定三人串通,面子上铺排丧事,骨子里可不叫陈膏芝倾家荡产!我们念着那老太太,岂可明知之,不去问讯?”

黄通理道:“从来与闻人家的家事最不容易,况且我们是极疏远的人,这话又没有凭据,真正是道听途说。他那钱庄往来的折子,有没有?拿出来没有拿出来?到底怎样一件细情?我们不得而知,只可随时打听消息,察看情形,同他姑奶奶胡家去讲。你们怎好冒冒率率去管此闲事?据我看,买棺材赚钱,是千真万真不消说得,那益大庄上的一层,怕还不确实。当时那家丁,也怎好在庄上公然说那些话?庄上伙计不止一人,怎样单只有一人听见,去告诉了寿器店老板?寿器店老板就算看错了票子,当做二百五十块,岂有不拿给庄上看?那庄上掌柜的难道也看做二百五十块,一路糊涂下来?未必有此情理。”黄绣球道:“贼胆心虚,这是讲不定的。我们顶好就请了胡进欧来,问个仔细。”说着,便对复华道:“我写个字儿,你带到陈宅去,问明交给他家胡姑奶奶。如这胡姑奶奶已不在那边,赶紧就送到胡家去。”当下叫黄通理写好字儿。复华去后,带回一个字条,说“当晚子时小殓,明日申时大殓,尊处如来送入大殓,便可面谈。不然,后天清早到府。事忙,不能多及”等语。黄绣球、毕太太看了都说:“如此准定明日去送大殓,便知其详。”随即搁开此事,去看王老娘。王老娘病是全好了。张先生当日病也略好,在这当口上,踱到黄通理处,也无非谈论此事。内中说到陈膏芝的本家,赚这棺材钱,太觉忍心害理,黄绣球更结结实实骂了一顿。

毕太太道:“如今只要沾着是官绅当中的人,谁不吃心很重?但拿官办学堂来讲,派一个委员,采办书籍仪器,看是无甚好处可以赚钱,不知竟是个优差。在上海听见,苏州办武备学堂的时候,堂中的提调大人托人到上海买一个中号地球仪,实价不过四五十番,买的人先开了二十三元虚账,送到苏州，那提调报销册子上，却又加上些。你们猜猜看，他加上多少？死命的一开，开了四百两的账！这是什么良心？像我此番带来这一千多块的东西，浮开三四倍向你们算账，怕不要你们也倾家荡产么？简直这些人的心像个大煤炭团一样的黑，铁弹子一样的硬！比起山西人放印子债五分取利，一天一收，带利滚利的手段，那还算是有菩萨心肠呢！毕竟得了这些钱，同陈膏芝父子们睡在鸦片烟里过日子，还用不完，落得把别人干没了去。就是不干没，也总归消为乌有，真是可惜。”大家议论而散。

次日，听讲陈宅中无甚动静，午后便循俗买了锡箔，带了曹新姑一同前去。黄绣球、毕太太先哭了死人，就出来寻着胡进欧。只见李振中、吴淑英、吴淑美都在那儿，却无文毓贤、徐进明两人。问起，才晓得因为是生意人家，不曾去报丧，故而不便走来。黄绣球道："是呀！我同毕姊姊那边都不曾来报，我们暗中申我们同志的感情，管他报不报呢！"说罢，便急于要问买棺材的事，碍着陈膏芝的夫人及一班外客，不好开口，一把拉着胡进欧到旁边一问，影响毫无，只说是："寿器店里的人拿票子到益大去照，随即要益大付钱，益大不肯立付，寿器店里就说益大付不出现洋，一定要倒。一个谣言出去，便有人拿五百一千的小钱票，纷纷要收起钱来，因此不晓得怎样胡乱的打架。幸亏这里本家老爷，传了地保差人弹压了结。并不听见像你这般的话，可就奇了！"

毕太太问："自从昨天到今天，这用的钱，在何人手里发呢？"胡进欧道："这个我也不留心，不好问得。向来出出进进，外面就是那本家，里面却在一个丫头叫菱子的手上。这个家丁虽是老人，却没见经手银钱。至于钱折子，只怕在太太身边，那丫头菱子，是太太最贴心、最相信的，今年已二十多岁。镇日价在房里打烟炮，姊姊你不曾见过吗？"毕太太、黄绣球听了都说道："哦！哦！是这么一回事。"胡进欧道："姊姊，你们这话又从那里来的呢？这话断非无风生浪，看来我听的话倒靠不住，你们讲的必有因头。如果实有其事，不但奇谈，也就吓得坏人。我也是个本家姑奶奶，倒听了寒心。"黄绣球又要接下去说，被毕太太止住道："我们的话不是无因，也没有实据，说给胡妹妹听了，放在心上，随时看着苗头，一两天内，自然明白。明白了之后，我们再说上去不迟。"正说时，外面升炮吹打，已经装殓。大家随即出外哭奠行礼，那排场一切，不用铺叙。

陈膏芝要做孝子，又一刻离不得鸦片烟，就叫在灵柩后面另设一张烟榻，从房里搬出枕褥烟具来。来搬的当口，闹嚷嚷寻一个人，到处寻不着，忽然又大喊道："房里丢失了东西！一支顶贵重的烟枪也不见了！"陈膏芝夫妇此番死了他老娘，并没有什么声息，此刻却喊得急，急得喊，夫妇两口子跳脚舞手，就比做孝子送入殓时，那哀号擗踊、椎胸撞头的情形，格外真切。弄得料理丧事的人，一齐丢开了来问他劝他。要知寻的什么人，丢失什么东西，且听下文分解。

第二十一回 陈膏芝居丧闹贼 黄绣球开会谈心

话说陈膏芝房里搬烟榻，寻人找东西，沸反盈天。夹着那念经和尚的木鱼声音，奶奶小姐们的哭泣声音，执事夫役争论赏钱的声音，闹得不清。毕太太、黄绣球、曹新姑三人，趁此就抽身而去，一路上说："这家人家真可在晦气头上，出了这种大事，还里里外外的闹乱子，好比如今的朝廷，内忧方起，外侮又生；外侮未平，内患更亟，做主人翁的只是昏天黑地，凭着他手下相信的人横七竖八的做，他却只顾把守着枕头边的箱子，不知道房门内一直到大门口的器具物件，早已被别人丢了失了。竟其连大门外的产业也忘记不管，只管那枕头边的箱子，岂不可笑？想来陈膏芝失去的物件，就是此类，所以他才那样着急。"黄绣球又道："今天看见孝子，不看见孝孙钻在什么地方？"曹新姑道："出来的时候，我倒看见他，一骨碌从灵柩底下草苫上爬起来，望孝幔外面走去的。我还疑心怎么又有一个孝子？后来才记得是他孙少爷。"毕太太道："这是承重孙的情境，才要陪着孝子同睡在草荐上，他怎么也睡到草荐上去？可见得他老子送入殓时，就铺了草荐吃烟，他去闻烟。烟迷了好半天，才爬出来的哩。"如此谈说，自去不题。

且说陈膏芝夫妇二人舞手跳脚，在房里急着喊那丫头菱子，死也喊不到。各处搜寻了，没个人影儿。一面叫别的丫头老婆子，要搬床上的烟具到灵柩后头烟榻上去，自己在床上先摸那枕头边藏的一双金镯子，再摸也摸不着。陈膏芝便问他太太，陈太太道："莫非已放在首饰匣里？"忙开出橱柜一看，首饰匣也不见了，因此要寻菱子寻得更急。一时间拨乱翻蛆，把几个大皮箱都叫人一个个打开看了，内中却一些未动，除了这首饰匣，看看竟像不少一件东西。想来想去，那双金镯子并未放到首饰匣里，怕是掉落帐子后面。就又叫人拆起床架子，除下了帐子。只听见床顶上、帐顶上、四角落里，有多少悉悉索索的下来，都是瓜子壳、花生壳、核桃桂圆壳、枣子核、同些老鼠矢，末后还有一只金耳环，一个银烟盒子，捡起来扫开了。扫了又看，看了又翻，地板却平平札札的，一无漏洞。点起洋蜡烛、保险洋灯，关上房门，细细的在房里找寻。

有个小丫头就说："两只金镯子挺粗的，不比一根针，瞧不见。一定要查首饰匣子，或者已经藏到匣子里去。这都是菱姊姊经管的，想必他晓得今天人多手乱，预先收拾到别处去了。"陈膏芝夫妇这才提醒了，分头各自出马，去寻那菱子。陈膏芝到底看着一身麻衣如雪，不好走出厅堂以外；那陈太太却顶着一块麻布，穿着一条麻裙，两只脚彳亍彳亍的，惊惊慌慌，各处走了一巡，口中还"菱子、菱子"的喊个不绝，把厅堂内外一班男客男仆，四面回避。念经的和尚们，也伸头缩颈的看。喊不着，又问人，问不着，又喊，那里来个影子？不觉的跑吃力了，就在二重门口廊檐上一张条凳坐下，号啕大哭。这一哭十分伤心，嘴里不住的说道："两只金镯子不过八两重，匣子里的珍珠头面、翡翠金器可就值一万多呢！东西既不见了，人又没有了，我也不要这性命！"一气就奔到灵柩面前，乱碰乱嚷，哭的滚在地上。家下人一齐上前来劝，吓得奶奶小姐们都目瞪口呆，不能说话。倒是那孙少爷说："这必是菱子偷去逃了。我常时看见菱子在面前，今天单单的没见，不是他偷跑了还有谁？"

陈太太哭着，反骂那孙少爷道："菱子是从来不出我的房门，你们冤枉他。我倒疑心你祖奶奶没有死的前头，你老子把我这些东西就交给了你祖奶奶，祖奶奶送张三、送李四的送完了，如今硬打发我丫头躲开，栽在丫头身上。你想你祖奶奶前回送人的几百吊钱私房，不是从这些上头出的，从那里来？你老子还同我别气，今日你老子不交还我的东西，我可死也不肯甘休！"说罢，索性在地上叉手叉脚的哭，哭得连烟瘾都丢了，只见眼泪鼻涕，同个叫化婆一样。陈膏芝在旁，听得好不生气，却不能来劝，就问："今日谁打发菱子到那里去的？"大家都说："已经到外面亲戚本家当中各处寻过，没有人晓得。他却从来实在没有出过大门，这真奇怪得很！"说着，那本家老爷出上一个主意说："现在天色已晚，大事总算过去了。今天事忙人多，外头来的人断不能进太太的房，要偷这东西，除非是家里人，保不定东西还未出门，何不关上大门来搜上一回，再点点男女仆婢的人头，除了菱子，还少什么人？"其时女客都已散完，连胡进欧也看得不耐烦，早已去了。此话一出，就扑通关上两扇大门，本家老爷帮着陈膏芝父子，带着几个家丁，穿房入户的一搜，整整闹到二更以后，全无影响。男女仆婢，自菱子以外，也不少一人，只有多几个出来。这一夜大门就不曾开，关着几个和尚念倒头经，太太老爷也就哭闹到五更天，方才略定声息。第二天一大早，去报了地方官。

地方官马上来踏勘，说："一定是这丫头偷跑，总得有个接应同逃的。"问问这丫头，又都说平常不出太太的房门，怎会有人同他接应？官说："这莫非是大仙连人带物的摄了去了？"太太远远的喊道："什么大仙，是我家大人支派了那丫头躲开，把东西早就消灭了。”那官听得诧异，只说回衙派捕快去查，打道而去。这里太太老爷又闹上半天，老爷没法，果然拜起大仙来，叩头许愿，终久无影无踪。这日家丁当中却又少了一名，叫做赵喜，就是跟本家老爷去买棺材，问益大钱庄要钱的那个。也是一天不曾见面，不知去向。有人看见说：“清早开大门送和尚出去的是他。”于是又大惊小怪，闹得个鸡犬不安，把这新丧的事倒全不过问。不要说孝子孝孙祭奠哭泣，连灵座上一幅真容都没得挂，白蜡烛只点得半段头的一支，其余更就荒凉凄惨。大概是上下人等闹昏了，吓昏了，无从问信，做书的也只顾得一边。当下陈膏芝听说又不见了赵喜，疑到他是与菱子接应同逃，却比菱子迟一天才不见，很不明白。太太听了倒像心上一愣，没得话发作出来。

陈膏芝便问太太：“你看如何？可不是那忘八羔子骗了菱子出去的么？”太太道：“是便是，你打算怎样呢？”陈膏芝道：“丫头虽不见了两天，赵喜是今早才不见的，一定他藏了丫头在外面等他同跑。跑的一定还不远，无论是船是马，总追得着。快些请官衙里出差四面兜拿，并飞移邻境，一体踩缉。”说过之后，依事而行。

隔了几日，已是头七，那亲亲眷眷依旧送礼慰问，络绎不绝。女学堂同志数人如文毓贤、徐进明、吴淑英、吴淑美以及毕太太、黄绣球诸人，却连日听说陈家的乖谬离奇，反只在学堂中另设了陈老太太的记念，商议另拣日子，开个追悼会，就接着要开办两边的学塾，不去问陈家的信。只有李太史的夫人李振中，同是缙绅门户，胡进欧是叫名姑奶奶，不能不到，但也只自把耳朵听着，眼睛瞧着，不管那话把戏。当日第二次报案之后，那官府是否替他出差访查，是否赵喜串通了菱子偷跑，暂搁后叙。

转眼之间，又到满七。就在满七那天，是开吊日期。因为陈太太气得像疯了，陈膏芝也气得病了，预先任什么没有料理，只随便发了各处的讣闻。开吊这日，只有一场经忏，门前的丧亭、吹鼓亭、灯彩天篷，一些儿没得，冷冷清清，很不像个样子。来吊的人，倒却也不少，看此光景，各有各的议论。浮文不题。惟独那本家老爷，稳稳笃笃赚了一笔棺材钱，益大庄上的事，始终陈膏芝家无人晓得，都因有此一闹，闹得陈膏芝并没有在丧事上要整百整十的用钱，取钱的经折子并没有拿出来，逃的人也没有偷得去。益大庄上同那本家老爷各自心虚，幸亏话未通天，免遭祸累，也就不敢再出头下手。

陈家开过了吊，其时已将近九月重阳，那女学堂同志的追悼会也开过了。开追悼会的这天，除了黄绣球前回所发知单六七人之外，还有那报名的女学生当中，牵三搭四而来，很有兴会。内中先由胡进欧演说那陈老太太的一生历史，后由黄绣球演说陈老太太赞成这女学堂的一片美意，却预先约定不讲他死后的一段怪事。末了，由文毓贤宣读祝辞。文毓贤还做了几首乐章，在会饮的当口，请大家歌唱起来，无不欢欣感叹。刚要散会，只见一个女孩子拖着光光的辫子，大手大脚赶进来看，大有个来迟不及之意。毕太太对黄绣球道："此人面庞怪熟的，像似在那里见过。"胡进欧回头看道："这是薛家的丫头樱儿，不是说想考女状元的么？怎么忘了？"因问樱儿："你怎样一向不见？陈老太太病故，你家奶奶怎样也不去一趟？今日你是怎样晓得了来的？"毕太太、黄绣球才记着他是陈太太干媳妇身边的那个丫头，想起他考女状元不考女状元的话，着实同他亲爱，就拉他坐下。

那樱儿便道："我家奶奶回娘家去了好些时，我因为病着，没有同去。陈老太太病故，我家是知道的，那几天我病得正凶。今年自夏天到如今，外面病症很多，就总没个好大夫。"黄绣球道："早不晓得，早晓得了，这位毕太太就是女中扁鹊，我家王老娘同衙门里的张先生，不都是看好了吗？"樱儿道："怎么陈老太太的病不去一看？听得说他那病是他媳妇太太呕坏了的，年老的人，呕不起，想来也是难医的。怪可怜他老人家，一生厚道，常时劝我们要学好，要识几个字，不可光会学烧茶煮饭、做点粗针线笨事情，就可算能干女人的。只是那陈大人一家，除了这位老太太，都糊里糊涂，真可惜了。诸位奶奶，可是今日在这里供着他老人家？怎样不请他老人家一张照片来挂着呢？"胡进欧道："还讲照片，连白都没有揭一张，灵面前空空的，并不曾挂个真容。"樱儿道："这是陈府上的家风不用的么？不应该连这个都没有。"大家便说："陈府上老太太死过，还出了一桩大事，你可晓得？"樱儿道："听说为着在钱庄上拿钱，他家赵二爷打坏那钱庄上的东西，可就是这桩事？大不了赔点钱出来，买还东西罢了。"大家又道："事情更大着呢，你竟不晓得。"于是，从头至尾的一说。

樱儿听完了，瞪着眼一声不响，只说："啊唷唷！有这大的奇事！"一看壁上挂的自鸣钟已到五计，急于要走，问："这个学堂几时开工？等开工的那天，我还要来看呢！"大家笑他这"开工"二字，说："到开工的日子，你来看着，要学个什么手艺？"樱儿道："我有什么工夫来学手艺？求着诸位奶奶，央请我家奶奶放我每天来一趟，识几个字就好了。"大家说："好的，好的，容易，容易。"樱儿便笑嬉嬉的，向各人告辞出去。黄绣球又追出喊住了他，说："今晚你可再请一个假，到我家里去走一趟；或是你回去先讲明了，我打发人来领你。"樱儿答应："使得，横竖晚上无事，我自己坐乘小轿来罢。"大家见天色靠晚，也都要散，说："开学定在十月初一，还有二十几天日子，我们还可聚议两次。"黄绣球道："记得去年九月十五，我才碰着尼姑，看看今年又到九月十五了，尼姑已变了奶奶，这学堂还是得了两个尼姑奶奶做成功的。论起来，还该在这堂里设一桌盛席，请请王老娘、曹新姑，就算补行中秋庆祝会。那陈老太太在天之灵，必定也喜欢赞成的。”大家一齐拍手称妙，说：“如此再隔个十几天，或是竟到十月初一，索性多办几桌酒，请请姊妹们、学生们，闹热一场。”曹新姑当时也觉得高兴，等散回来后，告诉了王老娘，自然也一般快乐。上了灯不多一时，樱儿果然来到，循着俗礼，给大家请安。黄绣球一手拉住说：“这个礼，从今以后我们用不着。”又略略的说其所以不应用这个礼的原故。

正说间，毕太太也从张家打了转身过来。黄绣球便问樱儿：“方才讲陈府上的事，你瞪着眼，像要说不说的，必定有个道理，我所以请你来想问一问。”樱儿笑道：“奶奶问这个么？他们失东西，跑掉了人，我真可一毫不知，只晓得那菱子在他太太房里最是得宠，一天到晚的总不离房门一步，却平时他太太瞒着老爷，要叫菱子到什么首饰铺里、裁缝铺里去，都在早上一家子没有起来的前头，溜个一趟。先头都是那赵二爷领路，后来熟了，赵二爷可领可不领。回来的时候，都从二门上一条弄堂里穿到厨房，端着一盆水进至上房。上房里别的丫鬟老婆子，只当是他起来端脸水进去。一个月也这有几次，那个关心？却不知菱子同那赵二爷早就有了那个……”说时，把脸一红，低下头去，格格的笑。又说道：“有一天，陈太太因为打发他出去之后，又追上去交代他一件东西，可巧他同赵二爷打皮壳儿，被太太碰穿了，太太也不说明，就自此不打发他出来了。这已是两年前头的事，我也听见我家奶奶讲的。我家奶奶前两年没有出嫁的先头，一直住在陈家的呀。这回怎么就趁老太太才断了气，下此毒手，真算丧尽良心，不害臊，不要脸！看他就是同赵二爷出去做上野夫妻，生出孩子来，也一辈子没得脸见人。况且既是报到官府大老爷那里，怕他迟早也跑不了。”

大家听了，知道此事是这两人所做一定无疑。这回怎样的逃法，樱儿真也不知，不往下问。谈了些别事，叫樱儿十月初一，来吃酒上学。“到我们这里上学，等你奶奶回来一说，包管答应的。”樱儿欢喜不迭，仍复去了。黄通理出来，对着一班人道：“听听这陈家的事，可都不是治家无法，才弄出这些弊病？现在官绅读书人家，真是毕大嫂子说得好，漫说像陈膏芝这种一家大小埋在鸦片烟灰里，事不足惜，就是寻常的门户，只要沾着一些儿富贵气，总有多少骄奢淫佚的笑话闹出来，这无非是不讲家庭教育的道理。那偷偷瞒瞒的事，又无非从家庭压制上来的。有了压制，才生出欺诈之心。我们中国三四千年以来，各式各种都吃了这个亏，如今陈膏芝这一家的事，不过是个影子，放开说起来，就说不尽了。”黄绣球道：“是呀，是呀，真真不错。我也有几句乱谈，又是我近来体验到的，要请教于你，看可有什么进步？”说着，去倒了一碗茶，旋起了灯，拉着毕太太坐近书案边，待要开口，做书的此时也去倒茶，搁住笔不曾来得及记，就记在下文了。看官请看此书第二十二回便是。

第二十二回
平等平权讲正经理路　五千五万打如意算盘

话说黄绣球开口言道："自古说天尊地卑，把男女分配了天地。近来讲天文的，都晓得天是个鸡蛋式，不是什么圆的，地就包在天当中，算是蛋黄，不是另外一块方的，这就天地一气，没有个高卑分得出来。但蛋必先有了黄，然后有白；有衣，才又有壳。那小鸡都从蛋黄里哺出，若是蛋黄坏了，哺不成功。照这样说，要把男女分配天地，女人就好比蛋黄，虽是在里面，被蛋白蛋壳包住，却没有黄，就不会有白有壳。那白呀壳呀，都靠着黄才相生而至，犹如天没有了地，那五星日月、江海山川、上下纵横，都形形色色没有了依傍。大约天是空气鼓铸，全靠是地来载着：地上的山是气化蕴积，地上的水也是气化灌输。可见天虽比地来得高，地是比天还容得大。女人既比了地，就是一样的，俗语所说：没有女人，怎么生出男人？男人当中的英雄豪杰，任他是做皇帝，也是女人生下来的，所以女人应该比男人格外看重，怎反受男人的压制？如今讲男女平权平等的话，其中虽也要有些斟酌，不能偏信。却古来已说二气氤氲，那氤氲是个团结的意思，既然团结在一起，就没有什么轻重厚薄、高低大小、贵贱好坏的话，其中就有个平权平等的道理。不过要尽其道，合着理，才算是平。譬如男人可读书，女人也可读书，男人读了书可以有用处，女人读了书也可以想出用处来；只就算同男人有一样的权，谓之平权。既然平权，自然就同他平等。若是自己不曾立了这个权，就女人还不能同女人平等，何况男人？男人若是不立他的权，也就比不上女人，女人还不屑同他平等呢！自从世界上认定了女不如男，凡做女人的，也自己甘心情愿事事退让了男人。讲到中馈，觉得女人应该煮饭给男人吃；讲到操作，觉得女人应该做男人的奴仆，一言一动，都觉得女人应该受男人的拘束。最可笑的，说儿子要归老子管教，女儿才归娘的事呢。无非看得男人个个贵重，女人只要学习梳头裹脚、拈针动线，预备着给男人开心，充男人使役。大大小小的人家，都只说要个女人照管家事，有几个或是独当一面的，执管家政，或是店家做个女老板，说起来就以为希罕，不是夸赞能干，便是称说利害，总觉得女人能够做点事的，是出乎意外。这种意见，也不知从几千几百年前头传了下来，弄成了一个天生成的光景。一个人家，男人强的，甚而至于打女人，骂女人，无所不有。男人和平的，也像似他吃得的，我吃不得，他用得的，我用不得。这就瞒着做事，钱要私底下藏几个起来，衣裳要私底下做几件起来。男人马马虎虎的还好，若是顶真的，耳目来得紧，淘气淘得多，这就又要联群结党，彼此勾串。大人家或是在娘家姊妹里、丫头老妈子里寻个腹心，或是借三姑六婆，做个名目；小人家更是张家婆婆、李家嫂嫂终日鬼混，什么事情都从这上面起头。再讲那有妯娌姑嫂的，各人瞒各人的丈夫，各人争各人的手势，说得来就大家代瞒，说不来又大家作弄，稀奇八古怪，真可也一言难尽。追考原由，只因为明明暗暗，多有个男人压制女人的势子。女人死不要好，不会争出个做女人的权来，只会低首服从，甘心做那私底下的事。倘然肯大家争立一个权，也是成群结党的做去，岂不好呢！如今那陈膏芝的太太，似乎是陈膏芝倒反怕他让他，没有压制他了，何以到首饰铺、裁缝铺，也要私底下叫丫头出去？无非存着一条私心。这私心总见得是女人不能同男人一样使用上来的，男人虽没有压制，就隐隐有怕是压制的神情。殊不晓得，只要看使用的应当不应当，不应当使用，便多买一根针也是糜费；应当使用，那怕他压制在前头，他也抬不过一个理字去。像那陈太太，在我们女人堆里本不算个人，跟着那没志气的男人吃鸦片烟，成句什么话说呢？”黄绣球滔滔汩汩，话头不断。

黄通理歪着脖子点头，接上说道：“所以讲女人是国民之母，要培养国民，先从女学为始。古人说‘三从四德’，那‘从’字，我又同讲率由旧章的书理，要来翻案了。这不是光叫女人服从的意思，是那为父、为夫、为子的，本是个有德育、有才识的国民，故而为女、为妻、为母的也要信从了。大家讲些德育才识，这原是就上等男女而言。又凡事都有一个对面，既然为父、为夫、为子的有可从之处，就也有不可从之处，说到可从的从，自然，不可从的就不能从了。这其中本是一面包得两面的话，从其可从，就是我的权，也就是与他平权了。若照后人解说，只当事事跟随，难道杀人也跟去杀？做盗贼也跟去做？发了疯吃矢，也跟去吃矢？古人那得有这样的谬谈？所以‘三从’的‘从’字，只好讲作信从，不是什么服从。有个信字，从不从还在自己的主意，便是有自已的权。若是服从依从，虽然服不服、依不依，道理也是一样，觉得词气总差了些。”

毕太太笑道：“两位的话，各有至理。”回头又对王老娘道：“你老长到这大年纪，这些话可听见谁讲得出来？”王老娘道：“罢！罢！这些话，就恐怕孔圣人都没有说过呢。黄奶奶讲女人瞒男人的话，真更有趣。世上多少大户人家，碰着干些不端的事，都不是那样遮遮瞒瞒弄出来的？我也不知道见过几回，听过几回了！”说着，打了一个呵欠。毕太太道：“你好先请安置罢，我们也该散了，明日再谈。”当下复华点起灯笼，黄钟、黄权两个小孩子跟着送毕太太出去，一宿无话。

且说陈膏芝家开过了吊，窃案报过官，天天催问，又移送了一笔赏格到官衙里去。陈太太镇日的求签问卦，哭了闹，闹了哭，总不见个消息。夫妻两口唉声叹气，陈膏芝是连灵都没有守了。一日，对着他太太言讲："这样大窃案，官府也担着处分，迟早不怕他不替我们破案。不破案，就吃住他赔，也得赔个五千八千，不过总吃亏些。难不成我一个道台乡绅肯放松他？现在在百日之内，不便同他面逼。一过百日，若仍不破案，我即上省去禀见督抚，写京信去叫人参他。我已放过信息到他耳朵里，太太只管宽心。这点东西我再出去爬一回，就又弄得一分，连将来失而复得的，可有两分，也是不难。倒是我急于要出去，丁忧是不能到省的，想起一个机会，大可去得。新近上海到的一位钦差，那钦差手下一个得意随员，是我从前在京的至好，很应酬过他。此番却忘记了寄一分讣去，我就去找他，把丁忧的日子提前个把月，就算已满百日。满了百日，只要有路有照应，就可当差。人家都晓得我丁忧罢了，那个去查考日期推班个把个月？找上了他，巴结上了钦差，马上拿丁忧候补道谋个上海最好的差使。上海差使不论什么人都可弄得，但人情是一时一时。从前同这随员虽很应酬过，如今要拉拢他，总得再从新应酬出来。那钦差面前，要托他孝敬上去，也未必能空手效劳的。此番不去则已，去就要破釜沉舟干一下子。我想在益大庄先提五千款子汇到上海，这五千譬如在老太太丧事里用掉的，说不得等我拿五千换了五万回来，再补报老太太。况且不到手便罢，到手断不止五万，太太有得享用着呢！记得我们同益大往来的折子放在小书箱抽屉里锁着，那天我想拿过一拿，后来也没有动。太太请你拿出来看看，我们今年同益大支过多少？"

陈太太道："我倒忘记这折子了，不是一向放在官箱里，你几时挪到小书箱里去的？"便去取出，递在陈膏芝手中。陈膏芝又道："险些这折子没有失掉，不然，你看这上头才支过六千多，还有一万三千多存在庄上，提出五千，整整再凑个八千存着，太太按月去支些，做个家用。让我到上海，包管一两月工夫谋个好差使到手。带去的不够，就再汇两三千，也还有余。不过庄上一时提不出许多，要预先给个信他，叫他预备着划出这一笔来。至多十天，我也要动身，再迟就不妙了。"陈太太道："说是说得容易，折子现成，你今日就去请了庄上管账的来，同他讲一声不好吗？"陈膏芝道："就请本家老爷走一趟罢。"当时寻了本家老爷去。

那本家老爷不晓得陈膏芝的用意，疑心赵喜的那事发作，一定牵连自己，却实实在在赵喜先前同钱庄想串谋的事，是他插进去有分，原想三面合成一气，后来赵喜怎样变卦，忽然丢了这桩，又同菱子跑走，他也莫明其妙，只因嘴里说不出，不敢声张。今见陈膏芝打发他去请庄上管账的，既不好推托不去，怕又去的不妙，心上正在踌躇，只听陈太太催他快去，说：

"你本家大人官兴发作，要拿钱到上海谋差使去了。家里丢掉了万把，他才想去弄钱，真真可恨又可恼的。"陈膏芝便道："你去切不可说起这事，外面先可不能张扬。"那本家老爷才放了心，晓得那事并没有穿，一纳头答应着去了。

再讲那益大庄的掌柜，其初不过想要在账上溷上几笔，后来倒被赵喜真骗了二百块去，他原说过不怕二百块不能出梢的，其间本家老爷也向他商量分吃了好些。只是身本有关，陈家的折子也没有到手，不能如他的愿，然他闻赵喜所说的那层。此时本家老爷见了那庄上，暗暗告知陈膏芝的意思。那管账先生约莫一算，陈家是还有一万二千多存在账上，凭发票支取的棺材钱，也除清在内。便对本家老爷道："论他的实数是多少多少，你我所说，同那赵二爷拿去的却不曾算。"于是同到一间房里去，打着算盘说："这么一来，只有一万零点了。如今不晓得他要提若干，横竖我自有话说。"本家老爷道："好极！好极！就同去罢。"来到陈膏芝处，引进上房旁边的内书房，等了两三个钟头，才见陈膏芝叫人捧着烟盘，跟了出来。坐下先说些闲话，然后歪到烟盘上去，叫人打上几口烟，一递一筒的吃了五六口，又让了钱庄上来的人一口。

那来人看见三四支烟枪赞说是好，陈膏芝道："顶好的一支，新近一同丢了。那支枪，说还是林文忠公在广东禁烟的时候，一个广东大老家的呢！在我手上也藏了二三十年，可惜之至。"来人就说："这回府上失的东西真是可惜，查的怎么样了？"陈膏芝道："原是呀！如今我老太太去世，一时既不能到省，日后的日子长着呢。小孩子定的亲还没过门，老太太的坟地还没看，家用应酬一切都要节省些下来。我同你宝庄上往来的那笔存款，我想提出五千来，赎回几亩田，几所房子，交给贱内收些利钱，让他当家，其余的仍存在宝庄上，等将来做个起服到省的用场。经折子在这里，你看看，除掉了支过的，应该还有一万三千多。"

来人说："老太太的寿器钱，经折上没有写，是凭本家老爷送来的发票，这笔又是七百块，也要在折子上添一笔。除掉了，实在还存一万二千多，是不错的，没有一万三千多了。但是敝庄上的账出进得大，一时可归不起数来，你老既要提出五千，待我在别家划一划，或者使得。目今家家的银根吃紧，不是你老，敝庄上是不肯提的。"陈膏芝道："我并不要现钱，这个主儿在上海，你庄上只要打个汇到上海的汇票，约个期头，妥妥当当的交给我，这是比提现钱容易了。今日我就先在折子上添注了那七百块，打个图章，回去再请你除开了五千，连少的利钱，结一结数目，还存七千几，零头也找了过来，整整再存七千在宝庄上，另立个折子，把这个折子涂销了他。"钱庄上来人便含糊答应，临走时，陈膏芝又叮嘱道："这五千汇票，在两三天内要送来的。我就拿七千多的零头，贴还你庄上利息，不用找罢，可千万莫误我的事。”

本家老爷陪出去之后，钱庄上的人便道：“这还好，那七千虽已差上一小半，我庄上这是要替他弥缝，不能再吃他的了。你本家老爷稳赚了钱，我倒要贴下利去。方才他说贴我的那零头，可不能由你再蘸个指头儿了。”本家老爷笑着不语，各自走散。看官，你想天下吃钱店饭的人，著名的都叫做钱鬼，苏州人还起他一个浑号，叫做“钱猢狲”，专门在钱眼里翻筋斗。这益大存得到几万的钱庄，何至子串通了人，只吃没千把块钱？要晓得他早已存着个倒账的心思，将来陈膏芝这七千，怕不是一古脑儿倒下去？还算陈膏芝的财运好，此时先要提出五千，不然，连这五千也倒了，他庄上抵桩吃一场官司，你又奈何到他？闲话少叙，过了五六天，果然陈膏芝把那汇票催了送来，下存七千，另立了一个经折。零头只有一百多，也凭着庄上算结了，涂销了前头的折子。赶在九月二十几，陈膏芝料理动身，也摸索摸索的料理了三四日。动身的隔夜，还到官衙里催问窃案，只是悄悄的瞒着人，不说出来，惟有本家老爷晓得情由，以为陈膏芝此去得了法，他也无不得法，怕的本家人多，晓得了也来钻谋进身，所以他在外面倒也不露个风儿。陈膏芝便带着两三名贴身家丁，望上海进发。后事如何，下回交代。

第二十三回 开学吃酒王老娘首座 丁忧谋差陈膏芝心慌

话说陈膏芝往上海进发后，已到十月初一黄氏夫妇开办学堂的日期，正好先接叙一回。那两处学堂未开之先，黄绣球与同志诸人，又聚议过两次，黄通理又着实忙碌一番。张开化张先生，果然将他公事托付了伙计，自己腾出身子，随同黄通理做个帮手，如今新话头叫做干事员的便是。

这日开学的礼仪，在黄氏家塾一边，按下慢表；在城西女学堂一边，是预备了请王老娘、曹新姑补行庆祝会的。外面虽没有什么铺排，却是女学生到齐了，人数可也不少。又是新创的一件事，有些晓得的，都走来要看，加上学生当中有由娘送学来的，有由伯姆婶子送学来的，有由姑娘嫂子、姨娘姊姊送学来的，还有是婆婆妈妈跟着送来的，一时就挤不开了，大门外也不免有些男人闯了进去。黄绣球、毕太太们早就料到这个，这日老早的便将所办酒席，一桌桌摆在堂上堂下，也并不点什么香烛，铺什么毡条，更不行那磕头拜先生的旧礼。对着送学的人说："只道今日先请客，明日才上学呢！"对着来看的也只说是请女客，不容男人混杂。却暗底下留着几个女学生，等着坐席，这才散了一大半。到申牌时分，约齐几位同志，立在堂上中间，分派了一班学生，立在两旁，三面排开，大家只福了一福。那学生高高矮矮，从十岁到十三四岁上下，煞是好看。内中惟有那樱儿年纪大些，又不算在学生以内，当时是站在中一排的下手一边，算是同送学来看的人一起。这个礼节既行之后，黄绣球、毕太太合着几位同志，约略说了些话，无非是谦让勉励，以及追思陈老太太，庆贺今日开学的意思。就推尊了王老娘、曹新姑二人，在堂安席。学生当中有的留，有的不留，樱儿也再三辞了，一共只安了五席，还不曾坐满，不过二十余人。第一席是王老娘坐的首位，第二席是曹新姑坐的首位，余下也不分大小次叙，随意入座。王老娘、曹新姑二人当下笑逐颜开，原不肯坐两个首席，因是黄绣球分派，有个不得不坐、不敢不坐的样子。

等一齐坐定了，黄绣球拿一把酒壶，又单在他二人面前筛上了酒，说："今日这酒专为你二人而设，有了你二人，才有这学堂，有了这学堂，才如了我的志愿。自从有个学堂名目以来，开女学堂的别处已有，问谁能像我，就收服了你们当尼姑的做到教育上的人？将来在我的结果，虽还不晓得怎样，在你们两个人的结果，却是我造出来的。我黄绣球要绣成一个全地球，这件事也算得是一手新鲜活计了。应得敬了你们一杯，我也自己吃一杯！"

大家都拍手欢笑，王老娘、曹新姑随即站起来，取过酒壶，代黄绣球争着筛了酒，说："黄奶奶是应该多吃几杯的。"于是，毕太太、文毓贤、胡进欧诸人，均此斟彼劝，开怀畅饮。在座的女学生，也跟着十分快乐。黄绣球领过一两杯，回头又向毕太太道："姊姊，这学堂虽是我的发起，实在是姊姊的成全，也应该敬姊姊吃个两杯。"毕太太忙按着酒壶说道："这是那里话？论起这个原因，自然第一是妹妹同通理先生的能力，第二是王老娘、曹新姑二人的功德，第三就是那陈老太太的赞成，众姊妹的光彩。"大家听说，都道："这更说不着我们，我们大家沾了黄姊姊、毕姊姊的光彩罢了。"黄绣球到底替毕太太斟过一杯，坐下笑道："大家都不要客气，倒是毕姊姊讲王老娘们功德的那句话，如今我来问问王老娘们：这种事，比当初你们拜菩萨修行的，到底怎样？好处在那儿呢？"王老娘忙支开嘴，笑迷迷的答应说道："菩萨就是人，人就是菩萨，那泥塑木雕的讲他做甚？"曹新姑也说："做菩萨的功德，是给人瞧不见，什么补气呀、报应，都是渺渺茫茫，到底人教人有点凭据。你看今天来的小姊妹们，若是一个个教了出来，能够自已立身立业，就将来没有丈夫儿子可靠，不至于做出家人的勾当，岂不便是福气？想起我们从前当尼姑，真可笑煞人。"吴淑英插上来说道：

"新近我看见一张新闻纸，讲云南制台因为云南省城里要设立学堂，没有个空地方，就出起告示，禁止和尚尼姑，不许削发，已削的要留起来还俗，出空了那庵堂庙宇，改为学堂。把庵堂庙宇的出产查清了，提八成做经费，余下二成分给那老病的和尚尼姑，养他到死。尼姑年轻的，替他相当择配，委了云南府知府管理这件事。那知府奉命而行，到了一个庵里，有两个年轻尼姑执定不肯留发，不愿嫁人，知府再三开导，两个尼姑再三不依，逼得没法，就双双的在那知府衙门口牌坊柱子上，一头撞死了。"

黄绣球抢着说道："这是在勉强要替他择配上来的，若是说随他两个自己去配人，我晓得这两个年轻轻的一定不死。我们中国风俗，只把男女的婚姻大事任着父母做主，父母又只听着媒人的话说，泥住了男女不见面，拘定了门户相当，十人有九，成为怨偶，倒把什么'巧妻常伴拙夫眠'的话，归到缘分上去，又是什么月下老人暗牵红丝注定了的，自古至今，也不知害死多少女人。至于寡妇再醮的话，王法本是不禁，自从宋朝人讲出什么'饿死事小，失节事大'，就又害尽无数的事，什么事不要廉耻，不成风化，都从这句话上逼出来。我听见说这句话的人，他家里就没有守着这个规矩。还记得宋朝以前的大贤人，大好老，他母亲妻子，是再嫁三嫁的，尽多着呢！况且一个男人许娶上几个女人，一个女人那怕没有见面，只说指定了是个男人的，男人死了，就该活活的替他守着，原也天下没有这等不公的事，讲来讲去，总是个压制束缚的势头。我们做女人，要破去那压制，不受那束缚，只有赶快讲究学问的一法。有了学问，自然有见识，有本领，遇着贤父兄自然不必说，便遇着顽父嚣母，也可以渐渐劝化，自己有几分主权，踏准了理路做事，压制不到我，束缚不住我。就是有人批评，我可还他一个道理，这都要从学问上来。如果先没有了学问，单是说我有我的权，父母管我不着，这就走路要走岔了道儿，不但受人批评，自己想想恐怕也觉得无谓。毕姊姊同诸位姊姊妹妹，看我这话是不是呀？我们这个学堂，抱定了这个宗旨，是要大家同心同意帮着忙的。"说时，又起身代各人斟了一巡酒，喝喝谈谈。将快散席的时候，黄通理带了两个儿子黄钟、黄权，连张先生、复华等，踱了进来。

张先生脸上红通通的，黄通理也很有酒意，原来这日家塾中开学之后，散得甚早，先起已到女学堂来看过，看是诸位女客正吃着谈着，没有进门，也就约了到一家酒馆，开怀畅饮。此时大家见黄通理等来了，各自散席笑迎。毕太太问："你们那边也吃酒的吗？怎样热闹？"黄绣球问："男孩子报名的，可都到齐了没有？"张先生磕着旱烟袋笑道："只有五个没到，倒是黄祸的儿子黄福，临时来说也要上学，是他家里送来的，说黄祸又出门去了，不在家。"黄通理道："这可是想不到的。"黄绣球道："那黄福孩子，我看他着实可造，你倒要好好的造就他，不要拿他老子埋没他儿子。”吴淑英姊妹抢上来拉着黄绣球道：“我们要先走了。”说着，那来领女学生的，也陆续领去。这里毕太太、黄绣球送过了诸人之后，又谈论了些，料理了些，王老娘、曹新姑二人还谢了几声。当时毕太太又道：“我是早说明住堂监守的，物件是早已搬来，今晚我便住在堂里，可叫复华也搬了来陪着。再请张先生家派一个老婆子来。”张先生、黄通理都道不错，如此布置而散。此后两处的学规教法，按着前头所议的章程，各自做去。大概外面是黄通理、黄绣球分主一边，内面仍是他夫妇合着出力。底下的事情甚多，又要暂搁再叙。

趄转来说那陈膏芝到了上海，住入客栈，打听得钦差合才来没几天，那个旧交的随员果真也来了，也在行辕外住了栈房。第二天就勉强起一个早，将近十二点钟，雇了马车去拜。恰好那随员刚从行辕上下来，一见名帖，晓得陈膏芝薄有家道，此番丁忧了来到上海，定归带着钱来顽的，可以分他几文，即刻请见。见了十分念旧，叙话之间，道是：“这回钦差严厉得很，一直打京里跟了出来，什么都不能沾个光，弄得在京里带的几个钱赔贴干净。上海虽是繁华之地，我们有关防的，原不说想去嫖去逛，连想买点东西总不凑手，实在也闷得慌。老兄你来了挺好，既不是本省的官，又是丁忧的人，我们常谈谈，可不要紧。”陈膏芝便道：“老兄你到底是个红人儿，跟钦差同去，还怕不得个密保，个把海关道可捏在手底心里的。像我穷候补，虽说家里还有口饭吃，究竟没得照应，没得能耐，如今又丁了忧，新近还失了一票东西，运气坏极了，不要说起。晓得你老兄在此，一来给你老兄请安问好，二来也想谋个机会。带来的盘缠不多，却是我丁忧的人，同你老兄有关防的人都差不多，不能去嫖去逛。老兄要买东西要用，我可先匀出一千来用着。”

那随员打上心坎，一面谦谢，一面暗忖道：此人就这样会凑趣，无非想由我钻钦差的路子。我们钦差大人出封把空信，我去求起来，还做得到。成不成，横竖碰他的运气，我落得回给他一个人情。想罢，便对陈膏芝道：“你老兄才来在客边，怎好反来用你的？倒是你现在想谋个什么机会呢？想来一位道员，门路是多得很的。”陈膏芝坐着，挪上屁股尖儿，凑了那随员面前说道：“毫无门路，你老兄可能代我设个法儿？”那随员装着皱眉挤眼，咂着嘴，半天才回答道：“论起来我们钦差大人……”说了这四字，又道，“再说罢。我总不能不够交情的。今天还有公事到行台上去，我是不便回拜，歇一两天再请过来谈罢。”说着，端起茶碗。

只见陈膏芝用手去擦眼泪，那随员便问：“老兄近来的烟量，想必更大了。我这里少了这个，失敬失敬。”陈膏芝忙也端起茶碗来，一声“送客"，走上马车，心中很为得意：不料头一回见面，把话就说上了，这事倒十分凑巧。回栈便又坐马车到后马路汇划庄上去，将益大的汇票交给了，并交出益大的信，说叫见票即付。当又托他庄上分了三张，转作即期的票子。两张一千，一张二千，余下一千取现洋，如数取去。把一千现的，点交了客栈账房里存下，随时作为零用。三张票子，赶忙封了一张，写一封信，打发跟人中最亲信的，送到那随员处，取了回片，随后再去拜那随员，晓得收到无误。这第二次见那随员，自然更亲热关切，不必摹写。

陈膏芝静候消息，就日日在栈房里照旧吃烟，真个守着丁忧的体制，从不出来逛一逛。免不得有点应酬，至多晚上十点钟，才能上一上一品香的番菜馆，这又是他烟瘾大，来得懒的原故。一连等了十天，那一天上灯时候，打听那随员公事已完，人在栈里，想坐了马车又去会他，转眼来喊三个跟人，一个都喊不应。问了茶房，支吾不答。到开晚饭时，三个人掩了回来。陈膏芝原是一些火性没有，也不说起。三个人伺候着晚饭，倒向陈膏芝回道："方才小的们在四马路青莲阁吃茶，像是瞥着了赵二爷一眼，没有看得真，就在人堆里挤过了，相貌实在是像。"陈膏芝听说道："他逃到上海来，也许有的。我明日要写信托地方官，请他移知上海县查访，一面见了那随员大人，也托他关照上海县呢。明日下午，打听随员大人在家，我可要去拜的，你们不许再一齐走开。"

晚饭过后，陈膏芝又去过瘾。两个跟班要轮流伺候打烟，还有一个闲得无事，仍旧溜了出去。约莫十一计钟，茶房送进一封信来，拆开一看，正是那随员的，上面说："明日午后两点钟，请过，我有要话面谈。"偏偏到了第二日迟去了一个钟头，等了半天回来，回来了又去，三翻四覆，弄到晚上一点钟才见了面。这日陈膏芝的烟瘾就没有过好，那随员又急于要睡了，第三天还须跟着钦差有事，便草草的说了几句话，内中有一句叫陈膏芝再凑个一千块钱。陈膏芝也只糊里糊涂听了这一句，什么话都没有弄清，只以为事情打点妥当，满心欢喜。回栈想着，叫那出去的一个跟人，明早再封一千块的票子去。于是先过足了瘾，写上了信，又想起在虹口靶子路借一个广东花园里，请请那随员，就另外写了一封借花园的信，说定后日这一天。又写了几付帖子，打算隔夜交代，第二日一并照办。

等到写完想完，天色已亮，从新呼了几口烟，就脱衣而睡。第二日早上，那随员叫人拿片子来催信，出去的一个跟人仍没有回，在栈的两个跟人也是睡了。茶房代收片子，代付回片而去。接着又来催问两次，那跟人才起来，要推醒陈膏芝，那里推得醒？一直到太阳落西，房里已上了自来火灯，还要翻身。好容易推醒了，回明其事。只才猛然想着问道："你们那伙计回来没有？"说是还没回来。陈膏芝两眼朦胧的笑道："上海不是好地方，一出去就被女人迷住了。快些打水点烟灯，我自己套车出去。”两个跟人先起来就打好二十几个大烟泡，装上五六支枪，等洗过脸，拈了一点干茶食吃下，便又躺下呼呼呼的吸到一个钟头。吸烟的当口，两个跟人说道：“某人出去了一夜一天，老爷疑心他被女人迷住，小的们想，上海街上的巡捕多，疑心不要他倒被巡捕抓了去，生头生脑的人，是说不定的。老爷可要打发茶房去看看？”陈膏芝又笑道：“这个未必。喊了茶房来，姑且叫他去问问也好。”

茶房来了说道：“这从那里问起？”两个跟人便说：“你们总熟悉，可以问得。问出来，老爷先赏你们几块钱就是了。”茶房听讲有钱，乐得糊弄一下，说：“让我们到新巡捕房、老巡捕房、虹口的巡捕房都去问一声罢。”两个跟人道：“上海可真不好瞎走的，巡捕房就有这许多。”茶房又说：“巡捕房问信，也是要花两个小钱，三处也花得不多，有个三四块钱。我们本地人，就可以使得。先请老爷给了我们，回来再讨老爷的赏。”陈膏芝道：“就快付他四块钱，我烟吃完了，要上马车了。这虹口的信，就叫茶房顺便带去，不许误事。这随员大人的信，只好我亲自交去。你们一个人跟我，一个人在栈里候着。”说时，再把信一看，知道钱票还没有封入，就匆匆忙忙去开枕箱，开了又去开小皮箱，翻出多少衣裳东西来。一个跟人在马车上等候，一个拿水烟袋送帽笼出去，回转来说：“老爷这是做甚？衣包早已在车子上了。”陈膏芝说：“不是衣包呀！”要知不是衣包是什么，看官又请再看下回。

第二十四回 黄绣球劝导学生　李太史进谈公事

话说陈膏芝开检衣箱，要取出一千块的钱票子带出门去，谁知竟翻检不着。又在枕头箱、烟具箱各处摸索了一回，通身没有。当时心上一呆，重新坐到床上，瞪着两只眼睛，仔细一想，说道：“哼哼！这又一定是你们伙计偷了去了。怪道他一出去，就是头两夜不回栈房！还当了得！待我即去拜了随员大人，托他报窃。这三千块钱却是我的血本，怎样好叫他享用？他的良心倒也很好，便一古脑儿偷了去！”说着，就匆匆忙忙上马车出门而去。

来到两随员栈房里一问，那随员大人将将前脚动身，行李已上了轮船，人也出了栈房。赶到轮船上去问，却好问着了，得以见面。那随员听到陈膏芝说失去钱票的事，竟不相信，只道是说大话，推托不肯，岂有被用人偷去三四千块钱，一些儿不知？用人出去了两三夜，也不查问查问？此时分明晓得我要动身，拿此假话搪塞。心上着实不高兴，便对陈膏芝道："老兄破财，也是兄弟的财运不好。不必再谈，没有工夫再同老兄闲叙。承借的那一千块钱，可惜已用散了，等兄弟此番到别处去张罗到手，一定奉还老兄。老兄是三千五千失去了不算什么，譬如在上海逛了窑子，就结了，有个什么说的？"说罢大笑，就有端茶碗送客的意思。

陈膏芝什么话都没有说进，其时正在晚上，轮船上闹烘烘的，不能久留，不觉垂头丧气而回。回来就望床上一躺，开起烟灯，同他那用人叽哩咕噜，说了又骂，骂了又说，总定不出个主意，便糊里糊涂又在床上睡着了。睡到半夜，忽然又坐起来，想到：家中才丢了万把，还未破案，如今又丢了三千，怎样好回去见得太太的面？身在客边，所剩在栈中账房里还存得几百块钱，随员是走了，谋望不成，若再把这几百块用个干净，更反回不得家乡，见不得爹娘，不如趁早回去，在太太面前只说都应酬了钦差随员，慢慢的听候差使的消息，太太从那里去对证？差使望不到，太太也只好说是认个晦气罢了。想定了，便睡不着。挨到天明，喊起了用人说："今日我们收拾回去，不要再在上海闲住了。"他用人一齐说道："老爷难道白丢了三千块钱，也不追问？既然猜着是我们伙计偷去的，也该报出去，到底查一查。照这样一万八千的都丢了不问，老爷家里还有多少家私？小的们倒有些不懂。"陈膏芝衔着一口烟，叹了口气，说道："那忘八蛋的既然偷了去，已隔了两三天，怕不已经跑掉了，他还在上海，等我们去捉吗？上海地方，说声有了钱，望外国一跑都很容易，晓得他这两三天工夫已到了那一国？那里去查？或是回去把那太太所失的东西，吃住了本地地方官，还可望他赔个一半，这三千问都不必问的为是。"那两个用人听说如此，又道："早晓得老爷这样大方，小的们就先下手偷了。如今被那个伙计一人受用，小的们倒不甘心。我们是要到庄上去，问那票子是怎样拿去的？"陈膏芝道："你们去问一声也好，问了回来，我们就同栈房里算算账，作速动身。"果然那用人同到庄上一问，说："头一晚打过票子之后，第二天早上就将票子兑了现洋而去，说是贵上买洋货送钦差大人做门包使费用的。怎么贵上并不晓得？我们号上只认得他是贵上的跟人，头一晚的票子，贵上就交代在他手里接收，因此不疑心于他，这可不与小号相干。"问的人没得话说，回来告诉了陈膏芝。

陈膏芝道："何如？我原说不必去问。如今他是取了钱跑掉了，我还为这事寻死不成？快快回去再说，不然，连剩的几百块又要飞了，只怕我们要流落在上海推东洋车子呢！"他用人不觉笑起来道："这个不要说老爷推不动，连小的们也干不来。既然老爷说要回去，就同栈房里算清了账，将那所存的搬了进来。”不多一刻，开了一篇账，捧了几百块钱交代陈膏芝。陈膏芝说：“我们也去买点东西，带回家去。再顺便到虹口去回报一声，说客是不请了，谢谢他们，免得叫他们怪我。”当时用人领命，伺候过足了瘾，把行李挑上了小轮船，写了一间大菜间的船舱。收拾停妥，叫一个用人看着，带了一个用人，仍旧雇了马车，一路买东西。到虹口，随即上船而去。

看官，你道陈膏芝这件事何以这样糊涂？又何以这样舍得？其中却有个原故，都是吃烟误事。当日陈膏芝一到上海，在庄上打了汇票款子，将一千送与随员，一千交代栈房，其余两千一千的两张票子，随手就交给那跟去的人，揣在怀里。回来竟主仆二人都已忘记，主人既没有问起，用人也没有交出。及至那用人出去一天一夜，陈膏芝仍旧想不着，只当已放在箱子里了。后来在箱子里翻不到，心上才记起这么一回事来，暗暗晓得是自己失手，不肯自认疏忽，情愿吃亏，只却是富贵公子任性执拗的脾气，也是陈膏芝应该败家，就这样鬼摸了头似的，马马虎虎过去。

话分两头，却说那拐了钱票子去的用人，名叫陈贵，自从那日同他伙计们在青莲阁吃茶，恍惚在人丛中遇见偷首饰的赵喜，回来曾与主人谈起。随后这陈贵又独自一人溜到马路上游玩，恰好又劈面看见赵喜，赵喜还要躲避，被陈贵喊住。赵喜不免心虚，生出一计，说：“我有马车在转湾角子上，可一同坐了去看戏。”说时便朝前疾走，意在脱逃，却被陈贵紧紧跟着。走了半天，装着寻不见马车，将陈贵邀入一家烟馆里，开了张灯。陈贵怕他又要脱身，开口便问他所做的事。赵喜却一口承认，便道：“你我好弟兄，我如今已同菱子成了家，住在上海，想要开一个洋货字号，我就请你在号里做个挡手，岂不比跟官做奴才强上十倍？你若是合意，这里不是说话的所在，可请到我相好的家去，同你细细的谈谈。”

陈贵此时听了，还想探明赵喜的踪迹情形，要去报与主人，存个将计就计的意思，便道：“贵相知在那里？能够瞻仰瞻仰，是极好的。这烟大家不会吃，我们就去罢。”说着在腰里去摸钱会钞，一摸却摸着了两张纸，拿出来一看，心上明白是老爷交代他的两张票子，忘记了交还老爷，赶紧仍揣到怀里。赵喜已会了灯钱，引他到了一家堂子里，进门就叫摆酒。陈贵是初开眼界，登时吃酒豁拳，看着叫局来的妓女挤满了一屋子，吃到乐不可支，大有醉意。赵喜早就设下圈套，送他到一个妓女处歇宿。次日张眼看来，想着个中滋味，倒着实有些贪恋。未及起床，赵喜已奔了来替他道喜，说这是要马上摆喜酒，请媒人的。陈贵一想身边无钱，昨日的两张票子是万不能用，在怀里摸了摸，幸亏还不曾失去，便对赵喜道：“我是一个大都没有，要末你肯借我。”赵喜道：“这是小事，我就先借你一百块。”便取出几张五块头、十块头的钞票，替他付了下脚，又叫摆个双台。那妓女道："还要看个两桌牌才好，大清早的，酒席也没有吃得这样早，看了两桌牌下来，时候正好。陈老爷也要去再请两个客来，闹热闹热。"

这个当口，陈贵闹开了心，意下一动，想着：赵喜既然拉拢我，又碰着怀里有这三千块钱，本来不是有心偷的，是无意中带出来。可算得一件巧事，何不竟同赵喜说明，出个主意，我俩合做一个大点的生意？上海是外国世界，一向听得人说，有钱在上海使用，一时查不清的，况且我那老爷是个昏蛋，要查也没处可查。落得借他的一用，等我发了财，再去还他不迟。便拉了赵喜，到后房间说知其事。赵喜惊问之下，说："如此赶快去把现洋提出，上海要躲过一躲，恰好我有个东洋庄的生意，今晚恰有东洋公司船要开，我同你去兑回这三千块，在这里吃过酒，即晚动身，上东洋走上一遭，切勿走漏消息。"计议之后，二人托故出门，兑了现洋，送至赵喜所住的一个处在，安排停当，仍到堂子里看牌吃酒。一面吃，一面商量。晚上又同到赵喜家中，果然菱子也见了面。此时陈贵利令智昏，又被赵喜笼络，赵喜是怕放了他坏自己的事，陈贵也怕离了赵喜发不了财，当晚匆匆忙忙，果然上了东洋公司船。妙在陈膏芝一连几日本不追问，竟是他二人的运气。

后话暂且搁起。再说黄通理、黄绣球两处学堂既已开办，一天一天的兴旺出来。过了几个月，到第二年春末夏初，调查地方上的学堂，有官办，有民立，陆陆续续，也不下三四处，总不及黄氏夫妇所办的顶真切实。始而还有人论长论短，后来也相安无事。毕太太又在女学堂里附设了一所医院，有些女学生在功课之外，就跟着毕太太学医。黄绣球更是早晚用功，尽心教授。黄通理编出来的唱歌教科书，出了百十种，一时书坊里各处翻刻，十分通行，连官办的学堂，也买来作为课本。有几种课本，讲体育的，极其有用，学生们读了，学生们的父兄看了，都晓得一个人不论男女，要讲究卫生的功夫。卫生乃是强种之本，能够卫生，才能够懂得体育的道理，从体育上再引到德育上去，自然聪明强固，器识不凡，不至于流入庸暗一路。黄氏夫妇教子弟们，却就抱定了这个宗旨，只求由近及远，由浅入深，大半还是靠着演说为多，所以那些学生们容易领会。半年以内，从黄氏家塾里出来的，固然个个英才；从城西女学堂出来的，也个个有点普通学问，不像寻常一班女孩子，只是娇生惯养，养成功只会做人家奴婢的材料，成个粉骷髅、臭皮囊子。

话休烦絮，却说当时那新任官府，年已半百，膝下无儿。所生的一位小姐，异常疼爱，平时打扮男装，当做儿子一般看待。上了十岁，并没有裹脚穿耳朵。平时派了一个跟班，跟着在衙前衙后闲逛，俨如一位公子模样，看不出他是小姐。一来年纪幼小，二来本是男孩子装束，衙门里上上下下又都是少爷称呼，因此人家都辨不清。有一天，这位小姐逛到街上，看见些孩子，约莫同自己差不多大小，三个一排、两个一排的过去，认是唱戏的小戏子，就顽皮笑脸的指着这些孩子们说道："喂，你们上那儿唱戏？让我去瞧瞧。"跟的人连忙止住道："少爷不要瞎说，这是学堂里念书的学生呀！"那学生当中，早听见了这位小姐的话，回说："你才是戏子呢！"小姐并不在意，跟的人却上前把那回说的人打了一记，于是那些学生们都站住不依，嘴里分辨了几句。小姐见他跟班闹出事来，就拉了他跟班回头便跑。那跟班搀着小姐，三跨两步，跑回衙门。

这里学生们原来都是女的，内中一个学生被那跟班扑了一下，也不觉得，说过几句，大家走开。走到学堂里，学生们告诉了黄绣球。黄绣球想了想，这种小事无须查问，只劝慰了学生一番道："是各处的学堂风气，动不动走到街上，同人家口角冲突，问其所以然，无非是人家少见多怪，嘴头轻薄而起。这些少见多怪的人，譬如一群狗，碰着人乱喊乱叫，人若是弄急了他，说不定他就乱咬。所以碰着这种人，只有远开他的一法，有个什么计较？我们学堂里的人走出去，更比别人不同，先要自己不失身分。便是人家先来惹我们，我们自己想来，要错在自己，固然不可不认个错；错在人家，也只好平心静气的忍了过去，断不可同那错的人一般见识，当时闹起来。如今有些学堂里学生，或是闹戏园，或是闹茶馆，每至约聚了多少人，争长论短，甚而因此挟制教习，挟制官府。这个里头，不必问是非曲直，先忘了做学生的人格，同那野蛮不学的人一样，便算争赢了，得了上风，也譬如人去打狗，打跑了几只狗，有什么威风？反落得一个粗暴的名气。大凡做学生的，原要讲合群，原要有尚武的精神，不可委靡不振。但合群是大家同心同德，担任学界义务的说法，不是三五成群，靠着人多，动辄出言生事，学那下等人的派头；尚武是要有志气发愤做人，各人立定志气，干各人的事，不肯推诿落了人后，处处把精神打起，才显得是有用之才。若是认错了宗旨，只当是嘴里吵得过人，手里打得过人，这不成了一个光棍？又好比走江湖卖武艺的了，还算什么学生？如今你们好端端的走路，却被人家欺侮了去，论事原是委屈的，然而这个意外的委屈，真好比碰着了疯狗，给他咬了一下，只算一时晦气罢了。以后你们打学堂进出，不要三个五个走在一堆，人家就不碍眼，没有闲话说了。"学生们听黄绣球这番议论，都也不响。恰好李太史的夫人李振中在座，听了十分佩服。其时李太史正请假出京，住在家里，李振中回去，就把那佩服黄绣球的话，无意中同李太史说了。

李太史心中倒很有些不平，说："地方官的奴才，就敢这般放肆，欺侮小孩子们。虽则黄绣球约束自己的学生，不叫多事，却是此风断不可长。两三天后，这官正有公事请我们吃酒会议，我趁便要说一声，好让他也儆戒儆戒他的奴才，免得日后作威作福，弄出大事来。”李振中道：“闻得这个官人尚开通，比前任着实能够办事，究竟他那官办的学堂怎样情形，你可打听些。至于这以过的事，似乎不必提及。他请你们吃酒，所议的是什么事？倘然不相干，不去也罢。”李太史道：“无非是为筹款的事，我本想不去，几位朋友说，要还他一个面子，去走一趟。好在去了跟着大家说话，我也不肯自出主意。”李振中道：“这却不然，要看他筹的什么款，说的什么话。如果于地方上有益，说得有情理，自然应该赞成他，否则就当面回绝干净，不要两面敷衍，找些事情在身上。”李太史道：“我原就是这个意思。”

过了两三天，李太史去拜了那官。请到花厅上，只见在座的都是那官的同寅，绅士才来了一位。坐定送茶，寒暄几句，陆续到齐。除了官场，绅衿共是五人。五人当中，有一个是新近从北洋回来，年纪极轻，气象极阔，却与李太史不甚相熟，彼此谈了一回，话不投机，几乎抬扛。那官一看不对，就叫摆起酒席，分为两桌，送酒的时候，让李太史同这年轻的人各据一个首席，这才各就坐位，讲到正文。要知所讲正文如何，下回接叙。

第二十五回 添学校改拆祠堂　为爱女托荐师傅

话说那官与各绅士入席之后，讲到正文，并不是为筹款劝捐，是要把一个祠堂拆卸翻造，改做学堂的事。这祠堂原是公中建造奉祀兵燹时地方上殉难的官绅，几十年来，或已另建专祠，或已由各家子孙祀入家庙。起初，还由地方官春秋主祭，后来也渐渐废了，成为虚设。内中的房屋基址，却还宽大，徒然糟蹋，没有用处。如今正须广开学堂，经费有限，所以想就此改造。但这祠堂虽是公中之产，不能不与绅士商量。内中还有几位后代式微的，既无专祠，又未曾移奉家庙，不妨并入昭忠、乡贤等祠。当时那官在席上将此话说知，请教大众，凑巧这席上五位绅士，多没有他先辈在此祠内。第一个那年轻首坐的说道：“这祠是奉旨建造，既然改动，仍须禀明上司，入奏请旨，官不能擅动，我们绅士更不能作主。”那官道：“理应如此，不过先问问诸位，要拜托诸位向各家子孙通知一声，然后由我具详上司，想来没有不准的。”那年轻的又道：“我无多日耽搁，仍往北洋，此事请在座诸公费心了罢。”大家便都说：“这是容易，等我们去寻了各家子孙通知此意，老公祖一面具详上司，上头没有不准的，难道底下还有什么？”那官道："因为这祠有奉祀地方上的乡先生在内，所以兄弟不能不借重诸位领袖，同那乡先生的子孙说明。既承诸位肯费心，就请查一查，现在有几家子孙，在于何处？将来移奉牌位到昭忠、乡贤祠去，自当传礼房通知他们，并不要他们费用分文。"各人同声称是，惟有李太史始终没有搭牙。当非不以此事为然，是看不过那年轻的气焰，起先就同他说话说抢了，因此不愿开口。

等到席散送客，李太史却落后一步，先问那年轻的是何等样人？约略的谈了几句，说到办学堂为当今急务，固然越多越好，外间风气未开，正靠着官府提倡，今日议的这事，实在不错。那官也问道："闻得外头男学堂倒没有人兴起，只有个女学堂办得很好，说是一位老明经黄通理的夫人所办。虽也具过禀，立过案，因为他是女人经理，所以也不曾去考察过。大约不过教女孩子们认认字，学学针线，没有什么大了不得，所以也没有什么流弊，倒还安安顿顿。"李太史道："这女学堂全是黄夫人同他一个换帖姊妹叫做毕去柔的两人创立，经费也是两人承当，程度规模十分完备，丝毫没有学堂的习气，所以开了将近年把，好像还默默无闻。"那官又问道："他这个里头，难道就是黄夫人同姓毕的吗？"李太史道："他里头人是很多，大主脑却是黄夫人一个，其余还有几家眷属，便是贱内也在其内。"那官道："尊夫人也在内，可见都是一班闺阁名流，自然做出事来与众不同。兄弟有个小女，今年也十一岁了，自幼为他祖母钟爱，兄弟现在五十望外，只有这个女儿，他娘又不免纵容些，弄得顽皮不堪。"

正说间，他这小姐从前面走过，那官就喊住了，叫来拜见李老伯。这位小姐便大踏步上来，作了一揖，回头就跑了开去。李太史道："令嫒竟当作令郎打扮，若不说破，真看不出来。"那官道："如今正讲究小脚放大脚，所以也不替他裹。实在他娘过于溺爱，依兄弟之见，也想叫他上上学堂，或是请个女师傅进来，教他念两年书。可惜公事太忙，没有工夫料理到此。"李太史道："这话真正高明，大凡子弟们不论男女，都不可过于溺爱。当今女学发达之时，教导女孩子们，更要同男孩子一样，况且像老公祖的千金小姐，尤其是地方上一班正经女孩子的表率，平日虽然不出衙门，自应该在衙门里也读读书。"那官道："说来见笑，小女偏喜在衙门外头顽耍，他娘是纵容惯了，兄弟又管不到；除了叫他上学，没有别法。"李太史道："小孩子们性情活泼，也不能苦苦的拘束他，就是衙门外头散步散步，十一二岁的小姐们，又打扮男装，却不要紧，不过要跟的人时常提防。说起来倒有一句话，不敢不申明了：前日就是那女学堂里有几个十一二、十二三岁的学生，结伴上学，碰着贵价带了令嫒，看见他们，令嫒说了一句顽话，那些学生也回了一句顽话，只都是小孩子脾气，不想带着的那位贵价走上去就打人，那些女学生不敢分辨，走到学堂里，告诉了师傅。那师傅黄夫人，自把这些女学生劝勉一番，不许生事。当时贱内亲耳听见，回来同兄弟说起，已过之事，老公祖也不必问，以后吩咐谨慎些就是了。”

那官听说，便叫了他那小姐，问前日跟的是谁，传上来大骂了一顿，又吩咐宅门内外的人，以后不许让小姐出去。回头又对李太史道：“这话承情得很，兄弟那里晓得有这些事？千万请老兄回府告诉尊夫人，请尊夫人在那学堂里说句好话，兄弟这里一定要把那混账东西撵他回家，一面能够托尊夫人荐个好好的女师傅来最好，多出些束脩，在衙门内室旁屋另外收拾两间屋子，做个书房，服伺的老妈子以及饭食供应，都由上房出钱。女师傅若是自己有小姐带进来，做个伴，也可使得。兄弟不放心叫小女出去，不然，就叫他进那女学堂，有尊夫人在内，还怕没个照应？只是小女太觉顽皮，贱内又十分护弄，不如请个女师傅，不但小女有人管束，连贱内也可陶镕陶镕。”李太史忙道：“这好极了。兄弟出去商酌些，有了人就来送信。至于那贵价，既然申饬过了，可以了事。兄弟不该饶舌，还请看在区区面上，留他一个地步，若把兄弟一句话砸破他的饭碗，叫兄弟怎样安心？”那官随即又叫了这个管家上来，谢过李太史，李太史告辞而去。回家将这日议事，及托他荐女师傅的话，同李振中说知。李振中又同黄绣球、毕太太各人去说。

先说荐女师傅，各人颇费踌躇：一则学堂里的同志闺秀，如胡进欧、文毓贤、吴淑英、吴淑美诸位，都有不便，以外竟无人可以膺此职任。论程度，像王老娘、曹新姑两人之中，尽有一人可以去得。但是王老娘究竟年纪太大，曹新姑是不能离开王老娘，而且衙门当中，究竟不是此二人合宜的所在。大家想了一回，也就搁起。

且说那祠堂的事，外面查了一查，除去有专祠有家庙的几家，都还兴盛，说出去都无可无不可。那没有专祠家庙的，共是五家，这五家有一家只有一个孙子，年纪才七八岁，上头并没有了父母；有一家，一个儿子已改了做生意，经商在外；下余的三家，家中都只有女流，每家一个女孩子、两三个女孩子的不等。去告诉了他们这件事，他们这当中都不闻不问，偏是那三家的女孩子，一个个都在黄绣球女学堂里，年纪虽小，意识开通，说把祠堂改为学堂，极是好事。祠堂尽私德，学堂任公德，公德不明，私德就不能表现，况且仍旧把牌位移奉昭忠、先贤两祠，不废香火，更于私德无碍，有何不可？于是查了之后，就照着多数的意见，回复那官。那官果然详禀上司，允准出奏，皇上家自然也没有不准的。几个月里头，就把祠堂牌位分别移开，取拾房子，改作中学堂。往前把书院所改的，做了小学堂。因为小学堂容的人数多，这祠堂房子略小，只可容一二十名学额，故留为小学升途，做了中学。一时这中学添筹经费、议定章程、延聘教习，都是那地方官办理。

这官久闻黄通理夫妇办家塾办女学堂的名气，几次三番托人来邀请黄通理帮着商议，且有推黄通理做经理的意思。黄通理总因是官办名目，托词不去。张开化张先生却暗中怂恿着，说："这位本官，人倒可与有为，单看他把祠堂就能改做学堂，安置得妥妥贴贴，已经非同流俗；又能慕你老人家的名，再三敦请，你老是热心教育的人，岂可始终推托，辜负他一片好意？他原是培植我们村上的人，你老一去，也是尽我们村上学界的义务，爱我们村上大众的同胞。没有这官来请，还要把你老的抱负本领渐渐推广出去，那有遇此机会倒执意退让的道理？我张开化还想跟着你老，有个什么用我的处在，难不成竟叫我失望吗？"

黄通理听张先生前半截的话，还在那里自思自想，不甚关心；听到后来张先生也巴望做事，才激动了心，说："老张，我们开了这家塾同女学堂，你是晓得的，已经忙个不了，时时刻刻恐怕放弃责任。起先没有开办，只当是一年半载，立定基础，可以扩充。如今看来，就很不容易。自己担任的事，说不得闷着头竭力的去干，自问才情，再不能兼干第二桩，所以踌躇不肯答应他，心上不是不想烈烈轰轰，立刻把我们村上变做一片文明之场。可是古人说的'欲速则不达'，又道'其进锐者其退速'，如今各处办学堂的，都标着一个速成的名目，横着一条速成的心思。我想中国自古教学的法子，既有年限，如今泰西各国教学的法子，也有阶级次序，这速成一科，原是从权的办法，细揣起情理来，不怕人是绝顶聪明，那有个一年半载就能当得一个成字？我们现在教蒙学，尤其要专心耐久，果真把我们这家塾女学堂两处小孩子都陶镕出来，就算养成了几十个教员，先有了教员，再分出无数学堂来，便不怕学务不兴，也不至有种种弊病。看似工夫迟些，却是一发达就同一树花似的一齐开了，岂不彬彬茂盛？现在开学堂不难，难在得几个完全教员。假使当教员的不合程度，虽然认真，也不免事劳功半。况且风气初开，习俗未化，从前讲学问的人，不是太高，便是太低，高的近乎迂阔，低的更多腐败。我们村上又向来腐败到极处，非一时所能转移，若是各人肯以国民自任，结成团体，晓得地方自治主义，那事就好办了。一沾了官办两字，便算那官真正实心托付了我，我也不恤人言，尽力承办。究竟事既当官，地方上的人，不问谁都可插一只脚，开一张嘴，弄得不好，连官也不得安逸，说不定三个五个月，事情还没有头绪，官倒调开了。后来的能够保存，总不能够没些更动；万一竟同前任反对，从中那些插脚张嘴的人，再加上些倾轧，可就一败难成。虽说添一番阻力，必定长一番新机，到底闹得乱糟糟，有损无益……"

黄通理话未说完，张先生洗耳恭听，旁边毕太太说："这其中微有不同：如其是官办照例的事，像那书院改的学堂，我们自可不必过问；这回却是特别的举动，那祠堂里先辈的后裔，又恰恰都在我们女学堂，听他们所讲公德私德的几句话，很是明白。通理先生，就看在这几个女学生分上，不要推辞。”黄绣球道：“我家通理做事，说有这种迟迟疑疑。他偏不是请我，不是改女学堂。若是请我去开女学堂，我不管他事情如何，既请教到我，我总肯去的，何况这是分内应当去办的事，那里顾虑得许多？你不记得你从前何等愤激，如今变成了这般畏缩，再歇几年，怕你连这家塾还不高兴开呢！”黄通理只笑而不言。

毕太太道；“可惜妹妹万不能丢了自己的学堂，应聘去教那官的小姐，此外就实在无人可荐，这也是打通我们学界的机关，不可错过，总得替他想出一个人来。”黄通理便道：“就是这句话呀！我这家塾也急切少个替手，怎样又好去接那中学堂？断无把自己已成的丢开，又去办初创的。不过我总还分得开来，绣球他是我一只大帮手，断不能叫他进那衙门里去的。让我明日就去见了那官，请他将小姐交给绣球，到学堂里来。”黄绣球、毕太太同声说好，张先生不觉的笑道：“从今我们村上一定应着黄大嫂子的话，可以绣出光彩来了！好叫别处人看热闹，看得眼花撩乱，这才快乐呢！”

大家说过之后，到了第二天，黄通理果真到那官府中拜见。那官两三次来请黄通理未去，原想行个先施之礼，只因事多耽搁。这日闻说黄通理到来，随即邀入相见，着实叙了些仰慕佩服的话。然后说到拿祠堂改办学堂：“一切经费章程都大略议定，经费虽不能多，总叫常年足敷开支，一面再加筹划，积成的款。惟是章程怕有什么不妥不好之处，要拜托你通理先生悉心参酌。一向听得尊夫人办的女学堂有条有理，都是先生从中主持，又听得先生府上设立家塾，教法极好，所编的教科书，如今各处风行，称为善本。可见先生大才，为一乡之望。不过同先生少亲近些，今日幸蒙光临，当面领教。”黄通理只是谦谢不遑，看他的章程底稿，也就是寻常普通办法。果然经费足，办得好，事却不难。一时且不肯承任，用话支吾开了。渐渐的引到李太史所说，要替他小姐请一位女师傅。

那官道：“这事能够费心更好。”黄通理便将难得其人的情形说知，又言：“提倡女学，正是美事，晚生家所办的女学堂，还不十分腐败，在内办事的，也都是乡绅眷属，没有弊端，若请令嫒小姐到堂读书，显得格外体面，那些地方上的女孩子，更必闻风鼓舞。只要打发老妈子早晚接送，在学堂里都是几位奶奶小姐亲自照应，大可放心，并不收什么束脩。”那官道：“小女一向给他娇养惯了，尊处的学堂，觉得路太远些。既然承情，何不在那乡绅眷属当中举荐一位，请到我衙内设帐？如嫌不便，就早上用轿子接来，下午用轿子送回。小孩子初次开蒙，那里望他能领会什么？不过带着叫贱内也听听看看，开发点知识，这倒是兄弟的实情。”

黄通理听说这话，心上大喜，便道："这就等晚生回去告诉贱内，代邀那姓毕的毕太太，早晚到衙门里来，见见这里太太，另外商议。至于中学堂的事，晚生把章程也带去细看一回，再来请示。经理一席，实在不能承当。"那官道："这是必须借重，先生如果分身不开，也请举荐一个人。贵地方上人才虽多，究竟能担任学务的，兄弟不很深知。却不比从前书院请山长，只顾情面声望的事。兄弟虽是俗吏，还明白这一层的。"黄通理不觉大为敬服，答应起身，说："老公祖如此通达高明，真乃地方幸福，晚生那容不竭力效劳？一准等明日回覆上来，贱内也一准明日过来给太太请安。"那官送出黄通理后，进了上房，也与太太说了。下文怎样，再看下回。

第二十六回
好官得力内外打通　秀才谈心情形可笑

话说黄绣球同毕太太等黄通理回家说了一番，都道："难得有这样好官，自这官到任以来，也不看见有什么政绩，就是那书院所改的学堂，并无整作，同他此番所做的、所说的，似乎不符，倒有些不解。"黄通理道："这其中自有原故，无非是事情办在他的前头，一齐有人把持牵涉，不能操切更张，所以他要慢慢的另外生法。据这官的人品看来，却是当今黑暗世界上一盏明灯，能够照在我们村上，原是极好。只怕灯前遇着了风，吹得摇晃晃的，火光不定，或是竟被那风吹熄了，可就不妙。风比地方上的坏人，禁不住有几个坏人纠缠干预，便算好官，也难办事。我看这官也是自已怕风，用心甚苦，所以前任已办的事，不肯急于改变，要自做一出戏，翻翻花样，这却是你要绣地球的原料，不可不去看看他这花样，裁量裁量。所虑的他怕风吹，我们轧进去，也碰着些风吹草动，所以我总迟疑，如今说不得了。我就在家塾挑选几个学生，请他再在别处考选几个，升入他那中学堂。我仍情愿当个教习，不去充那经理，章程照着他的，也不替他更换。倒是你同毕大嫂子进去，怎样联络他太太，好叫这女学堂发达起来？"黄绣球道："这个我自有道理。"毕太太笑说；"莫非又要装神托梦么？"王老娘、曹新姑在旁，都忍不住也笑了。

王老娘又问："这官是那里人？姓甚名谁？真正算得好官！"黄通理道："他姓施，官名叫有功，是江苏籍贯，捐班出身。捐班里有这样人才，可想不到的。"第二日，黄绣球果然同毕太太一早就进了这施有功的衙门。衙门里太太原已预备有这两位女客到来，登时迎入上房。见那施有功的太太年纪四十以外，举止应酬，落落大方，颇与黄绣球性情相合。当下一五一十，谈了许多。施太太又同毕太太说些广东、香港、澳门、葡萄牙，以及西贡、槟榔屿、新加坡的风景，似乎都约略晓得。原来这施太太自幼跟他父亲也到过广东西洋一带，开过眼界，现在跟施有功做官到此，闷在衙门里，不料有黄绣球毕太太这两人可以结交。话到投机，越谈越畅，不但把施小姐放心送到女学堂里去，还提起文毓贤、徐进明、胡进欧一班人要叙会叙会，再分设几处女学堂。黄绣球道："地方不大，学堂倒也不在乎多，第一是难的任事得人，第二是难的费用经久。讲任事的人，我学堂里将近两年以来还挑得出几位，都肯担任义务，就是初下手，购买图书器具这笔款子，以及常年添补的钱，要筹得宽余。我们女学堂，不是有个陈老太太创捐了几百吊，又大家凑起来才开的，不然，我同毕姊姊虽已花用千把，怕同宝塔一样，至今还不能合尖呢！"施太太问："那个陈老太太？可是本地方人？肯出几百吊捐入学堂，就难得了。"黄绣球便将陈老太太怎样怎样，述了一遍。

施太太道："便是陈膏芝的老太太么？闻得陈膏芝家自从他老太太故后，先被贼偷，后被拐骗，好端端一个人家，已拖得干干净净。至今他那窃案移到上海县去，没有了结，他夫妇二人也病死在上海了。剩得一个儿子，不知去向。"黄绣球、毕太太同声叹息了一回，施太太又问："培植女孩子们，除了学堂，还有什么？"黄绣球道："女孩子那样不与男孩子相同？是男孩子学得的本事，女孩子那样不应学？从来阴阳对待，只有阴能生阳，中国几千年积弊，反只扶阳抑阴，后来又起了缠脚的恶俗，弄得女人连路都难走。说是缠小了脚，娉婷好看。你想，同是一个人，同是一双脚，何以女人的脚该缠小了，讨人好看的呢？岂非笑话？要讲叫小孩子个个读书，自然要叫女孩子不许缠脚。这是施老爷做得到，可以重申告诫的。施太太，你问学堂之外第二件事，没有比此事要紧的了。"施太太问："这样说来，你那学堂中一定都收的大脚小姐，幸亏我小女脚也没裹，可以列入门墙。但如毕家嫂子，生长广东，所以是一双大脚，你黄嫂子看来竟是半路上放的，放掉脚有几年了？"黄绣球道："为放这双脚，还在这衙门跪过公堂。"

施太太听得诧异，毕太太代述了一番。施太太便道："你黄嫂子有这样的烈性，如今对着两位，不但自惭形秽，觉得也不能对付自己的女儿。从明日起，我也放掉了他。能够弄些人到各街坊各乡镇，同讲乡约一般，劝人都把脚放大，不是一件大好事吗？这个不是他们男子汉肯尽心竭力做的，让我请我家老爷再多出几张告示，把那告示编成白话，叫人家个个懂得，有能劝

化女人放了脚的，绅衿人家，不消去说；那经纪乡下人家，就重重的给他奖赏，这法子可好不好？”黄绣球道：“这是没有再好的了，我们已经拿这个法子用过，叫人装着女先儿，各处弹唱。”便又将王老娘、曹新姑一番故事说出。施太太听得更外稀奇，忙到签押房里去告诉施有功。施有功也不知有此一重公案，甚为惊异，就对施太太说：“这黄氏夫妇真是绝大人物，我那学堂同你女儿的事，一定去拜托他。”施太太当把劝放小脚、多设女学、女儿不妨送进他学堂里去，件件事都说了。出来与黄绣球、毕太太又谈论了好半天，尽一日之长，这才送出。自此，黄通理也应允了兼任施有功所办的学堂教习。那考选的学生都是经黄通理手取，另外便是从家塾中升送进去。最出色的，却是黄祸的儿子黄福；其次便是自己的小儿子黄权，一共足了二十名学额。那时，外面见衙门里老爷太太同黄通理家内外来往，新立学堂，又单请黄通理教习，并带了黄权，不免已谣诼纷纭，说施有功人不纯正。

一日，施太太带着他小姐，只坐一乘官轿，来到黄绣球女学堂中，随即有文毓贤、胡进欧、徐进明、李振中、吴淑英、吴淑美诸位奶奶小姐，或坐轿，或步行而来，原是预先约会了的。过路的人，起先看见官太太的轿子，并没有旗锣伞扇，已觉奇怪，不意后头跟着又来了六七位，只当里面有什么稀罕之事；恰遇这日西门外唱草台戏，出西门看戏，个个要从这女学堂经过，于是一传两，两传三，说这里本来是观音庙，女太太们来做佛事，是常有的，怎么官太太也夹在当中？就有些败类秀才说：“入庙烧香，应该官府要禁，那容官太太倒率领了一班女流，知法犯法？我们何不进去奚落他一场？”霎时间一倡百和，拥进几十个人。看门的出乎意料，没有提防，就拦阻不住。里头的太太小姐们不知何事，吃了一惊。又是跟施太太去的二爷不好，摆起衙门架子，大嚷大骂，说要叫地保差人锁拿。那些拥到里面的人，还不晓得是学堂，不是庙宇，听了不服，大家争闹。那二爷竟动蛮打人，打破了一个人的眼镜，这又搅海翻江，扭成一片，把施太太的轿子踢倒打碎，幸亏轿夫不在那儿。这二爷寡不敌众，要出来回衙门喊人，却被施太太喝住。闹的人见得了上风，又打碎轿子，才趁势一哄而散。

施太太便向众位道歉说：“不该坐这乘轿子，带这个家人。前日小女在街上顽耍，闻说也是跟的家人冒犯了这边女学生们，我家老爷就要办递解的，还是李翰林替他求下来。如今这个奴才又在这边无理，真正可恨！”众位也道：“这都是我们地方上民俗野蛮，少见多怪，惊吓了夫人小姐，且请宽容，不必动气。”施太太见着王老娘也在一旁解劝，不觉想起黄绣球的事好笑，便道：“这真是积世老婆婆，叫小女拜在老婆婆名下，做个干孙女儿，跟了讲讲说说，就着实有道理了。”王老娘一把搀住了施小姐，说：

“这个何敢？”问了施小姐是十一岁，又问名字叫誉身，生得一表非凡，正是美如冠玉的奇男子，大家都上前夸赞，同在堂的一班女学生，也各叙一礼，十分亲爱。施小姐看见前日同他说顽话的那位学生，还去招赔了不是。

这日施太太同大家在学堂，分外畅谈，各学生就停课一天。黄绣球因为施誉身施小姐要初次开蒙，在堂里插不进班次，当真就交给了王老娘，托他专门带着施小姐，照着堂中教授演说的次序，独自教施小姐一人，每日只从饭后在衙门里送入学堂，下午五点钟领回。这施小姐本来聪明，又兼有同堂的耳濡目染，加以王老娘格外关切，自然日有进步。施太太这日回衙之后，同施有功又商议了些，把那劝放小脚的告示果然贴出。托了黄通理、黄绣球、毕太太三人，分托文毓贤诸位同志，另设了几处演说会，添了几处女学堂，内中却多是张先生暗暗帮助。张先生在衙门口向有声势之人，所以地方上百姓听了些各处演说，始而虽觉奇闻，只因奉官开办，不敢喧哗。后来听惯了，也觉得入情入理，感化许多。添立的女学堂，原都照着城西的办法，每处只收一二十人，安安静静。从中担任教育的，是文毓贤诸位；外面干事运动，除张先生外，还有黄绣球的兄弟复华，升入中学堂去的黄福、黄权。那黄福、黄权虽然都在年轻，自经黄通理盘弄了头两年工夫，出落得学问智识高明过人，所以肄业学堂之外，能够兼任各务。不上一年，那自由村上居然布置整齐。免不得原还有些顽固党阻挠百出，鼓弄风潮，却是下流社会的人，用了黄绣球演说开导的法子，不论男女，都已相安。

上流社会当中，一由于李太史、胡孝廉，及各家女学生的父兄，均能竭力要挽回地方恶俗，开通文明风气；二由于本官施有功镇定有为，凡事为绅士办不到的，肯以官力帮助，官力不能强的，能够有演说的从中劝导。但只办事实心，任人专一，筹经费不勒扣商贾，不浮加钱粮，这一半是官的贤能，一半也是功归实际开销不多、各人多不支薪工的缘故。更好的是事事讲求维新，人人都养成国民，却处处不沾染一点习气，即如学生并不作东西洋装，男女都不谈外国宗教，演说会犹如说大书的场子，只把些道理掺着谈笑，叫上等社会听了，没有一句可以辩驳，下等愚蠢人听了，很有新鲜趣味；便是那守旧不堪的人，他也无从指摘。又好在是内地地方，耳闻的没有什么激烈话，目睹的没有什么轻薄事，日计不足，月计有余，先是官绅联络，后来官竟可以卧治。绅民当中有开通的，无不同心协力；有不肯开通的，也听其自然。总之，不弄那新学的形式，只讲究义务精神。精神在乎各人自己奋发，义务也在乎各人自己承当，没有什么可挑剔、可反对的。大凡新学同旧学的冲突、官府同绅民的冲突，甚而至于新同新冲突、旧同旧冲突、官同官冲突、绅同绅冲突，都只坏在有形式，没有精神，又坏在讲专制，不讲共和。像这自由村上，自从得了施有功这官的夫妇，把黄通理夫妇的作用发达开来，真就花团锦簇，焕然一新，迥非前几年的模样。俗语说的，头难头难，凡事初下手无不吃力，只要难过了开头，以后把守得住，没有做不开的事情。人情少见多怪，若但嫌他怪得错，不叫他见得多，自然他怪之不已。从怪的上头，就闹出多少活把戏来，弄不清楚。如今黄通理、黄绣球历年做的事，都是慢慢的长人识见，把所有人家当作怪事的，一件件化为平淡，毫不露声露色，譬如养几十盆花，天天灌溉，自然开得香而且久，不是勉强烘出来的昙花，虽然好看，只隔得一夜就枯的。

这且不在话下，却说那施太太同黄绣球诸人合了一群，也果然放去了脚，因在衙门里出入不便，暗地移到城西女学堂，同他女儿施小姐在一起，早晚跟着听书听讲，只不出头露面。施有功做官的宦囊不多，施太太却自有些嫁资，历来未用，拿出来却用在这地方上了。地方上的人也却晓得这位官太太的好意，无不佩服。内中又有那些败类秀才说："这位太太做了官府的夫人，自身是个女流，反不见他施舍些到育婴堂、清节堂去，只在这男女学堂里打混，终不过想我们读书人加他一个好名气。究竟像我们自从废了八股之后，年纪是大了，沾不着什么光，得不着什么好处；他学堂越开得多，我们处蒙馆的饭碗越弄得少。你看，如今要买一本《百家姓》《神童诗》都稀罕得很。虽然他出的主意、教的法子，不能说他不好，我觉得他同是一样的用钱，何不也想出一条路，用些在我们身上？"

那些秀才正在这般议论，可可遇见了张先生，就从新同张先生说了一遍。张先生听这议论虽是立意糊涂，却也明白好歹，便邀了这群秀才到一处坐下，说："诸位讲的也很有理，在下是公门中人，晓得什么？原不该同诸位辩驳。诸位恨的自己老大，学堂抢掉了蒙馆的饭碗，独不想，诸位找着现在学堂课本，尽可仍旧授徒，何必定要那《百家姓》《神童诗》？我看现出各种课本并不深奥，怎样会不及《百家姓》那些书呢？至于开学堂的功德，教成子弟，就譬如种成一块熟田，年年收租，年年获利。田是越多越好，子弟也是越教越好。诸位就算自己来不及，总有子弟在后头，何不送进学堂去，三年五年，能够成立，好比把田交给子弟种了，也自然有饭把父兄吃，不愁饥杀。这是讲不长进的话，依愚见，诸位既是身列黉门，那有个除了《百家姓》《神童诗》，不会教蒙馆的？若是一不教蒙馆，二不叫子弟进如今的学堂，不但说己身从此受苦，就连子弟日后长成，能捧什么饭碗呢？"

那些秀才又道："我们都是做惯八股文章，教了一二十年蒙童，直到近两年来，才晓得教蒙童另有新法，然而迟了。看见如今的新出课本，也不是全然不懂，总不像《百家姓》《神童诗》顺口，一时灰懒，散了一节的馆，

第二节就聚不起学生。书院又没得考了，想起来并不是我们自误。我们这一辈的人，原都从八股得科甲成富贵的，落得运气不好，久困青衫，到了老大时候，改不成刀，换不出圈套，上不能怨父母，下不能怪师友，只可恨是二百几十年的风气害了我们。张先生替我们想想，岂不可怜？”张先生到此反无话可说，皱着眉头，相对了半天。那些秀才耸肩凸背，向张先生拱了拱手，踱了方步走开。有分教：“少年不努力，老大徒伤悲”，就是这些秀才们情景。把这些秀才弄到这个地位，做书的也不能不服他一句话：是二百几十年的风气害了他们，难怪张先生当日只能皱眉头，不会答应别的话了。毕竟张先生怎样思量，且看下回分解。

第二十七回
施老爷实心为地方　张先生誓愿开风气

话说张先生看那班秀才走开，才把眉头放下，想了想，替他们好气，又替他们好笑。到晚来与黄通理闲中谈及，黄通理长叹了几声说：“如今中国四万万人，像这样的，只怕就有四分之一。自古道，秦始皇焚书坑儒，岂知自从有八股以来，书不焚而如焚，儒不坑而如坑。你道他这班秀才，是在所坑之中，其实，像从前那班考博学鸿词的、讲经学的、讲词章的，千千万万考生宿儒、翰林进士，哪个不陷在坑里？这几个秀才，说话虽然鄙俗，倒能平心静气，不怨父母，不怪师友，晓得是为二百几十年的风气所误，识见却就明亮得很。不过久中了腐败的毒气，养成一副疲软骨头，习成一副措大面目，颓唐落拓，挣扎不起精神。究竟他说的确是本心老实话，又是探原立论，比如今外头的浮薄少年，沾着些眼前新学皮毛，就把他的父母师友一概推翻痛骂，不晓得按时世立言，一味叫嚣，就高得多了。这些人，据我看，还不是扶不起的阿斗，怎样能就他一隙之明，替他们引出点光来？他们好比昏暗了的镜子，埋在土中；锈钝了的钢刀，丢在地下。我们既然遇着了，何妨把这镜子钢刀也磨磨看？便算镜子已破，刀子缺了口，不能成个完全之品，到底磨了出来，也还有点用处。老张，你道何如？”张先生道：“请绣球嫂子大家商量些。”于是告诉了黄绣球，施太太也就听见，备细的问过那班秀才的话。黄通理照着张先生遇见这班秀才所说，从头至尾的一谈；又把如何能够提拔这些秀才的意思，要请施太太想个法子。

施太太听说那些秀才埋怨他不曾施舍育、婴堂、清节堂的一层，忽然有悟，便对黄绣球道："这个真是我们没有想着，我想育婴堂的孩子，清节堂的女人，都可以进得学堂——除了三四岁、六七十岁，其余都可教得。外国人连那疲聋残瞽，还能教他们识字习业，我们如今的力量程度，可是办不到这个地步。然而像我们同志当中，要分出几个人到清节堂去施些教育，却甚不难。毕太太好去教医，王老娘好去演说，徐进明好去教字，吴淑英两位小姐好去教书。另外教书、教绣、教算、教音乐，各就所长，认定一事，每日只分点工夫，惠而不费，诸位谅无可推托的。至于安排那班秀才的法子，我也有一个主意，要回到衙门同我家老爷说声，叫老爷再发一条号令，移知学老师，请老师把学中所有老少秀才，以及贡监童生之类，都开列清册，按着人数，问他们，有情愿进小学堂中学堂读书的，就拨入学堂；有不能进学堂读书的，就颁发各种新法教科书，交给他们，叫他们自立蒙馆；再有连新法蒙馆都不能教，同这班说话的秀才似的，就叫他们当个演说生，把通理先生所编的一切白话书本，也像从前王老娘、曹新姑，派他们各处去演说。这样三种都请老师在册子上注明了——哪个能进学堂，哪个不能进学堂，哪个能教蒙馆，哪个愿当演说生，一一分清，等我家老爷一一试过，就这样分派出去。但须责成老师，立个限制，是凡年轻的童生，在三十岁以下，只许自己进学堂读书，或堪任蒙学教师，或另外改习别业，不许也马马虎虎注在册上。想来他们不是十二分庸碌无能，以及老而无用的，也必不肯列名。等试过之后，酌量人品才具，每月津贴些，叫他们各有所事。譬如地方上多添几处义塾，多设几处乡约，这种义塾乡约，都用蒙学堂的法门，一洗从前陋习，名是与我们不相干涉，似乎只安插些穷老生童，暗地下却原在我们范围之内，同我们的宗旨合成一气。那经费算起来，也未必甚多，总还筹措得出。本来地方上，蒙学、女学最为要紧，这么办起来，虽说不一定完完全全，倒总可以开通些蔽锢风俗，造就些寒苦人材。好在我们这地方不大，结得起这个愿来，若是通都大邑，可就行不成了。"

当下各人听施太太这般说法，哪有个阻挡之理？数日后，施太太真同施有功去说了，施有功就商量去办。但不用报名注册，只选了些穷老读书人，酌派在各处庙宇公所里，立蒙馆、设讲约，由官发给束脩薪水。育婴堂里也派了人去。栖流所、改过局，连那押发犯人的待质公所，也像派官医的派定了人，一律只用演说。提出些好的，随即拨到中小学堂，另设一班，请人教习。又略仿外国的法度，小孩子上了八九岁，如果不习生意，家里请不起先生，若不就近送到各处蒙馆里去，就要罚他的父兄。蒙馆课本，一概在学堂领取，不须自备。

人情习于简便，一不要出钱，二不要费心力，谁有不愿叫子弟上学的？那班穷老童生得此事业，更谁不踊跃欢喜，个个相安？行了一年，真个地方上弦歌比户，桃李成行。风声传了开去，有附近别处地方，都仿着照办，来抄写章程。可是章程是呆的，办法是活的。别处地方，哪里有黄通理夫妇这样人？别处地方官，哪里有施有功夫妇这样人？抄了多少章程，问了多少门道，总是个办不成功。内中有一处，离着自由村不远，同自由村是个毗连的地界，地方比自由村更小。张先生就发了誓愿说："让我把全家移去，到那里布置一二，也开个男女学堂，也设个不缠足会，也各处派人演说，看看风气能开不能开？"黄绣球道："如此，你张先生也算是开辟新洲的哥仑布了！"黄通理道："岂但是哥仑布，要能把那一处做得同我们这里一样，简直是开通太平洋航路、为两半球凿成交通孔道的麦哲仑！渐渐的一处一处做开去，都成了我们的殖民地，不更就是英国的立温斯顿开通非洲全部的本领吗？这个志愿原不易偿，倒也不可不有。老张既然要去，我就极力赞成。再在我们学堂家塾里，拣几个人，一同前去，帮着你鼓动起来。那里风土人情，同我们这村上差不多，言语也极其相通，没有什么扞格。带了家眷，便算专门开馆去的，看事行事：立得住脚，诸事可慢慢做去；立不住脚，仍搬了回来，路不甚远，花费有限。也不必全眷都去，只要尊夫人一位做个主儿，另外就是王老娘、曹新姑二人同去最好，男人就带了复华。其余等事成之后，陆续增添。"

施太太道："王老娘未免年纪太大，又离不开小女，曹新姑也离不开王老娘，一人绊住了两人，不如拜烦毕姊姊同去。"黄绣球道："毕姊姊这里的医务很忙，如何能撇得下？我想不如还是我去。"其时樱儿已嫁了人，不做丫头，在黄绣球学堂肄业，便道："我愿同行，别的事我不会，我去劝人放小脚，是可以的。"

张先生道："就是这样，黄嫂子去了，各事都有个禀承，复华、樱儿又都是麻利的，拣个日子，即便起身。"黄通理、黄绣球、毕太太各人，喜之不迭，大有个吾道南行之乐，随在学堂里置酒祝贺。不多几日，张先生夫妇同黄绣球、复华、樱儿到了那个所在，上船登岸，租定房屋。那边原也有张先生的同业朋友，又是邻近同乡，说起来只道有祖坟在此，带了家眷来修理坟茔，要有些时耽搁。同业朋友不免谈到衙门中事同地方情形，张先生便趁势说，施有功怎样的贤明，怎样的能办事，现在把学堂办得怎样热闹，把读书人安插得怎样妥帖，你们也有人仿着要办，来抄过章程，到底可办了没有？那同业朋友说："现在通行要办的事，也办了些，却是我们的官并不曾到你们衙门里咨取过章程，这想必是绅士们做的事了。"张先生便问："你们绅士当中，有几个肯做事的呢？像我们那里，连绅士太太们肯做事的，都不计其数。”

大家说道：“我们也听见这样讲，可是我们这边的绅士甚少，绅士当中的女眷们，更从不出头露面，只有个开典当姓孔的，夫妻两口子，倒肯拿出点钱，在地方上用用。这姓孔的原是山东籍贯，寄籍在我们这里，捐了个员外郎，大家都称他为孔员外。平日地方上有什么要创办的事、筹捐的钱，他总肯尽心出力。前年我们这里也开了一个学堂，就是他一人出了一千串的经费，才勉勉强强开起来的。他那堂客，稍识得两个字，在家里收了些女学生，不要人家的学钱。除此以外，像他家的，就没有第二人了。”

张先生问：“你们地方上有几家典当？他这姓孔的典当，有多少架本？”说：“架本也有限得很，典当连城外也不过两三家，都是小的。”张先生把这番话听在肚里，回去与黄绣球说了。黄绣球道：“这个容易，我也贴一张条子出去，叫‘内设女塾，学资不计’。那孔员外的妻子自然来打听我们，我就可同他来往。”张先生笑道：“你真是世界上一枝自由花，插到那里开到那里，这事又一定从你发达了。”果然，歇了几天，有个女孩子要来上学，黄绣球收了下来。教了不到两日，又来了两个，说是孔府上荐过来的，并问这里张奶奶能够教几多额子。

张先生对那荐来的人讲道：“这里教学生，是我们亲眷，姓黄的黄奶奶。房屋不宽，也只能收到十个八个。”黄绣球插着说道：“如果人多，自然要另租学堂，现在不过借此消遣，算不得什么教学生的。拜望你家员外太太，承他的情，改日登门领教。”那荐来的两个，同那初来的一共三个女孩子，原来都是他典当里朝奉的女儿，在黄绣球身边读了几天书，便把黄绣球一切情形都传到孔员外家里去了。孔员外也在外同张先生结识，谈起来意，孔员外十分高兴，说：“我们地方的事，本轮不到我姓孔的与闻，不过忝居圣人的后裔，这读书上学，总应该出力帮忙。贱内把家务交给儿媳妇们，闲着无事，就收了些典中同事的女孩子，教几个字；又从贵处买了些学堂书，清浅明白，同小孩子打个样儿。前几日晓得令亲黄奶奶也能教女孩子的书，先叫伙计们一个女儿上门试了试，贱内着实佩服，所以又荐了两个过去。这位黄奶奶，莫非就是贵处黄通理先生的令正吗？久已闻名，原来同你老是亲眷。你老既然要来敝处开办学堂，在下实不敢参预。若是少些经费，在下还可以量力报效的。你老不知道，我们这地方，比贵处几年前更是闭塞，差不多十家人家，就有十家不通世务。一个实缺地方官，做了已经两任，糊涂昏聩，那里能像贵处的施老爷？所以在下说你老要开学堂，不敢参预。你老是外边新到敝处，尤其耳目昭彰，先不先这里地方的人都要妒忌；至于女学堂三个字，更莫轻提；就这样在家里收三五个女孩子，还要都是我们同伙当中的人，或者可相安无事；稍为铺排一点，出个什么学堂名目，保得定登时要兴风作浪。在下是爽快人，说爽快话，你老总得再联络些这里地方上的人，缓图机会。闻得黄奶奶是位女中豪杰，只怕到了此地，豪杰也要受困。”张先生道：“这话不然。前些日子，确有人到我们那边来，抄了办事的各种章程，说要仿照我们来办。既然有这种人在地方上，怎见得事情办不成功？”

孔员外听得，沉吟了一回，说道：“哦？不错不错，这里有位新科举人，从来没有在家，此番中了举，才回来一趟。听见贵处的风声，也同家乡人谈过，被家乡人骂得狗血喷头，说他是什么党，什么党，我倒忘记这回事了。要么是他到贵处抄的章程，现在此人又出门去了。即此一端，就可想见，在下岂肯说诳话的呢？”张先生谢过了孔员外，又与黄绣球商议，住了个把月，一面写信去与黄通理、施太太说知，一面考察这地方的人情风俗。

黄绣球也早与孔员外的夫人通过来往，暗中也着实计议，竟其一无下手之处。忽然得着消息说：那边的官府施有功，同这里地方官对调，黄绣球道：“这却好了，我们那边已是造成的房子，这里还是一片瓦砾堆，无人管业，又不许人清理瓦砾，划出界址，白放着我们造屋的好手，无所用之。等施老爷来，押住了，一定挑去瓦砾，出空场子，有碍路的荒草，芟去几根，然后我们再来打闲架，钉木桩，包管也造成上好房屋！更要建个大桥，从我们那边到这里，两路打通，这才显出我黄绣球的手段。我从来不信专制，但是中国的百姓，受惯了专制势力，必须要有专制的人在上面，同水车上鞭牛、磨子上鞭驴子似的，他才甘心服从。借着一点点专制力量，我们便可慢慢放手做来。这好比用兵，要里应外合；又好比唱戏，要人打锣鼓。当初我们不是施老爷，那里就能有后来两年的光景？这施老爷真是会打锣鼓、会做内线的人。我们赶紧回去，请他早点到这里接印。”

张先生看黄绣球说得高兴，也自欢喜。但道：“通理先生早晚必有信到，且看如何说法，再定行止。”随手接着黄通理来信，大概说：办事为难，切莫操切。外乡不比自己家乡，设使下手太利，收不住拳头，反而于事有害。好得施有功夫妇指日到任，你们且不必回转，等他见面商量，里外开路，自然弄得到平平坦坦。独有调来的那官，到底是个何等样人？不怕他昏聩糊涂，只怕他顽固执拗，须得打听了给我实信，好在地方上做个准备。

当下，黄绣球同张先生参酌一切，修了一封回书，叫复华专送了去。复华交与黄通理看过，递给毕太太、施太太一同过目。这个当口，施有功忙的办理交代，施太太也不能谈及于此，就暂时搁下。后事如何，也暂搁一搁，请看官再看下回。

第二十八回
自由村拖出猪大肠　文曲星翻成新局面

话说黄通理又写信回覆张先生、黄绣球，仍叫复华带去，并口授一切，不表。那施有功自从接到调任文书，就同幕友书办查取案卷——是他任内经手各事，以及各种案件，已了未了，已结未结，日夜料理得忙碌异常，以便移交后任。并分定两个日期，办酒请客。先请的是城乡绅耆，将公事分别嘱托了他们，望他们各人尽心持久，即如团练、警察、积谷、捐务等项，都有绅董各专责成，不免叫他们要照常循法办去，带着尽个话别的意思。这些绅耆们，向来同施有功甚为融洽，席间无不歌功颂德。后来请的，便是中小学堂各位经理教习，以及堂中的一班高才生，选派的一班演说生，比头一天却多了几席，也只大概讲些勉励夸奖的话，并说另外捐些廉俸，存放生息，预备学堂演说有什么添补的用场。接着，另设了一席，专请黄通理一人，又请黄通理投契联络几位做了陪客，这番便与前次请客不同，只用两个心腹小跟班伺候，脱略形骸，细谈衷曲。

施有功先说推重黄通理夫妇，次说维持各学堂事务，亲切详细。黄通理诸人，极口感谢。提到张先生、黄绣球现在出门的宗旨情形，施有功也慨然自任。里面，施太太又叫他小姐誊身，将黄绣球两次来信送出来看，施有功道："那边地方，不晓得黄嫂子同我这里认识，写信去叫黄嫂子等我到那边的时候，竟装作不闻不问，不要露出形迹。这里我想邀了王老娘、曹新姑，作为眷属，同贱内小女住进衙门，一则与小女便宜，二则或可照黄嫂子所说，弄个里应外合。"施太太在屏门背后听见此话，也说："极好，彼此一宜。"到散席后，还谈了许多。以后，施有功便一天忙似一天——无非为的寻常要紧公事，及各绅耆答席送行，所有送德政牌、万民伞的那些俗套，虽不能免，施有功却是一概不收，连那学堂里要做什么纪念碑的事，也预先请黄通理说明辞免，真是悃愊无华的一位循良官吏。若非自由村这地方的福气，那里碰得出来？

却说那个转任的新官，在那边六年俸满交卸后，必须进省禀见上司，才能来接手新任。所以施有功这里先来了一个代理的人员，让施有功先去到任。话分两头，这代理的乃是旗籍，由翻译出身。在省里候补，就有个绰号叫猪大肠。猪大肠这样东西，装的一肠子猪屎，又臊又臭，可想而知他那人品，不必再标他的姓名。猪大肠接过了印，到城隍庙里拈香，已是巳牌时分。庙里原有两个演说生在台上演说，看见他来，下台迎候。他在轿子里也老早看见，拈过了香，便问："你们讲的可是《圣谕广训》？"回说："是新编的演说书。"猪大肠只听见"说书"两字，沉下脸来说道："这个室是你们说书的地方？不是城隍庙里已设了乡约吗？怎么不讲乡约，倒容你们来说书呢？"便吩咐传问庙祝，带住了两个演说生。庙祝先跪下回称："这便是讲的乡约，前任施老爷派的。"

猪大肠骂了句："混账！他们两个明明讲是说书，你敢胡赖？"喝叫差役掌嘴。两个演说生看庙祝要受冤枉，即忙上前呈了演说的本子，回道："这确是施老爷颁发的，叫生员们每日宣讲，各处照着讲的还多，不止这城隍庙里生员两人。"猪大肠接了那本子，不问情由，只道："讲乡约除了《圣谕广训》之外，那能有别的书？况且是件奉旨的事，向来讲的人应该戴顶大帽子，恭恭敬敬，才是道理。你们这样便衣小帽，混充生员，来糊搭本官，好生大胆！快与我带回衙门，细细拷问！"霎时间，各处演说生得了信息，就一齐收场。

那两个演说生被猪大肠带到衙门，先交差役看管，随即有学老师晓得此事不妙，见了猪大肠，再三分剖。猪大肠这才清楚，又很不以此事为然，便对老师说道："从今以后，只许讲《圣谕广训》，这种杜撰的书，只好刻出来，当作《感应篇》《阴骘文》的送送人，岂可在乡约上讲？"老师还没有出来，外面已聚了多少演说生在大堂上求见，一个个手中拿着演说本子同红纸手本，上面注明姓名及某月某日奉派在某处演说字样，要当面请示，保释那两个管押的人。猪大肠道："这是我没有弄清，何至于就聚起众来？地方民情，可就刁滑已极！我虽是代理的人，那里容得这样？今日头一天接印，姑且不问，就放了那两个人罢。"于是，外面的也经人劝散，老师辞了出去。

猪大肠又去阅城阅监，连着拜客，回衙后悬牌放告。这时候上忙已完，下忙还不能开征，正在清苦当口，猪大肠一想：此番代理，毫无生法，连日查考各项公款，却都由公中拨给的少，由前任同地方绅民捐存的多，一时难以裁扣，又兼施有功的幕友还留在署中，碍于耳目。他自己只带了两三个人，派为账房杂务，又用了两个亲信家丁，派为钱漕稿案；其余刑钱两席，是打了包封，托邻近代办，以致所办公事，不能凑手。他原存着五日京兆的心，在公事上只想搜索弄钱，有钱可弄的，便胡乱翻覆；无钱可弄的，便还个照例门面。至于官司上头，只因那自由村几年以来，文学大兴，民风纯正，没有什么健讼的人。每逢星期，状子不过收得寥寥几张。若是叫施有功久任下去，合着黄绣球诸般布置，真可做得到小巴黎、小伦敦的世界，偏是换了这猪大肠，不道是政简刑清正好修明礼教，只嫌寻不出贪赃枉法的钱，刮不出什么地皮，镇日价愁眉苦脸，盘算法门。

一日，他账房师爷同他一个门稿二爷，在街上闲步，看见好几处女学堂，回来说与猪大肠，猪大肠并不在意。那门稿二爷便道："女学堂原是时新名目，别处可不像这里，有这样多。老爷可查查案卷，共有几处？那个是报到上司，立过案、出过奏的？那个只在本衙门立案，没有报过上司的？其中或是可裁可并，或是借件事情封掉了他。大约一处有一处的款子，不论是裁是封，款子总要另外清理，那时，聚齐了提到公中，抖乱了，还他一篇糊涂账，定归落得点好处。照这一桩，把那男学堂以及各处演说生的经费都查一查，再加那巡警局用的司事兵勇也撤些裁些，合起来，怕不成个大宗？我们横竖两三个月，等到查过办过，交给后任，老爷在上头是很有面子的，更不怕什么；况且又不侵蚀公款，不过把这些账从新拨一拨算盘珠儿，七折八扣的挖些零头，保不定当中也有个大注儿可以吃得，就不枉这一番代理的辛苦了。"账房师爷随手便叫猪大肠依着门稿的话，传进书办，当面吩咐：即日开具清册送呈查核。

书办当时就回称："只有小学堂是书院所改，用的是书院旧款。中学堂是施老爷筹办，详过上司。其余女学堂、演说生，半系当地绅士创成，半系施老爷捐廉帮助。那城西女学堂，更是几位绅士女太太所办，办得最早，所有各学堂使用支费，都各有经理，不归衙门报销。除了中小学堂，及巡警局、演说生几种经费，房里还可去查得问得，开得册子；以外，要老爷延访绅士，房里不便去问，只怕多是自用自销。老爷也问不出的。"那门稿二爷在旁对着猪大肠道："照这样说，女学堂都是民间私办的了。民立学堂，原不在禁例，但老爷新到这里，总得查考查考。叫书办下去，赶紧开个单子上来：那个是谁家绅士独办的？那个是前任施老爷帮助的？一共有多少处？连那中小学堂、演说生每月支用若干，一起开得清清楚楚，不许遗漏。"猪大肠道："很好，就要这么办哩。"书办领命退出，地方上早已哄动，人人笑骂。

黄通理自从他头一天接印管押演说生的事，就晓得猪大肠必有个推翻全局的手段，迭经防备，与张先生、黄绣球几次函商，只是暗观动静。一面写信详告施有功，托他再写信与猪大肠，将地方上的事细细分疏，请他不可轻易更改。拣了几件要紧的，如学堂、演说两事，补详了上司，原想保住一切，不致变局。不料施有功来信在后，猪大肠利令智昏，全然不顾。施有功补详上司，上司的批饬更迟。这里猪大肠催着书办开列清单上去，他便拜绅士，查款项，裁教习，并学堂，劈列拍拉一齐下手。黄通理早见机辞去中学堂教习，惟有自办的家塾女学堂，照常教授。猪大肠挑不出什么眼儿，无从挟制，等到上司把施有功的详文批准饬知来到，他也详报出去，无可挽回，弄得怨恨交加，人心惶惑。黄通理终日的搓手跳脚道："是好端端一座锦绣围屏，给黄绣球已绣到七分功程，竟被猪大肠一把剪刀剪成破碎！这个没有地方自立之权，不能恢复。"于是，在黄绣球信中说到此话。黄绣球想到"地方自立"四字，恨不得即刻回来，驱逐了猪大肠，竖起自立的旗号，立图恢复。幸被那边施有功挽留劝导，只打发张先生、复华二人回来察看情形，这且不提。

再说施有功到了调任的地方，那地方果然锢蔽不通，士风尤其鄙陋。只有孔员外捐一千串钱设的一个学堂，这学堂里，就还是从前在书院当山长的一位老廪生充了教习，大大小小学生约莫十三四个，全不成个规模。施有功既到之后，也竟无可谈的绅士，只有孔员外虽是生意人，倒明白大体，但只事事退让，不肯担当，虽是保守身家，也实在拘于习俗。施有功同这孔员外谈过几次，想要把学堂大改章程，孔员外仍旧照着告诉张先生的话说："为难得很。"访访绅士的口气，都无所决断。绅士中最大的是个云南候补知府，其次就是新科的举人，这两人一向在外。余下秀才称宰相，监生称大人，天高皇帝远，看得自己尊贵无比。新官到任，有什么举动，不同这班秀才监生商量妥洽，万不成功。张三答应了，李四偏能把持；李四答应了，张三又来作梗，所以十件事一定有九件蹊跷，白费唇舌。只有扛帮插讼，包揽是非，各做各的，却不相闻问，与自由村那地方真可算大大反对。

施有功夫妇与黄绣球连结了孔员外夫妇，暗中再三想法，想起买服秀才的一个法子：借着观风开考，不拘好坏，全案录取，重重的奖给花红，颠倒第一名都有得分着，早晚并备了酒，请他们饱吃两顿。有些前辈老生，这日不到的，还又在学堂里请了两桌。这是破天荒第一回的事，那些秀才监生，乡耆绅董，都诧为奇闻。施有功轿子到街上，就填街塞巷的妇女拥挤观看，说："要看看施老爷这个文曲星。"小孩子也"文曲星、文曲星"不住的乱喊，一直跟了喊到衙门口。施有功心生一计，在轿子里笑着说道："有赏，有赏。"随即下了轿，拣两个面目文秀的小孩子，一男一女，亲手从头门口搀进内衙，叫施太太给了些糕点铜钱。施太太晓得用意，问了个姓名住处。男的说不清，女的说："父亲开小杂货店，哥哥也从了先生念书。"施太太假意欢喜，又交了这女孩子几本书，说："带回去送给你哥哥的。"随手叫人领了出来，两个孩子自回家去。第二天，四处宣传，都说施有功是文曲星下凡，甚而至于做了牌位供奉。施有功夫妇开出这条机关，先就倡议改办学堂，一切势如破竹。施太太在里面，与孔员外的夫人，也大兴女学，借此才与黄绣球明通往来。

黄绣球到底是个烈性的人，为着自己地方被猪大肠搅乱，心上不甘，见这里已开通道理，便回去掉换了毕太太来。毕太太义不容辞，来到之后，便同着筹划各事。如此内内外外，日夜兴办，男学堂改定了，女学堂扩充了，演说也行开了，劝放小脚的事也有人肯依了，气象就大不相同，各式规模，俨然缩小了的一个自由村照片。施有功常常挂念着自由村，被猪大肠糟蹋坏了，也十分切齿，日日的信函来往，同黄通理、黄绣球百计设法。无奈猪大肠又改代为署，见施有功任上的口碑极好，本有醋意，又见施有功时常来信，关说公事，说那件应该保护，那件不可更张，更加负气，大为不乐，立意要事事反其所为——凡是施有功所定所创的事、所信所用的人，能裁的一概裁了；不能裁的，也硬出主意改了。最可恶的，他把中小学堂，到省里去另请了几个京官绅士、翰林进士来充当教习，明是抬高学堂，暗是力就腐败。堂中又请派了监督提调名目，层层节制。那些旧有的学生，早就通班解散；招的新生，定课策论讲义，不准阅看报章。女学堂也说是有伤风化，禁去几处。还胡乱诌些男女苟且的事，扯在讼案当中，详报上司，说总是沾染女学堂的习气而来。丧心病狂，闹得昏天黑地。顿时，一座自由村鸡犬不安。

黄通理夫妇气愤不过，商量了联合同志并同乡京官，如李太史等，具了一张公呈，反复申辩，恳请照旧。这张公呈进去，猪大肠送交他幕友阅看好几十天，不批不答。黄通理又约齐了人，入署求见。猪大肠道：“他们动不动就会联名聚众，传话出来，要见等明日堂参，不准少去一名，少了就要差提！”把传进去的名帖当时留下。黄通理心中老大不服，内中便有些咆哮的，仍亏黄通理捺住出去，安排明日再来同他堂见。猪大肠只当是吓退了，走到幕友房中问：“老夫子前日那张公呈，怎样不批？”那幕友道：“这个公呈是难批的，东翁你可曾看过没有？”猪大肠实在把这张呈子看不下去，强说道：“看是看过一遍，批是要费老夫子的心，给他个两面话就得了，也不必很得罪他们。”回头，见执帖家人拿着一副帖子站在旁边说：“有客拜会。”猪大肠一声叫“请”，就离了幕友的房。要知此客是谁，见了讲些什么，且听下回分解。

第二十九回
黄祸出场大为闯祸　委员查案还算能员

话说猪大肠有客拜会，即时请见。那客是谁？这样同猪大肠够得交情？原来就是那黄祸又出现了。黄祸这几年出门在外，到处游行，也不知他做些什么。某年在省里的时候，同这猪大肠认识。黄祸本来喜欢交结官场，猪大肠又是旗派，喜欢闹阔劲儿，吃酒斗牌，天天聚会，都是黄祸跟在里面，因此上两人换了帖子，气味相投，猪大肠着实得黄祸的用处。后来黄祸到东到西，两年不见。这回从别处听见猪大肠署理自己的地方官，就赶了回来。一到家里，他儿子黄福却先把家乡事情，细细说过一番，并将猪大肠怎样搅乱地方，民心怨恨的事，也告诉了。

黄祸没有看见前几年这自由村上的文明风景，只觉得回到家来，地方上一片骚扰，就不甚相信他儿子的话，反说他儿子少年好奇，跟了黄通理夫妇胡闹。随即与黄通理夫妇访问，也是痛骂猪大肠。问起猪大肠究竟怎样不好？无非是更改学堂，裁提费用，不许各处演说，并没有什么酷虐的名气，心下暗想：这都是黄通理夫妻两口子刁钻古怪，撺掇出来，叫人替官府作对。

猪大肠只怕不晓得其中曲折，所以越弄越砸，岂不糟糕？让我去表清了，单把黄通理压服下来，包管安稳无事。这日进来拜见猪大肠，一个是巴结地方官，一个是遇着旧心腹，如兄若弟，亲密非凡。留着吃了晚饭，引到签押房里，猪大肠道："老弟回来得正好，愚兄到了贵处，不敢说贵处的民情坏，实是愚兄的人缘不佳。如今要拜托老弟，在外面替愚兄拉拢拉拢。"黄祸道："这是极应当的。治弟回家，一路之上耳听消息，都说老公祖精明强干，不徇情面。"猪大肠笑道："你我弟兄，那有这样称呼？你仍叫声我二哥就是了。不瞒老弟说，你二哥署了这个缺，本不情愿，既然蒙了上头的恩典，将来总有个调剂，不得不把地方整顿整顿，顾不来那些情面。前任姓施的，他一味在念书人面上讨好，弄得满街开了女学堂，说句不好听的话，简直一处一处像窑姐儿的下处。又叫些人在庙宇公所里说书。他交卸了，还封封信来叫我不要改他的，愚兄那能依他？可就裁的裁，革的革。老弟，到底公道在人，人家也晓得我不徇情面罢？"

黄祸道："这个二哥你还不知，那里全是姓施的做的事？我们有个本家黄通理，同他妻子黄绣球，几年前头就发痴发疯，在地方上很闹些笑话；又有个刑房书办张开化，跟着附和，要开学堂，要劝女人放脚。治弟是出门的日子多，此番回来，听说几年工夫，这黄通理夫妻竟其闹开了；又碰着姓施的是个好好先生，任着他的性儿，虽说不过做些穷酸的事，没甚犯法，可就糟蹋的银钱不少。这些女学堂无非是他妻子黄绣球引出来的，二哥如今裁掉了些，闻说外面很有闲话。"猪大肠道："是呀，他们已经递过公呈，今日还联名禀见，给我轰了几句，叫他们要么堂参，不许私见，他们才吓下去。"

黄祸道："那个公呈二哥怎样批的？"猪大肠就喊了一声："来，到师爷房里去，把前日那张公呈，去问问可批过没有？先拿来瞧瞧。"拿到给与黄祸一看，黄祸道："可不是呢，具名的就是黄通理打头！"猪大肠抢着也看了看，说："我还不留心，打头的就是他吗？他是什么功名？同老弟什么辈分？是近房还是远房？"黄祸把呈子摆开，也没有看完，便道："他不过是个老贡生，同治弟是一辈，房分可就出了十服之外，不在五服的了，前几年本不通往来。这个人就是性情迂僻，向来并没有什么过犯。这几年治弟出门之后，小儿也在他家塾中念书，承他的情，把小儿已选到中学堂，可是治弟也不愿小儿同他亲近。"猪大肠道："既然这样，明天早起就请老弟去通知他一声，叫他不要出头多事。愚兄最不肯得罪念书人，也不能偏护念书人，一个老贡生就敢领头聚众，显见得也不是安分之徒。不怕老弟见怪，这也算贵本家中一个糊涂蛋了。"黄祸道："治弟去说，是万不中用。我想这张公呈二哥还没有批出去，他们来求见，无非催问这呈子的事，二哥先拿片子请黄通理一个人来，同他开导些。他若是遵命的，那些人听他的指拨，自然一齐服贴；若是不识好歹，有什么违拗，二哥再放下脸来，就不算先得罪他了。"猪大肠受了此计，怕的明日递公呈求见的人当真又哄了来，连晚等黄祸去后，就叫人拿片子到黄通理处，说明早请黄老爷过去，有话面谈。

黄通理不知就里，只道猪大肠有意转弯，当即告诉了一班同志。第二天见了猪大肠，坐在花厅上，开口便道："久闻老兄的大名，连尊夫人的大名都如雷贯耳，有什么事尽可进来同兄弟商量，难不成兄弟赶不上那施不全，就不好赏个面子见见兄弟的吗？兄弟听说地方上的学堂，都是老兄那边兴出来的，真算麻利。兄弟到任后，因为女的学堂太多了些，男的学堂体制也狭了些，所以要裁多并少，腾出点经费来，另筹经久之计。男学堂换了几位有名望的京官翰林，这也是体面事。至于那说书的一层，并没有奉过皇上家的上谕，接过上司的文书，弄些人各处围着去听，反把《圣谕广训》废掉了不讲，究竟不成体统，所以兄弟就禁了，顾不得什么是前任定的。那施不全就几次三番来信啰嗦，兄弟真不耐烦。你老兄先既约会了多少人递上公呈，昨日又约会多少人要来见我，我兄弟并不是怕事的，从前也在粮子里混过两年，三百五百人一声吆喝就弹压住了。如今做父母官，比不得在粮子里，又是你们一班斯文先生，所以不肯毛毛躁躁。前日那张呈子不批出去，也是要留你们的体面。你老兄是呈子上打头的人，想必什么事情都是你老兄出的主意，今天请老兄过来，把话讲明了，安着本分，在家里教书，要情愿再当教习，仍旧安插你一个位置。你那尊夫人既然开了个女学堂，我查查还没有什么弊病，横竖你们自己出钱，也就听你们留着。余外的，我既经改章裁革，你老兄那里能够干预？何必领头多事，弄得不好看呢？"

黄通理听猪大肠这番不入耳之谈，气涨了一张脸，翘起两根胡子，竟不爱同他辨驳，只道："要照旧就一齐照旧，这些事，我们地方上费了好几年的心，老公祖总得体谅些，挽回转来。"猪大肠冷笑了一声说："这是万万不能挽回，好在地方上已经有了官办学堂，街上的蒙馆都可以算得蒙学，不稀罕你们。就是这两句话告诉老兄，我还有公事呢！"旁边的人就喊了："送客。"黄通理站起来说："老公祖不答应，只好再去求上头去了。"猪大肠当时变脸说："拿上头来吓唬我吗？好个刁钻的东西！给我送到捕厅衙门管押起来！"黄通理又气又笑，往外就走。捕厅衙门，原就在头门旁边，一走进去，那捕厅老爷认识黄通理是很有名望的人，说道："老先生尽管请回府去，堂翁一声要传，速来通信便是。"话言未了，不晓得怎样，已有多少学生们拥进捕厅衙门，前来慰问。黄通理跟手出来，随即又有多少是学生不是学生的，一直拥到猪大肠的衙门大堂上，挤进宅门，喧喧嚷嚷说要猪大肠出来问话。一个风声吹到黄绣球耳朵，正要也赶上前来，黄通理已到了家，再三阻挡，一面自己仍跑到衙门口，苦劝众人。

其时连闹的人、看的人，人山人海，那里还劝得清？只从大堂上望到川堂以内，都是人头簇簇。猪大肠穿了公服，立在川堂的屏门背后，向着众人指手划脚，还是撇了京腔胡说官话。众人一拥而进，把猪大肠拉出，翎枝折断了大半根，朝珠也散了一地，十几个家丁上来拦阻，好容易脱下一件套子，做了个金蝉脱壳，溜进里面。那警察兵同武营里，虽然已早来弹压，看看势头不妙，却不敢动蛮。还是黄通理拼命的劝息了几人，这才松动了些，大家带笑带骂，渐渐退出。猪大肠当时写了通详文书，连夜发出，自然有许多架砌诬蔑的说话，请人查办的事情，按下慢表。

且说黄通理见众人闯下这祸，与黄绣球委曲相商，捺住黄绣球的性子，暂时解散了家塾女学堂。第二天上，也同大家飞递了公禀进省。第三天，施有功那边也得着信息。于是张先生、复华、毕太太、樱儿、王老娘、曹新姑都一起回来，只有施太太为着不便，没有同到。

回来了，大家商议说："事情决裂到这个地步，真是不料。"黄绣球捽起袖子在桌上一拍，说："我从前受了罗兰夫人的指点，当不起望着他脚尖儿。通理，你不记得这些泰西历史吗？第一讲那匈牙利国的噶苏士，当那奥国宰相梅特涅奸雄压制的时代，他不过一个书生，能同宰相对敌，把他下到牢里去，他还著书立说，一定要破那奥国政府的专制，这是同宰相政府相抗，还都不怕，何况这小小地方官？再讲马丁路得，因为罗马教皇威力太大，他能做了九十六条的檄文，声名其罪，倡出新说来，号召天下。教皇捉了他问，他在堂上不屈不挠，定归开出信教自由的理路。这是一个教徒，还有这种力量，何况我们一大众的人？至于那克林威尔，是个放牛的人，能够举义旗，与国会军把英王额里查白杀去，重兴民政；华盛顿起初不过种田出身，看着美国受了英国的管束，就能创出一片新地方，至今比英国更要繁盛；更有那法兰西建国的拿破仑，意大利建国的四个少年，都是我们平常想着要照样做的，怎么好忘记了？况且同如今的俄罗斯国，是地球上第一等讲专制的，然而他国里有一个人，叫托尔斯泰，能创同胞兼爱平等主义，把这些主义都做在小说书上，俄国念书的人，看了他的书，风气一变。近年他那国里的学生，多不满意他那国的专制手段。他国中屡屡捉拿这班学生，锁了起来，或是充了军，总禁不住他们不说。闻得托尔斯泰这个人还没有死，多是他一人的精神鼓动。我们这一大众人，偏就鼓不动一条猪大肠、猪尿泡，可还成个人吗？为今之计，事情是闹了，断不能虎头蛇尾，一定用匈牙利要劫奥王自治自立伸起我黄氏族中的权来，也大概好拼一拼，碰一碰！匈牙利国人本来是我们姓黄的种类，我们学他的法子，也可以对得起祖宗！"黄绣球这样说着，有些学生们传了开去，懂得的，固然人人佩服，就要动手；不懂得的，也无不依着。

黄绣球这边，随口骂猪大肠该打杀，要撵掉了他，其中如张先生、毕太太们，更自然没有个不赞成的。黄通理却是最愤激最镇静的人，想想这件事，怕总说得容易做得难，禁不住黄绣球天天激刺，也就大为发作，同大家说道："做官的原是替皇上家办事，做一处的官，这一处的事情千千万万，实在只有两件：一件要他帮助百姓做事的力量，一件要他防备百姓的事被人侵害。这猪大肠不但不肯帮助我们做事，还把我们的事对别人没有侵害，他倒死命的要害我们，这是我们地方上的公仇公敌，却可容不得他。外国人本来看做官的是一国中公共奴才，奴才能任事的便罢，不能任事，没有个不立刻更换。如今这猪大肠既经把我们闹的禀了上去，我一个人抵桩承当罪名，跟那查办的委员到省里去，指定要攻掉了他，上头就把我办个罪，也不能不叫他撤任！这就叫牺牲一身，以为国民，死而无悔的。除去了这个仇人对头，换个别人，叫他晓得我们地方民心固结，不是轻惹的，这才能让我们再布置起来。我不犯他的法，他也不能阻我的权，稳然立一个市民参预政府的规模。”

黄绣球听了，不觉又拍手说道：“这才是呀！等他那查办委员来了，索性再闹他一场，拖出那猪大肠来洗他一洗，才泄我的气！顾不得他也用兵糟蹋地方。从前克林威尔还冒了杀君的名气做事，何况我们不过拖一条猪大肠呢！美国的总统林肯，为着要美国解放奴隶，拼了性命，不顾他国内战争分裂，始终立定宪法，叫他美国享了无穷的利益，传到如今。我们既要下手将大比小，也万不能同婆婆妈妈似的，顾头顾尾，只有奋勇上前，没有二话说的！”张先生道：“一点不错！官场的例子，不问天大的事，都是问一个为头的人。通理先生，等查办委员来了，认个领头，跟进省去，这还有什么话讲？他真能把一大众人屠掉了城吗？”

黄通理这边连日聚论，省中早已接着猪大肠的详文，同地方上的公禀。上头一看，是为了学务的事，晓得猪大肠办理不善，却是官官相护，听了他一面之词，果然派下委员，要提取咆哮公堂的人，解省审办。这个委员倒很老练，到了猪大肠这里，不动声色，前前后后把事情打听明白，先禀覆了上司，然后会同捕厅、学老师，传问地方绅士，无不归咎在猪大肠身上，说他不服士心。内中像黄祸那样的人，却就很少，黄祸在这个当口，反也缩头不出。委员查到后来，晓得只为了黄通理一人而起。探访黄通理平日乡评，极其隆重，又没有犯过劣迹，那递把猪大肠的公呈，虽是出名领头，呈子中也没有顶撞的话。于是青衣小帽，独自一人寻至黄通理家问候，意想劝慰几句，请黄通理带几个人到猪大肠衙门赔个不是，他再从中调停，便可将就了结。要知黄通理依与不依，再听下回分解。

第三十回
伸民权公议独立　归梦境暂束全书

话说那委员劝慰了黄通理，想请黄通理带几个人到猪大肠衙门赔个不是，将就了结，说道：“这桩事我已打听得前后底细，猪大肠未免办事操切，不顺舆情；但是当官聚众，他们那些年轻先生们也弄左了。现在上头都晓得不全是地方上的过处，特地委我来就事调停。我想办事的法子，总要化大为小，化小为无。猪大肠虽然不好，也被他们糟蹋够了，事情不得下篷。你老先生是学问好，阅历深，这事原只为了你先生一人，还请你先生系铃解铃，劝劝大家，同到猪大肠那边去请个安，赔个罪，我从中在里面替你们调处。就是猪大肠一时不肯服气，也有我担代。至于先生们的下情以及要照办的事，等我回省销差，回明上头，求上头札饬地方官，仍旧照办，就依着你们公呈上的话说上去，总把事情圆全过来。一切在我身上，你老先生放心就是了。"这委员如此说法，在黄通理那边听的人，有的听说要请安赔罪，都不为然；有的听说他能回明上司，允准照办，也未为不可；此谈彼论，大家不决。

当时黄通理回答那委员说道："上头委阁下到此查办，一定要查为头滋事的人。这事虽出于大众激成功的，确实不错，是为在下一人而起。如今叫在下劝大众去赔礼，怎么对得住大众？万一大众越发激愤起来，累你把这件案子也完结不了。在下的意思，情愿跟着你进省，只说带了为头滋事的人，听凭上头发落，这就你的差使缴销。我的事情，等我同上头自己交接，与你无干。"黄绣球在屏后接嘴喊道："是呀。"那委员听见这一声，又听得屏背后好像有多少男男女女，七嘴八舌，都讲："我们一定照我们的办法，不要理他。"又听见一个人说："这委员他道能回明上司，准我们把事情复旧，那句话真是骗三岁小孩子！如今这班老奸巨滑的官，专会拿这些话敷衍骗人。"又像是几个女人答道："管他是骗是真，我们总拿定主意，趁此干起来。"那些说话声音喉咙都很高的，委员听了甚为惊怪，望着黄通理半天，问道："你老先生家里究竟还聚着多少人？议论不休，不像是个息事的样子。依你跟我进省，便怎么样呢？"黄通理道："已经说过，你拿我去销了差，后事便不与你相干。"

委员看黄通理词气决断，心上很嫌他倔强，嘴里却仍是圆转，又谈了好些。回至猪大肠衙门，猪大肠再三央求他，要拿几个人重办重办，先是黄通理，万不可恕。委员又浼了人两面调处，耽搁了几天，只是料理不下。外面那哄动的风潮就日甚一日，委员照着官例，又飞禀请兵弹压。地方上得了信息，更加闹得利害。一时之间，连施有功那地方的绅耆百姓都来了好多。听得黄绣球创议自立的道理，各人心中个个愿意，便有的说："我们生长在地方上，自从祖宗一直下来，何尝晓得世界上一点点事？只晓得戴着皇帝，服着做官的，送不完皇上家的租税钱粮，受不尽做官的脸嘴脾气。不论念书做生意，皇上家并不管我们的生路。有一个钱的财业，先要被皇上家捐去半个，还要被做官的敲去半个，皇上家只拿个金顶子铜顶子哄骗我们，我们拿这些顶子换不得饭吃，倒反有了顶子拘束住，什么都作不来。倘使没有这个捞什子，好比种田做生意的，那个不是清清白白的人？却就说是末等下流，格外的看不起，偶然做错件把事，或是斗了两句嘴，捉到官里去就跪断了两只腿，打烂了两面屁股，关在牢里，比乡下的猪圈狗窠还要不如。正正经经有事请官判断，官也不问曲直，不管原告被告，一样的下跪，一样的受骂受打，伸手只是要钱。有了钱，不怕杀人都是应该；没得钱，不怕老子打儿子都是犯法。我们从小儿跟着祖父下来，以为从古至今，普天之下做人就是这个样子，所以也安心服贴：念书的苦巴巴骗个顶子，种田的苦巴巴完了钱粮，做生意的勉强糊糊口，这么一代一代的过去。不料遇着施有功施老爷到了我们地方，同我们讲讲，才晓得皇上的国，全靠我们大家撑着的，国是我们几千年所有，皇上不过是一时一时，替我们人家做个管事老儿。若是普天下的人家，家家不自己整作，把个权柄都落在管事老儿手里，自然那管事老儿霸起我家的产业来，制起我家的生命来；那些不爱脸的人，更帮着那管事老儿，吆五喝六，大的欺小的，强的欺软的，拆散了各处人家，人家都没有了，还有什么国？弄到后来，国也拆掉了，那管事老儿却反优游自在，再把我们人家的田地财产他霸不住了，又整票的送到别国去。别国有别国的人家，到那时候，谁肯来管我们国里的人家呢？所以，人人先要保住了家，不能任那管事的一手霸占。保家的法子，在乎男男女女都识字读书，各人都学一件本领，可以得名得利。一家十个人如此，就十个人有用；十家一百个人如此，就一百个人有用；合起我们国里无千无万的人，无不有用，自然那管事老儿不能欺侮；他手底下的人比如像这猪大肠似的，也敢坏我们的规矩吗？我们常听见这自由村上，先被黄通理先生家里做得同朵花似的，只当还是句玩话，直到施老爷到了我们地方，同他施太太派了人在外头天天讲，天天说，照着做出，才相信真比花都开得热闹。还想到自由村上来，再搬点好种过去，怎么这猪大肠偏挖起这块土来？我们也一定不服！通理先生不必进省，我们两边的人，竟合起来拼一拼，什么事做不到？这不是谋王造反，是要保定这块土，才能安我们的家；安了家，才能保守我们的国。说到归根，还是为的国，不是为家。若说我们两处的地方小，人家有限，暂时让过，不必这样认真，这又不然。大地方就是小地方凑起来的，多的人就是少的人积起来的，小的让了，大的就失了势；少的退了，多的就散了场子；那可就让不清，退不完！如今正要从我们两处小地方打出天下，叫那大地方看看榜样，万万不能退让的！”

黄绣球听了这篇大议论，格外的跃跃欲试，对着黄通理道：“我又要来讲泰西历史了，泰西的瑞典、挪威两国，他那政体叫做双立：两国中只有一个君主，底下立了两个政府，各归各的风俗，却是政府的事同百姓的权利彼此匹敌。奥大利同匈牙利两国，也是这样。如今将小比大，我们这地方，同施有功那地方，算是两国，也各归各的风俗，只要办事一样，同心协力，就推施有功做个君主，岂不甚好？”黄通理到此，身不由主，只得听着众人。一连几日，扰扰纷纷。

外面这般聚议，谁知猪大肠看见委员已请了兵来，胆气又壮，就发出几枝火签，捉拿黄通理这一班人。差役们奉了命，虽则不敢违拗，却晓得外头人多，也不敢造次。当时同委员商量，委员又同猪大肠再三斟酌，那猪大肠执定不行，坐了大堂，将差役血比到三千板子。看的人一声呼喝，登时又闹起堂来。黄通理趁着此时，亲身上堂投到，那猪大肠又吓的缩进去，不敢讲什么。堂上堂下，站满了营兵巡察，那里有地方上的人多，有些不懂事的官幕奴才，指挥着放枪放炮，抽马鞭子，抽藤条，无奈只是人人上前，当中还挤满了妇女小孩子，老老少少，口称愿死不退，从衙门口东西两面，一直到四城门，人迹不断，也没有个缝儿，街上大家小户，一律闭门。人愈聚愈多，不由的同潮水一般，前推后拥，就进了猪大肠的上房。委员们不住的打恭作揖，上房里的人也不住的大声小哭，到底抓着猪大肠，横拖倒拽，分出一条路，抓了出来，大家才拨转头跟着散开。

却是这样闹法，并不说拆屋放火，打人抢东西，就连猪大肠也只骂他拖他，绝不伤他的身体，可见这都是人心凭着公理做事，不是野蛮手段。当日大众拖了猪大肠出来，被委员同兵勇等死命的抢松了手，躲入一处。委员当时对着大众又道：“即刻打发这些营兵离开，猪大肠也即刻带印跟我进省，替你们婉禀上司，另换好官。你们大家务必就此收场，不要惊动他的眷口。至于你们要办的事，只管去办，我晓得你们并不为非作歹的。”这里大家听了，才稍为平下心来。委员暗暗的领了猪大肠回到衙门，略为料理，果然遣散了营兵，同猪大肠一起上省。这一边以后的事情，做书的就不得而知，要留在做后部书的时候交代。

且说黄通理这边，见是猪大肠已去，必定还有风波，大家无不准备。施有功那地方上的人，果然要一定合着做事，陆续就来得不少。施有功明不与闻，暗地里同他施太太也帮着黄通理、黄绣球出力运动。那孔员外竟其收闭了典当，把所有家资分散大众，也来到自由村上暂住了家。黄通理便把自由村上的人，挑取一班年轻体壮的，编成义勇队，学生们又编成学生义勇队，由张先生、复华、黄福、黄权诸人，作为队长。黄绣球也把各处女学堂里的女孩子，编成女军，用李振中、文毓贤、徐进明、胡进欧、曹新姑、吴淑英、吴淑美、樱儿这几位从中调度，又请毕太太当头，俨如做个总统的光景。王老娘是年纪大了，就叫他在女军当中，教授军歌。还约了多少妇女们，任了毕太太医院里看护病人的职业。

黄通理又开出一番演说道："是几年前头，我发了一念之诚，感化了绣球，绣球承了罗兰夫人的指授，就全亏他一人，用尽心思，使尽力量，拿定主意，把地方开通出来。后来，又全亏张先生、毕太太极力赞助。末了，遇着施有功，真就是一位大大的'托辣斯梯'，什么事可以任他经营，我们自由村的各种事业，没有不成的了。谁想受了这番阻遏，为我反累了大众。我前头只把自由村比做破房子，好容易房子拆造得簇崭新鲜，绣球他又开了个织造局，果真把各式事情从学堂上一点点的织出花头，绣得光光致致，居然自由村绣到施有功那边地方，要应着他的话，绣出全地球来。如今房子虽然又像糟蹋了些，织务又已耽误了些，却好比那埃及古王的金字塔，还高巍巍竖在这里；又好比华盛顿的纪功碑，后人永不能忘。如今我们做了那美国创立新世界石的一百零一人，想要成个独立主义，自必有几年辛苦。将来这一百零一人的首领，自然要推我绣球。我黄通理原不能数到一百个人的里头去呢，但是我们这个村子叫了自由，自由却有界限，界限仍是法律，人人守着法律干事，才算得人人在自由之中。法律却不是什么王法刑章，是人心上的公理。公理关系一国，不是只关一人一家的，不过总从一人一家做起，所以像此番大众的事，看似成了野蛮举动，实在为卫护公理起见。公理上有什么争闹，就情愿碎骨粉身，死个干净，也不应丝毫退让！这是何故？因为失了公理，就失了人心；失了人心，就不成为国；没有了国，还保得住家，做得完人吗？大众明白这个道理，所以苦苦的要争，便是能伸出自由的权柄，真正叫我黄通理佩服，怎样好把这个美名都加在我黄通理身上？"黄通理讲完这些话，大众欢呼赞叹那预备独立自治的意思，大众就格外踊跃。黄绣球更就日夜的参酌时事，草议章程。

有一晚，黄绣球疲倦极了，躺在床上出神细想，忽听得耳朵里锣鼓喧天，像就在门前的样子，心上想道："莫非又出什么会了？待我领着两个孩子去看。"便觉那双新放的小脚撑了出去，一看，并非出会，是对面搭台唱戏。台旁边挂着一副对联，字迹挺大，远远看过去，认得是"男豪女杰，上了这座大舞台，都是有声有色"；"古往今来，演出几场活惨剧，无非可泣可歌"。一边十七个字，看了觉得似懂非懂。正在那里摹拟，又见台上出了一位白衣旦脚，说道："这戏又是水漫金山，没有看头。"只听见他大儿子黄钟喊道："不是，不是。他头一句说白好像是'吾乃罗兰夫人是也'。"黄绣球要回头再看，已不见了戏台。陡然惊醒，在床上十分感叹，又将那副对联记着，仔细思量，说道："可泣可歌的事，原要做得有声有色。我黄绣球如今是已经上了舞台，脚色又极其齐备，一定打一出好戏，请罗兰夫人看呢。将来好把罗兰夫人给我的那本英雄传上，附上一笔，叫二十世纪的女豪杰黄绣球在某年某日出现了！"正是：

惟有英雄造时势，直教巾帼愧须眉。

后事甚多，此书也不及交代，等将来归入续编，再请看官指教。

·中·国·古·典·文·学·名·著·丛·书·

糊涂世界

吴趼人　著

黑龙江出版集团
黑龙江美术出版社

序

“举世皆浊，何不随其流而扬其波？众人皆醉，何不馆其糟而啜其醨？”是以糊涂教人者；“不知许事，且食蛤蜊”，是以糊涂教己者。古之君子，唯恐人之不糊涂与己之不糊涂，而发为诗歌，见于谈论，佩如弦韦，勒若箴铭，洵知几之达人，保身之明哲哉！

叔季以降，唐宋而还，本浑噩之遗，继混沌之后，君于人者曰：“天下饥，食肉糜。”臣于人者曰：“不识字，更快活。”驯至今日，则更麻木达于脏腑，冥顽中其膏肓，可惊可诧，可笑可叹。守株待兔之举，视若不二法门；覆蕉寻鹿之徒，尊为无上妙品。行之既久，靡然从风。名山大川之间，赤县神州之外，无远勿届，不期而然。上者为朝，则所谓贤士大夫，皆专其心于饮食男女之中，肆其志于肥甘轻暖之内，舍此二者，一物不知。若后乘之载刍灵，若当场之弄木偶。下者为野，不为鹿豕，即为豚鱼。与谈兴废，犹考钟鼓以享爰居；与论治乱，犹取仁义以教禽兽。观于其上如彼，观于其下如此，谓之为老大之国，野蛮之乡，自是定评，实非过论。

善哉！茧叟本之著书，其情事则相喻于微，其议论则能见其大。昔者大禹铸鼎，遂穷九幽；温峤然犀，因烛百怪，对勘互较，殆出一辙。夫东坡说鬼，遂兴无稽之谈；干宝搜神，乃张异端之焰。是书不落科臼，独辟畦町，游神于非想非非想之天，析理无名无无名之境。虽贵洛阳之纸，已腐太玄之毫。读者审之。

丙午二月，茂苑惜秋生撰

目录

第一回
移孝作忠伦常大变　量材器使皇路飞腾

话说湖南官场，同时有三位出色人员，都是抚台跟前顶红的人。抚台姓黄，江西人。三个红人，一唤任承仁，一唤俞洪宝，一唤李才雄，三个人都是候补知县。任承仁新近从那里交卸回来，抚台极赏识他，曾经保过送部引见。俞、李二位是一直跟着抚台，办过几年文案，李才雄现又兼当土药局的差使。

有天，任承仁穿了衣帽来拜俞洪宝，却好李才雄也在那里。任承仁进来，看见李才雄皱着眉头坐在那里，呆呆的样子。任承仁心里有点奇怪，也不便问他，先同俞洪宝谈了几句心，慢慢的说到家务。任承仁就提起他有个过继的娘，"因为在家里没有人养活，大远的奔了来找我，既然来了，安分守己的吃碗现成饭罢了，脾气又不好，时常在家里闹脾气。再照这样闹下去，我可有点受不住了。不是我让他，就是他让我。"俞洪宝道："这算什么大事？他因为没有儿子养活，所以才承继到你。你公馆里亦不少这一碗饭。你让他些，过几年死了，送他一口薄皮棺材也就是了。你要现在一定撵他出去，他情急了，或是告你一状，就算辨得清，倒要耽误了你正经事，那可不犯着，你又何必同这个孤寡老太婆怄什么气呢？"任承仁想了一想，倒也不错。

他们说了一回话，看看这位李才雄是坐立不安，不住的唉声叹气。任承仁熬不住了，便问俞洪宝道："李老哥为何这样没精打采的？"俞洪宝道："你不知道，李老哥丁了忧了。但是他老哥的家道，你是晓得的，如果再把差使丢了，叫他怎样过呢？他这个总办土药局的事虽然不好，在他也还将就敷衍，要再没有这个差使，更不得了，所以在这里难受。"任承仁道："论理这土药局的事，又不是地方官，就是丁忧的，连下去打什么紧？"俞洪宝道："却是没有这个道理。"任承仁道："什么道理不道理，这叫做恩出自上罢哩！我倒有一个法子想。"俞洪宝、李才雄就异口同声的问道："请教大才，有什么法子？"任承仁道："里头有位史巡捕，是抚台极红的人，说的话是捷于影响的，可就是爱两个钱。我们去走一趟，探探他的口气，就托他去想法子去。如果有点意思，拼得送他几百银子，把这个差使留下。李老哥固然是不无小补，就是我们，在省里也多个地方走走，岂不甚妙？"俞洪宝道："好，好！"任承仁道："既你们也以为好，他丁忧多日了，亦不便耽搁，我们要赶紧才好。"说完，就招呼李才雄在家里等他，又拉着俞洪宝道："我们去碰碰再说。"李才雄当时说了一句"费心。"

当时，俞洪宝同着任承仁，一直来到史巡捕房里。史巡捕让他们坐下，说了一回闲话，才提起李才雄的事来。说到要想法子求连差的话，史巡捕此时嘴里正含着一口茶，手里捧着水烟袋，睁着一双眼睛，呆呆的一回，才把这口茶咽下去，腾出嘴来说道："这个不容易。"任承仁道："并不是弟等多事，实因为李哥的家道太寒，要是就这样搁三年，那直截要他的命了！"史巡捕道："他家道虽寒，省城里比他家道寒的还多着哩！"任承仁又道："李哥一向亏累，现在又出了丧事，用钱多，要有这个差事，还可以拉拢拉拢，就是外面张罗，也还容易。要就是这样下来，直截便是一条死路。老哥热肠古道，我们是一向钦佩的。他这桩事，只要老哥高抬贵手，他就过去了。我也晓得你老哥是没有不可怜他的，你说的话都是呕着人玩耍。不然，老哥一定不肯帮他的忙，可不就毁了他吗？"一面说着，便走到史巡捕耳朵边，低低的说了几句。

史巡捕道："不是这么说，我们既是一向有交情，没有不帮忙的。不过这件事，我还得找我里头一个朋友出一把力。但我同他有交情，我的朋友同他没有交情，况且也不晓得他这个人。这个当中，兄弟固然是格外出力，老弟你是晓得的，明人不说暗话。况且他又是个违例的事，那个肯轻轻的放过去呢？"任承仁道："是了，是了，都包在我身上就是。"就把手指在史巡捕袖子里一比道："这个数目可好？"史巡捕笑了一笑道："论起来也不算少，但我可是没有权的，事情我去办，碰他的运气罢。这件事不是我不够朋友，但是，这里头转了一个弯子，就很不容易了，难道我还来想好处、赚扣头不成？"任承仁、俞洪宝连忙陪笑道："笑话！老哥太多疑了！"史巡捕道："我去办办看，晚上叫任老弟来听回信罢！"俞洪宝道："我也同来。"史巡捕道："玩不得！我这里只有一个任老弟来惯了的，没有人查问，要是别人夜里来，风声就闹出去了。反正都是为朋友，一样的赤心。你千万不必来，不但没有好处，恐怕还要惹是非。"

俞洪宝答应着，当时同了任承仁出来，一径回寓告知李才雄。李才雄晓得是有点意思了，但也还不晓得史巡捕要多少钱的话。一直等到第二天晚上，任承仁来了，摇摇头道："好利害！好利害！"俞洪宝、李才雄忙问："怎么样了？"任承仁道："他是大张狮口，说你的差使一年有两千多银子，他问你要一半。此外，还要你在要紧的地方，找个人对抚台说一下子，这算是挂挂帘子的事。"

李才雄听了，呆呆的一言不发。倒是俞洪宝道："论起这个差使来，一连就是三年，化上一二千银子，也没有什么不值得。但是李哥一时拿不出来，奈何？”任承仁道：“李老哥去凑凑，看凑到多少。要是少些的时候，我们大家能帮一帮忙最好，等李哥慢慢的腾出来还罢。”俞洪宝道：“看来也只好如此。但是这个事已经两天了，也该报出去了。”任承仁道：“不妨。李老哥赶紧找人去挂帘子去，要紧等把帘子挂好，再报出去不迟。”李才雄道：“抚台头一个红人就算是首府，我平常也很应酬他。但是个嘴馋的人，要求他事，总要请他吃饭。我是已在衰绖之中，不便请客，如何是好？”任承仁道：“你不要拘泥，正经事要紧。你今天就发帖，请他明天晚上，我同俞哥做陪客，也好相帮你说几句。你只管办理，那个人来说你？”当时李才雄便写了请帖，夹着手本，打发人送过去。又叫厨子备办顶好的酒席，明晚请首府，只要菜办得好，钱是不论多少。厨子听见不计较钱的生意，自然欢喜，连忙就去备办。

任承仁又到李才雄家去，重新叫他把字画挂起来，把素的依旧换掉。忙忙碌碌，收拾了一回。正在那里点缀，送请单的却回来了，说是大人有病，请了三天假，明天不能来，叫把原帖带回。李才雄听了，把一团高兴冰冷的了，叹口气道：“我就如此倒楣！”任承仁道：“还有一个法子，你去写好一封夹单递进去，他看见了，亦就明白。等他上院去，没有不替你设法的。况且你请他，他也晓得的了。”李才雄道：“也不晓得是什么病？”回来的人道：“听说招了凉，伤风咳嗽，并没有什么大病，过两天就要销假的。”任承仁道：“事不宜迟，你依着我去做。老史那里，先要把钱交过去；要是不能如数，六成是要先给的。下余我去对他说，问我们两人要就是了。等老哥把差使混下去，慢慢的去给他，难道老哥还会叫兄弟为难么？”

李才雄道：“只要缓口气，少却是万不会少的。非但不会少，老大哥替我出了这一番力，再要叫老大哥为难，那还能算是人么？但是首府这个夹单，还要老大哥费神斟酌一下。”任承仁道：“我是于文墨一道，大大的外行，你，你还是找老俞罢！”又说了一回闲话，任承仁便立起身来道：“老史的数目，我就去答应他分两期，一期先付，一期事成之后两个月再付。万一他要利钱，为数有限，也就答应他了。”李才雄道：“自然，自然，你看着办罢。我心里没有主见，你怎么说怎么好。你这番回护我的心，我难道还不晓得？你直截看着办，不必同我商议了。总而言之，只要事情成功，我是无不恪遵台命的。”说着，作了一个揖道：“费心！费心！”任承仁晓得他不会变卦的了，就装出一番大义凛然的样子来，说了几句义可干云的话，就出来上轿回家去了。李才雄去找俞洪宝，托他做一张夹单底子。俞洪宝照着他的口气做好了，又添了几句哀戚的话，交给李才雄。李才雄便去找人誊清了，送到首府里去。

却说这位首府是一位满洲人，名叫伊昌。当日看了他这个夹单，暗道："这个事却是有点不在理。既然说是里面已说通了，要我做面子，我亦何乐不为？但是这话不晓得靠得住靠不住？且待我见了抚台，见景生情罢。况且打去年起到如今，我也吃过他六七十顿了，要一定回覆他，未免有点不好意思。但是要我十二分替他硬求，我也不干，我犯不着为着他去碰钉子。"主意打定，次日起来销假上院。

李才雄先就打发人在首府衙门口打听，听见传伺候了，便用一个素手本，叫跟班到各衙门挂号，禀知丁忧的话。恰恰伊大人上院，抚台就同他讲起这土药局收数甚好的话。伊大人便接口道："李令办事向来是最可靠的，不过是他运气太坏。"抚台便问："他运气怎样坏法？"伊大人道："听说他丁了忧了。但这个事办到现在这样地步，也不容易，总要有个精明强干的人去接手才好。但是这些候补的人员，卑府是晓得的，除掉现居要差的，便也没有什么大才具的了。况且，在省候补赋闲的日子多，终是前缺后空，要他顾得住公事便不容易了。所以古人说的，凡要办大事的，总要量材器使，不可骤易新手，为的是恐怕前功尽弃。"

抚台道："他是丁了忧，要回籍守制的人。"伊大人道："这个恩出自上，卑府不敢妄参末议，只要大人吩咐就是了。况且卑府听说李令光景也不大宽裕，自从丁了忧之后，屡次寻死。昨天还有李令的同乡几个人，求卑府转求大人的恩典，能够叫他连下去，真是公私两美。卑府是已经拒绝了他们，但恐怕马上更动，李令真要寻了死，同寅面上很不好看。'狗急跳墙，人急悬梁'，这也不能一定保得住的。"抚台摇头道："丁忧的连差，这是从来没有的事。"伊大人道："好在土药局不比现在任地方官，况且别省也是有过的了。只要大人肯给恩典，这也没有例与不例的。"抚台道："我恐怕别的候补人员不服。"伊大人道："量材器使，他们怎敢不服？"抚台沉吟了一回道："我们就这么办。现在暂且不用更换，等我选到了人再改委罢。"伊大人道："这正是大人天高地厚的恩典了。"

这个时候，抚台同伊大人心上都是明白的，不过借着这个题目鬼画符而已。伊大人下来，叫人去招呼了李才雄，李才雄感激得很。当晚算是在寓里成服，也就不回去奔丧。过了七天，就依旧的请客宴会，不过换了件把洋缎的衣裳。任承仁当时问李才雄要了六百两银子，谢了史巡捕，说明三个月之后再付四百两，交任承仁转交。任承仁却只交了史巡捕四百两银子，那六百两便落了下来。李才雄见了面，还是千恩万谢的不了。

但是这个端一开，有些丁忧回去的都来了。内中有一个候补通判伍琼芳，家道本好，本来在家里当工房的，因为有钱，就动了官兴，捐了通判。到省不到三天，接到家信，丁了外艰，就忙忙的回去守制。现在听得李才雄做了个夺情总办，不由的心里乱跳，艳羡的很，就赶紧的回了省来，租了几间房子，去拜了李才雄，问了来踪去迹。便用重价雇了两个上等的厨子，非但菜做得好，并且还会做各样的点心，请李才雄、俞洪宝、任承仁吃了几顿，又送了任承仁好些东西。熟识后，就托任承仁把他去引见过史巡捕，又去拜伊大人。伊大人不见他，他隔上四五天必来请安一次，又不时送些东西，吃的、用的，生的、熟的，看的、玩的，不住的搬进来。又重重的门包，那家人更是格外替他求着伊大人收。满洲人的门权向来是重的，只要门口巴结好了，里头是不会不好的。日子一久，伊大人很觉得有些过意不去，就也请他吃饭，拉拢起来。

他又托任承仁去说要拜老师，伊大人不肯，当不住任承仁的这张嘴会说，也就答应了。当时送了一千两银子的贽见，又有几件古玩玉器。伊大人一律全收。从此单见便是门生帖子了。歇了一个多月，就提起要伊大人替他求个差使的话。伊大人道："论起我们交情，断无不尽力的。但是上头的事，你也要安排安排才好。"伍琼芳道："门生已切实托过史巡捕了。"伊大人点了点头，也不再说。从此以后，仍旧是五日一大宴，三日一小宴，请伊大人吃，又不时送些时新果品、菜蔬。伍琼芳回省转眼已是四个多月，前后化的钱也很不少了。家里的钱入不敷出，接济不上，他也晓得不便问人家借钱，到没有钱用的时候，便把些衣服、古玩去当了钱来请客应酬。要是伊大人欢喜的朋友问他借两个用用，他也是如数奉上，决不推辞。因此，同寅中除了几个有骨气的不同他来往，那班狐群狗党，便是越来越多了。不多几日，听见任承仁委了浏阳县，俞洪宝委了清泉县，就连忙过去道喜。

见了俞洪宝，俞洪宝便告诉他："昨天听见说，我的遗差要委你办，你可有点风声？"伍琼芳道："这件事怕派不到我。"俞洪宝道："那有一定的？一个抚台委个把差使，难道还要去查例么？我昨天听见说是已传进稿去，大约一两天就可揭晓了。"伍琼芳虽然不敢决定不假，心上却也欢喜，赶紧就到史巡捕那里去走走，为的是好探探实在消息。

偏偏史巡捕生了外症，睡在床上"嗳呀，嗳呀"的叫唤不住。伍琼芳就没坐下，仍旧回到寓里。却是坐立不安，只得又出去拜首府，刚刚首府又到院上去了。伍琼芳只得坐在官厅里老等，等了多时，才晓得首府在洋务局里陪着洋人吃饭，回来还早。伍琼芳肚里亦饿的慌了，只得回家去吃饭。吃过之后，仍到首府这边来。这位伊大人虽然回来，却是吃醉了，家人不敢上去回。伍琼芳也没得法子，只急得他抓耳搔腮的样子，只得又去拜俞洪宝，问他个的实，心上还放心不下。过了一天，果然委札到了，说是"牙厘局银库兼收支俞洪宝，已委署清泉县，所遗两差，亟应遴员接充。查有丁忧通判伍琼芳，才具优长，堪以充当"等语。伍琼芳看了一遍，心中大乐。当时开发了脚钱，先去拜谢伊大人，正逢着伊大人又出去了。伍琼芳就叫跟班的拿一张片子，说是拜王大爷的。

伊大人的门口叫做王福，是北京人氏，跟着伊大人多年，却是言无不听的。当时听见伍琼芳拜他，就把他请进来，坐在烟铺上。王福送过茶，便先开口道："恭喜大老爷，这就好了。"伍琼芳道："这都是大人的栽培。"王福道："大老爷是去年到省的罢？"伍琼芳道："是去年冬月十二日到省，十四就接到家信，丁了外艰，也就赶紧回去了。今年四月才来的。"王福道："这个差使听说有三千金有余，薪水虽然不多，却是一千七百的银价，那就差不多加六了。又有各厘卡的年节规，要是放活动点，还有加敬。再要能虚吓诈骗，那也没有底的。"伍琼芳道："那却还不晓得。"王福道："到底做官好，真是有本有利。"伍琼芳道："这个说不定的，我看还是你们这跟大人最好，大人高升了，你们倒也是无本有利了。况且像大爷你呀，是的，只要敷衍一个大人。我们就尽是上司，什么抚、藩、臬、道、府不要说了，还有那些候补道也要摆架子。不应酬他又不能，应酬他那还得了吗？要是一个不小心，得罪了那一个，将来还要吃他的亏。比起大爷你这个行业，就差远了。就算是钱的话，像大爷在省城里，这一年各处的孝敬，还不够大爷化的么？"

王福道："多像大老爷这样体恤，当家人的自然好了。但是混账的多，平常时也看见他来，到了节下，塞上一张片子，还要替他上号，莫说是钱，还要赔工夫呢！还有一种同通直隶州，更觉不是东西。他也不下轿，不落官厅，就坐在轿子里打着扦，叫个人送帖子进来，还要叫人出去挡驾。上回有一个，我也不记得他的名姓了，他叫人进来说是拜会，我就回覆他不见。他的跟人说是要出去挡驾，我也不理他。他的跟人去说了，这位什么老爷就下了轿，一直走了进来，坐在厅上拍桌子打板凳骂开了。我正要上去打他两个嘴巴子，倒是伙计们拉住了，又有一位伙计出去招赔了，他才走的。你说这样的东西混账不混账？芝麻前程，也要出来摆架子，难道二太爷还怕你不成？这可不是发昏了？我想起来了，就是住在县门口朝东房子里那一位候补同知支墉。我后来就去回了大人，大人也很有气，正打算着……"说到这里，外边喊道："大人回来！"王福便赶紧戴上帽子，出去站班。等伊大人进去，就拿着伍琼芳的手本进去，不多一刻，里面喊"请"，伍琼芳跟了手本进去。

国朝的规矩，同知、通判见知府是用晚生帖子，不用手本。这伊大人是抚台最欢喜的人，所以一班同知、通判就一齐改用了手本。起初也还推过一二次，嗣后就安之若素了。所以，这回伍琼芳上手本是入时的仪注，并非做书人漏出马脚来。况且，伍琼芳久已拜了伊大人老师，这个门生手本是久已拿过的了。

闲话丢开，言归正传。当时伊大人把伍琼芳请进去，就先说了一句“恭喜”。伍琼芳道：“这都是老师的栽培。”伊大人又道：“这个差使听说还不坏，三年之后还有一个劳绩。现在算起来，差不多服满也就可以署事了。”伍琼芳道：“门生以丁忧人员在省得差，俾守制日期无害资格，都是老师一力成全，门生举家感戴！”谈了一回，伍琼芳见伊大人只管呵欠，估道必是烟瘾来了，不便久坐，况且还要到别处去，就辞了出来。又到门房里坐了一回，并告诉王福，以后伊大人衙门里，不拘什么人的寿日，或是添了小孙子，及各样的事都要招呼。王福满口答应。

伍琼芳出来上了轿，还打算上衙门去谢委，看看天也不早，只得回家。刚刚到了二门口，只见多少人围着一个人在那里吵，又看那个人却是满头的血，不觉心上“毕拍”一跳。要知后事如何，且听下回分解。

第二回
假孝子割股要名　丑新人回头失媚

却说伍琼芳看见那个人满头是血靠在墙上，在那里骂人，看的人拥挤不开，忙打发人去问是什么事。只见那个人看见伍琼芳的轿子到了，便把人往两边一分，走上来拦着轿子，跪下喊道：“大老爷申冤！小的姓邹，山东邹村人，探亲不认，反被毒打。”说着，又连忙磕头道：“请大老爷申冤！”

伍琼芳道：“你去找地方官，这不干我事的。”姓邹的道：“你是本省的官，怎么管不得本省的事？我到县里要花钱，老爷要是一定不管，就请拿张片子把我送到县里去。”伍琼芳道：“我是丁忧的官，不管闲事的。”姓邹的道：“不对，丁忧的官就该回家去穿孝守制，怎么还在这里坐着大轿，撑着红伞呢？老爷不要哄人，俺山东人是见过世面的。”伍琼芳道：“抚台委了差使，自然就要摆出一个官派来。你不见我没有戴顶子，而且穿的衣裳都是素的？”姓邹的道：“老爷既然是个官，就说不得了。大老爷，好大老爷，求求你大老爷，总要替小人申冤！”伍琼芳被他弄急了，只得喊了地保过来，叫拉开他，才把轿子回到公馆里去。

太太接着，换过马褂，太太便问道：“什么人在门口胡搅，耽搁了这么许久？”伍琼芳道：“真是奇谈。”就把姓邹的说的话，一五一十对太太说了一遍。这位太太姓柏，倒是个知书达礼的，呆了一呆便道：“这事本来不好，倒给人家拿住话柄了。”伍琼芳听了心里很不自在，勉强道：“这又不是我兴出来的规矩，李才雄的土药局是久已开端的了。”太太道：“不知道别省也有过么？”伍琼芳道：“多着哩！你是在家不晓得。”太太道：“照这样说，那回籍守制的话，不是白说了么？”伍琼芳道：“皇上家原有这样规矩，叫做夺情。从前曾文正，后来李中堂，都是夺过情的。”太太道：“我晓得。我听见曾文正同后来的李中堂，都是皇上家一时不可少的人，要是等他穿服满了三年，那各样的事情就等不及了，所以才有这个旷典。像李老爷同老爷，不过是个候补的人，李老爷是第一次办土药局，老爷还没有当过差事，怎么丁了忧就显出是好来呢？又难道省城里这许多人，就没有好的，必定要待丁了忧才晓得这有才具无才具呢？况且既然是够不到说皇上家不可少的人，就说是本省里不可少的人，只怕也轮不到。”伍琼芳听了，不觉颜色改变，呆着脸道：“那我就不晓得了，他要委我有什么法子呢？”太太道：“你要在家里守制，他如何能委到你？你打四月里起，天天请客，又张罗着送东西，撒开手的应酬，这个光景就像你去求他，并不是他要委你。要论才具资格，省里人多着哩，难道没有一个及得上你的么？”

伍琼芳听见把他纸老虎戳破，心上大不高兴，嘴里还说：“我委了差使，有钱赚，大家该应喜欢，怎么你就如此唠叨起来？现在世界是如此，就是你一个孝子也没有用。”太太道：“什么叫有用无用，也不过行乎心之所安而已。”伍琼芳也觉得有点理屈辞穷，分辩不来，就起身出来，到书房里来坐下生气。不想太太却又跟了出来，说道：“我想起一桩事来。从前来的时候，我就本打算伺候了婆婆一齐来的。是你说这里苦，没有进项，不能接他老人家来受苦。现在这个差使，你前天说有三千多银子一年，老太太在家无人伏侍，况且眼睛也有点毛病，倘或再出了点岔子就更不好了，不如去接了来，一处过，你说好不好？”伍琼芳呆着脸道：“好是好，但是没有钱怎么样？”太太道：“只要拿银子换，难道不是钱么？况且，听见你说后天要请首府，那桌菜是三十几两银子，连开发下脚，总得四十两银子的光景。把这注钱腾出来，去接老太太尽够的了。”伍琼芳道：“女人家真不懂事！这请客是场面上的事，不是省了两个钱的事。要想省钱，就不如关着大门做皇帝了。”太太道：“请客自然是场面上的事，晚几天亦不害事；接老太太来住，也是场面上的事，并且还是根本上的事。你要一定不肯，推说钱弄不出来，我还有几件时新衣裳，现在穿服用不着，就拿出去当几十两银子。我就同着两个家人回去走一趟，把老太太接了来，省得他在家里气闷，也省得人看着不像句话。你道如何？”伍琼芳满肚皮不愿意，却拗不过他，只得答应了。

当时就派了两个家人，一个是赵仁，一个是钱义，跟太太接老太太去。

一连三天，伍琼芳也不拿出钱来，太太也就不问他要了，就开了自己的箱子，拿出十二件时新衣服，送到当店里当了三十六两银子，就于第二日起身到湖北去了。伍琼芳只当不知。过了多时，老太太到了，伍琼芳把面子上的事敷衍过去，仍旧是到外边去应酬。

那晓得这位老太太有了年纪的人，经不起劳碌，渐渐的病起痰喘来。伍琼芳毫不介意，后来还是太太催着请医生，不晓得在那里找了一个医生来，开了方子，吃了药下去，并不见好。那一天呕了点气，更是顽痰涌塞，越发的不像样了。伍琼芳忽然想起一件事来，拿了几个钱，叫跟班的去买了一块猪肉、一只鸡、一尾鱼，买齐了，都摆在自己书房里，却暗暗的把猪肉用小刀子割了一条下来，包好了另外放着。等到晚上，叫人把院子打扫干净，点上香烛，供上三牲。他却翻身进去对太太说："老太太的病不好了，怕有不测。药是草根、树皮，没有用的。我现在要去割股，我听说是最有灵验的。我同你要一块帕子，预备下好扎割伤的地方。"太太听说他要割股，心中倒觉得十分凄惨，忙去找了一块帕子，又把香灰包了一包，统交给伍琼芳。

伍琼芳拿了出来，一齐摆在供桌上。等到二更时分，便把跟班打发出去，自己却在院子里，把门掩上，并不上闩，为的是留着一道缝，可以等他们看了，可以宣扬出去的意思。伍琼芳把先前藏下的那一条猪肉放在袖子里，自己拿了一把裁纸小刀，走到供桌前，脸朝里跪着，嘴里咕噜了一回，就掳起袖子来，把那把裁纸小刀在桌子上抹一抹，故意的望袖子里一插，又装着嘴里"嗳呀"一声，就顺手把这条猪肉拉了出来。手里就去抓香灰往袖子里塞，又装出疼极了的样子，就倒在垫子上。

耽搁了一回，然后坐起来，又一回才站起来，拿着这条猪肉在香上绕了几绕，嘴里又咕噜一回，方才回过头来往上房里走。见了他的太太便问："药罐子在那里？"就把这条猪肉放在里头去。却又故意的哼哼道："我实在受不住了，老太太这里我是不能服侍了。"太太道："老爷请去安歇罢，这里各样的事有我照应呢！"伍琼芳便故意一溜，歪斜着往前面书房里去，摊开了铺，放倒了头便睡，却忘记了花厅园子里还摆着东西。他的跟班听说老爷睡了，便推开二门进来，只见地下还有些香灰，香灰里有一把裁纸刀，却并没有一点血渍。就有人说："这割股的事第一要心诚，心诚就不觉得痛，且没有血，看来老爷算是心诚的了。"

不提跟班们纷纷议论。且说太太送老爷出去，便走到罐子跟前，揭了盖子看了一看，只见盘着极长的一条肉，心里好不难受，想道：老爷今天真正吃了疼苦了，经的起这样长的一块？又定睛一看，怎么有点像猪肉的样子？就用筷子去夹出来一看，可不是一条猪肉！连忙叫跟班的进来问道："老爷睡了没有？"回道："睡了。"太太道："老爷割股，你们看见没有？"回道："看见的。"

太太终究不放心，就亲自来问老爷，说是："你方才割股，肉没有拿错么？"伍琼芳哼哼着答道："只有这一条肉，从那里拿错？"太太道："既是如此，我就快点去煎了。"伍琼芳道："要多加水浓煎，把肉都化了才有用呢。"太太答应了"是"，便去了。回到上房里，把猪肉依旧放下去，又把炉子上加了炭，不多时都融化了，成了油水。太太斟在碗里，请老太太吃了下去。这位老太太痰涌了多日，再下去这一碗浓厚的猪肉汤，真正是催命符到了，不到半夜，竟是气涌而死。太太放声大哭。

伍琼芳亦被人喊醒，赶进来跟着号了几声，又自言自语道："办事要紧。"一面叫人出去备办棺木，一面又写了一个夹单，给伊大人，说是续丁的话。并且说这个差使本是丁忧后委的，现在就是续丁，谅亦无改委之理，但是谋夫孔多，还要求在抚台面前保举点的话。伊大人回信也答应了。

伍琼芳催着把诸事办妥，即日入殓，拣了三七出殡。太太不肯，为这事，夫妻反目了几次，好容易等断了七出殡，停在大士庵里。伍琼芳又到各处去谢客，不论见了什么人，总说："古人说话是靠不住的，割股可以治得父母的病，那知道全是假的，毫无灵验。"又兼他的家人亦在外边说，人家都晓得伍老爷是割股事亲的，都说他是个孝子。有两个知己的朋友就要看他的疤，他却是一定不肯，人家也就罢了。倒是他的太太满心奇怪，也不晓得他弄的什么鬼？却再不疑心他是弄了一条猪肉来混充的，心上颇有些看不起他。伍琼芳却一点不在意，就是在重服里，依旧是朝宴暮会，吃酒碰和，全没有一点穿孝的样子。

那知道天算不由人算，又道是"福无双至，祸不单行"。伍琼芳官运虽好，家运却坏。他这位贤德太太，不知怎样得了一个蛊胀病，却是血蛊。起先吃药也还有点灵验，后来便一天加重一天，不到半年，已是奄奄一息了。伍琼芳自娶了这位太太，不满十年，倒生了三个儿子：一个七岁，一个五岁，一个三岁；还有一个女儿八岁。太太病到利害时候，就把伍琼芳请到床前头，交待了一回后事。又道："我死过之后，这几个小孩子务必要好好的看待。但是，现在正在两重服里，又不能续弦，你怎么好？"伍琼芳也觉惨然，随便应酬了几句。太太又道："人之将死，其言也善。我还有一句话求你，倒也并不是一定为我自己。我的棺材自然是同老太太的停在一处了，我们婆媳活的时候，本来好得很，死了又在一处，还有什么话说。但是这里离家乡不远，一水可通，务必要早早把灵柩送回去，入土为安。就算是你的公事忙，你尽管专派个家人去，亦是可以的。不然，要等你服满补缺署事，那就没有工夫，况且叫人看着要说闲话的。你依着我，我就死在九泉之下也瞑目的了。"

伍琼芳听着唠叨不完，心里还想张人驹家请吃中饭，又要碰和，已经是时候了，急于要走。但是他的话说不完，看他病的重，又不便站起来就走，只急得他抓耳挠腮，太太说一句，他答应一句。其实太太力疾说了半天，他却是一句没有听见，一心都在张人驹家的鱼翅、燕菜饭后中发白上。

猛然看见太太住了嘴在那里喘气，他便站起来道："不要忙，我已经去请医生去了。吃上几副重点的药，自然就好了。"正打算往外头走，只见他的太太上气不接下气的道："你不要走，我要坐起来坐坐。"伍琼芳道："还是睡着罢，坐起坐倒怕招了风。"太太又把他的三男一女叫到床前头，一个个看了一看，止不住泪下如雨，叹口气道："看你们的命罢，我是顾不得你们了。"这一句话却已分做三四段才说完的。刚刚说完，就望后一靠，两眼往上一翻，早已气绝身亡了。伍琼芳忙着喊了一回，却喊不回来，只得同着一家大小哭了一回。少不得买棺盛殓，照例的事不必细说。

刚刚过了三天，就有人来做媒，说是黎大人的女儿要许给他。相貌怎样好，赔嫁怎样好，黎大人势力又大，说了个天花乱坠。伍琼芳高兴得很，忙接口道："承黎大人不弃，是顶好的了。但我尚在服中，要等服满再娶，黎大人的小姐已大，恐怕不能久等，如何好呢？"媒人道："黎大人已放了四川的盐茶道，急于动身，所以要把这位小姐早点嫁了，省得带来带去的费事。要是耽搁下来，那只可作为罢论了。"伍琼芳惟恐怕这个事不成，一定要求媒人想法子。

媒人急了，只得给他点当上上，说道："我听见江浙那边有一个掩亲的俗例，是拣一个好日子，把新人抬了回来，拜堂成亲，一切都是吉礼。等到过了三朝，就脱了吉服，重新成服，换了素衣。这是从权办理的法子，不知好不好？"伍琼芳道："好倒也好，不晓得黎大人那边肯不肯？"媒人道："我去说起来看，要肯了就很好，不肯亦就不必提了。"伍琼芳道："诸事拜托。要是肯了，你就给我一个信，我好料理出殡。要是不肯，也望你从长计议。但是不可回绝了他。"媒人笑着点了点头去了。临去的时候，伍琼芳还是千叮万嘱了一回。

伍琼芳送了媒人回来，就想着要出殡，越想越要紧，连夜就去喊了土工来对他说了。他的门口用人又去同了刻字店里的人来，说要刻讣文的话。伍琼芳道："不必了，各处寅好概不惊动。"到了次日，便预备了一班鼓手，十六个土工，把太太的棺材抬出去，依旧是寄放大士庵，就在老太太灵柩的下首。伍琼芳送了殡回来，立刻唤了阴阳生来净宅，又叫了泥水匠赶紧收拾墙壁，裱糊匠裱糊房子，又连忙喊裁缝赶办几件衣服。等了两天，不见媒人的回报，连忙去问，正碰着媒人在家里生病。伍琼芳一定要到上房里去看他，媒人也晓得他的意思，便打发人出来说："黎大人那边还没有说，大约明后天是一定要去说的了，请伍大老爷少等两天。”

伍琼芳觉得没趣，也就回来了。又歇了三天，媒人来拜，伍琼芳就赶紧叫“请”，连忙披了一件马褂，迎将出来。刚刚走到二门口，那门槛下有一个铁搭，扎在伍琼芳的鞋子上。赶着伍琼芳走的急了，收束不住，一只脚扎住了，一只脚又跨出去，只听见“咕咚”的一声，伍琼芳竟从门里跌到门外来。家人赶紧来扶。伍琼芳坐在地下揉了一回，露出腿来一看，膝盖上跌去了一大块皮，两只手臂上都跌青了，鞋口也拉破了，脚面上也有一大条血缝。伍琼芳没趣得很，只得叫跟班的扶着，一步一步的踱了出来。媒人一见便道：“恭喜！恭喜！”又拿眼睛不住的把他看。

伍琼芳晓得是黎大人答应了，心下倒也十分喜欢，又被这媒人看的他不好意思起来，只得说了一句：“费心，费心。”略停了一停便道：“前天我去看你老哥，你老哥病了。你老哥今天来光顾我，我也病了，你说奇不奇？”媒人道：“什么贵恙，为何走路都要人扶？”伍琼芳道：“兄弟素来有个宿恙，心里一不好受，就要发晕。这几天心绪不宁，弄得六神无主，昨天晚上又吐了一夜。今天勉强起来，觉得头晕眼花，所以要他们扶着，怕的是一点不小心栽了筋斗。”媒人道：“这样说，倒是我来吵闹了。”伍琼芳道：“那里话，像你老哥是求都求不来的。我们不必尽说闲话，那桩事到底怎么样了？”

媒人道：“一概说妥。黎大人起先还说是怕人家说话，兄弟说这更不要紧，要有闲话，自然有老伍承当；况且老伍又是抚台的红人儿，谁去多事，同他过不去？要论这个省分，又是天高皇帝远的地方，怕什么呢？黎大人听了，他就答应了。可是嘱咐过的，不要请客，不要十分热闹。虽然不怕什么，到底掩避点才好。黎大人定于下月二十八动身，现在还有四十多天，赶紧办还来得及。”伍琼芳听他说完，不觉大悦，千恩万谢，就像那受恩深重的样子。

伍琼芳等到媒人走后，赶紧去买珠翠，打金器，凡早前那位太太的一概不用，并不是有所不忍，是因为不吉利的意思。过了半个月，已是色色俱全，便检了初三迎娶。请了一位候补同知盛涛，并一位试用知县张春午做大宾，择了午时发了轿，大吹大擂，竟到黎大人那边去。黎府上毫无需索，轿子一直抬进上房，把轿夫撵了出来，另外有喜娘把新人扶出来上轿，头上盖着红巾，却并没人看见。放了轿帘，一面招呼外面放鞭炮，一面招呼轿夫进来抬了起身，开锣喝道，径到伍公馆里来。

一路上看的人也不少，也有说伍琼芳服还未满，怎么娶亲的；也有说黎大人过于欺人的；也有说这个媒人真是嘴上要生疔疮的；也有说伍琼芳活该倒霉的，议论纷纷。不多一回，早到了伍家门口。伍琼芳早已预备了一挂十万头的喜鞭，在门口放个不了。约摸放完了，才开了门，请了轿子进去，又细吹细打的扶了新人出来。

伍琼芳是蓝顶子、大花翎、朝珠、补褂、蟒袍、粉底皂靴，先站在上首，早有喜娘把新人扶到下首来。拜天地，拜花烛，参堂拜灶，闹了一回，才送入洞房。伍琼芳又出来张罗那一班道喜的人，接着摆桌子开席，猜拳行令，闹了个昏天黑地，却没有提起新人。有一位新到省的知州，是伍琼芳的同乡，他却一定要去闹新房，别的客也拦他不住，只得跟了进去。还未到新房门口，喜娘早已走了出来，拦住了门口，手里拿着黎大人的名片说："我们大人交代的，挡诸位大老爷的驾，要是挡不住，要责备我们当喜娘的。请诸位大老爷原谅些。"这些人是乘兴而来，倒碰了一鼻子灰。有几个晓得的，就做好做歹的说了几句，一齐同了出来，各自上轿回去。不到二更天，竟都一哄而散了。伍琼芳亦惟愿他们早点散去，耳根清净。

送了客回来，便到新房里来。新人已下了装，伍琼芳略略的看了一看，相貌亦还下得去，就搭讪着先同老妈们说了几句闲话。猛一抬头，觉得新人向阴面那一边脸上有点奇怪，伍琼芳便站起来，凑着要去看，新人却躲闪得灵便。伍琼芳发急，只得来问喜娘。喜娘说不晓得，就走过来，对着新人的耳朵说了几句，新人也就不躲避了。

伍琼芳仔细一看，大吃一惊：原来这位新人，自小儿这右嘴角上生疮，请了一个外科医生来治。这个外科是极有名的，又因为是黎大人的小姐，想格外巴结点，好等黎大人替他传传名，或是上块匾，所以尽用的是些贵重药，不上几天，就结痂了。黎大人先就晓得这个症候不轻，别的医生来看过，要先借药本四百块洋钱，将来医好，再听凭黎大人酬谢。惟有这一位外科先生，没有要先支钱，只说等到好了一并酬谢。黎大人看了看这疮，是十分已有九分好了，只少落了痂，便算收了全功了。怕的这外科先生要钱，就借着几句话翻了脸，一定要送他到县里去打板子。那外科先生四处托人求情，并情愿把医治小姐的药费一概报效，算做赎罪。黎大人听见他不要谢仪，心上不过是不肯拿钱出去，既是他不要，就是了，还要装腔做势，勒令他三天要把小姐医得全好。外科先生是恨透了，用了歹心，拈了一粒烂药，替这位小姐上好，他便回家溜到别处去了。这位小姐的疮从新烂起来，再去找他，却找不到。他没有法子，又请别人，别人都说是比前更重，总要先支药费五百块配药，才能下手。黎大人舍不得钱，这些外科先生又恐怕也学了前头那一位先生，不但没有钱，还要打屁股，就都不肯来。只害了五个月，这位小姐的嘴，直从嘴角直烂到耳根底下，烂了一大长条。后来又换了一个医生，才慢慢的收功。所以养在家里，也没有给他提亲。后来黎大人要到四川去，带着这奇形的女儿有点不便，又知道伍琼芳家世也过的去，便叫人去提亲，谅来伍琼芳娶了过去，也不敢怎么样。他就说是有话说，将来不过准他娶一两个妾罢了。这是以往从前的话。

当下伍琼芳晓得上了当，连忙走出来要找媒人，轿夫已喝醉了，外边轿夫又喊不到，没有法子，忍着一肚子闷气，也不到新房里去。要知是夜伍琼芳同黎小姐成亲与否？且听下回分解。

第三回
虐孤儿晚娘施毒手　招游妓俗吏写闲情

却说伍琼芳不到新房里去，只见喜娘一回一回的来请，伍琼芳只不言不语。请到第四遍，喜娘便发话道：“我们大人吩咐过的，若是姑爷有什么话说，只管到大人那里去说。这个是明媒正娶的，姑爷嫌不好，该早就打听打听。现在自己没有见识，娶了过来，是生米已煮成了熟饭，便没得说了。况且姑爷服中娶妻，本是有干例禁的，我们姑娘那样不好，开罪了姑爷，姑爷去告诉我们大人，我们大人自会责罚他。大人还说的，娶妻重德不重色，若是姑爷欢喜那骚狐狸似的，就应该到堂子里去找，不应该屡次托人到我们大人那里去求亲。要论姑爷这样的官阶，这样的家私，我们大人还真真是不稀罕呢！不过碍着媒人的面子罢了。大人说，请姑爷放明白些，娶了回来，若是犯了什么不好的事，姑爷就理直。若为着相貌不好，还是能够退回去不成？姑爷也晓得，黎府上并不是好惹的。要是姑爷一定不肯进房去，喜娘也没得法子，只有回去对大人直说就是了。我们当喜娘的，不过是为了几个钱，姑爷亦不犯着拿我们来煞气。”说完了，就走了进去。

一回又出来道：“请姑爷的示下，到底还是进去不进去？要不，就打发我到黎大人家去罢。”伍琼芳没有法子，只得装作痴呆的样子道：“不要吵，我是一时头晕，等我消停会子就进来的。”喜娘冷笑了两声，就进去了。伍琼芳怕他再来纠缠，也就跟了进来。喜娘照例收拾了一回，各自退出。过了一夜，伍琼芳满肚子不愿意，也不曾开口。天明就出来了，到书房里又躺了片刻，就去拜媒人。

见了媒人，便着实的怪他。媒人是一味的认错，陪不是，说是实在不晓得。伍琼芳便另去找朋友打牌去，也不往黎大人那边谢亲。黎大人生了气，叫人把媒人请了来，狠狠的吵了一回。媒人劝了一回，亦陪了多少小心，请了多少安，才出来找伍琼芳。好容易找到了，媒人便对他说了，叫他赶紧预备去回门。又说笑道："人家说的，'新人上了床，媒人丢过墙'，我这个媒人真真是不走时，弄得两头不落好，西瓜、火腿不知赔了多少，还搭着忍饥挨饿，赔饭贴工夫，真不上算。"伍琼芳也不言语，只因心里不高兴，打牌是无精打采的，刚刚一场，便输了二百多两，也就不高兴往下再打，只得回家。请回门的帖子早已到了。伍琼芳便招呼伺候，同着新人两乘轿子，依然是吉服到黎大人家来。

黎大人接他进去，见了礼，让他在花厅上坐着，又着实挖苦了他几句。伍琼芳也只得低头默受，一语不发。席散回家，次日又到各寅好各处谢步。有见的，有不见的，不过取笑几句。伍琼芳越发难受，真是笑不得，哭不得，当真不得，心中十分不快。过了三天，仍然改了素衣。黎小姐却不肯改，说道："我有爷娘，我怕不吉利。"伍琼芳拿他没有法子，只得由他。那晓得这位黎小姐相貌虽丑，性情却是极其凶悍。看着伍琼芳这四个小孩子，真是眼中钉，肉中刺。他也不管伍琼芳怎样爱怜他们，他便摆出做晚娘的架子来了，不是打，就是骂，所以这班小孩子见了他，骇得同老虎一样，不敢亲近他，他便越发生气。

有一天，伍琼芳出去拜客，黎小姐就把这个大男孩子叫过来，说要教他认字。教了两遍，便要他认出来。恰恰忘记了一个，黎小姐便一个巴掌，把小孩子打到墙上去，一碰就碰出血来，晕了过去。黎小姐望着嘻嘻的笑，还是他的乳母过来抱了去，揉了一回，才"哇"的一声哭了出来。等到伍琼芳回来，乳妈便一五一十的告诉了他。伍琼芳连忙看看小孩子，头上还在那里出血。伍琼芳心里气极了，便问黎小姐为什么打他？黎小姐也就变了脸道："小孩子是总要管的。我教他认字，并不是坏意。教了他几遍，他只是不理我。我说他两句，他还骂我。我是到你家里做你们小孩子的娘，并不是来做他的奴才。他既然骂我，我就轻轻的打了他一下；他倒会撒赖，便跑到墙角上碰了碰头来讹我，说我打坏了他。看不得他年纪虽小，却是很会使坏。"

伍琼芳道："这恐怕未必。我告诉你，做晚娘的总要慈爱小孩子，小孩子觉得亲热，自然就孝顺你了。要是铁匠的办法，动不动的打个半死，万一当真失手打死了，便怎么好呢？"黎小姐笑道："你不要我管，我也落得清闲，倒是极容易的，我以后便百事不管，你的儿子就让他封王罢。"

伍琼芳见他话不投机，也就不敢再说，自己把小孩子带到外边去，买些果子哄他玩。黎小姐便打这天起，各事不问，有来请示他，他便大骂一顿。每日睡到下午三点钟起来。这些小孩子的衣裳鞋袜，都是拖一片挂一片的。老妈子去问他，他都不开口。老妈子没得法，只得来问老爷要点针线布拿去做。不上两个月，就把伍琼芳烦闷死了，又重新下着气，陪着笑脸，去央告黎小姐，要他帮着料理。黎小姐一定不肯。伍琼芳说过多次，又求了几回，黎小姐方才答应。

伍琼芳还不放心，又伺察了几天，看他待小孩子甚好，心里也觉得欢喜。伍琼芳本打算腾出身子来，好到外边应酬。看见黎小姐能够这样，便出去依旧的三朋四友，不夜无归。过了半个月，就觉得黎小姐渐渐的故态复萌了。他却只为着应酬寅僚，不能终日在家，便一只眼睁着，一只眼闭着，由他去罢。伍琼芳的小儿子才两岁零几个月，抱在手里，很讨人欢喜的。那天睡在床上，奶妈出去晒衣裳，刚刚小孩子醒了。黎小姐便过来抱了一抱，那个小孩子便大哭起来，奶妈赶来接了过去，整整的哭了一天，不睡不吃奶。伍琼芳回家听见，就请了小儿科的医生来看，说是没有病，不到晚上死了。伍琼芳心上十分纳闷，亦问不出什么道理来，也只得罢了。

他的第二个儿子，已是满地会跑的了。不知道怎样碰翻了一幢书箱，压死在书箱底下。伍琼芳更是纳闷，走到书箱旁边看了又看，不懂这个书箱怎样会倒的？书箱的架子并没有坏，地板也没有坏，怎样好好的一个书箱，就会平空倒下来？而且不偏不正，刚刚碰在小孩子的身上？看了几遍，觉得这事有点蹊跷，便请了几天假，在家里仔细划算，晓得是这位续弦的太太不妥。要是再住在一块，这两个大的怕也没有命了。但是，晓得黎小姐心灵手辣，若是告诉他把儿子送到别处去，恐怕他不答应。只得想出一个法子来，说要送老太太同前头太太的棺材回家去安葬，并须带了孝子前去。黎小姐听了，也要同去。

伍琼芳道："我这里若干的东西，你要再一走，那就不得了，莫如还是你在家管着，我去上十几天就可回来的。"黎小姐道："你不要我去，我就不去。但是两个小孩子都去了，我觉得冷清，莫如留一个给我罢。"伍琼芳道："太太疼他们，是最好的事，但是我们家乡的规矩，下葬的时候，无论有几个儿女，一概要去捧土堆坟的。要是不到，及到长大成人，人家要说他是个孽种。所以我一定要同去的道理，就是为此。不然长途劳顿，我带着两个孩子，真还嫌累赘呢。"黎小姐也没得话说，心里忖度着：早晚我都送你上道，怕你飞上天去！且留他多活个把月罢。当时，伍琼芳同黎小姐说明白了，次日就同两个孩子下了船，又雇了人去把两个灵柩下了船，一直到湖北省城。

靠了船，先去找了人把灵柩抬到坟地上，用砖厝好。又去找了一个亲戚，叫做徐子景，广有资财，开着一个大药店。当时伍琼芳对他说明了，把儿子女儿寄在他家里。又托他请了一个先生，教他儿子念书。所有儿女的饭食、衣履，以及先生的束脩供应，均是徐子景去办，每月由伍琼芳寄还他。伍琼芳在湖北住了个把月，诸事办妥，又叮嘱了徐子景一番，方才自己回来。

到了家里，黎小姐不见两个孩子跟进来，大为诧异，便问伍琼芳道："你把两个孩子弄到那里去了？"伍琼芳道："我送他们到上海学堂里去念书了。"黎小姐冷笑了几声，也不再说。心里暗暗的懊悔道："错了，错了！从前缓了一步，留这两个祸根在外。但愿得天从人愿，叫他两个早早的死了罢。"黎小姐呆了一回，又对伍琼芳道："我看这两个孩子怪可怜的，你要是真送到上海去，一切衣服饮食那个去照应他？"伍琼芳道："不要紧，上海学堂里有老妈子可以招呼的。"黎小姐道："我晓得的，你也不要瞒我，那是送到学堂里去，不晓得你寄在那个私窠子里。也好，也好，但愿得他们这辈子不回来就顶好。要是回来，我可是大棍子往外打，就是打死了他，谅来也不至于抵命。"伍琼芳只不作声，黎小姐咒骂了半天，也就歇了。

忽见跟班上送进一个帖子来，说是清泉县俞洪宝俞大老爷来拜。伍琼芳晓得他已经交卸了，又是他的好朋友，就忙忙的出去见了面，诉说了许多的阔别话，又谈到自己家里事，一面说，一面就止不住的叹气。俞洪宝道："且慢，且慢，我听见说是抚台被参了。"伍琼芳道："什么事？"俞洪宝道："有几十条哩，顶重的是带着姨太太出去阅边，其中牵牵连连的实在不少。"伍琼芳道："那个参的？"俞洪宝道："上谕上只说是有人奏，也还不晓得是那个。"伍琼芳道："上谕怎么说？"俞洪宝道："听说是两湖查办。"伍琼芳道："听说他俩颇有交情，那是一定替他洗刷的了。"俞洪宝道："他是不要紧，大约总是官小的晦气，着实的要出脱两个哩。"又道："只恐怕任承仁亦脱不了干系，还怕要出岔哩！"

正说着，家人进来说："伊大人请老爷过去，说是有要紧话面谈。就请过去，伊大人在衙门里等。"伍琼芳道："你对来人说：晓得了，即刻就到。"家人答应了出去，俞洪宝道："我也要去走走，我们同去罢。"伍琼芳道："好倒也好，但是不晓得是什么事？你我同去，莫如你先在外边，别上手本，等我下来，再叫人去回。要是不相干的事，我就替你说，说是你在官厅里，大人自然一定也要喊你进去的了。"两个人商议已定，一同出来上轿，同到府衙门来。先下了官厅，伍琼芳便招呼先上手本。手本刚送上去，只见前天那个门丁王福走了出来，一眼看见俞洪宝也在这里，就说："俞老爷也来了，很凑巧，刚才打发人去请，大人现在正出恭哩。二位是晓得的，大人痔疮很利害，这个恭至快也得三点钟的工夫。莫如二位到咱房里去歇歇，抽口烟，宽宽衣，散淡散淡，到时候再穿起来也不迟。"

伍琼芳同着俞洪宝道："很好，很好，我们就到里面去坐罢。"王福道："我来领路。"一面说，回头就走。伍琼芳同俞洪宝跟在后头，一齐走到王福房门口。早有三小子在那里打起帘子，伍琼芳同俞洪宝走进去。

俞洪宝又站定了对着王福道："初次登堂。"一面说着，就弯了腰，作揖下去。王福道："岂敢，岂敢。"连忙还礼，便让俞洪宝坐了首位。俞洪宝要让伍琼芳，伍琼芳不肯，还是王福道："伍老爷是常来的，俞老爷还是第一次赏光，请俞老爷坐罢。"俞洪宝晓得拗不过，只得坐了，心里又想着王福的话，明明怪着我不来找他的意思，便抢着说道："早知大爷这样谦和，我是应该早过来请安了。所有不周的地方，诸望包涵点。"王福道："笑话，笑话，俞老爷别挖苦人。一朝生，二朝熟。俞老爷看得起我，以后要是单见的时候，只管请到这里坐，也不用招呼，直截的走进来就是了。"说罢，便招呼泡茶来。及至泡了茶来，又招呼把烟灯点起来。等到点了烟灯，又招呼："叫厨房里预备两分点心，记我的账。"伍琼芳、俞洪宝都抢着说道："不要费事。"王福道："没有什么好吃的东西，不过一点意思罢了。"

王福便让俞洪宝烧烟，又道："我这个烟是真正广土，毫无一点料子在内，俞老爷尝一口试试。"俞洪宝谦了一句，就在下首睡下了。伍琼芳便走下来，拉着王福，在窗户口叽叽喳喳说了一回。俞洪宝烟瘾甚大，只顾吸烟，也不问他说的什么。一会儿点心来了，王福便让他们吃点心。伍琼芳、俞洪宝坐在炕上吃完了，三小子打了手巾，擦过了脸，王福又去抓了些瓜子来，送到他们面前。俞洪宝只见伍琼芳是心上像有心事的样子，正打算要问，王福却又说起别的话，把这件事打断。等到五点钟工夫，三小子进来说："大人下来了。"王福就拿着手本进去。伍琼芳赶紧同俞洪宝两个人穿扮起来，只听见里面喊"请"，伍琼芳、俞洪宝便跟了进去。

请过安坐下。伊大人是懒怠的样子，低声说道："你们晓得抚台的事么？"伍琼芳抢着说："有点传闻，却还不知真假。"伊大人道："一点不假。"俞洪宝道："听说是叫两湖查复。"伊大人道："是呀，后来又有一个御史参了一本，更狠，你我均在其内。"说着就叫："来啊！"跟班的进来，伊大人便叫去到签押房第二个抽屉里，把那个红纸包取了来。跟班的答应着，取来送上。

尹大人看了一看，就递给伍琼芳，嘴里还连说："这是那里说起，真是无妄之灾呢。"伍琼芳接过来看了一看，正是参抚台的。又有一个折子，是牵连着许多人：首府伊昌、候补通判伍琼芳、候补知县李才雄、俞洪宝都在其内，此外也都是相好的人。伍琼芳看过了，交还伊大人。伊大人又递与俞洪宝看了一遍，大家都是目瞪口呆。

伍琼芳定了一定神，挣了一句话出来道："这是门生辜负老师的栽培。"伊昌道："要紧是不要紧，两湖是一定要洗刷清的。但是京城里也要安顿一下子，不然，要再起什么风波，那可就不易措手了。"伍琼芳连连答应道："是。"又说："京城里写信去是没有用的，总得自己去一去才好。门生现在服内，谅来省城也没事，可以走得开。门生打算去办这个事，一切听凭老师吩咐。要是靠老师的福没有事，门生也可以在京城里起了服出来。"伊昌道："也好，我连夜写几封信你带了去。但是无盐不解淡，总还得带些银子去。抚台的是我垫了，此外，也要叫他们解一解悭囊才好。要真是丢了功名，就是开复出来，也是毫无意味。况且钱也化的多，又耽误差缺，叫他们自己忖度罢了。你回去收拾收拾，明后天就可以动身。两湖的折子，大约还要一个多月才能复奏出去，我们就赶紧下先着罢。"说完了，就送了伍琼芳、俞洪宝出来。

他两个站在大堂上，又咕唧了一回，方才各自回去。到了第二天下午，伍琼芳又到首府里来拿信，伊大人又交代了好些话，又带了一张五千两的汇票。伍琼芳辞了出来，又去找那些被参的人，告诉了办法。大家都肯化钱，便又凑了三千两银子，一并交给伍琼芳。伍琼芳赶到票号里开了票子。忙忙碌碌，早又是第三天了。伍琼芳便下了船，开到汉口，搭了长江轮船，一直到上海。只因心中有要紧的事，也无暇游览景致，不肯耽搁，便又忙忙的搭上海宴轮船，包了一间房舱。等到半夜里，轮船候潮开出吴淞口，幸得一路风平浪静，不上四天工夫，已到了天津。

轮船已靠了紫竹林，有紫竹林的中和栈房来起了行李什物去。那个时候还没有铁路火车，只得托中和栈替雇了两挂骡车，往京城里去。头一天住的杨村，刚卸下行李，店小二忙着打洗脸水泡茶，早有一班串店的走了进来，琵琶、弦子闹个不了。伍琼芳本来是花柳场中的老手，前日在上海，只因为急于要动身，错过了那一期，这天津船还要五六天哩，故此不能耽搁。这个杨村，离京不过一站多路了，心上觉得放心的很，又是这店里冷清清的，心中很打算留几个唱唱。

但是大略看了一看，两边站的、坐的，都是奇形怪状，葱蒜之气扑鼻欲呕。再看了一看穿的衣裳，都是龌龊不堪的，便把他一团兴致都冷下去了。数了一数两边的人，拿了一串钱，叫店小二分给他们，叫他们去罢。店小二是久惯江湖的，早已看出来了，赶紧的开发了他们，上来说道："这都是一班粗货，不合老爷的意思。老爷要是高兴，咱这里有一个盖码头，是再好不过的，等老爷吃过了饭，我去叫他去。要是唱的好，老爷就多赏他几个钱，就是留着伺候过宿，也不过再加个吊把钱，老爷你说好不好？"伍琼芳点了点头，也不言语。那店小二便抹桌子，点蜡烛，烫烧刀，摆筷子。开出饭来，是四个菜：一样是韭菜，一样是豆腐，一样是鱼，一样是肉。那韭菜连根都在上边，并未拔去；豆腐是铁硬的；鱼是不知那一天的了，臭气扑鼻；那碗肉是更妙了，上边的猪毛一根一根都在。另有一块大锅饼。伍琼芳看了，吃不下去，只得叫店小二来道："还有别的菜么？"店小二道："还有摊黄菜。"伍琼芳却是生性不吃鸡蛋，当时又不肯问他摊黄菜是什么东西？就叫他添一样摊黄菜来。一会端了进来，乃是一样炒鸡蛋，心中晓得是误会了，只得问他还有什么菜吗？店小二道："还有桂花肉丝。"伍琼芳道："最好，赶紧添来。"店小二看见满桌摆的菜都不吃，不一时，柜上勺子一响，说得了，店小二赶紧送了进来，摆在桌上。

伍琼芳一看，原来是鸡蛋炒肉丝。心中很不高兴，要说店小二几句，又恐怕人家笑话，只得硬着头皮道："有什么汤？"店小二道："有木樨汤。"伍琼芳暗道："这一样总不会再是鸡蛋罢？"便装起老在行来道："你何不早说，我是最爱喝木樨汤，你去添了来。"店小二答应出去，伍琼芳把桌上的菜并炒鸡蛋、鸡蛋肉丝都交给底下人吃去，桌上只留一块锅饼，为的是可以泡木樨汤吃。正在那里沉吟，那木樨汤已送了进来。伍琼芳一看，乃是一碗鸡蛋汤，不由得心中有气，叹了一声气。店小二吃了一惊，说是："柜上忙，请老爷宽恕他们点罢。"伍琼芳道："不妨事，我是不要这个黄的。"小二道："是了，是了，老爷要什么，我去招呼，这碗木樨汤就算了小人的罢。"伍琼芳道："这是我没有对你说，不关你事，你尽管开账。你这里还有什么菜？再者这个饼，我没有牙，吃不动。要点软软的东西做些来，明天多给你酒钱就是了。"店小二呆了一回，说道："菜是没有什么了。老爷要吃软的，有擀现成的面条子，再做上一碗芙蓉汤，要不够的时候，就做上两个煨白果罢。"伍琼芳道："最好，最好。"

店小二连忙跑了出去，约摸有点把钟工夫，就端进来了。却是一碗白水面条子，一碗鸡蛋清蒸的汤，一碗水荷包蛋。伍琼芳倒也弄的没有法子，等他放下，便叫他出去。要不吃罢，肚子又饿了；要吃罢，白面条子怎样的吃？至于那两个白果，还是鸡蛋，平常从不吃的。停了一回，只得端起面碗来看了一看，面条子是有指头粗，还有几根头发似的拔了出来。勉强吃了一筷子，便放下了，又恐怕饿，只得又吃了点，剩下的便叫跟人拿去吃了。伍琼芳便走了出来，想去找个地方小解，一眼就望见南墙下一个拐角，大家都是在那里解手，便也走过去解了手。

左手是个秫稭篱笆，里头有人说话的声音。伍琼芳站住了脚，侧着一个眼睛偷往里看，看见一个胖大女人在那里揉面。揉了一回，忽然把面放了，拿手去擦夹肢窝里的汗，一回又露出又黑又肥的腿，拿手去搔痒痒。伍琼芳不看则已，看见了这样光景，觉得心上恶心，赶紧走到自己房里来。一面走着，一面想道："怪不道我吃的面里有几根像头发似的东西在内。"越想越难受，刚刚走到房门口，不由得"哇"的一声都吐了出来了，心上还是一阵的往上冲。只听见店小二说道："这是怎么样？"伍琼芳道："不要紧，想是起了痧。”店小二道：“我们这里有挑痧的。”伍琼芳道：“不要紧，停一回就好了。”店小二出去了一回，又进来，呆呆的站在那里，想要说话的样子。

伍琼芳问道：“做什么？”他说：“盖码头已经到了，你老还是怎样？吩咐一句罢。”伍琼芳道：“我心上难受得很，既是来了，只得给他几个钱就是了。”说着门口早走进一个人来，伍琼芳抬头一看，不禁骇然。欲知走进来的是个什么人，且听下回分解。

第四回
吕祖阁半仙占祸福　广和居市侩显神通

却说伍琼芳看见进来一个女人，头大如斗，年纪约有四十岁不到的光景，头上有几根黄毛，鼻子歪在一边，三角眼，高颧骨，大扁嘴，两条扫帚眉毛，满面碎麻子，摇摇摆摆的到里间来，便到床上一屁股坐下。店小二忙着招呼道：“就是这位老爷叫的。”那女人便嘻着嘴道：“老爷好。”声如破锣。

伍琼芳躺在床上，心上暗暗的诧异道：“刚才那些虽说不好，比他还要好些，他怎么配叫盖码头呢？这正是应了从前的一句话，叫做小丑则小好之，大丑则大好之了。”又看了看这女人，再看看自己，正是渺乎小矣。弄得伍琼芳沉吟不语。店小二道：“怎么样？人来了，你老又病了，这怎么好？”伍琼芳道：“真不凑巧，我今天动也不能动，一动就头晕，心上又怕烦。我既是请了他来，也没得话说，我照往常的数目开消罢。”一面喊他的跟班付了两串京钱交给店小二，店小二又交给那个女人。那个女人是一言不发，下狠的瞅了伍琼芳几眼，站起来便往外走，店小二也跟了出去。

伍琼芳听他脚底下的声音是刚到门口，便骂道：“真他妈的丧气！”又听见店小二“嗤”的笑了一声，又听见女的骂道：“你别笑，照你这样，你下次就是拿八轿抬我，我也不来了。”店小二急了道：“大奶奶别生气，不关我事，这位客人好好的，吃饭后忽然发了痧，他也不是愿意的，大奶奶你包含点罢。”女的又叽哩咕噜的一路走了出去，路也远了，也就听不清了。

伍琼芳重新坐了起来，叫周升摊好了铺盖，人倒也没有什么不好，就是饿的难受。好容易等了一个卖花生的来，买了半斤花生，将就压了压饿火，便上床睡了。到了四更多天，伍琼芳起来，洗过脸，便上车开车。晓行夜宿，又是两天过了。等到第三天，又赶了个大早，一直到了东便门，稍稍耽搁了一回，化了几百个钱，就进去了。伍琼芳招呼把车子一直赶到西河沿来，就住了泰来客店。

房屋也还清洁，歇息了一日，便把伊昌传授他的法子，并伊昌的信，自头至尾一样一样的去做。伊昌是三封信：一封信一千两，是送到松树胡同傅老爷的；一封信八百两，是送到化石桥江老爷的；一封信一千二百两，是送到东城根毓老爷的，信面上都写着守候回信的话。伍琼芳便一分一分去送，又有些零碎的，也有一百两的，也有二百两的，总共不下二十余封。

伍琼芳顺着路去送，又约了三日后来取回信的话。回到寓里，天已不早，吃过中饭，想到街上去走走。走到店门口一站，听见店里人说："这课真灵，连时辰都不差的，这可真要替他上块匾。"伍琼芳满肚的心事，正想找个人决断决断，连忙挨过去问道："是那里占的课，有这样灵？"那人道："在琉璃厂西门吕祖阁里面，有一位瞎子先生，叫做张心斋，他本是得过异人传授的。前月，我们店里少东西，客人朝我们闹。后来我们就去找他。他占了一课，说是东西并没有失落。但是他安放的地方不好，是放在元武的方位上，刚刚那天又是什么星宿值日，就是摆在面前也看不见的，必定要等到某月某日某时，那东西自然出现，也不用找，并且一点没有损坏。当时也只当他是这么一句话，那晓得恰恰这日这时就找到了，原来这位客人挂在床后头。这位客人是南方人，欢喜挂帐子，被帐子遮住了，也没有疑心到帐子后面去。昨天，挂帐子的钉子掉了下来，所以就看见了。你说灵不灵？"伍琼芳道："这样说，那不成了活神仙了吗？"那人道："本来他的外号，叫做张半仙。"伍琼芳心中一动，当时说完各散。次日一早，伍琼芳起来，拿了几张钱票，也不带人，便一步一步走到琉璃厂。也无心观看景致，一直投奔厂西门来。到了厂西门，果然有一个吕祖阁，伍琼芳便踱了进去。一路上贴的些条子，都写的是"张心斋卜课寓内"。到了大殿旁边，却是一个圆门，门里面是朝南的三间房子，两间通的，一间是隔断的，院子里也摆了几盆花。伍琼芳看时，静悄悄没有一个人，就站在廊下喊道："有人么？"稍停了一停，只听见里间有人接腔道："那一位？"伍琼芳接口道："是我，要找张心斋先生。"

只见里间走出一个人来，穿着毛蓝布小夹袄，手里把帘子一打说道："请坐罢，你老贵姓？"伍琼芳道："姓伍。"那人便道："原来是伍老爷。伍老爷来的早，先生还没有来。"伍琼芳道："先生不住在这里么？"那人道："先生天天回家去住。"又看了一看长条几上摆的钟，便道："也快了，伍老爷请坐罢。"说完便走了出去。

伍琼芳又看他房内，东首这个角上是一张炕，蓝布底炕枕垫，炕几上放着一个铜瓶，瓶里插了一枝假花，一面是一只保险洋灯。靠东墙是一张方桌，两把单靠。靠窗户是一张书桌，桌上也摆着文房四宝。外面这一间当中是一张条几，上面供着一位吕祖。一边挂了一付对子，是墨拓的。桌上香炉、蜡扦、课筒，靠西便是茶几单靠。书桌旁边还有一个书架子，书架子上还有几部书。伍琼芳只当是卜课的书，也不去看他。后来坐的工夫长久了，没有事做，便踱到书架边来看看是些什么书，原来是一部《大清律例刑案汇览》及些《六部处分则例》，还有一部大板《新缙绅》及那历科的题名录，却并没有一本课书。伍琼芳暗暗奇怪说："这位瞎先生还要这些书做什么呢？"正在那里出神，只听见院子里履声橐橐的走了来。先前那个穿短打的也出来招呼，并说道："一位伍老爷找你老卜课，来了多时了。"

伍琼芳晓得是先生来了，便连忙到门口来，恰恰张心斋已跨进门来。伍琼芳把手拱了一拱道："张先生，我久仰盛名，今天初次识荆，实在钦佩得很。"张心斋道："岂敢，岂敢。伍老爷，我今天刚刚家里有事，到晚了，要你老人家久候，对不住得很。"伍琼芳道："说那里话。先生请歇一歇，我还要请教你的灵课呢。"张心斋道："伍老爷请坐。伍老爷贵处是那省？"伍琼芳道："湖北汉阳府。"张心斋又道："伍老爷恭喜在哪里？"伍琼芳道："在湖南。"张心斋道："几时到京里来的？"伍琼芳道："三四天了。"张心斋道："敢是保举了，来引见的么？"伍琼芳道："不关事的，我另外有事来的。"张心斋道："我听见有几个御史联名参了湖南的官场，可是有这个事？"伍琼芳道："有的。"张心斋道："伍老爷想是解饷来的？"伍琼芳道："也没有，我还在服里呢。"张心斋道："伍老爷到京有何贵干？"伍琼芳道："有点小事。"张心斋也不再问，便喊了一声："老五啊。"先前那个穿短打的走了过来，张心斋吩咐他装香，点蜡烛，打水洗手。老五去整治好了，又点了三炷香，却不插在炉里，横担在香炉上，便过来招呼。

伍琼芳过去，朝上打了三拱，自己默祷一遍下来。张心斋便走上去，也是打了三拱，用手摸着那三根香举起来，举了一举便插到炉里去。又用手摸着课筒，便摇起来。一面摇着，一面嘴里念道："天何言哉，叩之则应；神之灵兮，有感斯通。今有湖北汉阳府弟子伍某，为占疑难事，吉则告吉，凶则告凶，但求神应，莫顺人情，伏希明示。"念完，便倒了出来，用手摸了一摸，又放到筒里去。连摇了三次，又把课筒在香头上转了一转，念道："内象已成，吉凶未判，再求外象三爻，合成一卦。"念完，又倒了一次，便把课筒放在原处，袖着手走了过来坐下，自己咕噜了一回，说道："这卦是兑为泽变雷水解，问什么事？"

伍琼芳道："闻听湖南友人被参，问可保得住？"张心斋道："这件事要拿第五爻作用神，为什么要第五爻作用神呢？凡占卦总是世爻为用神，要是重大的事，或是替大人先生占卦，或是占大人先生，总以第五爻为用神。生旺则吉，克制则凶。此卦内象是巳卯丑，外卦是亥酉未，五爻酉金化申金，是谓退神不旺，巳官的官爻发动，克制酉金。虽说金长生在巳，但现已交午月，今天又是丙午的日子，重重克制，变出来的又不好。大象是个六冲变六冲，初爻朱雀，二爻句陈，三爻腾蛇，四爻白虎，五爻玄武，六爻青龙。五爻又临玄武，这件事恐怕是没有解释的了。”

伍琼芳听了，毛骨悚然，说道：“听说这件事已是化了好些钱，托了无数的人，但不知有用无用？”张心斋道：“神兆机于动，动必有因。寅木财爻发动为申金，兄弟克去，且兼寅卯旬空两重，财爻均已落空，这个钱化的恐怕不能得力。”伍琼芳道：“我听说世爻关本人，你看这世爻如何？”张心斋道：“世爻倒不妨事。世爻未土，今天是午月午日，午与未合，又临青龙，定有解救，但是解救之人权力甚大。”伍琼芳看见又有人进来占课，也不再问卜了，付了卦钱，说了一声费心，就走出来。张心斋却是不迎不送的。伍琼芳出来，心里万分懊闷，又想着到前天送信去的地方去收回信。心里头正是七上八下的时候，只见迎面来了一辆大鞍车，鞍鞊鲜明，飞风的走了过来。车夫在那里喊道：“边上，边上。”伍琼芳就赶紧让开。

只看见那个坐车的是戴着眼镜，忽地招呼车夫把牲口拉住，自己跳下车来，对着伍琼芳，除了眼镜，拱了一拱手道：“伍兄何来？”伍琼芳定睛一看，不是别人，正是他们同当工房的一位曹来苏。他们两个是极熟的人，当时寒暄几句，曹来苏便邀伍琼芳到自己寓里去。当时就让伍琼芳坐在车里，曹来苏跨了辕，一径到香炉营二条胡同。来到了门口，下了车，曹来苏让伍琼芳厅上坐下，便进去了。伍琼芳看了看这个小厅，收拾的甚为雅致。炕床摆了许多的古玩，就是墙上那些字画，也有一大半都是真迹。正在那里呆看，曹来苏走了出来，重新让坐，送上茶来，便问伍琼芳宦途一向可还顺利？伍琼芳道：“一言难尽。自从那年到省，刚刚三天，便丁了忧回籍。后来听见本省破格用人，说是丁忧的人也可以当差，故此复行回省。等了好几个月，果然委了一个差使，偏偏又是接丁了。不多几日，贱内又下世了。余下三男一女，后来没得法子，照着下江的俗例，娶了位黎观察的令爱，那知非常悍泼。现在还存两个孩子，寄放在湖北舍亲处读书，这是我以往从前的事。”

曹来苏道：“此次来京，是何公干？”伍琼芳道：“只因本省大吏听说被人参了几款，所以小弟来京探听探听，实在不实在。”曹来苏道：“听说那边的吏治坏到不堪，到底是怎么样？”伍琼芳道：“那也不见得。不过在省的，有一种得意的，便有一种不得意的。那不得意的不怪自己不会，偏要有嘴说别人，一传二，二传三，越说就越不好听。其实一十八省，那一处不是如此呢？”曹来苏道：“这样说，你老哥到京里来，必是来想法子的了。”伍琼芳道：“不瞒老哥说，我是我们首府打发我到京里来想法子的。但是信也投了，到如今也并没有下文，还不知道有用无用？今天找张心斋占了一卦，卦象却不见好。”曹来苏道：“那些话不要管他，但是老哥若肯早点赐教，不论什么样的事，兄弟都可以办到。”

伍琼芳道：“老哥有什么法子？”曹来苏道：“错过你我多年弟兄，不能对你说。现在打磨厂开亿利金号的东家，是个太监，却是大有权力。要是想走人情，到他那里想法子，包可以大事化小，小事化无事。譬如你这一件事，大约也不过化上八千两银子，就可以风平浪静了。”伍琼芳道：“我来的时候，却带了五千两银子。但是，如今就如石沉大海的一样。要是别开生面，我是拿不出来。就是打电报去要，恐怕他们也不肯相信，赶紧汇了进来。这可不是真正要急死人吗？”曹来苏道：“识时务者为俊杰，事已如此，没有别的话说，只有自己跳了出来罢。至于他们的事，也只可由他们去了。”伍琼芳道：“我不过带到一笔，看来也得化销若干？”曹来苏道：“有限，大约一折也是不能少的。”伍琼芳道：“现在到底不晓得我们首府托的那几个怎样说法，我还要赶了去等个回信。”曹来苏道：“不妥当。你只管去打听去，我听见说，还有好几位御史要参他哩。并且说是两湖如果过于含糊复奏，还要连两湖参在里头。”伍琼芳听了，大大的吃了一惊，暗暗的叫苦。停了一停又道：“他们也享用够了，我才真正冤大头呢。”

曹来苏道：“伍兄依着小弟的主意，自己顾自己罢。若是走这一条路，包你万无一失。”又伸出指头，一五一十的算了一回道：“至少也得八百两银子，包你一点事也没有。”伍琼芳道：“莫说八百，就是一千也值。但是从那里去借呢？”曹来苏道：“朋友知己的地方去凑凑看，有多少是多少。要是差个一二百银子，我还可以替你想个法子，不过利息是每月二分五。”琼芳道：“利息是小事，不去管他，只要大事无害。但是，一折子参的人，怎么就会单单的把我提开？这里头是怎么个讲究呢？”曹来苏道：“要没有这局拿手，人家还来托他吗？”两人言来语去，说的甚是投机。里边已是端了酒菜出来，伍琼芳道：“初次登堂，老哥竟如此费心。”曹来苏道：“现成的东西，并不费心。”说着，就让伍琼芳坐了首席，自己对面相陪。

伍琼芳又问起曹来苏在京贵干？曹来苏笑了一笑道：“没有事。”伍琼芳道：“京城里米珠薪桂，居大不易，曹兄住在这里，必有所图，断断不会在这里赋闲。”曹来苏道：“我实对你说罢，那亿利钱庄的生意，就是我做水客，在外面招呼。我是九五扣的分红，也就勉强可以敷衍了。现在，承东家的情，又在河工上替我要了一个保举，已核准了，我是年里也要到省的了。”伍琼芳如梦初醒，才晓得他是拉生意的意思，就切切的拜托了他。又说：“我明天便去张罗起来，若是能够如数顶好，万一不能，还要求告老哥成全其事。”曹来苏道：“是了，是了。”一回吃了饭，伍琼芳便辞了出来，叫了车回到泰来店。先打听了亿利钱庄，果然是个太监开的。又问了管事的名姓，明日一早，便拿张片子去拜曹来苏。到亿利钱庄门口，便叫人进去投片说拜会。不一会，出来回道说：“曹老爷住在家里，不住在店里，他的家在香炉营二条胡同。”

伍琼芳听见，晓得曹来苏说的不是假话。又到前天送银子的人家去收回信，有的给了一封回信，原银条附还，有的给了一张收条。伍琼芳求着要见，里边传话出来说，不必见，请他早些回去，所委的事无不尽力，但是只可以见事办事的了等语。一连几处，都是大同小异。伍琼芳晓得事情不妙，便把人家交还的银条取了回来，又去找曹来苏，对他说个明白。曹来苏道：“他们的事不要管他，我们办我们自己的事要紧。你张罗的怎么样了？”伍琼芳道：“我跑了一天，又典当了些东西，才只凑了六百两银子不到的数，这事怎么好？”曹来苏道：“有了六百银子，不够的你出张票子罢。但为日已不少，事不宜迟，你赶紧去开张票子交给我，我好去办，但是你也离起服不远了，莫如就住在京城，起了服出去妥当。”伍琼芳道：“不错，不错。我明天一早就把银条送了过来，诸事费心。至于这起服，也还差几个月哩！”曹来苏道：“你明天写一个禀帖到湖南去，就把你们首府所托的人那些情形说话叙明白了，省得以后有别的话说。至于他们的回信，你可誊一张寄去，原信要留下，等到后日面交为是。”伍琼芳道：“不错，不错，到底老哥见多识广。”当日各散。

次日，伍琼芳便把人家退回来的银票划了六百两的一张来，交给曹来苏。又当面写了一张欠票，是公砝平足银二百两，言明按月二分起息的话。曹来苏点过收了说道：“这事我已同东家说了，东家已招呼人打了一个电报出去，知会两湖，将来复奏里，决不会波及于你。但是你可不好即刻回去，现在回电也还没有回来，大约今晚可到。我有要紧事要出去，不能在家奉陪，我们明天再会罢。”伍琼芳道：“我们明天在广和居会面罢。”曹来苏道：“也好，也好。”伍琼芳便走了出来，心里想道：“要是我自己一个人上了岸，这位张心斋先生的课可真灵了。今天莫如再去找他占一占，看看怎样？”一头想，一头走，已到了吕祖阁。只见大门关着，伍琼芳敲了几下，也没有人答应。又看了一看二门上，是贴了一张小条子，条子上写的是“有病停卜”的话。伍琼芳只得出来，在琉璃厂逛了一会，一径回到泰来店去。过了一夜，次日早上就到广和居定了菜，看了坐。

不多一会，走堂的进来说：“曹老爷来了。”伍琼芳就迎了出来。只见曹来苏手里拿着一个手巾包，笑嘻嘻的道："来迟，来迟。"走进房门，便作了一个揖又道："恭喜，恭喜。"便把手巾包打开，取出一张电报纸来，送到伍琼芳手里道："幸不辱命。"伍琼芳接过一看，乃是"示悉遵办"四个字，下边还有两个电码未译，想必是他们的暗号了。伍琼芳看了欢喜得很，又是十分的感激，便连连的作揖道谢。曹来苏却也稀松平常的。谈谈说说，早已吃了几个菜。曹来苏便忙着要走，说是还约了人在万福居等他哩，便喊了走堂的，叫他招呼套车。曹来苏一面穿了马褂，又作了一个揖，说了一句"盛扰"，便出门上车去了。

伍琼芳算还了账，此时心中甚是有兴。一回想到伊知府待我很好，但现在我是有力无处使，未免对他不起。就是那些至好朋友，也觉得十分抱歉。既而又转一念道："呸！呸！他们那里认得我？不过认得我的应酬罢了，那里认得我的人呢！我恭维他，也不过恭维点权力，那里是恭维他们呢！各人自扫门前雪，不管他家瓦上霜，那里顾得了许多呢。"吃过饭，呆想了一回，便一齐丢开，回到前门外各处游玩了一回。心里想，久居在此无味，还是早早回省去罢。过了两三天，买了些东西，便定了车，又去拜曹来苏。这一天共走三次，都没有看见，伍琼芳只得留信告别。次日，便上了车，一径出京，由通州起早到天津去搭轮船回省。

究竟此次参案怎样复奏的，及伍琼芳是否摘释，当时不久就见，做书的也不缕述了。如今且把此事按下，要知还有何事，且听下回分解。

第五回
暗挑逗歌曲寄相思　真莽撞贪杯失巨款

却说曹来苏，本来是亿利金号的副管事，东家因为他认得的人多，所以叫他在外边拉生意，他才搬到香炉营二条胡同住下。弄到了钱，是九五扣，曹来苏也就很去得过。后来，就靠着这个走动人情，在山东河工保了一个从九，每一处合龙，必有他的名字。一保再保，已是保到知县了。

其实，他并没有到过河工，也不晓得这个黄河是东西的南北的。自保了知县，核准了，他也不想再往上爬，就赶着要引见出来。为的是知县这个官不比别的，一来是有生杀之权，二来是可以发财的。他本是云南的原籍，自幼在浙江一年，在湖北也住过几年，认的人确也不少，他却没有打听外边的情形。听说贵州的人少，容易补缺，便指省了贵州。又要了东家一封信，给贵州当道的，是托他照应，把顶好的事给他的话。但是这个贵州十分瘠苦，处万山之中，又是晴少雨多，吃的、用的、穿的无一样能够称心如意。所以，从前的人有几句歌，单说贵州的地方是“天无三日晴，地无三尺平，人无三两银”。虽是不无过分，然亦可想而知了。曹来苏到省一个多月，略略晓得了底细，心中甚是懊闷，又想改省。因为东家的信没有发作，所以耽搁几天。后来，又找了一个旧日相知李子和李道台去求抚台，抚台说是晓得的，极想给他一个事，但现在并没有好的，叫他暂且耐心等几天罢。李道台回复了曹来苏，曹来苏也无法想，只得权时住了下来。

贵州地方虽然穷苦，却是有钱也没处用的。又过了些时候，抚台传见，委他到湖北看纺纱织布等局的做法并利弊。又叫他于江浙一带，要是有好蚕子并桑秧，教他办些回来。即刻就发了一千二百两银子。曹来苏谢了委，歇了三天，就料理起身，打算到了湖北再说别的。

早有县中派来的轿子、牲口不少，曹来苏把银子装在箱子里，又匀了几十两碎的放在腰里，预备路上零用，就上了路。一站一站往湖南走，这个贵州路是不好走的。有一种高山，在这个山头上站着，可以同那个山头上的人说话，要想走过去，必须下了这座山，再往那座山上来。要是会走的，走的快，一天也可以到了。倘若是年纪大的人，或是小孩子，一天还是走不到呢。曹来苏走了好几天，走到了三义镇，拣了一座大大的客店住下来。虽是八月里天气，却还热得很，曹来苏就招呼把桌子移在院子里去，披襟当风，甚是快乐。忽然，天上起了一块乌云，慢慢的越摊越大，不到一刻，风声怒号，满天是浓云密布。曹来苏赶紧吩咐跟班，把桌子上的东西往房里搬，尚未搬完，已是大雨倾盆的来了。这一场雨足足下了一天一夜，街上的水已是拥淤住了。那雨还是停一刻下一阵，一连三天，真是路绝行人。

曹来苏是起早走的，只因这场雨太大，发了山水阻住了路，不能前进，闷坐在客店里，毫无聊赖，气闷得很，曹来苏只是搓手顿脚，没有法子。猛听见隔壁店里琵琶的声音，觉得一声声都到心坎儿上来，并听着有个细声细气的女子在那里唱。曹来苏便喊了店里来问是做什么的？店家说：“是往贵州省城里去的，也是阻了雨，在这里两三天了。”曹来苏本来懂得曲子，又晓得音律，听他唱的是一出《四季相思》，曹来苏就估着他不是什么官眷，便叫店家去打听打听做什么的。店家说：“不用打听，是一班跑马买解的。”

曹来苏忽然心中一动，便叫店家去问他可肯陪酒？店家说：“可以，昨天他一个老太婆还对我说起，我是没敢对老爷说。”曹来苏道：“现在为雨所阻，不能前进，弄个人来弹唱弹唱，解解闷也是好的。”就叫店家去叫。不多一回，一位姑娘果然跟着店家来了。后面有一个老女人，手里提着琵琶，还有一支水烟袋。曹来苏看了看他，姿色也还不恶，就叫他坐在炕上，攀谈了两句。曹来苏又问他："会唱什么曲子？"女的道："请点罢。"一面说，早就把琵琶接过来，和准了弦子，拿指甲弹了几弹，又收了一收。曹来苏道："唱一出《三娘教子》罢。"女的也不接腔，便把琵琶弹了一会，就接着戏文唱起来。

曹来苏听他口音，仿佛是扬州一路的人，等他唱完了，便问他是那里人？女的道："是甘泉县人。"曹来苏道："你的色艺都还不错，为什么不在几个大码头上混混，却要到贵州去？"女的道："大码头上好的多，那里轮得到我？贵州虽说不好，第一人少，是最好的事。这也如同做官的一样，总要分发到人少的省分里去，这就叫做'人弃我取'的讲究。"曹来苏笑了一笑道："主意倒也不错。"那女的便接口问道："老爷贵姓？"曹来苏道："我姓曹，我是云南人，从小生长在你们下江，现在是在贵州做官。"女的道："我不晓得，原来是位大老爷，但是现在还是到贵州去，还是到那里去？"曹来苏道："是往下江去。"女的道："为什么要到下江去？"曹来苏道："我是奉了抚台的文书，派我到湖北看看各处厂子，再到下江去买点东西。大约你们扬州，也是一定要到的。"女的道："几时可以回来？"曹来苏道："说不定，也许两三个月，也许四五个月，但是今年是一定要回来过年的。"

女的道："老爷的公馆在那一门，什么街？"曹来苏道："我的公馆在东旗杆下，一问就知道的。"女的道："等你老人家回来了，我再来找你。你此次出门，就只带一个人么？"曹来苏道："一个人够了，下去一路都有接客的。"女的道："这回事，你好多几千银子。"曹来苏道："笑话，笑话！统共发了一千几百两银子，各样在内，我是真也不会办。"女的道："银子想已汇出去了。"曹来苏道："贵州汇水太重，我是自己带着他。"女的道："带着他，不怕失落了么？"曹来苏道："我到东，他到东；我到西，他到西，再也不得失误的。不过是上上下下，箱子稍为重些，就费了事。"女的道："放在一处嫌重，何妨放在两处。"曹来苏笑道："看你不出，年轻的人倒有主意，我就是两处放的。"女的道："我听见人家说，云南、贵州人最会说假话的。你老是云南人，谅来也是会说假话。"曹来苏道："何以见得出？孔夫子的地方，也还有做强盗的，那能管得许多。"女的道："你既然不说假话，我要请教你老人家一句话，我在下江那边，洋钱是见过的了。但是这银子是从来不曾见过面，也不晓得是什么东西，什么颜色？只听见人说银子最是有用，也可以换洋钱，无论什么都可以办。就是要做官，也只要拿银子给皇上家，越多的，官越大。我问他们，这银子是那里来的？他们说，是地上挖出来的。我就打听银子是什么颜色？预备着我们也可以挖点用。他们说，是蓝的，上一等的能够发亮，再上一等是淡红，顶好的是大红的。可不知道是不是？老爷你带的银子，到底是那一号的？”曹来苏笑道：“瞎说，银子是白的，那里会有蓝的、红的，还透亮的呢？”女的道：“怪不道人家说，云贵老爷们会说假话，今天可相信了。”

曹来苏道：“怎么晓得我说假话？”女的道：“有一天，我在镇江看见一个官，坐着轿子，带着一个顶子，是个深蓝的；后来，在芜湖又看见一个官，坐了蓝色的轿子，戴的顶子是个透亮的；后来，在安徽省城里又看见一位官，乃是绿颜色的轿子，戴的是红顶子。我越看越奇怪，就问起他家来，说他戴的顶子是什么东西做的？就有人告诉我说，是银子做的。顶坏的银子做的是白的，不值钱。稍为好些是透亮白的，他们叫他做水晶顶子。看得过的银子做出来是蓝颜色，再上去就是透亮的蓝、红的了。所以我才晓得这个银子，是有好几种颜色。后来又晓得，官越大，化的钱越多；他既然化的钱多，他头上的东西，自然拣顶好的银子打了。你老是贵州的官，你化了多少银子？你的顶子是红的，还是大红的？”曹来苏道：“真正混说，是人家给你当上的。银子只有一样白的，没有第二样颜色的。你不看见财神爷手里拿的一个大黄元宝、白元宝么？那黄元宝就是金的，白元宝就是银的。况且，你头上戴的首饰，你也可以拿下来看看，这个白的便是银子的。”女的拔下来看了一看，笑嘻嘻的道：“曹老爷，你不要哄我，这个是洋钱烊了打的。”曹来苏道：“洋钱就是化了银子打的。”女的道：“怎么银子没有洋钱贵呢？”曹来苏道：“这个看分量。”女的道：“既然银子贵，为什么要化成洋钱用呢？”曹来苏道：“为的是用着便当。”女的道：“我晓得了，银子准是几十斤一块的。”曹来苏道：“不定，顶多的五十几两。”女的道：“我更糊涂了，五十几两是多少斤呢？”曹来苏道：“三斤多点。”女的道：“我听说是，一千银子是六十多斤，这是个什么说法？”曹来苏道：“不错，一只元宝是三斤多，十只就是三十多斤，二十只不是六十多斤么。”

女的道：“这个不好，上路带着他，累赘的很。”曹来苏道：“我本来等到了湖北，就去兑了票子，用的便当些。”女的道：“你放在箱子里，一路上时时刻刻的开，你不怕失落了么？”曹来苏道：“我另外带了百把银子作为零用，整数的便收了起来，路上不去开他。”女的道：“那就很好了。”讲够多时，女的站起来道：“对不住曹老爷，停歇再过来。”说着便走回去了。曹来苏看他傻得可笑，等他走过，停了一回，喊了店家，打听他同住的有什么人？店家说：“他有爹，有妈，有兄弟，还有两个伙计。”曹来苏道：“他到底是什么行径？”店家道：“他们是卖技不卖身的。”曹来苏也不往下说了。

过了一夜，那雨是住了，但是地下还不能走。曹来苏就到房门口站了一回，又到店门口去望望街上，心里又念着昨天那个女的。站了一会，正打算进来，一回头，猛然看见隔壁店门口，那个女人也站在那里。曹来苏朝着他一笑，女的道："今天还是不能走，老爷没有事情，过来坐坐罢。"曹来苏答应着，便不知不觉的走过来了。女的在前引路，同到自己住的房里来。昨天同来的那个老婆子，也出来叫了一声老爷，让到房里去，又去舀了水洗茶碗，去泡茶，又去点了一个火，递了一支水烟袋过来说："请老爷吃烟。"曹来苏看了看，他们房里也还不十分穷苦。女的又去忙着开了鸦片烟灯，让曹来苏在炕上坐下，嘴里夹七夹八的说了一回。那个老婆子走了进来道："我们将来到了贵州，诸事还要求大老爷照应呢。"曹来苏道："自然，自然，那不用说。你们到贵州住在那里？"老婆子道："没有一准，大老爷可晓得那个店最好？"曹来苏道："鼓楼前有一个高升客店，还宽敞干净，可以落落脚。光景是总要找房子的了。"老婆子道："房子容易找不容易找？"曹来苏道："房子倒也不难。"老婆子道："大老爷是到湖北去么？"曹来苏道："不止湖北，还要到上海去呢。"老婆子道："约摸要几个月才可回来？"曹来苏道："要是快，三个月也可回来了。"老婆子道："真正辛苦得很呢。"说完依旧走了出去。

曹来苏同这个女的谈了一回，站起身来要回店去，却被女的一把拉住道："你回店去也是一个人坐着没有事，在这里坐坐何妨？"曹来苏道："我要回去吃饭。"女的道："我已经招呼备了饭，你在这里吃顿苦饭罢。"曹来苏道："这又何必费事呢？"女的道："巴结巴结曹大老爷，将来到了贵州，多照顾点就有了。"曹来苏道："笑话，笑话。"嘴里说着，却依旧坐了下来。

女的陪着说了一回话，便走到外间去，同方才那个老婆子唧咕了一回，依旧进来。只听见外间掩桌子、摆碗筷的声音，忙了一回，老婆子却走到门口来说："请老爷坐罢。"女的答应着，便邀了曹来苏出来坐。曹来苏走到外间一看，正中摆了一张桌子，摆了八只碟子，无非是鸡、鸭、鱼、肉、花生、瓜子等类。还有一把大酒壶，一个大酒杯子，一个小酒杯子。女的走过来，便把酒壶在酒杯里斟上一大杯，曹来苏道："你们在客边，这是何必如此呢？"女的道："这是家常便饭，并不费事。"女的又问道："你的公馆在贵州那里？"曹来苏道："在南门大街大牌坊的东首，一问就知道的。"一面说着话，又上着菜，杯到酒干。女的又道："你的管家，可以叫他来吃点东西。"曹来苏道："不必，不必。"女的道："菜也多，吃不了明天又要坏了。与其便宜他们店家，不如还是自家人吃罢。"曹来苏道："也可以。"女的就招呼人去喊了过来，叫他在外边吃。女的一味的让酒，左一杯，右一杯，吃的很有点醉意了，当不住女的一味的让，直吃得酩酊大醉，就躺在女人床上睡着了。

一觉醒来，已是点了灯了。曹来苏喝了茶，站起来腿还有点发软，就叫跟班扶了回去，放倒头便睡，一直睡到天明才起来。天也晴了，地下也好走了。曹来苏便料理动身，又到隔壁去看看，那一班人已经动过身了。曹来苏也不在意，就叫店里来算账。心中又想：好奇怪，那个女的前天来过一趟，唱了两出曲子，昨天又破费了许多，办了一桌菜，我一个钱也没有给他。他也不等着钱，竟自一早就走了，倒也实在大方得很。要不是晓得我是贵州的官，将来是少不了的，所以忙不在一时，将来到贵州，好拉个相好的意思。胡思乱想了一回，也就丢开。不一刻，轿夫、挑夫均已齐备，曹来苏便出来上了轿子动身。不到三四十里路，就是湖南的地界了。

在路行程不止一日，早已到了长沙，找了客寓住下。他先前认得的一位伍琼芳，在这里候补，也不去找他，便一直走到一家汇票号里，去对他说明，有一千二百两银子要汇到上海去的话。票号里答应了，说定当晚来挑银子。曹来苏又到各处游玩了一回，回到寓里，便去把三只皮箱搬下，打开了锁，掏摸了半天，却是一包银子也不见，心里有些发毛。到得第一个箱子里，倒有好几包在内，曹来苏还只道自己差了，便用手去拿出来。不料拿到手里，分量不重，及至打开来一看，那里是银子，都是些砖头瓦片。连开三个，都是如此，银子是一包没有。曹来苏吓得目瞪口呆，心里早已恍然大悟，是那天留他吃酒的时候，又因为菜多，连用人都喊过去吃，就是这个档儿，他们便趁空过来偷了。但是一无凭据，况且离贵州又远，还不知道那一班人，到底是往那里去的？呆呆的思想，一言不发，跟班的在旁边，也看呆了。正在这个时候，那票号里挑银子的也来了。曹来苏没得法子，只得复他不汇了。曹来苏坐着呆想一回，盘缠虽还有几个，这买东西的拿什么去办？想来想去，一筹莫展。

他的跟班在旁边插嘴道："老爷同这里伍大老爷相好，去拜拜他何妨？"曹来苏心上自己明白，从前湖南那起参案，本来是不要紧的，他是欺伍琼芳的。当下曹来苏无可奈何，只得派人到号房里查查伍琼芳的住处，便换了一身衣服，穿了缺襟袍子、方马褂，坐了一乘便轿去拜伍琼芳。刚到了门口一看，只见两条封皮封着，不觉大吃一惊。忙去问左右的邻居，才知道是因为亏空查抄了，现在伍琼芳已坐在司监里。

曹来苏沉吟了一回，没有法子。况且轿子歇在当街，也不雅观，只得叫周升跟着，索性去禀见首府，再去拜首县去。轿夫说是听说首县请了感冒假，已是半个月没出来。听说首府是封门考试，可不知道见不见？曹来苏听了，更是着急。当下一筹莫展，只得依旧坐了轿子回去。开发过轿钱，坐在房里默默的一言不发。

周升也是看了发急，只因这一急，倒急了一个法子出来。要知是何法子，且听下回分解。

第六回
裁寿衣借端通内线　论相法顺口托人情

却说曹来苏失落了银子，想不出一点法子，周升道："老爷不必发急，小的倒有一个法子。老爷带的钱，也还赶得到湖北，到得湖北，就到纱布厂里去住。约摸将到的时候，老爷就在舱里把箱子上的锁扭了，吵起来，说是被偷。小火轮的账房、茶房必是要来查问的，任他如何盘诘，老爷只管骂小的，等小的回答他。他们也还一定要搜查别的客人的行李。任他们闹的怎样，老爷可别软下来。"

曹来苏道："照你说，可不是讹诈众客商么？"周升道："不是这样说，要这样一闹，人家才晓得老爷是失了银子，等到到了湖北，就有文章做了。那时见过制台，先说明路上被窃的话，制台一定要招呼县里会同保甲局去查人，无论查到查不到，那不就同存了案一样么？那时，老爷再发一个禀帖，或打一个电报给咱们抚台，说是路上被窃，自请记过。并问问这事还是去办，还是另外派人？好在老爷上头的声光很好，充其量不过不要老爷去办，难道还怕有别的余波不成？若是还要老爷办，一定就得再汇银子来，那不是一天星斗依旧是了无痕迹么？"

曹来苏想了一想道："不错，还是你有见识，就这样办。难得你如此护主，我将来得了缺，一定要大大的抬举你。"当时主意打定，也不去拜客，就搭上小火轮向汉口进发。果然照着周升主意办理，倒也没露破绽；只难为了这些搭客，一个个的行李衣箱都打开查检。这班人不晓得是假的，还帮着咒骂那偷银子的人呢。曹来苏听了，也觉得好笑。等到靠了码头，曹来苏先落了客店，然后去禀见制台、抚台、藩、臬、道、府、首县，就到织布局里去拜过总办，随即搬到局里去住。见制台的时候，已把被窃的话回过了。随即又发了一封电报给贵州抚台，说是自不小心，于小轮内被窃，已蒙制军饬缉，现寓布局。长江下游各局，应否仍往考察？资费已竭，难以前往，乞赐示只遵各等语。叫周升立刻送到电报局里去。

周升领命，到得局里看他拍发了电报，交了电费，取了收条。刚要走回来的时候，早已打门外走进一个人来，极其面熟。当时四目相注了一回，周升呀的一声道："这不是徐老二么？"那人也笑了一笑道："可是周大叔？"周升道："好，好，我们可真算是他乡遇故知了。你住在那里？"徐老二道："我跟了一位佘老爷，是新掣签的福建候补知县。回家来看看，就要走的。我家的太太，就是这里电报局老总的姑娘，所以我们老爷就住在这里。大叔是从那里来？"周升也把自己的履历说了一遍。

原来周升是浙江衢州府人，离着福建甚近。徐老二叫徐升，是湖南衡阳县人，离着贵州也不远。两个主人都是候补，都是知县，虽然贵州苦些，他老爷的脖子粗。两个人一席话，早谈了个易主而事的办法，各人回去见各人的主人，说明白了。佘老爷也无可无不可，曹来苏却因为小轮船上的事是一件短处，落在周升手里，巴不得他快去，也答应了。周升先同了徐升见过曹来苏，也叫徐升同了去见佘老爷。

却说佘老爷名念祖，是湖北武昌府人。他的祖上曾做过浙江的道台，念祖靠着余荫，谋干了一个海运的保举，以知县用。他因为在浙江年代久了，觉得较着别处便当。无奈，他有一个叔子在这里候补，要回避，没奈何就指省福建。今年刚刚二十一岁，是上年娶的亲，到武昌来招赘的。新近是到京里引见出来，想同着太太一同去到省，被这位老总留他多住几天。好在限期尚远，又是一水可通，所以就住了下来。现在是把徐升换了周升，还有一个家丁叫做江明，也是浙江人。

当时，周升帮同料理行李，捆扎结实，择定四月十五日黄道吉日起身。这天是招商局的船开，佘老爷先到各处辞了行，就到船上来看着上东西。不多一刻，太太也来了，接着又是太太娘家的一班人来送行，男男女女混了许久工夫，听得放气，才纷纷上岸回去。佘念祖同着太太住的是大菜间，不到三天，已到了上海。早有接客的塞了一张春申福客栈的栈票，佘念祖收了，那春申福的伙计便来搬东西，又有江明、周升看着发了去。佘念祖自同太太坐了马车到栈房里去了。佘念祖在上海来去多次，相好是极多的。只因为同了太太，所以一处没去，只不过看看戏，吃吃番菜而已。耽搁了三天，就搭了招商局的船，到福州去。到了福州，先落客栈，慢慢的寻公馆。一面就去参衙拜客，忙碌了几天，都是照例的事，无庸叙述。

福建虽是东南一个大行省，但比起浙江来，究竟差得多，候补人员也着实的不少，牛鬼蛇神各有神通。佘念祖未到的时候，满心高兴，颇有跃跃欲试的意思。到过之后，大概情形看了一看，亦觉得望洋兴叹了。但他家里还是个有家，尚不十分在意，以为是资格深了，再没有不得法的道理。周升是从小来过的，一切情形大异从前。又遇到一个亲戚，姓梁，是从前跟了一位藩台来的，后来就住在福建，开了一爿大裁缝店，本钱又大，手艺又好，各衙门的生意，自然都是他包了去，店里的伙计用到五六十个。既是周升的亲戚，余念祖家的生意，自然也是他了。

光阴如箭，已是三个年头，余念祖手头渐渐的紧起来了。从来说的好，越有越有，越没有越没有。余念祖手头一紧，就遇事吝啬起来。这里制台是非京信从不见面的，藩台也是一个样子，遇到牌期，先打发号房问明白，有公事没有？没有公事，一概挡驾。余念祖是个候补的人，从那里去找公事去？所以这些人，除掉到省见过一面，以后竟是人间天上了。臬台外面似乎有点风骨，其实糊涂得很。人家要见总要午后一点钟去，碰高兴也许见见。就有一班不识进退的去求差使，臬台也觉得烦了，也就学了抚、藩，以闭门羹相待了。首道是个具员，作不了一点主，见他也无用。首府是个好好先生，但是过于引嫌，非但不肯替人家说句好话，并且遇到上头问起某人来，必定先说上一套极不堪的话，以示他大公无私的意思。几处这样一挤，可就拼成功一个贿赂公行的世界了。

周升看见老爷一天紧一天，也觉得发急，闲暇无事，便来找梁裁缝谈心。说起他老爷的情形，颇有告假另觅高枝的意思。梁裁缝微微的笑道："天下事除了死法有活法。像咱们摸不到个官做，也叫没法，你们老爷既是个官，家里也还有几文，净在这里瞎混，这可不是个呆子？"周升道："你说的好，终年上门不见土地，怎样好呢？"梁裁缝道："你们老爷一年要用多少钱？"周升道："听说要六百多两银子一年。"梁裁缝道："三年就是二千，再三年就是四千哩。"

周升道："你好，净照顾好话。"梁裁缝道："我不说假话，三年后你才服我哩。如今这样，算你老爷拼出三年的浇用，我可以给他去走条路。虽然不能说是一本万利，这两三倍的利钱是有的。"周升道："你的法子我晓得，不过是给你添些成本，好大大的开个裁缝铺哩。"梁裁缝道："我说正经话。我时常到制台衙门里去做生活，藩、臬衙门也时常去的，里面老太太、太太、姨太太、小姐、少奶奶，没有一个不熟。我抵桩着去多请几个安，再没有不成的事。要是你老爷相信，就请他先出上一张银票，我看老弟的面上，替他去办一办。成了，自然是顶好的了；不成，钱还是你老爷的，况且万没有不成的理。"周升道："是了，是了，你既是有把握的，我就去对我老爷说说，但是，你这里头可还想点好处么？"梁裁缝道："也不想什么好处，我是要荐个人，当当稿案，就是这一点贪图。"周升道："那容易，我就去。早则明天，迟到后天来给你回信，我也不坐了。"说毕站起来，一径回到公馆里。正值余念祖吃晚饭，周升便先去烟铺上开了灯，烧起几个大烟泡，等着余念祖吃过饭过来吸烟。

周升一面上烟看火，一面就说起这件事来。余念祖沉吟了一回，方才慢慢的说道："我看怕不妥当，怕是撞骗罢？"周升道："小的这个亲戚，是最靠得住的，同小的相处了几十年，从不曾说过一句瞎话，老爷请只管放心。"佘念祖又盘算了老大一回，方才打了主意道："这样罢，你明天去问问他，他可曾替人家办过么？是什么人？"周升答应了："是。"

次日一早，周升便赶到梁裁缝家里，把昨天晚上的话告诉了梁裁缝。梁裁缝心上很不高兴，慢腾腾的道："这又是你老爷格外多心了，我没有办过，我敢说这句话么？况且是二千银子的事情。就算俺做裁缝的不放在眼里，你老爷是看着白花花的一大堆凭空丢掉了，我也怪舍不得。只是他要问人，人多着哩，那可不能对他说。譬如你老爷办了这件事，也是要隐密点，难道我就能立刻去告诉第二个人？那亦就是一样不能对人家说的。况且，这件事要是传扬开去，也不是顽的。你老爷算有身家，难道做裁缝的就没有性命？老实对你老弟说，这事因为你老弟面上，要是照你老爷的这样主儿，不是夸口，我还实在是不高兴哩！不过说是事成了，你好我好大家好，老弟亦可以润色点。就是我说荐的那个当稿案的主儿，自然也是沾光了。老弟你斟酌着罢，要办就办，不办就算了。也没有大不了的事，倒教老弟跑了冤路了。"周升听了开口不得，勉强道："我们这位老爷，是最拘泥不过的，才有这句话。一则怕声名不好，二则还怕我说的不真。要不是他这样拘滞，又怎样会好几年不见红点呢？"梁裁缝道："这事只有我们三个人知道，有什么风声？至于名气的话，尤其不相干了。老弟，你看如今的时势，就是孔圣人活过来，一板三眼的去做，也不过是个书呆子罢了。听说你们老爷并不是科甲，为什么也会中这个书毒呢？"

周升听一句，应一句，也不再回答他，辞了起身，一直赶回公馆里来，从头至尾，一字不漏，统通告诉了佘念祖。佘念祖想了一想，也没的话说，便连忙出去张罗借钱。虽然佘念祖有点家资，这几年也很丢掉几个。况且问人家借钱，论这候补场中，大半是十扣柴扉九不开。因佘念祖平日用度阔绰，人家也还相信得过。然而，终究是借二百止有一百，借一百止得五十，除了几个光景难的，不认识的，不能开口，忙了两天，才止得一千一百多两银子，已是满官厅谣言蜂起，说佘念祖借了一大注钱，不知做什么用？佘念祖看看，还差个八百多两银子没有法子想，要变卖东西，却又缓不济急。又是周升，看见老爷急的走投无路，才想出问梁裁缝借的话来。佘念祖没法，只得叫他去碰碰，居然一说就成功。佘念祖大喜，赶紧写了一张欠票，号了押，打发周升送了去给梁裁缝，并再三的切托。梁裁缝满口应承，一面把借票收了进去，又弯了弯指头道："今天初八，明天初九，后天初十是黄道吉日，制台要替他老太太做寿衣，我就趁这个档儿去混混看。那天晚上，你来听信罢。"周升答应了，又千恩万谢的，方才走回来覆命。

打这日起，佘念祖便同热锅上蚂蚁一样，茶饭无心，只落得满地上走来走去，一回搔头，一回摸耳。时而作一得意想，便仿佛坐在四人大轿里，鸣锣开道的去接印一般；时而作一失意想，就像这二千两头投在大海里，一点声息没有，此后的日子格外窘急，即日便要下海的一般。正是千头万绪涌上心来，做书的也实在形容他不出。如今且按下不表。

再说梁裁缝到了初十一早，便收拾了剪刀、尺子、粉线、布袋等项，一径往制台衙门里来。先到了跑上房的爷们房里落坐，停了一刻，才由跑上房的爷们同了进去，在外间门口站着，等到太太出来坐下，跟着就是两个丫头，捧了一大卷衣料出来，放在桌上。太太就吩咐，说是剪一件月白湖绉的紧身棉袄，下余就都是老太太的寿衣。梁裁缝连忙依着尺寸，剪了太太的衣裳，又剪老太太的寿衣，一面嘴里还说了许多“福如东海，寿比南山”的话。裁完了，就用包袱一件一件的包了起来。一头包，一头对着太太说道：“这件寿衣总还得放个三十年光景。裁缝做惯了生活，一动剪刀，就晓得的老太太寿元高大得很呢。”太太听了，晓得老爷一时不得丁忧，可以一直做这个制台，自然欢喜得很。

等他收拾完了，跑上房的家人早递给他一个包儿，是赏他裁寿衣的喜钱。梁裁缝接了，赶紧过去请安叩谢过，便站在一旁笑嘻嘻说道：“裁缝有点事求求太太，裁缝晓得太太是仙佛的心肠，才敢开口。”太太道：“什么事？”梁裁缝道：“裁缝有个亲戚，跟了一位佘老爷。说起这个佘老爷，苦得很，当光卖尽，一天只吃一顿稀饭，还是连米粒都没有的。再要半年，一家门直截都要饿死了。知道太太的心是最慈不过的。”说到这里，便连忙又请了一个安道：“所以，裁缝打算替他求求太太，在大人面前提拔一两句，赏他一个差使。就譬如养鸡养狗一样，他一家里大大小小，就享受不尽了。论理裁缝不敢说，不过看他实在可怜极了。”说着，又请了两个安。

太太被他恭维的心花大开，不觉的脱口而出道：“叫什么名字？”裁缝就在手里拿出一张红纸条子放在桌上，太太看了一眼，乃是“候补知县佘念祖”七个字。太太道：“这些事是大人作主，我向来不问的。”裁缝道：“裁缝晓得，只当太太是买个乌龟放生罢了。只要太太哼一声出来，是两世为人了。”

太太把条子收了进去，梁裁缝也提了包，他就先打发徒弟送回家去，又同这个跑上房的喊喳了一回，却顺手塞了一张银条过去，托他有点风声赶紧通知他。随即辞了出来，到抚台衙门里去，在门房里坐了。门房里这些大爷，都是熟识的，且时常叨光做件把衣裳不给钱。梁裁缝倒是算大不算小，便应酬了，因此倒拉了交情。他来了，倒是让茶、让烟很客气的。又有问他生意好的，他便借着这个档儿，皱着眉头道：“快别说，说起来真难受。”

其中单有一位仇大爷，含着一口鸦片烟笑道："怎么会难受？"梁裁缝道："我店虽小，也有七八十个伙计，全仗着是衙门公馆生意。现在，这些穷候补一年也不做一件衣裳，问起来，说是没有差使。问他们差使到那里去了？说是被人兼得多了，倒弄成一个人浮于事的世界了。你想，大家不做衣裳，单靠着大人衙门里这些生活，那里会养得活呢？今年的生意格外清闲，一半人上工，一半人吃闲饭。今天轮这一班，明天轮那一班，你说这不干了么？我看见最可怜的有一位佘念祖老爷，到省已是三年，大人也没赏见过。他逢着衙期，没有一次不到，先还坐坐轿子，现在可是坐不起，提了画眉笼子了。"

仇大爷道："怎么叫画眉笼子？"梁裁缝道："自己提了一个包袱，包着靴子、外褂子、帽盒在街上走，这样办法，人家就起他名儿，叫做'提画眉笼子'。你想，这个名儿刻薄不刻薄？他家里皮箱还有七八只，可都空了，箱子也插上草标卖了。真是吃的在肚里，穿的在身上，黑夜里开着大门睡也不碍事。像这天气，一天热似一天了，他还是穿着棉袍子。并不是他怕冷，实在没有了，都当完了。要再把这件去当，可不是光了脊梁么？他先前还住的大房子，现在是一点点的小屋，房东因为收不到房钱，不叫他住，他就朝他磕头，房东也没有法子。前月里不知道怎么着，关起大门，一家子抱头大哭，足足哭了个半时辰。却正是我走过他门口，只听得诧异，还当是他家死了人。推门进去一看，才晓得和了一大茶缸的鸦片烟，打算一家子吃下去，这一哭算是分手的意思。我看那光景，也不由一时心酸，打身边摸了两块钱给他。他还不要，后来说是日后还我，他才收了去，差不多又要朝我磕头。你说这光景惨不惨哩？你们想想罢，也是个候补老爷，真是不晓得作了什么孽，在这里凌迟碎剐呢！"

仇大爷笑道："老实对你说，什么都不论，我们大人京城里朋友最多，要是那个去找到他知己的朋友写封信来，就可以得个事。交情深些，得事好些；交情浅些，得事也差些。只要有了人情，今天到省，明天就可以委事。照你说这位老佘，是一定没有人情的了。要是一直这样，只怕真要饿死哩。总怪皇上家不好，开了捐，哄动了这些人，吃甜头的不过一百里头一二十个，吃苦头的可真有七八十哩。"梁裁缝道："我们说句笑话，像你大爷这没分儿，大人面前很可以说得进话。你大爷就发发善心，给他弄点事。从来说得好：'公门里好修行。'又道是：'救人一命，胜造七级浮屠。'你大爷救他一命，就是救他一家，他一家共总有七口，那不就是七七四十九级的浮屠么？你老不是巴儿子么？你老要有这样的功德，不但可以早早添丁，还要连生贵子呢！"仇大爷道："大人面前，我不敢说话，你别瞎恭维。"

梁裁缝道："你老不肯罢哩。要肯的时候，像你大爷这样的势派，说是不成，可是你大爷欺骗我做裁缝的了。外面那个不说，仇大爷人好、心好，我也晓得你是呕着人玩。要是大爷也不能救他，那不是真正没人相信呢！况且，大爷是心慈不过的，大爷你这道眼下的纹是最好，相书上叫做阴骘纹。人做了好事，就脸上现出这条纹来。一生缺少的事，自然也就可以如愿了。我虽不懂相法，我是听人家说起来的。大爷你不是找东辕门外那个一只眼的相面看过相么？有天，他在我们隔壁替人家看相，劝人家要行好事，还说起你大爷的相，以后是一年好一年，这是他积德回天的凭据。我正闲着没有事，我还问他为什么还没有儿子？他说：'别忙，他现在相上非但有儿子，还有三个呢！照他的阴骘纹看起来，还主着两个大贵，他还要享儿子的福，做老太爷呢。'这可不是我说谎，大爷不相信，尽管去问他。不过到那个时候，大爷你不认小裁缝了。"

仇大爷听他恭维的心痒难搔，不觉大乐，却勉强着道："你这张穷嘴真会嚼，真会捣鬼，我有什么阴骘？"梁裁缝道："做的事是自己不晓得的。如今我又要说到本题上来了，就如这位佘老爷，你大爷能够提拔提拔他，他一人有了命，一家子也都有了命。算起来，你大爷不过救他一条命，这无意中不救了七八条命么？不但救了他家七八条命，就是他亡过的先灵，也不至断绝了香烟，岂有不感激你大爷的？反过来一想，就不好了。他死了，他一家子也死了；他一家子死了，他祖先的香烟也断绝了，你说伤心不伤心？"仇大爷道："你说的好，看你的面子，碰他的运气，我替他混一下子。事成了顶好，事不成也与我无干。"梁裁缝道："你大爷肯照应他，再没有不成功的。等成了，我告诉他，等他来多替大爷磕几十个响头罢。"仇大爷道："我做是去做，你晓得的，我们是不能空口说白话。这回事为了你，以后做衣裳的时候，工钱却不好照旧的乱开。"说着，又哈哈的一笑，梁裁缝道："是，是，是，你老放心。"

正说的高兴，忽然听见外面喊道："仇大爷，大人叫。"仇大爷便站起来，穿上大褂进去，梁裁缝也就出来回家去了。要知后事如何，且听下回分解。

第七回 靠虚火施司务扬威 为干儿宋媒婆出力

却说梁裁缝回到家里，已是不早，将近上灯的时候，周升已在那里候了许久了。梁裁缝一见就恭喜道："你老爷的事，十成里有了八九成了，再等几天看罢。"果然不到十天，就委了一个粮台上的收支。这个差使，也算是个极好的差使。佘念祖极为感激梁裁缝，梁裁缝也就把这二千两的一笔款子笑纳了。

那年正是中外打仗的时候，捐输减了价。梁裁缝一想，这件事眼下是糊弄过去，但是，二千两头买一个差使，佘念祖就是痴呆，也还不至于痴呆到这样。他来问过几次，我听说是这个差使，只算遮人耳目的事。不然，你也没有当过一项差使，怎么立刻就出去署事？要是一半年里佘念祖得了缺，自然是不敢来追究银子的下落。倘若就这样下去，恐怕佘念祖不肯甘休，那时反为不美。我看做官也是件容易事。我本来还聚了几个钱，他又交给我一千多银子，那张借票就算是张废纸，尽现在的捐个把知县，已是绰绰有余。我不如替我儿子捐了一个知县，到远点省分里去。我想广东地方有钱，很可以去得。不过想有差事，似乎也不容易，听说那里的候补官，直截有五六千多。要是像这位佘念祖，几年不得事，岂不把老本都吃掉了么？踌躇了好几天，才决意的替儿子捐个府知事。捧了一大笔银子，托人去上兑。

他儿子名叫有信，年纪二十四岁，读过三年书，西瓜大的字也认得有一石。官场现今本不讲什么识字不识字。况且，梁有信又是个小老爷，更是不关紧要。等到领了照，把各路的账目清了一清，又把这扇招牌卖了几百块钱，也没同周升提起，带了家小，一径到广东去了。

广东的地方是赌风盛行，摆赌摊子的，城中不下几千处。梁有信每日带了三块洋钱，到一个赌摊子上去，下一块钱，或是打幺，或是打二，一天只认一门。要是一下着了，这天有了三块钱，也就够敷衍三天了。要是不着，再走一家，还是照前的样子打。前头打的要是四，还是打四，难得三下都得不着。就是不着，他还有从前打到余下来的，也可以匀着用。所以，家里的零用倒不消说得，是尽够的了，还有多余。有天，梁有信正在一个摊子上看了一看，想去打四。忽然，背后爬上一个人来，拿了十块钱打四。梁有信看得四好，也把一块钱放在四上，那个人把眼斜着看了梁有信一眼。一回开出来，一看却是三。那人登时放下脸来，叽咕道：“人家打四，管他什么事？也要来舐屁股。如今，害得我也不着了，天下有这种浑小子。”梁有信也不理他，就走了出来。换了一个地方，还是他的老门道，依旧是打四。那人却已跟了过来，看了看注码，都是幺、二、三的，大约好有六七十块钱，四上就只一块洋钱。那人又摸出十块钱，押在三上，又问了一声：“四上这块钱是那一位的？”梁有信接口道：“是我的。”那人看见，就是方才同他在那个摊子上同押四的人，心上大不高兴，连忙回过头吐了一口唾沫。那时得开出来一看，果然是四。那人大怒说道：“明明是个三，被他这个混账东西一块钱压了去的。这些钱你们都收回去，所输的通叫那个崽子赔。”摆摊子的两手按住，早已把钱掳了进来道：“那就不成话了，这宝久已摇定了，那里就会压了去？”那人更怒，掳起袖子，恶狠狠对着梁有信抢过来，想要打他的神色。梁有信连忙躲开，又对摆摊子的道：“存在你处，我明天来取罢。”说罢，回头就走。那人要追着去打，早被旁人劝住，还祖宗八代的骂了一大顿，梁有信只当没有听见。

那人看见梁有信走远了还在那摊子边混吵。早有人过来劝说，把那人的十块钱依旧还了他，那人方才把气平了，又到别的摊子上打三去了。原来这个人姓施，叫子顺，向来剃头为业。剃头的手艺却不坏，在广东抚台衙门里吃一分工食。因为这位抚台有一个古怪脾气，他剃头是只许剃头的一手动，自洗头、剃发、光脸、剃胡子，不许剃头的用那只手。多少剃头的都做不到，只有这个施子顺，单会这种手艺，还另有一种推拿的功夫，也是极好的，抚台身上要有点不舒服，非得他推拿几下子不成。他本是京里人，抚台外放知府，就带了他出来，一直升道台、臬台，转藩台，升抚台，都是他跟着，也算是旧人了。在衙门里日子久了，一切情形都也熟悉，便在外边招摇撞骗，无恶不作，甚至于说是替人家求缺、求差。也有人上他的当，到后来都不敢发作，只索自认晦气。

他生性是最欢喜赌，可是最怕输，输了便有许多的赖皮法子。因此大家都怕他，这些摆摊子的，尤其见了他头痛，却又不敢得罪他。现在已求着抚台，赏了他一个五品功牌，居然也是水晶顶子，他便做了袍套，买了一副补子。他在广东的时候久了，已娶妻生子，一样在外间赁了房子，房子门口贴上“施公馆”的条子。家里也用着男的、女的好几个，都称他为老爷，他的女人就称太太，气派很不小，仿佛是什么候补道府的样子。有时候出来，也还坐轿子。抚台也有点晓得，教训过几回，他亦如同无事一样。

他隔壁有一个媒婆子，姓周，娘家姓宋。本来也常常走动衙门，到得这位抚台手里，更是走动的勤了。这个媒婆子非但会说会讲，有几分姿色，他还有个降神本事。抚台的太太时常有病，每逢发了病，一定要宋媒婆去请神，求了方子，服下去就好。因此格外待他好，竟是一天不能离开。《四书》上有句话是："惟女子与小人为难养也，近之则不逊。"这两个人就里勾外连的朋比为奸，闹的不成样子。广东官场上的人，奔走这个媒婆子门口的，十停里倒有八停。一天少说点，也有四五十乘轿子。有的见，有的不见，还有一种下流东西去拜干娘的。逢年逢节送的东西，堆积如山，都不必说。

这天施子顺打赌摊子上回来，踱到这边，施子顺说要开赌，宋媒婆就答应了，派了几个用人，分头去招呼人，不到两个时辰，早都已一个一个的来了，宋媒婆叫他儿子有福去陪客。宋媒婆年纪不到四十岁，早已嫁过五个男人。这个有福，还是宋媒婆第二个男人生的，因为家里没有人，宋媒婆就领了过来。现在，宋媒婆因为已经嫁了五嫁，自己发过誓永不再嫁人了。

有福陪着客，里面一边收拾开赌的桌子，一切齐备，方把大家请到里面去。施子顺躺在炕上抽烟，不过略略抬抬身子。宋媒婆偏做出一种殷勤的样子，一个个都应酬到，方才请施子顺坐上去摇庄。摇了一庄，施子顺输了五百块钱，已经有点面红耳热起来，嘴里已很有点不干净了。大家晓得，他最是怕输的，只得大家商通了，作为诈输。怎样叫诈输呢？等他要开宝盆的时候，大家就拼着命拣那注码顶少的一门喊。譬如，明明开了二，二上的注码多，便叫三，其余都是如此。一连二十下，施子顺不但不输，反赢了千把块钱。偏偏有一个不知轻重的候补知县马廉，他因为自己要顾本，却都是冷门上下筹码。到得四更多天，方才歇手，也有输一二百的，也有输二三百的，只有马廉，非但不输，倒赢了六百多块。

施子顺心上很怪着他，当时，也不好怎样。眉头一皱，想了一个法子出来，一定要叫马廉去摇庄。马廉先前不肯，后来看见施子顺声色俱厉，只得恪遵台命。那晓得，那班人还是这个宗旨，只要施子顺押在那里，便替他喊那里。不到四摊，马廉已下去了二百多块，马廉急了。这一会施子顺押了一个四，却开出一个二来，大家都赶着喊四。马廉忍不住了，只得指着宝盆说："明明是个二，如何是四呢？"有一位穿缺襟马褂的，对马廉挤挤眼道："两个三，两个五，如何不是四？"马廉道："一夜不睡，老哥眼花了，这是两个二，两个五，明明是个二罢哩。"当时大家无话，马廉就把赢的收了进来。接着，施子顺又押了一下幺，开出来，却是四，大家还是齐声说幺，马廉道："一个五，一个四，一个六，一个幺，如何会是幺？"就有人拿脚去踢马廉，是叫他不要顶真的意思。

马廉看了宝盆，用手指头一个一个屈着数给他看。施子顺心上大不耐烦，不由的翻了脸，抢过宝盆，往地下一丢，摔的粉碎，嘴里还骂道："滚他妈的蛋，难道我施大爷还讹人么？真是不开眼的东西。"大家见施子顺发怒，格外要讨施子顺的好，都硬派马廉的不是。宝盆已经摔了，马廉更觉不能分辨，真是有冤没处诉，要改口也来不及了。不由的天良发现，一股恶气也按捺不住，站起来就走。施子顺看见他并不赔话，又不把钱赔出来，格外气得不得了，不由的拍桌子大骂。大家又帮着批评他的不是，并说他是穷花了眼了。还有想替他周旋的，说是他向来不能吃酒，今天吃了几杯酒，所以失其常度；也有说他向来有个痰迷心窍的毛病；有的说大人不记小人之过。纷纷攘攘老大一回，施子顺的气才有点平下去。

就有人说："明天叫他来磕头罢。"施子顺道："不稀罕他这样的狗头！"那人道："那也不是稀罕，是一定的规矩。难道他得罪了你老，你老就这样罢了不成？"施子顺道："叫他等着罢，有他的舒服日子呢！"夏天夜短，早已天明。这班人的轿夫都来伺候着上衙门，这才纷纷各散。施子顺回了家，就睡在烟铺上抽烟，暗想："我在广东也算有名的人了，这个崽子竟不放我在眼里，要不给他点红白看看，人家以后真要瞧我不起了。"眼珠子几转，早已想定了主意，便喊了一声"来"。早有四五个管家进来站着，施子顺道："那个猴儿崽子明天要是来，不许他进来。"那四五个管家早就如雷的答应一声："是。"施子顺又问道："今天是初几？"一个管家说："是初五。"施子顺道："今天衙门里有事，我要进衙门去，叫厨房里备点吃的，早早开饭。那天李家送的熊掌，问问炖好没有？"管家答应了去，不一刻回来禀复道："厨子说，还不能吃，总得后天才可吃呢。"施子顺道："这个狗养的，这样懒。去对他说，明天晚上不整好了端上来，我是送他南海县里去。"管家答应着就去传谕。这时候，太阳出了，施子顺反迷迷糊糊睡着在烟盘子上。

约摸晌午的时候，只听得门口有人打门，管家赶紧去开门，问什么事？才知道是抚台衙门口听差的，因为抚台要剃头，喊不到他，发了气，所以特地来请他的。管家忙进去推醒了施子顺，告诉明白。施子顺也慌了，连忙擦了一把脸，披上一件马褂，跟了来的人一同进衙门去了。

却说头天晚上开赌，大家到齐后，宋媒婆也就过去安置了，所以这一夜的故事都不曾知道。到了次日，有福便一一的说了一遍。那晓得，这个马廉是宋媒婆的心爱干儿子。听见受了施子顺的气，还听说要毁他，心上颇有点不自在，就问有福道："他的点子，你到底看见没有？"有福道："看见的，马二哥实在不错。一个五、一个四、一个六、一个幺，如何会是幺呢？"宋媒婆道："虽是赌钱，都有规矩的。这又不是拿势力压服人的事，这是不作兴的。也罢，我去劝劝他罢，叫你二哥过天赔个礼就算完了。"有福答应着。宋媒婆等到早饭过后，便去见施二奶奶，托他劝劝子顺。又说自己同了小马来磕头就是了。

那晓得施二奶奶更是不知高低，不听犹可，一听宋媒婆替他说情，格外的如火上添油，索性指天画地大骂起来，并且还夹了几句混话。宋媒婆可是能受气的人呢？早已满腹烟生，冷笑了两声，走回来。又对有福道："等到施大叔回来，你请他过来，我对他说。"一直到了上灯的时候，施子顺才回家来，满脸上不高兴，大约是很碰了大人一个钉子。一到家，他的女人便把马廉有宋媒婆的包皮，所以欺负你这一番话说了一遍。

施子顺一腔怒气，本来无可发泄，却好借着这个机会痛骂了一顿。接着又是有福来请他，施子顺道："我不得空，我要同人做对，就做定了。我也不顾那个人的腰杆粗不粗，要有本事，各人做各人的去。"有福听见话不投机，只得回来告诉了宋媒婆。宋媒婆大怒道："好，好，这小子竟是发了昏了！既是如此，你就去对马二哥说，不许过去陪礼，有天大的事有我哩！就是有人杀了他的头，我赔给他！"一面说着，一面气烘烘的叫打轿子上院。

列位要晓得，施子顺一月不过见抚台五六面。这位抚台剃头，是按着初五、十四、二十三三个日子，所谓月忌的日子剃头。至于推拿，往往是抚台不舒服的时候，又不敢开口多说话。施子顺不过是瞎吹，其实并没有一点权力。宋媒婆是时常进去，不见大人，就见太太、姨太太，说两句话比什么都灵。这回到了院门口，下了轿，扭了进去。门口人晓得他来惯的，非但不阻挡，反倒同他谦和的很。当时，宋媒婆到了上房替太太们请了安，说了些闲话，大远转的说到："候补知县马廉马大老爷极有材具，新近不知道怎样不见机，得罪了施司务。施司务说是要求大人不答应他，可怜他吓的像个小鬼的一样，昨天找我去替他求神。我劝他说是大人这样的精明，如何能听施司务的话？再也说不信，他这倒是一件新鲜笑话，说给太太解解闷。"太太道："那个施司务？"宋媒婆道："就是剃头的施子顺。"太太笑道："剃头的那有这样能为？况且他如何会得罪施剃头的呢？"宋媒婆冷笑了一声，也不作声。太太诧异起来，一定要问。

宋媒婆道："太太一定要问，我也不敢不说，可不是我进来说人家不好。施司务在外面是无般不做，哄吓诈骗，件件都会。新近不知蒙了什么人，说给他求个缺，讲定了一大笔钱。马老爷晓得了，劝那个人不要做，说咱们大人一清如水，那里会有这样的事？那个人果然相信，回复了施司务，施司务问起，所以就恨极了马老爷。在外边各处发了话，说非求大人参他不可。就是这个缘故，太太可千万别对大人说，只当是我媒婆子来搬弄是非。"

太太听了大为不悦道："这还了得！大人不过因为他手艺好，所以诸事优容点，那晓得惯到他这个地步！现在是只要有个会一只手剃头的，早已开发了他，只是没有这人，所以他才跳上架子哩。"

宋媒婆道："一只手剃头的人，别省却少，广东并不稀奇，多的很呢。"太太道："大人问过几次，都说没有，怎你说多得很呢？"宋媒婆道："那是施司务的鬼。太太不相信，我明天同两个进来，大人高兴，就试试他手段如何？"太太道："好，好，就这样。你明天也不必自己来，打发人送来就是了。"宋媒婆道："我不来不成，我不来，他也不得进来。"太太道："也好，你进来谈谈罢。"宋媒婆又夹七夹八的说了一会，方才走了。

到了次日，果然同了一个人进来，身材极其灵便。太太早已对大人说过了，宋媒婆一向是直出直进的，便也无人阻挡。大人却并不是剃头的日期，因为太太说了，就叫他进来试试手段，果然剃得好；就是推拿功夫，也胜似施司务。当时就招呼留下，开他一份工食，却并不曾开发姓施的。姓施的晓得了，便知道站不住，央同伙里替他告假，也是试探试探的意思。那知大人也准了假。施子顺便收拾了行李，戴了帽子，上来磕头谢饭。大人又赏了四十两银子，给他做盘缠。大人也是怕他回到京里去说些不相干的话，因此还千分优待他。施子顺嘴里虽感激，心上却是恨极了宋媒婆了。诸事已毕，便即搭船回京去了。按下慢表。

且说马廉知道宋媒婆替他争了这口气，心中大乐。从此以后益发亲近，问安、视膳，虽说是干儿子，就是亲儿子能够如此，也就可以算做孝子了。宋媒婆又替他谋了一次署事，是潮州府属的大埔县。但马太爷并不认识什么字，幸亏身边有一个老家人，文理却尚通顺，写个把片子，封把信，都是这个人经手，叫做江明。马太爷署了事，江明以为这钱漕稿案一定是他的了。那知马太爷却又是一样心，以为若是给他这个职事，便不能时常在身边指使，所以只派了个伺候签押房。江明心中很有点气，马太爷还是一会叫他写这个，一会写那个，江明没好气，便故意的延挨。马太爷先还好说，后来便有要反脸的样子，江明越发仇结的深了。但是日行公事，都是刑钱老夫子作了主，轮不到江明说话，江明告假又告不脱。后来，马太爷索性训斥起来，说："你要不好好的办事，一定要打你板子，办你的递解。"江明气得目瞪口呆，从此所办的事，也明欺马廉不懂，更加不成东西了。

广东地方上人，吃洋行里饭的人最多。有一日，马太爷坐了堂，有一起殴辱斯文的案子。原告是个在学的生员，因为教村馆，打了学生。这学生的爹是当过洋行细崽的，便来同先生吵闹，又刷了先生两个嘴巴。先生怒极了，便来告状。马太爷先问了原告，才带上被告，一看这个细崽的装束，竟是一个洋人，不觉吃了一惊。就连忙退堂，招呼把被告请进来，分庭抗礼坐下，又赔了许多不是，才开中门送出去，反倒把原告打了二十手心，还要移学注劣，总算求了下来。当时，看的人都不懂这个讲究，还当是被告与马太爷有交情呢！这位原告既被细崽殴辱，又被县官无故打了二十手心，心里十分不甘。便纠了一班同学，递了一张公呈到府里去上告。府里看了也觉诧异。然而每年收受县里的隔规不少，又不能不偏袒县里，也含糊批驳了。这班人就大为鼓噪，一直告到省里去了。

臬台准了状子，派人下来密查，马太爷也得了信，只得到省里去走了一趟。一则因为这案情离奇，想去设法消弭；一则因为到任后，还未接太太来署，顺便可以同了太太到衙门里来。当时计议好了，一径带了江明，还有几个跟班，到省里来。他住的是东门里的公馆，刚刚到得门口，看见门口出出进进的人实在不少，心里奇怪，连忙就问是什么事？早有留在家里的一个老管家出来请安，随即回说："是太太今早黎明得急症死了，现在正忙着收殓哩。"马廉大惊，三脚两步跨到里面，抚尸一恸，免不得买棺成殓，停丧在堂。就一面禀到，一面请了三天的假。假满已过，各宪都问起这案子，马太爷说是洋人做了被告，卑职为消弭起见，才把原告惩责了几下。各位大宪一听见是洋人，心上早有点胆怯，只有臬台不相信，说是且等委员回来再说。

马廉回到寓里，心中不甚爽快，真是公私交迫。一个人睡在烟灯上呼呼的抽烟，忽然想起一件事来，便唤江明问道："我看见人家帖子或是名片上，名字旁边另有一个小戳子，是个什么讲究？"江明道："那是有了服制的意思。"马廉道："人家男人死了，女人替他穿服；女人死了，男人是穿几年服？"江明道："听说是一年服。"马廉道："是呀，我的名片旁边，应得要加一个小字戳子，方是正理。"江明道："是，明天就招呼去刻一个罢，不过三个钱的光景。"马廉道："不要刻，我有现成的。"停了一会，马太爷的烟瘾过足了，便走到房里去，开了一个洋铁拜匣。查了一回，查出一个小戳子来，放在桌上，吩咐跟班的拿去印在名字旁边。

原来马太爷向来吝啬到极处，不拘是什么东西，都留好了。这个戳子，还是从前丁外艰的时候用的一个"制"字。马太爷并不晓得什么讲究，也并不认得这个字，但是，他的图书及别样的东西，这顶上都刻好一个"上"字，他却死命把个"上"字记住了，所以也不曾倒用过什么东西。此次发给跟班，他还吩咐"这是上，这是下"六个大字。偏偏这位跟班同老爷一样，亦是一个字不识，接过去磨了墨，就一张一张用了上去。江明一旁看见，心里明白，本待要上去说明，只因挟个不派他好行当的仇隙，也就闭口不言，好在也不是交给他用的。

不多一会，马太爷的名片上、帖子上，都刻了一个"制"字放在一边。到得次日，马太爷上过衙门，免不得去拜一拜客。有的都是挡驾，有几位见的，看见他帖子上都刻了一个"制"字，不觉诧异道："没有听见他丁忧呀？"后来同寅中大家谈起来，才晓得他家留的名片，都是如此。就有好事的去打听，他家死了什么人？才知道是太太死了。因此，大家都传做笑话。更有一家什么报馆里替他登了报，说是“妻丧称制，是从马老爷为始”的话。马老爷却并不知道，还是各处用他的“制”字名片。到后来，马太爷的相好知会了马太爷，方才收了回去，另外刻了一个“期”字图书。又因为自己发出去的，也就不能骂跟班昏蛋了。

马太爷在省里住了几天，查办的委员回来了，才晓得洋行里歇出来的细崽。被臬台大大申斥了一顿，又上院请撤他的任。马太爷听见信息不好，又是刚要收漕的时候，只得连夜回大埔去了。暗地里又切实的托了宋媒婆，宋媒婆替他极力周旋，才定了漕竣交卸的办法，马太爷更是感激。但是自从打省里回来，晓得是不能久任的，便百事不问。任是什么呈子，总批一个不准，除了命盗案件没有法想，还是仍旧要去验看。只等收过了漕，腰包里满了，好交卸回省，另谋别事。

这日坐在烟铺上，忽然刑名师爷走了过来，马廉赶忙起来让坐。刑名师爷便提起，接到省城里密信，说是制台被参。因为说是有个媒婆子出入衙署，贿买差缺，已是放了钦差的话，并且折子上牵连的人不少。马廉一听，大惊道：“真的么？”刑名师爷便从靴页子里抽出信来，送给东家看。无奈东家并不认识，只得胡乱假装着看。刑名师爷从旁一看，那一张信却是颠倒拿着，肚里好笑，也不好说什么。马廉此时心里很不是味，当着老夫子，又不便叫江明来念讲给他听，只翻了一翻，算是看完了，依旧送还刑名师爷，收入靴页里去。师爷看见东家无精打采，便也起身去了。

马廉辗转一想：“这事很不好，怕的是自己功名保不住。”只得喊了江明来，要专人到省里去打听。江明道：“这事要是真钦差出京，总要几个月，那是老爷已是交卸了。忙也不忙在这几日，且到那时候再说罢。”马廉听见有理，只得暂时搁起，无奈心里总是放他不下。要知后事如何，且听下回分解。

第八回
虞子厚探亲东昌府　郭丕基倒楣镇江城

却说施子顺自从歇业回到京里，依旧开了一个剃头店，又慢慢的巴结上了几位阔京官。人家晓得他是打广东回来的，也有人要打听点广东事情。施子顺便捕风捉影的说了多少。末后说到宋媒婆，怎样的得宠，怎样的有权，候补实缺老爷们如某人某人，无一不走他的门路，口若悬河的说了一遍。刚刚有一位都老爷听见了，便依着他的话开了一张名单，过了几天，上了一个折子。

折子发到军机里，就派了一位侍郎，到广西去查办事件。说是广西，却就是广东的事，因为怕漏泄了，所以说是广西。等到到了广东，便给他一个迅雷不及掩耳的办法，原是郑重机密的缘故。但自来说的好："朝内无人莫做官。"拿着一位广东抚台，怕没有几个耳目在军机里？这里钦差还不曾请训，广东已是知道了。并且所参的事件，都得了详细。抚台想不出法子，然而他那爱护宋媒婆的意思，还是照旧。把他喊进衙门告知他所以，又叫他搬到别处去住，等钦差来了，好同他硬赖。那晓得宋媒婆却又是一番主意，只装作一个无可如何的样子，一把鼻涕、一把眼泪说，他家穷的很，搬到别处去，亦是没有生意。只有抵桩，这条命交给他们罢。他这一回做作，倒把大人并太太弄得没有法子。后来，还是宋媒婆说："我还有个儿子，心上本想给他捐个小功名，到广西去，自己亦就跟着他去混。无奈总是弄不到钱，只求大人看着，赏他一个什么东西，或是功牌，或是奖札，能够混饭吃的东西，那是就好了。以后死在九泉之下，也忘不了大人、太太的好处。来世变牛变马，来报效大人、太太。"

大人这时候心里也有点明白，但还拿不定宋媒婆是求告他，还是挟制他？好在这个时候是捐局林立，且又减折上兑，便宜得很，便问了他儿子的名字。大人说"有福"两个字太蠢，改了个"攸福"罢。又问："他姓什么，还是就写宋攸福？"宋媒婆道："随意改个姓罢。他的爹本姓卫，就是卫攸福罢。"大人就招呼出去，填了一张县丞的实收来。又给了三百银子，又替他写了两封信。一封是给广西藩台邹士贤，一封是给边防大臣舒春元的。当日宋媒婆谢了又谢，回到家里收拾东西，暗暗的同着儿子到广西去了。这边的事，无非是"事出有因，查无实据"八个字的枕中秘诀，含糊过去，也就不必再提。

却说卫攸福到了广西，赁屋住下。衙参已过，还不敢张扬，打听广东这边无事，才托大了胆，去投了藩台的信。那知这位邹大人已经告了病，专等批折回来交卸。这封信虽是投进，竟如石沉大海，连点声息都没有。卫攸福过了半年光景，渐渐的觉得用度大了些，只得求人去办分府的事。卫攸福虽然到省日浅，幸亏有的是钱，钱却很能说话。果然成功，就分到太平府去。太平府离龙州最近，便趁空一直来找舒大人，投了信。

诸公要晓得，这位舒大人本是一个营兵出身，从前长毛造反的时候，也曾出力打仗。后来慢慢的升了起来，一直做到提督，做了广西的边防大臣。他是大鸦片烟瘾，一天总要四五两烟方得过瘾。这四五两烟，要是起的晚点，就是镇日吸也还吸不了，这不是句瞎话么？不知道这位舒大人，嘴里吸的烟不过一两多一天，那屁股里吸的烟，总得要三四两一天。列位一听这话，要说在下说谎，那有人能屁股里吸烟的哩？还是把烟枪塞在粪门里不成？却不是这个讲究。因为舒大人从前打仗的时候，就有烟瘾。不吸足了，马也骑不上。要吸足了，这一天只够吃烟了，那里还有工夫打仗？就有一班同营里的老手，传了他一个法子，是把烟膏调厚了，搓成一个条子，或是一个饼子，塞在粪门边。不多一刻，烟膏顺着这一呼一吸的气，就进去了。有时或是用张荷叶，涂上烟膏，贴在那里，也是一样，荷叶上倒是净光一点不留。这是吃烟的一个最上的妙法。诸公不信，不妨试试，便晓得在下不是谎话了。当日舒大人得了这个法子，大是高兴。后来屡屡打仗，却从不曾误事。这时做到边防大臣，一呼百诺，原可以不再用屁股帮忙。但是，他已变成一个两路烟瘾，嘴里无论吸多少，总是无用，非得屁股眼里吃够了不成。在这广西边境日久，幸而边防无事，那带的营头的名额，就十分中不满三分，余外的却是他上了腰了。姬妾众多，这边防大臣能有几个钱，无非是多吞几分名饷。由他而下，一层层剥削下去，非但假名字的自然领不到钱，就是真名字的，也就所领有限。那些勇丁几次鼓噪，舒大人没有法子，只得把营规格外放松。从此这些兵丁就无恶不作，看看这奸淫掳掠，都是些本等的事了。

舒大人弄到后来，也晓得尾大不掉，却又没法子想，只想换个地方，把这个担子给别人去挑。现在正是胡弄局的时候，恰巧卫攸福赶来求见。上过手本，投过信，在外边等了有四五个钟头，才得传见。舒大人还问了制台的好，又道是："现在没有安插的地方，如果将来边防保案上附个名字，倒还可以。"卫攸福只得请安谢了，又重复说道："卑职此来并不在乎薪水，自己晓得年纪轻，是打算借此操练操练的。"舒大人道："很好，既这样说，我这里有一个文案，他正要进京去。你如能办，就委曲你罢。"卫攸福虽然肚里不见得十分通达，却得宋媒婆替他请先生教了多年。所以寻常的东西，也还看得下去，只是不晓得格式，动起笔来就不成功。但是要说不能，当下又恐怕把这个事错了，更没有事。这才打定主意，姑且答应下来再作打算。天下这样顾前不顾后的人，却也不少。当时重复起身谢过，舒大人便招呼他过天就搬进来罢。卫攸福下来，便去拜前手的文案。

这位文案姓虞，名承泽，号子厚，是个湖南人。本是一位佐杂，在边防案里保过了知县。看见舒大人的举动，心上颇为担着忧虑，怕的是一旦边防有事，这些骄兵惰卒一个也不能得力，还怕这营规一坏，这些本营的兵就难免不倒戈相向。因此时常想告退，便托名要进京引见。舒大人只不放他，后来见他屡次纠缠，才答应了他，等请到人，就听凭他动身。当日，听见有个卫攸福来接办，心里十分欢喜，便立刻请见。

问答了一回，才觉得卫攸福文才有限，恐怕敷衍不下去。但是自己要走，也顾不得了。又约计这个把月里没有事，便也放心。随即约定明日交代，交代过后连忙收拾行李，止耽搁了一天，即行动身。却没有走正路，绕了一路弯子走，为的是怕舒大人还要来追他意思。走了多日，方才到了广西省城，只因走得局促，忘记了原保大臣的咨文，心上十分焦躁起来。就有些朋友对他说是没甚要紧，只要在部办那里多化几两银子，就可以弥缝过去了。也是虞子厚一时托大，便也不以为意，耽搁了半个月，张罗了些钱，便取道进京。一路水陆舟车，不必细说。

不一日到了京，住在香炉营二条胡同谢家的宅子里。托人介绍了一位部办，姓史叫伯方。虞子厚拜了他，又托他代办此事。史伯方摇了摇头道："这事怕不成功，这是一定的规矩，没有原保大臣的咨文，就很费力了。"虞子厚又对他切实拜恳，并说他情愿多化部费的话。史伯方道："我们的交情，原不在钱上。但是，这件事须要经几道手，转几个弯，少了也怕不成功，大约总得这个数。"说着，便把指头伸了三个出来。虞子厚道："三百银子有限的很，就是如此。"史伯方道："好说，你老哥真会说。要是三百银子，老实话，做兄弟的也不犯着伸这指头哩。"虞子厚这才晓得，他说三千。当时目瞪口呆，一言不发，满肚里打算：这次带来的盘缠费用一齐交给他，也不到三千银子，这事如何是好？只得下气低声，再四求告。不料这位史伯方牙齿咬得紧，始终一文不让。虞子厚没法，只得订期再议，闷闷的回到寓里。

刚下了车，跟班的便来说："东昌府的专差来了。"虞子厚一面进去，一面问有什么事？跟班的道："听说叔老太爷的病不好了。"说着专差也走进来，磕了头，起来就把信送上。虞子厚拆开一看，乃是他婶娘的笔迹，心里不禁一惊，脸上早已露出笑容来了。

原来他的叔子名叫尧年，是东昌府的同知，这个缺做过十八年了。东昌府同知的缺，本算山东第一个，叔子手里颇可过活，只因没有儿女，从前本有要过继虞子厚的话。因为把话说反了，尧年大动其气，就也搁住。从此，叔侄之间格外生疏，便也不通闻问。后来子厚因为要进京引见，弄不到钱，姑且发了一封信，说要想借一千银子，以备出山的话。究竟一本之谊，尧年倒也极看得开，便如数汇到京里。得了回信，才晓得他住处。尧年年纪高大，早得了一个头晕病，医治总不见好。五月端阳这一日，到府里去贺节，回来一下轿，一个头眩，就跌倒在台阶前，头面碰在石头上，已经皮破血出，不省人事。一时七手八脚扶了进去，才慢慢的还醒过来，还一连发了几个昏。他婶子晓得家里没人，要出了事更不得了。又觉着上次汇过千金到京，虞子厚就以前有点嫌隙，也可以解释的了。这才写了一封苦切的信，专人来请子厚。

子厚看完信，晓得叔子那里并无弟妹，叔子一死，这分家私明明是自己的了，不禁乐的心花怒开。却因为当着来人，赶紧装出一付发急的样子，连忙把眉头皱起。无奈这两道眉毛忒杀作怪，勉强把他皱起，他又散开来，倒弄得子厚没法。只得一面叫来人出去歇歇，一面招呼家人收拾行李，雇车包站出京，把这引见的事暂且搁起。第三天一早，便动身取路往山东东昌府来。走了十天半，已是到了。专来的人就先一步回去送信，子厚也就招呼车夫，一直拉到二府衙门口下了车。子厚的意思，以为他叔子是早已做过二七了，因此急不择步往里飞跑。忽见大门口还是两个红灯笼，心里已有点奇异。又到二堂上，看见堂红依旧，格外诧异，还当是新任的陈设，心里却老大有点发毛。刚转进二门，有几个家人站着伺候，子厚也不及问长问短，一径进去。到得厅上，忽然看见他叔子在那里同一个人闲谈。子厚这一吓非同小可，既已到此，没有法想，只得上去磕头问好。那一位也就站起来走出去了。

尧年道："辛苦你，路上走了几天？"子厚道："听得叔父病重，连夜赶来，幸得叔父病已全愈，真是吉人天相。"尧年道："幸亏这位名医，吃了几贴药就好了。头上也只擦破了一块皮，今已结疤，并不碍事，并且头晕也不发了。"子厚道："这位先生手段却是高强得很。"尧年道："真正想不到，还能与你见面。但是你这次来，你引见的事怎么样了？"子厚道："正打算验到，就得了这里的信，所以还未办。"尧年道："你耽搁几天，还是赶紧去办。但是累了你，又耽误了你出山的日期，倒很对不住你呢。这里风大，我们里面坐罢。"子厚只得跟了进去，见过婶子，寒暄了几句，就忙忙的收拾一间屋子给侄少爷住了。

子厚心里是满肚不开胃，打算这分家私是稳稳的自己独霸，那晓得他又会好了出来。坐了一会，正打算出来，忽然听见小孩子啼哭的声音。子厚心里一跳，忙问道："是那里的孩子？"尧年道："是你婶子的主意，替我置了一个妾。倒好，居然一索得男，现在还未满月哩。"子厚听见这句话，真如沸油浇心的一般，一言不发，把这照例恭喜的一句话也忘记了，坐在椅子上，身不由己的乱摇起来。尧年也不在意，还说道："你一路辛苦，你到房里歇歇去罢。"子厚这才定了神，辞了出来。

到得房里一头倒下，心里十分不快，不免短叹长吁了一回。随即盘算道："既是如此，我辛苦了这一回，至少千金是要送我的，就譬如我出来张罗盘费罢了。"转眼住了七八天，子厚说是要回京，尧年也并不挽留，备了一桌酒送了行。又封了五百两银子，还说了多少客气话。子厚虽不十分满意，嘴里也说不出什么，就打算仍旧按站回京去。继又转念道：我要是遵陆到清江，到上海搭船到广西去，自己去弄这咨文，所化也还有限，总比这部办想我的少多了。这时候，就是卫攸福办不下来，也是一定请了人，难道还会一定拉住我不成？主意打定，便定了清江浦的车，一直到了清江浦。换了船，过了江，到得镇江。住在船上，心上要想去游一游金山寺，却又因为就是一个人，没甚意兴，便在满街上乱撞。忽然看见江里的炮船、兵轮，还有那炮台上，都挂了旗子，五彩翻飞，映着日光，十分好看。

子厚便拉着路上的人问道："今天是什么事？这般热闹。"那人道："今天有个外国钦差过境，所以大家接他。大约不多一刻就到了，你瞧热闹罢。"子厚听见，便也不肯回船，只在岸上踱来踱去的等。不多一刻，果然远远的望见黑烟一缕，从下游直飏上来，自远而近，看看就将近到了。再看各炮台、炮船上的，都是手忙脚乱的情形。等到船已到得面前，只听见轰轰的炮响，放了几个之后，忽然停住。正在诧异，又听得震天响的一声，仿佛有一样东西，随着这火药直冲到半天的样子。这时候，不但子厚吃惊，就是别处看的人都觉得奇怪。说时迟，那时快，那件东西早已向人丛里落了下来。大家死命的往外挤，发一声喊，冲倒的、碰翻的人实在不少。还有个卖晚米稀饭、下饺子的担子，早已挤倒地下，担上的碗是砸了个粉碎，锅里的稀饭、饺子是泼得满地。正吵嚷间，那件东西已下来了，不是别的，却是一只人手臂。大家挤着看，就有人晓得炮勇出了岔了。再看那炮台上，还在那里放炮，半天一个，好容易放完了炮，又奏西乐。那外国船上也还了炮，却放得甚是爽利。

不多一刻，已经放完，然后启轮上驶，炮台上又吹了一回号，这才大家卷旗押队，纷纷下来。末后有两个人，用一扇板门抬了一个人跟着走。在板上睡的人，却是鲜血淋漓，不住"啊唷""啊唷"的喊。再后就是营官骑了马，嘴里还在那里吩咐人，是叫送到医院去的话。还有两个人拦住马头，跪下道："这个穆勇，在营当差有年，一向勤慎。此次横遭惨祸，总求不要开他的名字。"只见那押队的点头道："自然，自然，这不必说。要是不好，就叫他儿子顶了卯罢。"这两人说了一个"谢"字，便起来往前赶散闲人，让这骑马的如飞去了。子厚看见，心里暗忖道：怪不得人家说中国的兵没用，这样看起来，真正没用。你看人家放的炮，多少利落。这炮台放了几个炮，还闹出这个岔来，要是真正打仗，那不用说，就是那三十六着的上着了。一头想，一头走。正想回船，走到三义公门口，只见一位客人，正同栈房里的茶房吵嘴哩。

子厚不免站住，只听见那客人道："不拘怎样，中国人也得讲理，外国人也得讲理。我才到，本来是想住六吉园的，你请我到这里，你怎么说的？

东西交给你，是一件东西不得少的。我交给你不是八件吗？怎么就会成了七件呢？”伙计道：“放屁的话，你交给我明明是七件，那里有八件？你想要讹人，那可不行。你要张开眼睛认认招牌，我们是英商的招牌。你也要晓得点轻重，再要胡闹，我就去告诉洋东，办你个无故讹诈。送你到县里去，打你一千板子，枷号在门口示众。你当我办不到么？”

客人道：“洋商的招牌便怎么样？洋东难道也同你一样的不讲理？”伙计道：“别人不少，单是你少，可有这个情理？再者，你这样混闹，是明明毁我们的招牌，替我们回复生意。我们洋东要是生意不好，你可就按着日子赔罢。还有一句老实话对你说，就算洋东真不讲理，你又怎么样？”客人见说他不过，心里也有点怯，他只得趁势收篷道：“我并不是说你们藏了，怕的是混在别人的行李里去，托你替我仔细找找。找到了自然顶好，找不到难道还要你赔不成？”伙计道：“没有这大工夫。像你这样客人，我不知道接过几十万哩。一个个都要我找东西，我当伙计的还要跑死了呢。”

子厚在门外看了多时，忍不住进来解劝那客人道：“省一句罢。”那客人却也不敢再闹，只得认了晦气，借此收篷。子厚便同他出来走走，问起他名姓，才晓得是扬州郭丕基，有事到江阴去的，还是生平第一次出门。两个人谈了一回，扬州人是最喜吃茶的，就约了子厚前去吃茶。素日晓得这里有一个大茶楼，叫做京江第一楼，便一路到了这座茶楼。果然起得壮丽，上面一块横匾是“京江第一楼”五个字。两边是一付对联，上首是“大江东去”，下首是“淮海南来”八个字，写得笔势遒劲。子厚同丕基就打楼梯上拾级而登，拣了一付座头坐下。

堂倌泡了两碗茶来，两人细谈心曲。郭丕基肚里很有点饥饿，就招呼要两分点心。堂倌看了一眼，也不则声，径自去了。郭丕基还当他没有听见，又高声叫喊堂倌，那知仍是不理，提着一个空壶已下了楼去了。郭丕基在扬州教场里吃茶，那堂倌是和气不过的，见了这个情形，不禁大怒，拿筷子把盘子敲得丁丁的响，也没有人理他。停了一刻，堂倌又上来冲开水，郭丕基厉声道：“同你说话，怎么不理？难道你耳朵是聋的么？”堂倌道：“我耳朵倒不聋，你眼睛是瞎了。”郭丕基道：“我同你说话，你不理，倒反顶撞，是个什么道理？”堂倌道：“楼上楼下，客人如许之多，也有个先来后到的。点心好了，自然要端上来。要早也早不来，难道我留着不卖，留着自己吃么？吵也无用，总而言之，我们馆里不能为一个人生火。”

郭丕基道：“放屁！”正要往下再说，堂倌也怒道：“客人放尊重些。”立刻把水壶往桌上一蹾，又道：“这是洋商的牌子，你要张开眼睛看看，不要说你，任凭什么人，都不敢在这里撒野，你还不配在这里发狂哩！你嫌不好，你简直滚出去罢，这里不稀罕你的钱。你要逞凶，楼下的巡捕现成，你试一试看！”郭丕基气的发抖，骂道：“混账东西，敢这样混账，我打你这个王八蛋。”正想站起来打堂倌，堂倌早已走到窗子门口，朝楼底下嘧哨了一声。只见一个戴红缨大帽，手里提了一个棍子走上楼来，却是中国人。堂倌把手指着郭丕基，对他说道：“他在这里混闹。”巡捕便走上来，一把辫子拖着要走。

子厚着急，忙上来解劝，陪着笑脸央告巡捕。巡捕道：“这是向来规矩，没有情分的。”这个时候，吃茶的也不少了。有一个有胡子的人，上来对巡捕说了几句，这个人是认得巡捕的，巡捕方才答应了，招呼叫他们会账滚罢。堂倌便走过来道：“两碗茶九十二，点心两分，一百六十，共计二百五十八，又打破盘子一个，作钱六十，小账六十，统共三百八十文。”郭丕基道：“这是个小酱油碟子，不过十个钱。况且，我并不曾吃点心。”堂倌道：“我们家伙都有定价。点心已是做了，你不吃不干我事，难道留给狗吃么？”

子厚晓得明是讹诈，又晓得郭丕基舍不得，心上又要紧离开这里，便连忙替会了账，拉着郭丕基下楼。堂倌还在那边笑骂，这边也只得佯为不理去了。走到街上，子厚道：“万想不到，这堂倌如此可恶。凭仗着洋人的势，就如此欺负人，实在可恨！”郭丕基道：“这种堂倌，要在我们扬州，早已被人打死了。他这样的混账，如何他这个馆子里还有许多生意？可也作怪。大约本地人是被他欺负惯的。我想，自洋人进来以后，我们中国的人吃的亏真正不小，总得要想个法子出口气才好。”子厚道：“这件事，照现在情形看起来，怕没有翻身的了。”郭丕基道：“其实，总是中国人不好。他的洋布有什么好，偏要买他的，难道我们中国自己织的布，穿在身上就有甚芒刺在背？他的洋货有什么好，难道我们中国的土货，用在身边就显出拙陋难看？即如洋油这件东西，他的气味是臭而不可解的，我是最不欢喜。无奈人家都要点他，说是加倍的亮，这真是个天意。要是大家不买他的东西，他自然也不来了。要这个样子一直不改，十年之后，你看样子罢！”一路谈着，还走不到半里路光景，看见前面围个圈子，闲人挤了不少。想进圈子去看看，那里还挤得上？忽然间圈子散了，几个人没命的冲了出来，就有个巡捕似的将一人辫子扭着，望前拖去，后面还跟了无数闲人。有几个像发恼的，有几个像着急的，有几个说说笑笑，像是不知轻重的，闹烘烘的一群过去。

子厚、丕基立在那里，是晓得他们的利害，也不敢前去多事，随后人也清了。有一个画空圈抹鼻头的读书人，在那里低着头，踱得几步绝好的方步。直踱到子厚身旁，这人还不觉着。听他嘴里念着道：“清平世界，朗朗乾坤，难道竟没有王法的么？唉，放屁！放屁！”这人的“屁”声未绝，子厚实在忍不住，便道：“仁兄请了。”这人听见，连忙将眼镜除下，似揖非揖的向着子厚道："雪斋兄几时来的？"原来这人号唤仁斋，听子厚叫他仁兄，声音又与他的朋友雪斋相似；况且一副近视眼，除下眼镜，更加弄不清楚，所以竟瞎缠了一回。

子厚见他是斯文一派，也就含含糊糊的答应了几句。这人却兴高采烈的说道："方才被巡捕拉去的一个人，也是好好人家的子弟。只因抽上几口鸦片烟，跑到洋街上来，到这烟间里面开了一只灯。后来还账的时候，拿出一个小洋夹，却放着两角洋钱，拿来交与堂倌。堂倌说不出嫌他钱少，面上就装着不愿意的样子。再把角子细看，却是奉天省造的，就要拿去掉换。但这小洋夹里没有第三角洋钱，只得嘴里说道，奉天不是中国的省分么，你倒不要他起来？吵了一回，这堂倌就喊了巡捕，拖出来拉到巡捕房去了。巡捕果然强横，这鸦片烟有何好处？要去吃他则甚？弄到如此狼狈，不知他懊悔不懊悔？"子厚道："堂倌的权力，洋街上竟大到如此。"这人道："不是堂倌的硬，开烟间的人，说在洋人处做过细崽，会说几句洋泾浜说话，同巡捕头脑也有些认识，所以他们的堂倌，也靠了些些洋势，就耀武扬威的做起事来。"

两人讲得起劲，那郭丕基饿得难受，将子厚的衣裳拉上几拉。子厚觉着，就与这人告别。一路行来，没找着个点心店，看见一个山芋担子，买了二十钱山芋吃了。一头吃，一头说道："我明天是要回家去了。"子厚道："不是你要到江阴去吗？"郭丕基道："不去了，不去了。我本是要到江阴找一个人，这才出家门口四十里地，就是这个样子。若再走远些，我还有命吗？况且，出门也要取个吉利，这种不吉利，还不如回去好。"子厚道："那也不然，有正事总是要办的。我还要到广西去呢，这路不更远了吗？"郭丕基道："我这人真糊涂，也没有问你到广西去做什么事？"子厚道："我是一个知县，因为要到广西去请咨文引见，这才要去。"

郭丕基惊骇道："原来是一位大老爷，我还不晓得。我请教大老爷一声，怎样就可以做知县呢？"子厚道："有好几种不等，并不一样。"郭丕基道："请你老人家说给我听听。"子厚道："有的是中了进士，放的知县，叫做即用知县。这一班从前是极好的，所以叫做即用，后来各省人多，也压下班去了。有的是中了举人，三科之后，挑选一个知县，这叫做大挑知县。有的是拔贡考二等的，叫做拔贡知县。有的是优贡考一等的，叫做优贡知县。有的是打仗有功，或是出洋，或是办河工保举的，这叫做劳绩知县。有的是银子捐的，叫做捐班知县，这些名目多着哩。"郭丕基道："譬如捐的，要多少钱？"子厚道："统通在内，也得四千银子。"郭丕基道："很上算。我看见我们江都县的老爷出来，坐着四人大轿，前拥后卫，打着锣，开着道，又是红伞，又是衔牌，他坐在轿子里自在得很，很羡慕他。听说他做一年，有好几万的银子呢。照你这样说，那不是几十倍的利钱么？”子厚笑道：“他是实缺，我那里能够？我们是候补，到了省，不知还要等多少年哩。”一路说说笑笑，早到了栈房。子厚便辞了郭丕基，自己回到船上。

家人已打听得，明天有招商局的轮船，子厚便招呼归置东西。到了明日，便搭船到上海，取路往广西去了。要知如何，且看下回分解。

第九回
信鸾仙大府护飞蝗　全蚁命进官乘饿马

虞子厚别过了郭丕基，搭了轮船到上海，由上海搭船到了广西。那时候，舒军门那里的文案已是请定了人，便也无所牵扯。子厚等到了咨文，重复折回京城，办到省书，部办亦没得别的说了。引见下来，仍旧按着旧路到汉口，岔往四川去。

这四川省，是西省的一个大都会，人烟辐辏，商贾骈集，十分热闹。子厚心里十分欢喜，忙忙找了寓处，安顿好了行李，就去找了长班。第二日一早起来，上院禀见，却看见官厅上悄悄地，没一个人。子厚一时也不晓得是什么缘故？等了一回，家人早已拿了手本回来说道：“履历收下，改日再见。”子厚只得出来，到藩、臬、道、府各衙门去禀到禀安。也有见的，也有改日再见的。接着又是拜客。过了一日，依旧上院，还是不见。子厚初到，不知道这里的规矩，接二连三去了六七次，总不传见，子厚急了。这时候，也就有几个认识的同寅，子厚问了仔细，才晓得制台是轻易不肯见人。有公事及差缺的事，都是制台传了藩台去招呼，藩台也是不耽肩，不论大事小事，都要去请示办理。制台怎么说，他便怎么办。制台在签押房的里间里，又收拾了一间净室，陈设甚是精雅。当中供一位吕祖的像，又请了一位吕胡子值坛，凡有一应公私事件，以及命盗等情，均请吕胡子扶乩判断。

因为乩文上的字不认得，吕胡子是自称几十代的子孙，从幼学会乩文，所以制台慕名去请了他来。譬如，外县的断结案子，禀了上来，任你情真罪当，赃证确凿，制台也是不相信，定要去到净室里来扶乩。乩上判了不冤枉，自然是没得说了。倘或乩上说是冤枉，任你怎样结实，都是要翻的。起初，外州县也不懂，就连老夫子也是不懂。末后，打听出这个讲究来，便有些州县把案子办好，先托人去找了吕胡子，说得妥当，便可如详办理。这吕胡子从此是掌了生杀之权，手头自然是逐渐充裕起来了。

制台又极是好善，刻了许多《阴骘文》《觉世真经》《玉历钞传》等书，发给外州县去散，并不取资。有些老手，便格外的露出殷勤来，又上个禀帖，说是民心向善，续请颁发若干本。制台看了欢喜，自然是如数颁给。后来，各县纷纷效尤，工本实在多了，没法子，只可取个半价。随后日子一长，只可照本批发了。其实这些州县领了去，并不曾发，不过是要博制台的欢喜。那字纸炉里堆积了不少，还有人拾了去做鞋底。要照中国的旧话，不敬惜字纸，才是大大的罪过呢。

这四川省一冬无雪，春雨又少，蝗虫已自萌生不少。要是上司严饬地方官赶紧扑灭，雷厉风行，何尝不能防患未然。但是，制台终日讲的善事，终日看的善书，又见各州县纷纷请发善书，只说是人心向善，定能感召天和，饥馑的事是断断没有的，就并不把这个放在心上。到了蝗虫大势已经蔓衍开了，各州县上了禀，说是怎样扑杀，怎样烧除，这些办理的情形，制台大人大为不悦，道："这是什么话，几千兆生命都被他们弄死。"便连夜发个通饬，饬令各州县，去向刘猛将军庙去祈祷、许愿、唱戏、修庙这些事。"这蝗是神虫，奉了神命而来，自然奉了神命而去。若是一味蛮打，不但害了多少生命，那刘猛将军派出来的神虫被你们打死，他岂不生气。以后，若是越派越多，岂是扑打能完的事？"因此不许各州县捕蝗。又恐怕各州县奉行不力，却暗地里派了几十个候补州县在外边私访。外州县得了这个信，大家已都是气馁。

就有一位巫山县知县，是著名的强项令，上了一个禀帖，痛陈利弊，足有千余言。制台看了，不但不能感悟，反说他忍心害理，招呼藩台换人，把他撤任。这蝗虫的事，是一日生九十九子，而且生长极速，只要几天，便能为害。愈蔓愈多，真正弄得是飞蝗蔽天，赤地千里了。

制台心里也有点懊悔，嘴里却不好说。这一天，斋戒沐浴了，到净室里去焚香点烛，叫吕胡子挡乩笔，自己伏在下边默祷了一回。吕胡子心里十分疑惑，向来制台请乩，都是同自己说明了再请。这会不言不语，不知他问的什么事？要是所问非所答，便不妙了。眼珠转了几转，想了一个主意道：不如给他一个囫囵罢了。当时乩笔就在沙盘里转了几转，划了字出来是"拿定主意，不听人言"八个字。制台起来看了大喜，极口感念道："真灵，真灵。"就赶紧出来，招呼加上一张告示："凡有蝗虫的地方，都要香花供养，不许开罪。"并谓如有人杀一个蝗虫，照杀人之罪办理。告示出来，大家看了好笑，反正已是弄了野无青草了。

各县纷纷报灾，灾区却是极广。四川省虽是多有义仓，亦是杯水车薪，无补于事。制台急了，只得在大堂上设了香案，每日三次的跪拜祈祷。不求别的，只求蝗虫早早的飞往邻境去罢。藩台接着上院，斟酌了多时，才定了主意，发款派员到湖南等处去办米。制台自己是打这天起，便是茹素忌荤，焚香叩拜。又许下印送《玉历钞传》一百万本，却是总不见效。制台也就算人事已尽，没有法子了。只得去传了四十九个和尚，在大堂东边拜忏放焰口。又传了四十九个道士，在大堂西边念经上天表。制台自己，也是天天去拈香，制台衙门口终日里是金铙法鼓，吵个不了。藩台又来请示要开仓放赈的话，制台也只得照办。城里城外，派了三四十个委员，设了二十四处赈局。先查户口，给过凭票。户口查完，开了局子，照票支米，大口一升，小口半升。局子虽有二十四处，却是拥挤不开。委员看这情形实在不妙，怕的是湖南办的米接不上气，那边的米要完了，便不好办。只得私下出了一个主意，把升子改小了些，便把这小的发米。不料有几个狡猾的试了出来，便在局子门口臭骂。委员听不过，出来吆喝，只是不服。就这个档儿，一传十，十传百，百传千，千传万，沸反盈天的大闹起来。委员没有法想，又看见势头不好，赶紧翻墙头逃走了。那些人便砖头、瓦片如雨点一般打了进来。这些司事人等，也就一哄而散。剩下的米还不少，大家就下手乱抢。也有脱了小褂子装的，也有脱了裤子装的，也有脱了套裤装的。不多一刻，所存的米一齐抢尽，大家也一哄而散。

那晓这个风声甚快，这边闹事，这二十三处虽然没有改升子，听得这边闹了，便也不由分说，一齐闹了起来。委员都已跑个干净，都先后的赶到藩台衙门里禀见。偏偏藩台烟瘾不曾过足，不能即刻出来。等到藩台传见的时候，大街上已是风平浪静了。首县、城守营各带了衙役营兵，四下里乱跑，算是弹压的意思。

藩台见过委员，问了详细。这改小升子的委员，也晓得升子已是打掉，没有对证，早把这层收起，不过附和着说民之无良而已，藩台很有点气，即刻上院回了制台。制台先前只说必是委员激变，无奈藩台说是“无论如何，这样风气断不可长，非得惩办为首的不可”。制台尚在沉吟，藩台道：“要就这样了法，将来湖南的米一到，这样一抢，这笔款子司里赔不起，请大人示下。”制台只是坐在那里出神，不办罢，公事上似乎下不去；办罢，又恐怕冤枉了好百姓。正在不得主意，首县也来了，算是弹压已过。藩台又逼着制台，要传谕首县拿人。制台只得转告首县，又叫他三天之内一定要破案，却不许累及无辜。首县答应了下来，便唤了通班衙役，叫他们分头查访缉拿。藩台又求制台派兵，按户搜查抢的米。制台一定不肯，说是这样一办，那就民不聊生了。藩台见拗他不过，也就算了。回衙门之后，又传谕首县，务要缉获为首。如若疏脱，定行参处。

首县也是这样一个人，并没有三头六臂，不过招呼差役，上紧办理。上头限了首县三天限，首县限了差役一天半限，这些差役个个摩拳擦掌，择肥而噬。到得次日一早，果然捉了七个人来。首县过了一堂，七个人是极口呼冤，首县也不管，且上去搪塞一下子，就即刻上院禀知了制台。制台也把七个人捉进去，看了一看，七个人仍旧是极口呼冤。制台心上恻然，连忙折回净室，叫吕胡子赶紧点香扶乩，问道："冤枉不冤枉？"一回批出四个大字来，是"李代桃僵"。制台以手加额道："真正神灵，几乎冤枉了七条人命。"随即命放了，叫首县另外捕拿正凶。首县莫明其故，急急打听，才晓得是吕胡子的缘故。就一面招呼捉人，一面叫人安排吕胡子。到得次日，又捉了六个人来，这些人都是同地保平时不大合式的。地保不过是捉他来顶缸，害他化几个钱的意思，也不曾想送他的命。一经到堂，不由分说的算是招了。首县又去禀制台，制台又请吕胡子扶乩，便不说冤枉了。制台大喜，立刻出令，斩首示众。可怜这六个人，做梦也不曾做到，竟不明不白的身首异处了。马仰人翻的闹了五六天，才算平静。

藩台仍旧要设局放赈，但是想不出好法子来，只得把候补人员一概传见。分了八天，叫他们各上条陈，或递说帖，或面禀。恰好第四天上，是虞子厚在内，当下见过归坐，藩台说起这放赈没有好法子的话。子厚道："放赈不难，难在查户口，户口不清，放赈就难了。"藩台道："诚然，诚然，老哥有何高见？"子厚道："卑职的意思，要分三等。头等是光景中中的，用不着给赈；二等是靠手艺吃饭的，一天也还可以混几个，这班人都可以不给。第三等便是这些穷苦无告的了。至于有口饭吃的，他果能不来朦混，原是最好。万一也来朦混，总要查得清楚。"藩台道："怎样查得清楚呢？"子厚道："卑职听见说有口饭吃的人，他出的粪一定是光黄圆润。无饭吃的，或是吃草根树皮的人，出的粪一定是干燥枯黑。要查得清楚，只要到各人家毛厕去查一查，便知道了。那却是毫无隐匿的。"藩台正在那里吸水烟，被他这一说，不由得一笑，被烟呛了嗓子，咳嗽了一大回，方才平定。笑着说道："很好，很好，这是你自己的主意，还是那个对你说的？"子厚道："不瞒大人说，先君在日，是山东的河工上委员。那一年，山东决口，筹办工赈。大家没得法子，是先君上的这个条陈，山东抚台极其赏识。后来虽未曾照办，却很佩服先君的才识，还在河工保案里保了一个通判。"藩台道："好，好，人家是世德传家，老哥是屎德传家了。"又问了别人几句话，也有递条陈的，也有说两句不疼痒的话，便一齐送了出来。

不说藩台这边集思广益，且说制台那边终日里焚香叩祷，四十九天的道场将次完竣。忽然一日，接到川东的电报，说土匪起事的话。制台大惊失色，连忙派了两个候补道，带了四营人，星夜前往弹压。这两位道台，一位姓乌，名圭，号子白；一位姓王，名霸，号亦旦，都现当着营务处的差事。次日一早上院请示，制台道："这是一帮饥民出来滋事，并不是真正强盗，大兵一到，自然就如汤沃雪了。不过，营里的习气我是晓得的，在我们是大事望他小，小事望他无。在他们是无事望他有，有事望他大。一则可以图个保举，二则还可以消纳点银子。所以我是刻刻防他，轻容易不派他们出去。不过，这回来请兵的电报十分紧急，不得不去做这一做。我已交代过了，去尽管去，可是只许带火药，不准带弹子。到了那里，放上两排空枪，自然他们就能散了。你们回来，我自然照样给好处的。你们只要息事，可千万不要去惹事。”两道听了这话，心里忐忑不定，只得回道：“这些亡命之徒，听说颇有点火器，此次带兵前去，若不带点防备，万一那边当真开了枪，这边便成了徒手抵御了。职道的意思，还是带了去好。只要能够不用，职道断不许他们用。要是一点不带，恐怕不大妥当，请大帅斟酌。”

制台道：“这是武营里的话，你们是文官出身，应该晓得点事理。只要你们到了，安慰他们几句好话，自然就服服帖帖了。一定要带子弹，却是何故？要说是对打，是万没有的事。他们是乌合之众，如何敢同我们对打。要说是示威，放几排枪就可以示威了。我不是舍不得子弹，我是怕他们去兴风作浪罢咧。如何你们二位也是这样说法？总而言之，草菅人命，博自己的升官，兄弟是万万不能答应的。”

两道急忙说道：“并不是想什么好处，只不过因为土匪势大，万一晓得我们官军没有子弹，一时负固起来，实难措手。到那时候，匪势就益发猖獗。所以能带点过去，是借此镇压镇压的意思。”制台道：“人非禽兽，总有点良心。他晓得官军是仁义待人，就应该格外感激，万万不会再有什么拒捕的事。不等大兵到来，已是解散的了，何必多此一举？若是镇压，有这许多兵去，自然是镇压得住，何必一定要子弹？虽说备而不用，到得那时候，听凭兵丁造一句谣言，开上几排枪，那人可就死了不少。老兄既是胆小，兄弟就派别人去就是了。”两道看见制台发怒，再也不敢多说，只得答应了下来。连忙去拜藩台，说明就里。藩台皱着眉头道：“不妥当，不妥当。但是，你们已经把话都说过了，我说亦是没用。姑且去碰一碰，再给二位回信罢。”

午后，藩台又上院，先禀了别的事，大远转到本题上来。制台还是余怒未息，说是：“现在做官的只图自己升官，并不顾惜民命。我记得那一年，阎敬铭做山东抚台，有一个什么山，避了无数逃难的人在山上。阎敬铭不晓得听了那个的闲话，派兵去查看。当时也不过只说查看，不知怎样就动了手，杀了人可实在不少。那时，阎敬铭因为河工的事得了一个革留的处分，这件事奏了上去，处分也消免了，还得了一点格外的好处。有人送他一首五言绝句是：‘兵迹鏖三载，孤山袭大功。生灵无限血，顶上染成红。’你说可惨不可惨呢？这首诗传扬开来，阎敬铭晓得了，自己也于心有愧，才告了病。所以我这次派兵，子弹是万万不能带；任他如何说法，决不能答应。要是真的闹了事，我情愿得处分，于心无愧，不强如阎敬铭有这种疚心之事么？”藩台被他一席话说得不能回答，只得说了两句话，随即退出去。知会了两道，叫他不必再说，说也无益。两道没法，只得会同了营官，择日起身。

营官姓牛，名大武，也是个老营伍出身。当时，领了两个月的口粮，七折八扣之后，才按名发给了。这年又是荒年，每日又要走路，一路上人烟零落，无处买东西吃。就是买的，也比平时加了几倍。这些兵倒弄成了个枵腹从公了。离省不过四五天，已散了一营。他带的枪虽是没有子弹，也值几个钱，就起身带着走，还有一件号褂子，一起都不辞而别了。两道听了发急，忙请了营官商议。营官不说他发的饷银一半下腰，只说这一路荒凉，买不到东西吃。两道没法，只得按着驿站去走。到了一县，县里晦气些罢哩。二十里也走一天，三十里也走一天，两道同营官的意思，巴不得土匪自己解散，只要去转一下子，就可以销差。面子又好看，又不吃惊，故所以一路只是延挨。无奈，消息略不见好，却又一天紧似一天，没有法子，只有窄着胆子往前走。走了十几天，距闹事的地方不远，只有几十里了。暂且找了一个村镇上住下，先叫各营兵均要严备。

一宿无话，到次日巳牌时分，排着大队，迤逦望前进发。大队在前，两道的两乘绿呢大轿在后，都戴着红顶花翎的帽子，穿着大马褂，眼睛上架着墨晶方眼镜。走过一个大林子，旁边忽然听见响了一枪。两道还当是县里派人来接他的，连忙端正端正了帽子，用眼去瞧。接连又是两枪，忽然听见人声鼎沸起来。先前的队伍，已是去得远了。这边打伞的以及亲兵，当是土匪来了，也顾不得大人，拔起腿来就跑，轿夫看见头脑不对，也把轿子放下，飞跑去了。两道大惊，连忙把帽子探了下来，丢在轿子里，跨了出来，也往回头的路上跑。却跑不动，走了几步，早已倒了。幸而还有一个戈什没有走，连忙跟了上来，扶着他俩慢慢的走。走了三四里路，也并没有什么动静，这才放了心。看见路旁有几家人家，便去对他说要借住的话。先前不肯，后来说明白了，那些人家也不敢不答应，就斟酌着让了一间出来。两道进去坐下，喘息了一回，才觉得浑身酸痛。乌道台却又烟瘾发作了，不住的呵欠，又是眼泪，又是鼻涕，不一会，直截同死人一样。戈什把大人安顿停当，重复折回原路去看看。只见轿子还在那里，队伍也回来了，轿夫伞夫一应俱全。

戈什赶紧过去问是怎么一回事？原来这林子很深，雉兔最多，是一班乡下人在那里打野鸡打兔子。一个大个儿一连三枪，打到三个，所以齐声喝采。那树林空阔，有些回音，又兼是大人的上下都有些心虚，只当是土匪来了，没命的撒腿一跑。跑了一回，不听见怎样，这才又陆续的回来看看。戈什听了，好笑得很，连忙也告诉了他二人的去处。便先打轿子里取了烟具，飞奔到大人身边，点上灯，烧了几口烟，替大人当火吸了，大人才慢慢的有点还醒过来。王大人虽是没有烟瘾，自早上吃了一碗燕窝粥，到如今已是下午，还没有饭下肚，肚子很有点饿，就招呼向房主人借米借柴，去煮点饭。应该几个钱，格外从丰还他。这个小村子里人，已是食不充口，那里去找好米？几家凑了些粗米，烧了饭，却是粗糙得很。不但两位大人没有吃过，并且没有看见过。这种地方，那里还有鸡、鱼、肉、鸭？不过几棵水菜，还是虫子吃过的，整治了端上来。两位大人是饿极了，不但不嫌他不好，倒吃得很香。吃了两碗饭，肚子有个七分饱了，收了下去。

不多一会，轿夫、亲兵都来了，绿呢大轿也抬了来，队伍却仍旧在前面扎住。大人把亲兵、轿夫恨恨的骂了一顿。这些人又去找了东西吃过，大人赏了房主人四两银子，房主人是喜欢得很。不过这个时候已是日落西山，离县城还有三十里地，赶是赶不到。又怕遇到土匪，只好在这里住一夜，明天再打主意。

当下没事点起烟灯，吸个不了。却听见大门外头过去的人声不少，也有笑的，也有哭的，老的、少的、大的、小的都有。大人就叫戈什去问，戈什问过回来禀称："都是近村的，因为被土匪扰了，所以搬家的。"大人道："你可问他土匪到底怎样？"戈什道："问过好些人，这些人的话也靠不住，大半都是捕风捉影的话。"大人道："到底怎样？"戈什道："据他们说，这土匪因为没得吃，又听见官军要来捉他，所以打算先在这些村庄里掳些粮食，存在巢里，以备抗拒的意思。据他们说，这个地方明天就要到呢。"王大人也就跟了出来，看见这几个人家的门都是开的，不由的走进去一看，却不见一个人。再走一家，也是如此。原来听见谣言，连夜都逃走了。再看村口，绿呢大轿还在那里摆着，还有两匹马也在那里拴着。以外，是一个人也不见。

乌、王大人不由得连珠的叫苦道："这便如何是好。我们只可也往回头走罢。"王大人道："我记得来的时候，约摸离这里十里路光景，有个大镇市。那里还有汛兵，镇上又有团练，谅来还不致即刻跑光。我们到那里去，可躲就躲一下子。一面叫地保到城里去，招呼地方官来接，你看怎样？"乌大人道："只好如此。但是十里路，我可是实在走不动。"王大人道："现放着两匹马，我们骑了去。"乌大人道："我不会骑马怎好？"王大人道："你坐着慢慢的挨罢。"到了如此地步，乌大人也没法，坐上了马，却不敢伸直了腰。王大人马走在前头，随手就替他拉着缰绳，慢慢地走。好容易走了多时，居然望见那个大镇市了。乌大人虽是不会骑马，却也并没跌落下来。

看官也要晓得这个缘故，这匹马本来是匹号马，虽然发了草料钱，无如经手的家人要扣下几成，号里的号头也要扣几成，到得马夫手里又去几成，所以交给这马吃的，有限得很，不过每天给他点粗草料。那马饿极了，又是一个畜生，说不出的苦，只有一步一步走着挨命。要不打他几鞭子，他也就再不肯走一步。乌大人这次得了这个好处，要是那一种劣马，不要说一个乌大人，就是十个乌大人，也跌得鼻青眼肿了。

闲话休题。却说两位大人到了那座大镇市街口，早望见那些乡团，都在那里摩拳擦掌，见他两个来了，就有人上来盘诘。两位大人直说了，那些人不甚相信，便去告诉了团长。团长亲自来看了，同那前日过去的似乎相像，只得指引了一个店里去住下。两个大人又同团长说，求他派个人到县里去，叫派人来接，团长也答应了。当下就有地保过来，打听明白了，便立刻起身到县里去报信。

那个县里，正在那里盘查奸细。又因为风声不好，十分担忧。晓得这件事，就是平了，自己不是革职，就是永不叙用。虽是面子上还十分撑持，心里却是百分烦恼。又听见说两位道台带了兵，不日可到，心里稍稍宽了一点。这日早起，忽然东乡里地保来报，说有两位道台大人落难在镇上，叫来报信，要这边派人去接。县官听了，老大不高兴，当即唤了地保进来问了备细。踌躇了一回，便唤了一个能言利齿的家丁，叫他拿了手本，同了地保去禀安。并说是“请问大人来此是什么公事？听见上县的滚单，说是大人带了兵来。现在兵在那里？目下土匪猖狂得很，县里有守土之责，不敢冒昧前来迎接。如果真是省城里派来剿土匪的，总要求大人先把公事赏给看一看。此外，他如再有话说，只要随机应变可也”。家人听了明白，便同地保前去，照话说了。乌、王大人没得法想，只得同团长商议，雇了轿子，到府里去。因为府里同他有点交情，可以替他想想法子，也可以托他顺便探听这营官的下落。

却说这位营官，在前面扎好了营，等到第二日一早，不见两位大人来。就打发了人回去一探，只剩得一乘绿呢大轿，此外连个人影都不见了。营官大惊，就派了几个人四下里找寻，只漏了不曾往回头路上找。他们扎营的地方都是大路。那地保进城，以及县里家丁下来，却是走的小路，所以并不曾遇见。各处搜寻了一天，仍是毫无踪影，营官急了起来，暗道：不好，不定这两个回去，对制台说些什么？又想：与其等他们害我，不如我先去埋个根子。便招呼把大队开到县里去。到得县里，已是不早，县里才晓得这两个大人不是假的。连忙派了人，打着轿子去接，两位大人已是动身到府里去了。当下问了一个明白，轿夫等便回县禀复了本官。

县里同营官商议，营官说："这件事不好，我们都是有处分的。莫如连夜发上一个电报，就说乌、王两位大人弃军逃走。"县里也想不出别的话，就照他办。等到乌、王大人到了府里，央求府里替他申雪上去，已是晚了。制台当下接了营、县的电报，不由得大怒。一面另行派人去接带，一面就奏参了出去。却好这个档里，下了一天一夜的大雨，民心大定。接着，官赈、义赈都到，大家有点吃，土匪也就渐渐的解散了。制台听见这个信息，正在高兴，忽然又接一个电报，说是什么"开缺来京，另候简用，遗缺已是放了云南巡抚过来升补"。制台气了一个发昏，又叹了几口气，急忙找吕胡子，要他再去扶乩，问问到京以后的事，吕胡子早已不知去向了。

原来，吕胡子听得制台被参，又听见说牵连了不少的人，还有他在内，说是妖言惑众的话。吕胡子手里已是颇可过得，先前久已把钱陆续汇了家去，他只是一个人，走也是极容易的了。制台更是生气，也只得搁起不提。连忙把历年的俸银、外花通通算了一算，他止剩得一万二千银子，便提出三分之一去印刷善书，一路去散。等到新制台一到，便交卸了，动身进京去，另候简用去了。要知后事如何，且听下回分解。

第十回
老吏著书官场尽相　高明骂座奴子羞颜

话说四川新放的这位制台，是个少年科第，由翰林外放，不到十年，洊升云南抚台。今又升了四川制台，自然是眼空四海。一进四川境，便为了办差闹过好几次。不是把碗盏砸碎，就是把办差的家人打一顿马棒。沿途所过的州、县，无不惴惴。这个风声一传到省里，这位署首县姓杨，名谔，是有名的一位干员，手里也有几个钱，便格外的讨好。不但房屋的裱糊，都是花绫子的；就是下而至于毛厕里头，也都是红毡铺地。至于制台带的人，自朋友以及三小子，无不都有一分应酬。果然钱可通神，新制台面前，自然是誉言日至。制台也觉得好，便狠狠称赞了几次，接过印，也不问军情赈务，先招呼藩台第一句，是把杨谔调个最优的缺。藩台不敢不答应，当时选来选去，不是才到任，就是署任未满，只有夔州府的首县奉节县，方才期满，就挂了他的牌。杨谔听见，很为欢喜，连忙上院谢委。等到署事的人拣了日子，便交了印，一面在外面应酬，一面料理行装，以便动身。

如今单表这位杨谔，是四川省里第一个猾吏。不论什么上司，没有一个敷衍不好。自到省第二年之后，一连十二年，没有空过。眼眶子虽然极大，心眼子却是极小。就有一班不要脸的去讨他的教。他先前也不肯说，后来，就有些拜门的。杨谔却是最喜此道的，并不推辞，从此便狐群狗党，愈引愈多，居然是一个大老前辈了。此次挂了牌，这些门生便想了一个法子，大家凑了分子，在湖北会馆里叫了一班戏子，替他饯行，又好顺便叨叨他的教。头一天便发了帖子过去，到得次日巳刻光景，又用大众的手本去请。不多一刻，早有人来送信，说是来了。大家连忙抢到门口去站班恭候。远远望见杨谔坐着四人大轿，前头一把红伞，又是四个小队，飞奔而来。

杨谔坐在轿子里，那付仪表，实在是气派得很。人家就私下里啧啧赞羡。须臾，轿子到了门口，杨谔下了轿，朝两边这些门生拱了一拱手，又让了半天，便一众围随着拥了进来。到得大厅上，杨谔便去站在上首，众门生齐齐排在下边，行了一个全礼。杨谔在上边还了一个半礼，算是门生见老师，应分的规矩。接着，便是为头的来让茶、让坐。戏台上已是加官踱了出来，摇摆了一回，又是财神出来跳舞了一回，这是众门生替老师取个升官发财的意思。跟手演了一出《大赐福》，一出《赵延借寿》，一出《满床笏》，都是老戏。

杨谔往四下里一望，收拾的也还齐整。众门生又叫掌班的上来请点戏，杨谔随便点了两出。这就摆起酒席来，果然烹龙炮凤，样样精工。杨谔大喜道："难得诸位老弟如此费心，愚兄实在抱歉得很。"首坐便道："这是点小意思，老师快不要如此说，越发叫门生们置身无地了。"当时又上了两道菜，干了几杯酒，首坐的便开谈道："老师这次荣任出去，离省又远，门生不能常常领教，殊为怏怏。但是门生在省城里，一年一年的真是不了，闻得老师到省没有空闲过，虽然说是能者多劳，门生亦断不敢望其项背。但此中一定有个操纵之法，还求老师不吝教诲。倘异日仰托洪福，宦途顺遂，有生之日，皆赐之年。"

杨谔听了他这话，心花怒开，眉飞色舞了一回道："这个倒容易，大凡新到省的人，是两眼漆黑。那个是上司欢喜的，那个是不欢喜的，一时也不知道。第一总要打听明白，那红人固是要紧，千万不可失礼。就是那黑的，也要留心。这里头有几种的看法，或是家里有钱，或是什么举人、进士出身，就也不可十分怠慢。为什么呢？有这一种人，尽管在省候补，却要摆臭架子，不肯去走人的门路。非到山穷水尽的时候，不肯去找人。要是他肯去找人，是没有不灵的。第一是他有钱，能运动。第二是他老师同年多，有声援，所以容易翻身。若是平时我们得罪了他，一时不容易修好的。然而，说虽是这样说，红黑二字总要认得明白。再次是钱不可不用，当用则用，亦不可乱用。要是红人儿，不论是道、府、州县佐杂，总要应酬得面面光，却并不是叫你把钱去乱塞。不过他说什么，我们忖度忖度，可行则可行，不可行亦要好好回复。至于小小不言的，却又万万不可惜小费。止有一种一时不得翻身的，却又不可理他，平时总要远他些，为的怕他是热落了，就要开口。论起来就直言回复，亦无不可，不过像你们这新出路的人，总觉得有点不好意思。其实有什么不好意思呢？

“从前我在首县任上的时候，有一位知府金人缄，送了十个马封来借印。你想，印色油硃虽说有限，难道不是钱？况且，金知府是黑透的人，我就回复了他。叫他管家回去说，要你主人写一封亲笔信来，作什么，用以备存案，我是不能代人受过的。他来人回去说了，金人缄有了气，也就作罢。恰恰这天晚上，积子发先生送来一张片子，要借一百个印封，说是发讣闻用。这积子发是制台的红人，且虽是丁忧，仍旧在内办事。那又不比金人缄了，我却如数送了一百个印封，一个钱没收他，还对他来人说，如果不够，尽管来取。我记得小时候听见人家念《礼记》，有‘父母所爱亦爱之，所敬亦敬之’这样两句，我就是窃取的这个法子。我们在外边做官，就如做儿子一样。只要父母欢喜，别的就不问了。况且，得罪了父母，亦只平常，等到父母年老归西，那分家资总是我的。只有上司，却万万不可得罪，得罪了，重则参革，轻则停委，真要叫你求生不得，求死不能，那才苦呢！所以，人家说，如能以伺候上司的法子伺候父母，便是真正孝子，一点也不错。说这个话的人，真是阅历有得之言。惟愿诸位老弟细细的品评这个理。

“再次，就要看上司的脾气，有的古板的，有的时式的，有的里外一般方正的，有的内方外圆的，有的口不应心的，总要去试探出来。最难的是一种人，满口仁义道德，说起来要地方官洁己爱民，候补的志趣不苟。每逢外州县的事，或是派个把委员出去，满心放不下，又密密打发人暗地里去打听。见了这些候补人员，问长问短，刺刺不休。他的意思，说是要找个有才具的，他也不晓得，人家出来做官为什么？常言道：‘千里为官只为财’，人家不为着钱，出来做什么事？既到了官场，什么叫做才具？我说，只要会想法子，就是才具。顶可恶的是，他见人时常有差委，反不喜欢，说他会钻。看见没人委过什么事的，他偏要极口褒奖，说他安贫乐道，那才真是呕人呢！

“还有一种上司，满口说话全是机关，须要留心体贴，不可当作耳边风滑了过去。我还记得前任制台在任的一件事。不是有一个候补知县被参公然行贿的么？说起来亦冤枉。那一天，却有几位去上院，制台只见了两位，说了几句闲话。制台便提起，现在出了一个某某的缺，二位的资格也都够到了，但是这个缺不容易，总要有些威仪才能胜任。当时，这两位老哥唯唯而退，亦莫名其妙。出来对人去讲，就有这个冤桶猜着了《中庸》上是有一句

'威仪三千'，这明明是想三千头的意思。他却一言不发，本来手里也有几个钱，又各处凑了凑，恰恰得了三千的数，便抵桩去呈递。他也没有同制台说明，制台也不晓得。这天制台会客，出其不意，有一位候补知县来禀见，当着大众之下，忽然递了一个红封袋，又请了一个安，说了一句'求大人栽培'。

"制台也不晓得是没会过他的意思来呀，也不晓得是故意拿他做个榜样，就当着大众抽出来一看，原来是一张银票。制台马上反了脸，重重的申斥一顿，叫他回家候参。后来挨不上两个月，果然丢了功名。诸位看看，这化钱又岂是容易的么？前头的制台也不说了，现在的这位制台，他的线在那里？你们也该打听打听。总而言之，款子到了，信也来了。信来了，那你就尽管预备到任罢。然而可要打听明白，也不是瞎闯的呢！还有一种不见客的上司，却是最好打发。他是专讲此道，此道不通，就可以十年不见，也是常事。

"刚才说是走上司的心经，这句话还不曾讲完。譬如，上司爱华丽的，我们的衣服千万不可古董；欢喜古董的，却千万不可华丽。欢喜年轻的固好，诸位尚都不老。要是欢喜有胡子的，却要早早的留须。至于说起话来，上司说的话，总而言之不得错的，千万不可顶撞。随机应变，迎合上意，久而久之，习惯自然，便自然迎刃而解了。此外的要诀就是京信，候补人员总要里修外补。要是我们自已熟人、亲友在军机里自然最好，此外，泛泛的信不如不弄。现钱现货最为妥当，只要有钱，王爷的信也容易。至于到任以后，本府、本道总要敷衍得好。几处宪幕，也万万不可大意。因为本府、本道的耳目较近，若不敷衍，恐怕于官声有碍，宪幕是要他批驳上控的案子。在任时第一要联络绅士，要晓得，地方官这些万民伞、德政牌，并不是百姓送的。百姓一样出钱，却亦不能不出钱，出钱之后，绅士来还官的情。上司闻知，他也不晓得这个诀窍，还只当是民情感戴呢。所以现任的应酬，宪幕是第一义，巴结绅士是第二义。而顶要紧的，就是要敷衍洋人。洋人在内地传教，地方官本应保护。

"但是，平心而论，这些在教的华人，可也实在不见得全是良善。碰着公正的教士，也未见得一定庇护他们。但是我们平时，总要把教士应酬好了。就是初一、十五行香过后，去拜望拜望他，用手本请个安也无不可。为什么呢？照外面说，我们应该体贴皇上家怀柔远人的意思，不要替他生事。在里面说，我做官是为什么呢？无非是为两个钱。倘或一定为着百姓，同教士斤斤较量，我们这一任就怕不得期满。所以，总要随事论事，万万不可闹脾气。遇着气不过的时候，只要看钱的面上，再无不了的事。就是民教打起官司来，总要把百姓压服下去。他们是我们的子民，他还敢怎样？能够如此做去，我们自然是久于其位了。碰到地方民情凶悍的，还要格外留心。至于我们交卸时候，这些百姓难说没有几句闲话，也还容易打发。只要化几个钱，预先招呼出去，沿路摆路饯桌子的，每处给钱几百文；在城门口脱靴的，给钱若干文，自然就有一种想钱的出来办。就或有跟着轿子骂的，我们也只可装做不听见。横竖钱已下了腰包，还理他作甚！现在办大差的事，外州县是没有了。就是本道、本府，也得十分尽情，无论家丁、厨子、亲兵、小队都要点缀。须要晓得，我们所花有限，所偿的有几倍呢！要不然，是这班人最坏，他顶会坏你的事。还有抬大人的轿夫，也要留心。遇着一种欢喜说话的大人，他还要打听轿夫，你们老爷好不好？要被他胡说上两句，也吃不了，却也不可不防。

"至于一次署事下来，回到省里，手头总有几个，第一要格外开阔广交。那些候补道、府，嘴头是再馋不过的，他遇到人家请他吃饭，从没有一次不到。那请他吃饭，是最好的办法。一者可以拉拢他们，也可以多说两句话，一次两次自然熟识了。或是欢喜打牌的，再请他们打牌。这打牌的诀窍是，我们自己万万不可赢。这些人不是这局的会办，就是那局的提调，见制台的时候多，只要档口上保护几句话，就够得终年的酒席钱了。这其中也还有几个字诀窍：曰红，曰圆融，曰路路通，曰能辨骨董，曰不怕大亏空，曰麻雀牌九中中，曰衣服齐整、言语从容，曰主恩、宪德满口常称颂，曰坐上客常满，尊中酒不空。照这十个诀去办，都包括在里头了。总之，这还是些皮毛上的话，还要自己心地明白，随机应变。所谓神而明之，存乎其人，那就是再说两天也说不完。我新近做了一部书，叫做《升发须知》，是说想升官发财的不可不知的意思。现在刚刚脱稿付刻，等到刻好了，每位送一部，大家可以看看，就可以懂得大凡了。但是这些事，可与慧心人言之，若懵懂的，固是不懂。就是那些念书念迂了，及中过书毒的人，万万不可给他看。并不是妒忌他，给他看也是枉然。非但不能照办，他还要颠斤播两，说些不相干的话，才真正呕死人哩。"

说话之时，早已酒席吃完，戏也唱过五六出了。杨谔便起身告辞，众门生俱各排班在外面恭送。直等到他上了轿，轿子抬起，出了大门，方才散回。大家都在那里揣摩他的传授，还有用笔记的，纷纷扰扰了一回，没有一个不感激老师的教训。大家兴高采烈，等着收拾已毕，各自回寓，预备去各显神通去了。

如今单说一位知县骆青耜，是江苏人氏。先前年轻的时候，也应过两次考。后来钻到招商局里，当过一次账房。作了弊辞了出来，又不晓得怎样招摇撞骗，弄了几个钱，捐了一个知县。因为名气太大，晓得南几省站不住脚，这回分发到四川去。到省以后，虽有些小差事，无奈他的手段太阔，总不够用。这天听了杨谔的心传，回到家里，着实盘算了一回，不禁的拍案道好，又摇着头道："终究是一面的话。"自言自语了一会，家里人问他，他也不说。次日，便到外面转了几天。他本晓得候补道济仁，是制台的红人，且有点瓜葛，就想去打通这条门路。无奈一连三次都是挡驾，未免心中有点不耐烦。本打算不去了，只因为杨老师的传授，是不可闹脾气，只是忍了一口气，派人去打听了一个的实。

原来，旗人的门权最重，济大人既是制台的红人，那些奔走献媚的自然不少。他门口有一个冯二大爷，是济大人的心腹，言听计从。除掉从前济大人认识的之外，要是有人来见，若不先走通冯二大爷的路，再也够不着见济大人的面。济大人却也知道，只为是一向跟随，不要紧的钱，也不来管他。所以，这位冯二大爷的声势，就一天大似一天了。骆青耜打听得实了，赶紧去当了一笔当头，去买了绸绉绫绢等物，装了一大盘，派人送了去。冯二大爷看了一看道："这是何苦，我是断不敢领的。"往返两次，总不肯受。骆青耜急了，只得亲自跟了来。一直到冯二大爷房里，再三的作揖打恭，求他赏脸。冯二大爷没法，只得收下，就留骆青耜坐下谈心。

冯二大爷道："候补老爷在省城空闲，很不容易支持，我们都有的用，何必你老人家破费这许多呢？"骆青耜道："我晓得，你老先生还短什么？只不过这一点点敬意，实在是力薄没法弄。这样一点点的东西，不但你老人家看不上眼，就我自己，也实在惭愧的了不得。我替我自己说句混话罢，这叫做礼轻情意重，好在我同你老先生相共的日子长，以后再慢慢的补报罢了。"冯二大爷道："好说，好不敢当。"坐了一回，骆青耜也不便就说要见大人的话，只得起来告辞。冯二大爷也不留，就送到大门口，哈了哈腰进去了。

骆青耜心里是十分满意。回到家里，刚刚他一位朋友出差回来，送了他四瓶茶叶，是顶好的。他急急的就去配上了八合茶食，又去送给冯二大爷。冯二大爷推不掉，也只得收了。过了三天，骆青耜又去请安。不到半个月，果然熟落了，才慢慢的吐出来意。冯二大爷道："容易，我们大人是最喜见客的，你明天午后来，包你准见就是了。"骆青耜谢了，欢天喜地而去。次日才打十二点钟，骆青耜早已蟒袍补褂袖里笼着履历，走进门房里来。

冯二大爷睡在烟铺上，两个眼还是半睁半闭，仿佛是刚刚下床的神气。看见骆青耜进来，略略的把身子欠了一欠道："来的早，请坐，请坐。"骆青耜道："不动，不要客气。"遂即在一旁坐下老等。冯二大爷抽了十二口烟，喝了一碗茶，又吐了几口痰，方才把水烟袋拿过来，点根煤子，呼呼的抽了七八口，方才说道："大人也刚才起来，你略坐坐罢。"骆青耜道："不忙，不忙。"一会工夫，冯二大爷吃了点心，洗了脸，方才站起来，到隔壁房里去咕唧了一会，早是一个人戴着水晶顶子，拿了手本进去。又挨了一刻，看他挂钟上，已是打过三点钟了，里头喊，说是请骆大老爷，骆青耜便恭恭敬敬的走了进去，在客厅上站着，等了又有三刻钟的工夫，大人方才出来。当时行礼、送茶，一切烦文不必叙述。

济大人把骆大老爷的履历看了一看道："原来你老哥到省也有三年了，宝眷都在这边？"说过这两句话，早已端起茶来送客。等到送到房门口，还说了一句："没事可以常来走走。"说过径自进去。

骆青耜仍旧回到冯二大爷房里，坐了一坐。冯二大爷便问道："说的什么？"骆青耜告诉了他，冯二大爷道："都是一样，你可要时常来走走，不要太疏远了。总要等到他在烟铺上见你，那就是水到渠成了。"骆青耜道："承教，承教。多谢，多谢。"遂即辞过冯二出来，又到别处转了一转，回家想道："这冯二很是照应我，想老师说的，他们最嘴馋不过的，须要请他们吃一两顿方好。但是既请他，就不能不让他首坐，这个陪客可不容易找。一则怕他们不愿意，二则又恐他们借此联络了，又夺了我的道路去。"正在踌躇，忽然门口送来一张帖子，说是京城里来的一位李子亭李老爷拜会。

骆青耜看了名帖，晓得是同乡，还有世谊，但不晓得到四川来做什么？只得招呼请见。见过谈了许久，方晓得李子亭的叔子服官四川，病故无子，他是来运柩回籍去的。就赶着去回拜，见面之后，就约下明日下午请他吃便饭，李子亭也答应了。骆青耜又自己去请了冯二大爷，又去约了几个亲戚做陪客。到得次日下午，就派人分头去请。

先是冯二到了，骆青耜早已招呼家人，称他冯老太爷。因为是称大老爷不好，称大爷又不好，还是这样含糊点好。冯二大爷也不推辞。当时，骆青耜让他首座，座上嘁喳了一回，李子亭也来了，坐了第二位。骆青耜是明欺李子亭不晓得。李子亭听见家人称他冯老太爷，也只当是不晓得那位候补老爷的老子，不以为意，不过客气点称一声老伯罢了。

这两个到过之后，众陪客也都来了。外间早已摆好桌面。骆青耜出去送酒，依旧是冯老太爷首席，李子亭二席，其余依次坐了。骆青耜同李子亭谈了回京城里事，又忙忙的应酬冯老太爷去。李子亭也不免敷衍两句，又问："老伯是几时来的？"冯二道："有五六年了。"李子亭道："令郎的贵班？"冯老太爷及骆青耜，均不曾提防他这一句话，吱吱的半天说不出来，红了脸一言不发。李子亭还当他不曾懂，又复说了一句。冯老太爷道："小儿不曾在这边候补。"李子亭又问道："老伯恭喜，是在这里办什么公干？"冯老太爷道："我住在济大人那边。"李子亭道："济大人的事忙，想这些书启账房光景也有好几位。"冯老太爷道："这些我不管，我是替他上上号簿，办些杂事。他里面书启上另有人的，此外也并没别人。"李子亭诧异道："这样说，老伯就是济大人的门公，济大人便是老伯的恩主了。"冯老太爷红了脸，也不做声。骆青耜早端了酒让酒，意思想要把他的话岔开。

李子亭先前看见诸位都呵奉老太爷，以为必是一位年高有德的。又见他高谈阔论，两只眼往上一翻，爱理不理人的光景，本来就有点不自在。今又晓得他是济大人的门公，心上益发不自在，又见骆青耜让他吃酒，便冷笑道："酒倒够了。小弟这次出京，在宜昌经过，有一个朋友请了十几桌客。刚刚小弟去拜他，他就让小弟去入席。小弟一定不肯，让至再三。小弟没法，走到他客堂里去看了一看，也还都是些有头有脸的人，并不是什么兔子忘八。小弟也还当是官场里的人，又见主人家十分情真，便也就有坐下来的意思。那知小弟用的轿夫，他执役虽贱，却还有一点天良。他连忙赶进来，把小弟拉了一把说，请老爷上轿。我见了奇怪，就骂他没规矩。那晓得他说：'轿夫没规矩，也不过是个轿夫，他们坐在上头戴顶子的人，还更没有规矩呢！请老爷上轿就明白了。'小弟听他说话不对，也只得走，那主人家也就不再留我。我到路上方问轿夫，到底是为什么？轿夫道：'老爷也是个官，也是朝廷的名器。现在，这位老爷请的这些客，那里是什么好人？都是一班乌龟忘八。老爷虽不是大官，也要顾点身分，不犯着同这些乌龟忘八同桌吃饭。无论老爷是过路的，同他们水米无交，就算是想他们什么，也不必这样的丢身分。'我听了方才明白。最可怪的，是这位主人老爷，他尽管请乌龟忘八也不要紧，到得明日，依旧可以到外边去摆架子。却又何必拉着我们一同去坐呢？这等肺肠，也实是不可解。小弟一向在京，不知道外边的事，常听见说外边这些官场的闲话，也还以为言之过甚，不想到廉耻道丧至于如此！"说毕，就站了起来道："小弟还要到一处去走走，不克奉陪，就此辞了。"说完往外就走。走到廊下，等到轿夫点了灯笼，一径上轿去了。主人送他，并在轿子前打躬，他也只作没有看见。

这一会，骆青耜老大难受，回来坐下，脸上红一块，白一块，就同热锅上蚂蚁一样。同坐的见李子亭骂得刻毒，又恐怕冯老太爷生气，一时都拿不到主意，倒是鸦雀无声的。冯老太爷笑着道："这个人是有点痰气。他是那里人？说话口音很不好懂，一连串说了些什么？为什么说完就走了？他说话慢点，还可以懂得点，像刚才这一口气说的，我真直截一句也听不出来。"骆青耜晓得是冯老太爷盖面子的话，只得随着他道："这人五年前发过一回痰迷心窍，后来好容易医治好了，总以为是不会再发。那知道三杯酒落肚，就发了老毛病，不晓得满嘴说些什么东西。我们吃菜罢。"大家亦就附和一笑，算把这事遮盖过去。骆青耜等李子亭去后，就叫把李老爷的杯筷撤去，大家宽坐一坐。又招呼房里开灯烧烟，就让冯老太爷去抽。冯老太爷亦不推辞，一径到里间，睡到床上去吸烟，骆青耜陪坐，一边慢慢的谈起："济大人有署川东道的信息，你要求他什么事，也就在这几天里头了。"骆青耜道："这事全仗太爷提拔。"冯二道："大家都是自己人，不要说客气话，也要你自己上点劲。"骆青耜道："我前日说的那个地方，怎么样？"冯二道："不错，我替你回过了，我忘记招呼你。这个缺，上头是要这个数。"随把指头伸了五个。"后来，我们大人说你怎么精明，怎么能干，地方上是颇能得点益处。说来说去，才减去这些。"又把指头弯下了两个。"但是这个数也不容易。一者要你去赶紧设法，如今谋的人多。一者要你想法子去送，不要走漏风声，闹出笑话。我们大人亦借此看看你的才具。"骆青耜听了一惊一喜，当时站起来请了一个安道："多谢，多谢。"冯二也欠了一欠身子又道："当真你要快去办呢。"说话间，外间又上了一样甜菜，骆青耜就让冯二去吃菜，又谈了些闲话。这顿饭直搅到三更天才完。

送了客回来，自己靠在椅背上，满肚里打算，不得主意。这三千银子虽说足值，向何处去设法呢？幸而想起，他住的房东是个大有钱的。然凭空开口向他说借三千银子，恐怕他也断断不肯。除此，却是再无第二条路，只得去找了房东。先说了些闲话，再落到正文上，并且许他将来加利奉还之后，还要加送他一千以作酬劳。

骆青耜这个时候只要有人借钱，不拘多少都肯答应。房东也不肯放心，叫他写了四张借票，还要他找个保人。骆青耜不得主意，因为同寅里，断断没人肯保他四千银子的巨款。事情又一天紧似一天，只得又去求冯老太爷做个保。冯二答应了，这才钱票两交。骆青耜甚为喜欢，把票子带在身上，乘着官厅上没人的时候，便去禀见，说是有公事面回。果然制台见了，也只淡淡说得两句话，制台却是捧着一只水烟袋吃烟。吃了几口，把煤子插在管里，忽然又抽了出来，递给骆知县吃，这是从来没有的事。骆青耜福至心灵，已经看出这个巧妙。忙把带的三千两一张银票卷了一卷，插在煤管里，站起来请了一个安，仍旧把水烟袋递还。制台的眼光最尖，早已看见了。接过烟袋去，又自己吃了一口，依旧把煤子插进去。骆青耜偷眼看时，那张银票已是不见了，骆青耜心里明白。制台放下烟袋，就送客出去。骆青耜却不曾回家，一直到济大人家，同冯二如此如彼说了一个详细。冯二也替他欢喜，还赞他机警权变。骆青耜欢喜的了不得，两处一转，时候已是不早。骆青耜肚里也饿了，只得回家去吃饭。

果然，有钱使得鬼推磨，不到五天，骆青耜就委了巴县，济大人的川东道也就揭晓。济大人同骆青耜各自欢喜，骆青耜又备了一分重礼，去送济大人，济大人是照单全收，又荐了两个门丁。骆青耜的房东也荐了两个人，并且说明，一个要做稿案的，姓施名贵。那一个姓周名升，随便派件好事罢了。骆青耜只为用的是他的钱，不能不答应，只得收了下来。又忙着去送冯二的礼，冯二早就叫人对他说不要东西，骆青耜既挂了牌，省里也自然是活动了许多，立刻去写了五百两一张票子，去送给冯二。冯二意思里嫌少，骆青耜只得答应他，到了任再补情，冯二也就没得说了。

过了几天，是济大人动身的日子了。那一天接官厅上送他的人真也不少，却只有这位骆大老爷不在那里。看官要晓得，骆青耜是最会巴结人的，他这巴县，又是受过济大人的成全，岂有不在这里候送的理？只因这位骆大老爷性情乖巧，自看过那《升发须知》后，他又化出许多法子，立意与众不同。大家这里送济大人，他却先到三十里铺去，预备下一座上好的公馆，挂灯结彩，在那里伺候。这边，济大人辞别同寅上了轿，轿夫一口气走了十几里，济大人也有点饥渴。早望见一个戴红缨大帽子的，拿着手本扑面走过来。早有戈什过去问了明白，便来到济大人轿子前回道："骆大老爷在前面预备下公馆，菜饭各样现成，伺候大人。"济大人听了，心上甚喜，就吩咐轿夫快走。不多一会工夫，早已到了村口。只听见放了三声大炮，骆青耜已是在村口打躬迎接。济大人要下轿，骆青耜再三拦阻，这才一直进了村子。到了公馆门口，果然是非常华丽。

济大人下了轿，到得里面看了一看，极口夸赞。接着就是骆青耜手本上来，立刻请见。济大人说了多少的抱歉的话，骆大老爷说了多少沐恩的话。接着又谈别事，说个不了。还是骆青耜道："大人走了一天，也有点乏了，卑职暂且出去招呼他们。"济大人别的倒也不妨，就是烟瘾来了。见他要出去，便也不十分款留。当时骆青耜辞了出来，便招呼先送上点心等件。到得上灯的时候，里外都是点起蜡烛，照耀得如同白日。大人前是一桌上等的燕菜酒席，冯二那边也是一样。其余戈什等均是上等鱼翅席，轿夫跟人等均是海参席。骆青耜就在厨房门口一样一样的看过，方才端上去。济大人吃过饭，过了瘾，天已不早，济大人也就睡了。次日一早，又是照样预备。无奈，吸烟的人早上是不能吃东西的，略略的应酬了一点。轿夫等均已齐备，济大人又对骆青耜说了多少客气的话，方才上轿。

骆青耜又先到村口去送，一直等济大人的行李人等一齐走完，方才收拾回省。这一番预备，骆青耜也很要难为几个钱。他却是从这《升发须知》里推广出来，自出心裁的办法呢。欲知后事如何，且听下回分解。

第十一回
覆雨翻云心思刻毒　偷天换日手段高强

再说骆青耜刚刚到家，不多一刻，就有人来拜会。骆青耜一看帖子，是黄伯旦，也是杨谔的门生，是自己平时极投合的人，立刻请了进来。骆青耜接着笑道："我还是刚才回来呢。"黄伯旦道："到那里去？"骆青耜道："我在三十里铺送济大人。"黄伯旦道："怪不得，我昨天在接官厅没有看见你，你原来想出尖，到那三十里铺去。有你这一来，把我们都盖下去了。"骆青耜道："这不相干，各人有各人的交情，也如何便能把你们盖下去呢？"

黄伯旦道："我今天早上听见一句闲话，特来请教你。有一位京官李子亭，是同你认识的么？"骆青耜听了，不由的心上一跳道："不错，我们总算同乡，怎么样？"黄伯旦道："他见了制台，很说我们官场的闲话。什么钻营奔竞，什么忘廉丧耻，并且说老哥有意的拿他开心，糟踏他，叫个当底下人的坐在他上首吃饭，叫他陪着，不把他当个人。难道我们当穷京官的，连个底下人都不如？这到底是怎样一件事？"

骆青耜心上老大发慌，呆了一呆，叹了一口气道："这是我心眼太实了。那天，济大人的家人冯老二，他虽说是当家人的，人家说他儿子已进过学，也就不算低微了，况且如今世界，只要有钱有势，什么叫作官？什么叫做家人？那日，他在我这里吃饭，我因为李子亭也是要请的，就把他找了来吃顿便饭，不晓得李子亭这张穷嘴，到了席上，没有住。后来切树到根的一问，偏偏这位冯老二也不好，被他问住了，说了实话。他便大发雷霆而去。在我的初意，不过是想省两个钱，不晓得，倒弄得两边不讨好，这才是有冤没处诉。你听见制台怎样回复他的？"

黄伯旦道："制台莫名其妙，不过敷衍了他几句，他还是悻悻而去。我是有闻必告，劝你以后遇事要留点心，不要这等的随便。至于李子亭这个穷京官，料想也捣不出鬼来。就算他是制台的前辈，难道制台就会听他挑拨么？"骆青耜道："现在世界，总要随和点好。我只当他在外多年，阅历深了，好意请他吃顿饭，不晓得他仍然还是老脾气呢。这样人，我倒敢说一句话，是一世不得发迹的。"黄伯旦道："他来做什么的？"骆青耜道："听说是搬他叔子的灵柩的。"黄伯旦道："他叔子是那个，住在那里？"骆青耜道："就是李文正的侄儿，住在道门口，朝西大门。"黄伯旦记在肚里，也不多说，立刻兴辞出来，便一直去拜李子亭。

李子亭看了片子，说不认得，挡驾。黄伯旦又招呼他家人进去，再四说是有世谊，务必求见。家人只得又进去说，李子亭道："外省的官场最会扯弄，拿了鸡毛当令箭，不要理他，只管挡驾罢了，再不然就说病了。"家人又出来说了，黄伯旦没法，只得怏怏而回。到得家里，便吩咐家人道："若是李老爷来回拜，只管请就是。"

自从这日起，黄伯旦也不出门应酬，也不出来上衙门，坐在家里老等。到得第四天，李老爷果然来回拜。轿子方才站下，里面已是一叠连声喊"请"。李子亭诧异，便骂家人说话不说明白。家人只得上去说是谢步，不是拜会。无奈黄家的家人不理，开了中门，早硬把李老爷的轿子牵了进去。李老爷也没法，只得下轿，走到客厅上。黄伯旦已是衣冠而出，嘴里还说是"亵渎大人"，说着，已是跪了下去磕头，磕头起来，赶紧请安。

李子亭久当京官，于请安一道颇不在行，总算混过去，不然就要跌倒。行礼已毕，送茶升炕，说了一两句套话。黄伯旦怕他要走，连忙抢上道："听说大人到了这里，颇受了骆令的气。"李子亭笑了一笑，也没接腔。黄伯旦道："如今官场，真是一言难尽了。大人在京，久不晓得外边这种不堪的样子。就不算多年世交，就是个漠不相知的，既然舍不得请人吃饭就罢了，何必拿人家开这样的穷心？就是凭自己说，也要留点身分，那就有这种不要脸的。"李子亭先前也不在意，后来见他正言厉色、大义凛然的光景，不免又拿他当个好人，便道："这真是想不到的事。"黄伯旦道："大人可晓得，他已经署了巴县了。可晓得他这巴县，是怎样来的呢？"李子亭道："想是什么轮委、超委了。"

黄伯旦道："那里，他并没有超委，轮委还在卑职之后。"李子亭道："那光景就是为地择人了。"黄伯旦道："为地择人的话，是外省督抚朦混皇上的话。你想这种样人，都要在这上千候补人里去拣。难道上千候补人员，竟没有一个如他的？"李子亭道："那是什么讲究？"黄伯旦道："他这是全仗家兄之力。"李子亭道："想是你令兄替他说来的？"黄伯旦道："不是那个家兄，是孔方兄之力。"李子亭道："何以见得？"黄伯旦道："他是前月初三，在同发祥开了一张三千银子期票，后来，也没看见他使。等到挂牌之后，制台衙门账房里早有人出来划了进去，这不是个实在凭据么？"

李子亭道："卖官鬻爵，难道真有这样事？"黄伯旦道："一点不假。况且，这是实实在在的凭据。要讲公道，这个缺实在是卑职的。不过卑职没有钱，就只好两只眼睛望青天，让他去了。他这次下来是越有越有，以后水大舟高，多财善贾，更是无往不利了。"李子亭道："我同这位制台是世兄弟。他乡、会试都出在先父房里，我所以同他的交情，不比恒泛。上次骆青耜的行径，我已告诉他，他还替他遮瞒，一味支吾，原来有这些讲究在内。今天本要去看他，我去问问他，看他羞也不羞？拿什么脸见我？”黄伯旦道：“千万不可说卑职说的，倘若大人说了出来，那卑职就要名列弹章了。”李子亭道：“我理会得，不必嘱咐。”吃了一杯茶，上轿走了。黄伯旦把他送过之后，心上十分得意，且按下不表。

却说李子亭打黄伯旦家出来，一径到院上来拜制台。适值制台没有公事，立刻请见。先谈了几句闲话，又说到要不日动身的话，末后说到：“老世兄财运亨通，真真意想不到。”制台道：“这个缺，也是大家晓得的，此外还有什么财气？”李子亭道：“听说四川候补的，有好几千人，这几千人，全都是可以生财的。而且，四川州县一百四十几处，这些也都可以做些大钱铺，老世兄还嫌财气不好么？”

制台不晓得他是何所用意，忙着要问个详细。李子亭便把听见黄伯旦说的话，一五一十的背了一遍，只不曾说是黄伯旦说的。制台听了一席话，道着心病，老大吃惊。虽然是多年老兄弟，他本人呢，也只平常。至于清议那一层，既做了官，更是置诸脑后。只怕是回到京里去逢人辄道，被都老爷听见，上他一个折子，就顽大了。一想到这里，转不得不下气小心去敷衍李子亭。李子亭又道：“我不晓得是真是假，但是人言凿凿，谅非无因；也许是他在外边胡吹。只要你世兄差人去四下里一访，那就见他无私有弊。无论真的假的，总之与你世兄的官声有碍。”制台道：“他这个缺，是轮委的。”李子亭道：“轮委是听说一个姓黄的在前，超委的话，他本来没有。”制台听见他说了这些话，也还不肯认错，又向他分辩了两句。

李子亭也有了气，便道：“这有什么要紧？皇上既放了老世兄做四川总督，这四川自然老世兄的管辖。难道我们过路的人，还敢来干涉老世兄的权利？一者是多年世好，非比恒常，不敢不言；二者是巴县一个缺，听说还不坏，既要讲卖，这兰千头总未免太便宜了些。”制台听说得斩钉截铁，便道：“这话世兄到底那里听见的？”李子亭道：“那个不晓得！同庆祥的票子，是骆青耜打的，是老世兄衙门收的。这件事在你老世兄，虽说是做得隐瞒，可晓得路上行人口似碑呢！我奉劝老世兄一句话，尽了我的心，至于听与不听，也非小弟所能自主。这四川的候补人员，都是老世兄的属下，还敢说什么？万一闹到京城里，晓得了两起，便有三起，那时节可不知道回护着骆青耜一个人好呀，还是保全着制台的禄位好？请老世兄自己斟酌一下子罢。小弟多言，改日再见罢。”说完立起身来。

制台听见他声口不似先前柔软，便先软了下来，连忙拦道：“世兄不必急急，兄弟还有请教的话。世兄说的话，句句是金玉良言。兄弟敢不恭听？

且请坐坐。”李子亭只得又坐了下来，把这件事搁在一边不提。制台又问了些家常的事，便说道：“四川的候补人多，自己耳目难周，世兄在这边可有什么熟人没有？可晓得有什么品行最好的没有？”李子亭道：“兄弟在这边，不过几个泛泛的，并没有至好的人。至于品行好的，更不晓得。有一个黄伯旦，听他说话似乎也还正派，可也不晓得里面如何？”

制台记在心里，这回谈了多时，天已不早，李子亭兴辞而出。制台送客回来，打算不出主意来。巴县是久已挂牌的了，要叫他不去，这笔银子就得还他。还他倒也有限，但是如何还他法呢？要说是叫他去罢，这李子亭同骆青耜是做定了对头，万一他回到京城里放点火，弄出事来，那可真似他说的话，还是保全四川总督的禄位好，还是这三千银子好？一时委决不下。后来，想了一个主意出来，就作准把巴县这个缺改委黄伯旦，骆青耜暂留他在省里。又叫人去对他说，是李子亭同他过不去，只等李子亭动身后，另外还他一个好去处。骆青耜也不敢说别的，只得答应了，在省城静候着，却是一腔懊恼。到得第二日，黄伯旦的牌挂了出来。这李子亭同黄伯旦并没交情，只不过一句口头话，制台却要应酬李子亭的面子，又算是照例轮委。这便是黄伯旦移天换日的手段，又较骆青耜高了几倍了。

骆青耜托人四下里一打听，才晓得是李子亭保举的，便恨的他咬牙切齿，满肚皮打算拿他点露马脚的地方，难为他一回。无奈黄伯旦更鬼，挂牌之后，如无其事，也并未来见李子亭，不过照例去上衙门拜客。

却说黄伯旦的太太伊氏，在省城却也苦了多年，听见老爷挂了牌，却也欢喜。等到黄伯旦忙过了，便来同他闲谈，说是：“再想不到，就会委了缺。”又道：“这个缺早已委了人，如何又会改委呢？这真是好运气了。”黄伯旦笑道：“你们到底是女人家，一点见识没有，这事是全亏本事，那里有什么运气不运气？说句老实话，像我这样手段，不是发虚的话，四川省里可实在没有第二个。我是昨天上院，把制台大人教训了一顿，他见我说的有理，也没得话说了，他先就软了下来，又朝我赔了许多的话。这个真是从前人说的一句话，无论什么人，抬不过个理去。”

太太道：“我不信这样人山人海的去处，连你这样才具都没一个？”黄伯旦道：“真的，你看那些戴顶子拖翎子，也是一样的官，要讲起办事，那可差得远了。我不是说现成话，前任制台要是听我的话，还不至开缺哩。”太太道：“才具不才具也不管他，听说这个缺还好，我也苦够了，你到了任，每日要给我一百吊钱。”黄伯旦笑道：“那里有许多钱，一天给你一吊钱罢。”太太道：“那不成。”黄伯旦道：“你先别同我争钱，你赶紧收拾东西，好去到任。”太太道：“有什么收拾，四只皮箱，三个是空的。此外的破瓶破罐子，还有几个大钱。”黄伯旦道：“我是要先去借一笔钱，把些当都赎了来。你只把箱子收拾干净，预备着放衣裳罢。”

正说着，忽然家人来说，骆大老爷来拜。黄伯旦想不见他，继而一想不好，就见见他又何妨？就招呼请进来。骆青耜先道过喜，便道：“兄弟空欢喜了一场，乃是为老哥做先声。”黄伯旦道：“这件事是觉着有点奇怪，牌示说是老哥这面另有要紧差委，或者更有好事也未可知。”骆青耜道：“什么好事不好事，不过一句空话罢哩。”黄伯旦道：“万万不能，必有借重，尽管放心。”骆青耜道：“就算是有好事，兄弟这样的才干，还会办什么事？不过瞎忙罢了。只怪兄弟眼睛不亮，拿着人家同亲兄弟一样，人家就拿着我当顽耍。你道我如何咽得下去这口气？”黄伯旦晓得他要说到本题上来，只得推开道：“兄弟不日就要动身，不晓得老哥还有什么吩咐？”骆青耜道：“岂敢，岂敢！兄弟与这巴县是水米无交，就算是有事，也只好自己去做的了。倒是杨老师，听说今年要做五十岁生日，不知道可有公分？”黄伯旦道：“不晓得。其实，我此次得缺，与杨老师无干。”骆青耜道：“老哥是青出于蓝而胜于蓝了。”黄伯旦道：“言重，言重。我也想送他点银子，但他也是现任，也不在乎此，随后再说可也。我还要同老哥说一句话，兄弟一两天就要动身，老哥若是有了好信息，务必给一个信，俾得早日欢喜。”骆青耜道：“是了，是了。”遂即辞别。

回到家里，通盘仔细一想，再把他听见别人打听来的话，参观互证，觉得其中总还有点道理。李子亭同他水米无交，怎样就会保举他呢？忽然想起，制台的巡捕段承恩是自己相好，便去切实托他探听。段承恩同黄伯旦也是相好，只因为黄伯旦近日趾高气扬，心里有点愤愤，遂答应了骆青耜的话。骆青耜又写两封信，一封是给杨谔，一封是给冯老太爷。不多两日，杨谔的回信来，说是这其中一定有人播弄，务要探听明白，群起攻之，方是正办。万万不可忍气受亏，以致以后越发不妥当了等话。

骆青耜正在猜度，段承恩也来了，便把黄伯旦如何拜李子亭，李子亭不见面。以后李子亭回拜，他硬请进去谈了多时，又怎样的自己冒充正派人，李子亭见制台如何说法，又说李子亭是从黄伯旦挂牌之后，有一张名片到院上，说是道谢的话，源源本本打听个彻底明白，一齐告诉了骆青耜。骆青耜真气得三尸暴跳，七窍生烟。老大气喘了一回，方才同段承恩商议，要报这个仇的话。又招呼摆出几件酒菜来，留段承恩吃饭，商议了许多法子。

段承恩道：“这件事，只可还是去请教杨老师，他必有无上妙策。”骆青耜听见这句话，亦就恍然大悟。当日酒散，骆青耜便请了几天假，一直去找杨谔，把前后的事诉了一遍。杨谔也是生气，拿手指头捋着胡子，细细的出神一回，方才说道：“我就做件刻薄事罢，你不要问，等我来替你报这个仇。总而言之，他也不要想在巴县拾一个钱。”骆青耜听了，心中大喜，也就不便再问下去。住了几天，一直回省，按下不提。

却说黄伯旦是湖北人，家眷住在安陆府城外，离城也有三四里路。他年纪本轻，父母双全，因为儿子不很孝顺，便住在家里，一直未曾出来。此次，听他署了缺，虽然欢喜，也只是平平而已。他的家里的事，杨谔是一概晓得的。黄伯旦还有一位兄弟，名叫季拔，同伯旦也不合式，只住在家里侍奉父母。黄伯旦到了任，行查收告，正在十分闹热的时候，忽然接到安陆府打来的一个电报。拆开一看，是"父于十一日病故，拔泣叩"几个字。

伯旦心里大吃一惊，急的直跳起了。忽然心里一动，又复坐下，仔细盘算了一回。暗道："人家三千头弄来的，我不费一个钱，只凭着自己的聪明才力弄到手。如今是一碗饭已要拿起筷子来吃了，就这样凭空端了去，天下似乎没有这样的笨人。但是电报的事，局里一定有底子的，他若是在外头说开了，传到上司耳朵里，岂不是个匿丧不报呢？我总不懂我们中国人从前定的礼，真正不好，像这样牵制的事实在多。"又想：我这位老太爷，他真不晓得怎样不见机，早不死，晚不死，单等我得法才死，可真是受他的害不浅。我记得从前浙江有一位候补知府某人，他见他儿子飞黄腾达的起来，就想到自己百年之后，儿子要丁忧的，必定要耽误了儿子的正经事业，屡屡的放在嘴上，说个不了，又想不出法子来，后来到底改为承继出去。虽说是本生也要丁忧，到底只要一年了。这才是能体贴儿子的好老子。想我这老子，真不凑巧，这便怎样办呢？我在省里置办东西，应酬朋友，也费了好些。要就这样下来，岂不倒弄成一身亏空？自己在房里咕唧了一回，把桌子拍了一下道："没法子，只好这样办罢！"便招呼跟班的，请了舅老爷来，同他说了详细。又叫他去对电报局里说，不要声张，情愿送他五十块钱。如果已经说了出去，就叫他再补一张报来，说是第二电，又还阳了。又叮嘱了多少话，舅老爷便去办理。

黄伯旦把一团高兴的心送到东洋外国去了，还是提心吊胆坐在签押房里老等。等了老大一回，舅老爷回来摇着头道："不成功。"黄伯旦道："怎样不成功？"舅老爷道："电报局是大张狮口，先说了多少官话，是万万不能通融。后来才说到正文，据他的意思，说这巴县的好处，全在下半年，他只得五十块钱，未免太不值得了。况且，这是安陆的电报发过来的，将来结起总账来，他们便是作弊。关乎他终身的饭碗，万万不能通融。况且昨天的电报，外间已都是晓得了，做鬼不得。后来，说到舌敝唇焦，才有点活动。他开口是一千银子，还要现交。我替他搓磨到多时，才说妥了六百两银子。如果这边答应，先送银子过去。他这个假电报，明天送来。"

黄伯旦听见说局里肯这样办，六百两银子倒也不甚在意，便笑着道："我还道怎样的不成功，原来是银子的事，我作准答应了六百就是了。不过要替我做得干净些，你快再走一趟罢。”舅老爷答应着便又去捣鬼。黄伯旦心里略略放宽，就打算今天先把丁忧的话宣扬开去，明天再把还阳的话也宣扬出去，好等大众周知。便招呼外边，把堂红等一齐都撤了。衙门里上下大小，以及衙役书差，都晓得老爷是已经丁了忧，这是第一天的话。

次日一早，同城文武都来问候，黄伯旦一面叫官亲陪着，一面叫舅太爷去催电报局的假电报。等了多时，总不见到，同城文武都兴辞而去。黄伯旦心里十分着急，又叫账房去看舅老爷到那里去了？自己只推说是孝衣未齐，等齐了就成服的话。就从早上等起，一直等到上火。舅老爷却是回来了，满头是汗，那付张口结舌的神气，真是画也画不出来。

黄伯旦急问道：“电报呢？”舅老爷道：“可恶已极！可恶已极！昨天同他讲得明明白白，今天一早便送了银子去，也交给他了。那晓得忽然变卦，一定不肯，说是关系他的身家性命。好说歹说，只是不答应。到后来更混账了，他把这六百银子也不交出来，还说多少不讲理的话。”黄伯旦发恨道：“他说什么？”舅老爷道：“他说你们东家既是父亲病故，理应丁忧。照你这样办法，是个贿买通同，匿丧不报，闹上去，不但你家吃不住，我们还是与受同科呢。至于那六百两银子，我是并不稀罕，不过借此小惩大戒，也叫你东家晓得点轻重。你们要告，尽管去上告。我急得同他闹了起来，他说既是如此，我们局里是不敢办。你若再闹，我就打个电报，到总局里去请示，如果总局准办就办，不准办就不办。或就近请总局商明制台亦可。我听了他这话，明是挟制。我又怕替老姊丈闹出花头，只得回来，可还有别的法子想？”又用手把头上的小帽子捏在手里，扇了两扇，便道：“我还没吃饭呢。”又跑到门口喊道：“王升，你看看厨房可还有吃的么？”王升答应去了。

黄伯旦只气得一个发昏章第十一，一句话也说不出来，又在房里踱来踱去，踱个不了。舅老爷便自去吃饭。黄伯旦晚饭亦没吃，一夜走到天明，也再想不出好主意来。后来，打算迟个一二十天再报。因为这个时候正是开征，一天一天的日异而月不同。所以打算这样一挨，也总可以有半个多月耽误哩。那晓得，这位典史老爷酆寿，也是一位脚色。他听见堂翁丁了忧，便想了代理的念头，也不管堂翁报没有报，早已自己进府去了。黄伯旦听见典史早已进府去，晓得这事是瞒不住，没奈何，只得照例出报报了上去。

府里果然委典史暂行代理，典史已是由府回来，便即刻专人过来说明，明天一早接印。黄伯旦到此地步，任你再奸刁点，也没法子。这两天，黄伯旦已是茶饭不曾沾唇，应不是伤痛他老子，就是为着这颗印要交出去，把他放在面前对着他，朝他淌眼泪。无奈，酆寿是时一刻不能耽误，只得狠一狠心，含着一包眼泪交了出去，又退到房里去哭了一场。他衙门里人，还当是哭他老子呢！正在这交印出去的时辰，伯旦的兄弟季拔却来了。

原来，季拔听见伯旦署了任，便把家里的事料理一下子，告明了父母，一径到巴县来做二老爷。刚到门口下轿，早看见里面抬了一个亭子出来，外面鼓乐吹打着去了。二老爷也不在意，等他过了，才进来下轿，衙门里已是走得没有什么人了。把二门的上来问清楚了，才赶进去找人去禀知黄伯旦。黄伯旦听了诧异，连忙出来一看，一些不错。连忙说道："你如何来了？"二老爷道："我听见你到了任，所以来看你，我要想找点事做做。"黄伯旦道："前半个月来的电报，可是你发的？"二老爷道："我不曾发什么电报。"黄伯旦道："什么话，老太爷怎样？"二老爷道："老太爷身子很好，极其康健。"黄伯旦道："这更奇了。"连忙到房里，取了电报来给二老爷看。

二老爷是目瞪口呆，半晌方说道："那里有这件事？"黄伯旦道："不好，这一定被那个人做了手脚去了。"连忙喊家人拿帖子到典史老爷那里，叫他不要接印。自己却同二老爷匆匆说了几句，也不及问长问短，又打发舅老爷去问电报局是受了什么人的指使，弄个假电报来瞎闹。不多一会都回来了，典史老爷已是接过了印，并且还有几句说话道："暂时代理，是奉了本府的札子，并不是自己来抢去的。现在要说是送回来，只要有本府的札子也可以，不能凭这边一句话作准。"黄伯旦气得说不出话来。这个档儿，舅老爷也回来了，说那个电报是由安陆府发的，真的假的须向安陆府去查考，他们只晓得发到了便抄送，别的一概不知。

黄伯旦恨的咬牙切齿，一面打发二老爷即日动身回去查考，一面做了一个通禀，请上头彻底根究。又因为电报局前日的挟嫌，便无中生有的夹杂了许多话，自己就在衙门里住着候批。到得第二天，觉得不耐烦，便发个电报到安陆府里去问。那边回话，说"发电报是向来没有保人，只要交了钱，他怎样写来便怎样替他发，这个是不能认咎"的话。巴县这个电报局得了这个信，又怕把他没入的六百两银子叨登出来，也想先发制人。便上了一个禀帖，说黄伯旦怎样的行贿，怎样的买嘱，最后并且连这位二老爷也说是假的。两个禀帖一同上去，制台便批了"自行查明禀复"几句话。黄伯旦倒反弄成一个不能进，不能退。后来，终究为着个六百银子的一笔款，被电局拿住，也就不敢十分搜剔，就糊里糊涂告了一个扫墓假回去。临走的时候，还被这位代缺的典史挖苦几句，更弄的不得主意。只为这代缺的，向来是不接交代，不能不等省里委的人到了，算清交代才能脱身。

却好这时候，是收下忙、收漕的时候，这位新任老爷，自然是扫除一切，兼程前进。原来这位新任老爷姓凌，官印是乃本二字，陕西鄜州人，是个秀才出身，为人不时不古。因为黄伯旦到任没得几日，就出这个岔儿，所以于交代各项并不十分苛求。

黄伯旦费了多大心机，才把骆青耜煮成功的饭夺了过来，正想安然享用，又被人家夺去。如今是无缘无故的便宜了一个典史、一个新任。可见天下事，任你万般奸巧，亦不免有倒绷孩儿的花头。倒是这位凌太爷，真是梦想不到的。

如今单说这凌乃本，接印不到一个月，早接到学台的文书，催他开考。这时已经改了策论，凌太爷是秀才出身，于小考的事还算在行。就择日取齐，点名进场，一复、二复、三复，不到半个月，终了场。取的一名案首姓岑，单名裕，字号其身。等到发过长案，岑其身便来拜见，却也生的一表人才。凌太爷心里甚是欢喜，又勉励了几句话，方才退出。等到学台考的时候，却高高进了第三名，少不得拜老师，讲贽见，忙忙碌碌了几天。

岑其身住在城外一个古树镇上，原本家道也还可以过得。只因为他自己利心太重，想要发财，便搭了一个朋友叫林理生，开了一爿估衣店。不到一年，折了本，林理生又跑了。岑其身没得法，好容易央亲告友，并自己的余积，才把这件事了下来。经了这回挫折，倒弄得手头拮据起来了。他本弟兄两个，哥哥久已亡故，剩下一嫂一侄。先前已是分过家的，所以倒店的事与嫂子无干。他嫂子姓牛，是个有名的泼妇，动不动就出去骂街。因此，邻里替他起了一个外号，叫做“母大虫”，岑秀才也非常怕他。岑秀才还有一个妹子，嫁给本地一个土财主，姓萧，时常也回家走走。因为岑秀才光景不好，也就看不起他，却同牛氏最好。岑秀才娶妻万氏，生下子女各一，子名阿宝，女命阿惜。这两个孩子颇有点古怪脾气，岑秀才虽是家计艰难，要穿好的，吃好的。岑秀才反正不管，万氏看不过去，也就打上一顿。无奈过去了，还是如此。这年进了学，人家送了贺分，也有几百吊钱的光景，岑秀才不敢用，就结存在一个南货店里，以备收两个利钱，应酬家用，倒也安稳。

转眼又是一个年头，这年正是乡试年分。岑秀才邀了几个知己去乡试，便去托他嫂子照应照应万氏并两个小孩子。刚刚这位萧氏姑娘在家，听见了在旁冷笑道：“大嫂子是孤儿寡妇，凡事都要二哥哥照应他点才是，如今倒是二哥哥托大嫂子照应二嫂子了。”岑秀才摸得他们的门道，也不敢再说，就便岔了一句话，走了出来，找了同伴一径进省去了。

这年天气也不热，一到七月半后，总说是不会再热的了。那晓得一个多月不下雨，竟是流火烁金的热起来。岑家的房子虽有几间，大的被牛氏住了去。万氏住的已是侧房，况且院子又小，万氏没得法子，就领了两个孩子在院子里过夜。这院子被这一天阳光晒过，到晚上还是余威犹炽，到得五更天，恰又凉了，这一个多月，万氏的热毒寒渴是受足了。到得八月初一这天，就发一个头晕，栽了过去。两个小孩子也不晓得什么，还当是他睡觉。幸而万氏的娘家，打发一个人来看他，走到面前看了一看，面色不对，头上的汗珠如黄豆大；又摸了他的手，却是冰冷的。来人说是“不好，一准是起了急痧”，便赶着扶他起来叫唤，又拿了一个铜钱替他刮痧。牛氏已是听见，过来看了看，一言不发，径自去了。这边医治了一会，才得还醒过来。来人又替他张罗张罗，方才回去。

万氏到得晚上，却是浑身发烧，口里乱说胡话，牛氏也只当不知。两个孩子是不晓得什么，这天的晚饭亦没到嘴，哭了三四场。幸而万氏娘家又派了一个人过来照应，才算敷衍过去。挨到次日一早，由万氏娘家作主，请了一位医生来诊脉。诊了多时，说是脉息已是没了，赶紧备办后事。也不曾开方子，就去了。接着万家的人也来了，看了看万氏的情形，万氏已是口不能言，以手指着自己的口，又指着两个孩子，泪流满面。不多一会，眼光一散，已是断了气。万家的人同着两个孩子哭了一回，牛氏也就过来，指天划地的号哭了几声，便叫去接姑奶奶回来。

一会，萧家的姑奶奶也回来了，便大家商议着办后事。又去把万氏房里的衣箱一齐发了出来，一只一只的开看，所有稍为值钱的东西，一转眼就不见了。万家看不过去，却也不便说，只好安慰两个孩子，由着他们姑嫂两个去摆布。他们翻到一只箱子里，把岑其身的存折翻到了，便交给牛氏，说是替万氏办后事。当晚忙着入殓，停放在家，又去传了和尚来念经，万家的人已是回去。就打第二天起，每日是八个和尚拜忏，拜的朝西大悲忏。又买了些鲜鱼、肥肉，说是二奶奶一世没享过福，他死后总要替他多用两个，方才对得住他。做的菜，有时也端在灵前去摆一摆，有时也不摆。姑嫂两个躲在房里，还有牛氏的儿子三个人，一桌吃了。吃不了的残羹冷炙，就分点给万氏的两个孩子吃。有一顿没一顿，身上的衣服已是出了虱子，头发已是打成疙瘩，也没人来问信。

转眼已过了二七，姑奶奶忽然想要写信去通知二哥哥。牛氏道：“我们女人家写什么信，难道万家不会写信么？”姑奶奶听了也觉得有理，从此更是格外的奢华。先前还是逢七焰口，现在竟是每天晚上都放焰口，又热闹又有趣，反正尽着岑其身的五百多吊钱用。大家又舒服，又不心疼，又乐得应酬和尚，实是一举两得，止不过难为了岑其身一个人而已。

却说岑其身到了省里，寓在同学的一个公处，叫做莲花潭，同居约有七八个人。录遗过了就去投卷，到得初八进场。到了号里收拾妥当，先到各处去望了一下，等着将近封号，这才回号里去。等到查过了号，弄点东西吃了，就睡觉养神。半夜里题纸下来，岑其身看了一看，却是从前拟题做过的，心中甚喜。略略的润色了好多，便誊清在卷子上。

号里的日子最短，转眼已是天黑了，点了蜡烛，伏在号板上誊写。忽听见号子东头哭声振耳，岑其身急急问号军道：“什么事？”号军道：“闹鬼。”岑其身道：“我时常听说号子里闹鬼，我第一场就遇到这事，我不可不去看看。”就赶紧出了号，往东一直跑去。约摸有四十多号，正是那个哭的地方，门口却是冷清清，没有一人。岑其身大着胆，便在帘子缝里偷眼去看，原来，这个人是个花白胡须的老者。卷子已经誊好，放在号板上，点了三枝香，对着他洒泪呢。岑其身不懂得什么缘故，便揭开帘子问道：“老先生为什么事如此伤怀？”那老者见有人来问他说话，便也不哭了，把卷子轻轻的放在卷袋里，方才答应他道：“我有我的心事，承你来看我，感激得很。”接着两边叙了名姓，坐了一回。岑秀才看并没有一点鬼气，便一定要请教老者到底为什么事伤心？老者道：“说起来可痛、可惨、可恨、可悔。你如是已完了卷，不妨就同你谈谈。若是还早，不必耽误你的工夫。”岑其身道：“我卷已誊清十分之八，难得我们有缘，倒要请教。”

老者又叹了一口气道：“你要听，我就说给你听。我本是省里人，从小的时候最为父母钟爱，六岁就送我到书房里去，念《千字文》《百家姓》这些东西。到得七岁，先生就叫我对对子，我对不出，先生就替我对。对我父母说，是我对的，父母也是欢喜。我是一无所知，乐得顽耍。又过了年把，叫我念《唐诗三百首》，念了几个月，叫我做，我做不出，也是先生替我做。对我父母说，也说是我做的，我父母极其欢喜。到得十二岁那一年，已经念过了好几部经书，先生又给我一样《启悟要津》念，念了几个月，又叫我做破承题。我只当是我做不出，还是先生做呢。那晓得这位先生不能，一定要我自已做，做的不好，一回骂，二回打，三回罚跪。我也不晓得怎样算好，怎样算坏，也就是糊里糊涂的瞎做。又过了一年，先生才讲书。我以为讲书是最好了，那晓得，先生是照着小注念一遍，就算是讲过了。我小时性最顽皮，又欢喜些灵巧的顽意，我见书架子上有一部《博物新编》，我看了有趣。先生不许我看，我只是偷看，又被先生打了一顿，说是邪书。又最喜欢打算盘，加、减、乘、除已是一学就会，还有什么异乘同除、异除同乘等法子，我正要去看，又被先生打了一顿，说是耽误工夫。镇日里只许念八股、念试帖，此外一概不许去看。那知八股这一道，我是最不喜欢。无奈，只得耐心去学。到了十七八岁上，又叫我去小考。一次不取，又要一次，空下来只许做八股。后来好容易进了一个学，以为可以偷空做别的事了，那知道仍旧是只许作八股。我父在日，又时常教训我，说是‘要显亲扬名，只有在八股里搜寻，此外毫无道理’。那晓得一场不中，又下一场，闹到如今，八股已是废了。虽说策论同八股差得不多，但敷衍下去终不好看。要看书也看不进，要学别的也学不成，偌大的年纪，还在这里观光，由后思前，不觉悲恸。我这点香供他，并不是供他做的好，是说我几十年的辛苦都在上头，所以吊他，就是吊我自已。我年纪已大，满身是病，得知这次出去，还能再来不再来？怎教我不伤心呢？”一面说，一面泪珠儿又滚了下来。

岑其身听了，也觉惨然，勉强的劝了几句，回到自己号里，赶紧把卷子誊好了。次日一早去交，随即出场。接连二场、三场都已完毕，岑其身甚是得意，回到下处，赶紧吃点东西，足足的睡了几个时辰，方才起来。要知后事如何，且听下回分解。

第十二回 文章憎命误煞功名　机械存心变生骨肉

话说岑其身出场之后，这一觉睡得十分酣足，及至醒来，却好同伴的都回来了，都是兴高采烈，就各处去游玩了一回。回来大家讲定，在省城等榜。岑其身怕的川资不敷，不敢答应，就有两个答应不取他的房饭，一定要陪在省里，贪图热闹。其身也只得随遇而安，从此东游西荡。空下来，便把场作互相传观，这个赞那个是“金声掷地”，那个赞这个是“珠光烛天”，如是者又过好几天，却到了九月初十放榜的日期。

这写榜的规矩，是关了门在里面写的。主考监临坐在上面居中，房官分左右两边而坐。每拆一卷，先用一个黄条子写了姓名、籍贯、名次，送给监临主考看过，再送到各房官看过，方才交到填榜的去处照写好了，便把这个条子往桌子底下一丢。桌子底下伏的人早已检在手里，走到龙门口，打了暗号，由门缝里送了出去。那些同伙在外的接到了，便纷纷去投送报喜。所以放榜头一天，里面写一名，外面就报一名，等不到榜出来，外边已是传扬都遍了。岑其身寓里各同学朋友，打这一天便不许家人们出去，因为要想在家里静等。大家商议好了，就买了些酒菜，慢慢地在家饮酒等榜。虽然心上都是热剌剌地，却都装出镇静的样子。一直等到日落西山，还是杳无信息，就有几位不自在了，不是说头痛，便是说肚胀，托故去歪在床上叹气。在坐的人，就也渐渐的后劲不如前劲了。

约摸也有上灯的时候，忽然门外喊了进来道：“伍老爷中了。”这时候伍老爷还在桌子上，正夹了一块鸭子要吃，听见说他中了，不禁心花怒放，却故意做出平常的神气，慢慢的道：“也好，也好。”就有人向他恭喜，他却忘其所以，也不回礼，便把筷子上的鸭子往人家嘴里直送，或是往人家耳朵里直塞。大家看见他欢喜的没有主意，便也不来招揽他。

不多一刻，又报说是“陆老爷中了”。陆老爷早已推说肚子痛躲在一旁，后来又被伍老爷一报，更是没了主意，已先在旁边恭桶上出恭，却并出不下来。坐的时候一大，却正有一个屎橛子拖了出来。一听见说是他中了，一跳就起，裤子也没提，拖在地下。因为陆老爷走得猛了，早已绊了一个跟头跌倒在地，那背后屎橛子还在那里翘然而立。大家不由得哄然大笑，也循例的道了喜。陆老爷定了定心，才重复去整治好了过来，对大家说话。大家还是说笑他，他也有意无意的道："不是这个讲究，我因为干结了，想要快点好，早灌进点风去活动活动就好了。"岑其身道："我明白了，这风一定是肚风。这个风颇不容易有，只晓得到底进去没有？"大家又笑，又回头来找伍老爷，问他夹着鸭子为什么往人家耳朵里乱送？伍老爷道："不是，不是，我是要腾出嘴来说话。不送掉这块鸭子，岂不要堵了嘴呢。"

话言未了，又报"戚老爷中了"。这戚老爷果然来的镇定，脸上也没有一点别致神气。大家正在那里佩服戚老爷还是那付神情，岑其身道："不要慌，还早哩，现在才报到五十三名，还有一大半呢。我们今天一夜不睡，还要等五经魁呢。"说话之间，已不知戚老爷到那里去了。岑其身便去找他，找到大门口，并未看见，只得回来。园子里有一棵大槐树，仿佛有个三尺高的东西在那里，赶紧过去一看，原来就是戚老爷。一个人藏在树背后发笑，笑得眼泪鼻涕都出来，弯着腰，想是揉肚子呢。岑其身不觉大笑，屋里的人早已跟了出来。戚老爷却是一笑不可收拾，赶紧想板过脸来，无奈五官都不听差遣。只觉得一种快乐的滋味，从心上直涌到脸上，喉咙里便不知不觉的笑了出来。看见大众来看，他很有点不好意思，好容易收束住了，抖抖衣裳，仍回到大家房里入座。

就从这位戚老爷报过之后，早是音信俱无。一直等到天亮，榜也发了，大家也毫无想头。中的自然是手舞足蹈，不中的自然是咨嗟叹息，这也不在话下。过得一日，中的还要拜老师，赴鹿鸣宴，很有几天忙。不中的便收拾行李，急急动身。岑其身尤其是归心如箭，无精打采的上了路，不多几日已到了家，大家各自往各家去。

岑其身一直到得自己门口，忽然看见一班和尚，穿了袈裟在那里合十膜拜，心里大惊，走进大门，早已看见儿子阿宝穿麻戴孝，不觉心里一跳，觉得一股凄惨从脚跟底下直透到眼睛里来，眼泪已是不由自主滚了下来。阿宝早已看见，喊道："爹回来了。"岑其身急到自己房门口，只见灵幡高挂，只"哎唷"了一声，也不问因由，便抢到灵帏里抚棺一恸。正在那个档里，大奶奶已晓得了，便同了萧姑奶奶走过来，假意劝了一回。岑其身先谢过嫂子的照拂儿女，方才问起病由。

萧姑奶奶道："说也可怜，二嫂子犯了乌痧胀死的。那时大嫂子急得没法子，各处求神许愿，请医生、拜菩萨，只没有用。最可怜是两个侄男女，只闪得一无依靠，实在伤心。"岑其身看见儿子阿宝，一看虽然是穿了一身重孝，鞋子已是没有底了，身上披了白衣裳，里面的衣裳也不晓得有没有？岑其身又忙问道："还有一个呢？"萧姑奶奶道："因为他住不惯，所以送到他外婆家去，听说养得倒很好。"岑其身又问："这一切费用都向那个借贷的？"萧姑奶奶道："那个肯借贷？亦就是你二哥的存款，我们替你省俭着用。不过我们商议，二嫂子在日也没有享过一天福，现在又是这样死了，这是他生平末了一件事，就算是他面上多化几个，也是应分。况且二哥以后飞黄腾达，也不干二嫂子的事，所以我们斟酌着，替二嫂子多念几天经，多放几天焰口。一者看看人的心，二者叫二嫂子的娘家也觉得好看，三则也还是称家有无的办法。总共如何用法，统共开了一笔清折，等二哥哥安歇一半天，我们就交过来罢。"

牛氏早又接口道："自那日出事之后，我是没有主意。妹妹回来才说，二嫂子为人是极好，如今短命死了。他到了我们家里，也没过一天快活日子，如今就是这一回了，总要给他风光点好。这才去招呼来这些和尚，替我摆个四十九天的道场。今天刚刚是第四十八天了，明天就圆满。恰好二弟回来了。"岑其身大惊道："这四十九天道场要多少钱呢？"牛氏道："我也不晓得，总之笔笔有账，都是姑奶奶开的，二弟只要看账就明白了。我的意思，反正是死人面上，难道还想在这里头赚钱么？"

岑其身道："不是这话，我是没有钱用，丧事虽要办，也还要称家有无。若单图死的好看，活的又怎样过呢？"牛氏道："男子汉大丈夫，再别说这钱的事。况且，像二弟这个人在外头去混，还怕弄不到钱？就是拉点亏空，又算什么。只是二弟将来无论发了多少财，也只好同新弟妇去快活，再不能够顾到他哩。就算是二弟情分厚，也不过拜上几天忏，烧化钱纸，那样九牛一毛的办法，二奶奶还要生气哩。我想，二弟今年虽是没中举，这是早晚总要中的。中了举，中了进士，会上去点了翰林，自然就不愁没钱用了，这几个钱又怎样呢？"岑其身道："看我这样，怕没这福分。"

牛氏道："别这样说，一路辛苦了，且歇息一回，我们再过来谈罢。"这事两个人一吹一打，走过自己房里，便去把账结了。一共结余三十二吊一百四十三文，便连钱连账通通送了过来。岑其身大略看了看，大半都是五虚六耗，但是关碍着嫂子妹子，也不便多说。这时候人财两空，坐在帐子里，盘算了一夜，不曾合眼。

第二日一早起来，料理房里东西，还有一个衣箱，打开来都是些小衣裳。首饰本来没有，银器也还有两件，这时是一样没有。又叹了一回气，便一直走出大门，往万家来看了小孩子，又问了一问大概情形。岑其身是心神扰乱，坐立不安，同了孩子一径回到家里，又拍着棺材哭了一回。忽然心上转了一念道：还是出了殡罢，省得他们再起新鲜花头。就来同牛氏并萧姑奶奶商议，两个人执定主意，说是要过了百日。岑其身拗不过他，也只得答应了。是四十九日道场已满，暂且把念经的事停了。岑其身算了一算，连出殡用度，这结余的钱已是不够，只得向同学朋友去借贷。也有答应的，也有不答应的，凑来也是不多几个。正没摆布处。恰好他的舅子万士民来了，岑其身还只当往日亲情，同他热落的很。那知道，万士民却另有一个主意，板着脸道："舍妹已断了七，也该出殡了。在家虽好，但一则火烛当心，二则死者亦以早些入土为安。所以特地过来请教妹丈，还是打算怎样？"岑其身道："我也本来打算早办，只是大嫂同舍妹要在家多停几日。又兼我是一钱不名，还要张罗几文才能办事，因此耽搁下来。"万士民道："若是妹夫舍不得出钱，我家也还发送得起。不过既许了岑府上，又生过子女，活着是岑家的人，死了是岑家的鬼。要是岑家的事要我万家办，也没什么不可以，但未免外观似乎有点不雅相。应该怎样，或是妹丈银钱为重，亦只管吩咐下来。我家虽俭，也还可以勉力应酬。"岑其身道："那里话来！无论如何为难，也要想法，岂要贵府化钱的？由我赶紧办就是了。"万士民道："可还有一句话，我妹子到了你家，苦也苦够了，这是末了一件事，总想老妹丈风光点些，就譬如行好事罢。至于你那两个孩子，总怪我们妹子，不该留这个遗孽。若是妹丈厌烦他，尽管送到我家去，这倒不必客气。"

岑其身被他气得手足发冷，但不便与他顶撞，只得极力的敷衍。他坐了一回，方才回去。岑其身一人在家里纳闷，忽然大奶奶又送过一张账来，是棺木装殓等用，共一百四十吊钱。岑其身格外发急，只得过去问牛氏道："弟妇的首饰同衣裳还有几件，不知现在藏在那里？"牛氏道："衣裳首饰均已入殓了。我是替二弟打算盘，所以没另外添置，就把家里的用了。"岑其身一身冷汗，一语不发，闷闷的走了回来。到了床上，一头放倒，叹了一口气道："我真要死了。"话言未了，只听见窗户外头喊了一声"二哥"。一掀帘子，早看见是萧家的姑奶奶了。岑其身只得起来，寒暄了两句，让他坐下。

姑奶奶来道："二哥这几天脸上甚是消瘦，本来一路辛苦，既落了第，又遭了事，心上总要放宽点才好。"岑其身道："真正倒运，这真是屋漏又遭连夜雨，行船更遇打头风。像我这样光景，如何又好死人哩？"姑奶奶道："可怜，可怜！二嫂子人是极好，且同妹子也极说得来。二嫂子模样亦不像短寿的。况且到了咱家，省吃俭用，如今竟是到了这个田地。不说二哥哥难受，就是妹子，也好几天不能睡哩。但是听见万家来催出殡，说起来日子也不少，也可以出了。家里房子少，火火烛烛不大放心，出了倒安稳些。"岑其身道："正是，正是，但是弄的一钱不名，空手打空拳，如何能得办事？"姑奶奶道："二哥熟人多，又拉扯得开，只要随便想想法子，也就够了。场面上只要下得去，难道还要十二分挑剔不成？"

岑其身道："不易，不易，如今世界上人，说起钱来，便同他有杀父之仇的光景。多半有因此绝交的。"姑奶奶道："这也是没法子的事，也只好下气去求求人家。"岑其身道："我想同妹子借一百吊钱用用，下余我再去凑，不知妹妹可能答应？"姑奶奶道："自己兄妹，要是妹子可以设法，断没有推托。不要说借，就是二嫂子面上，我送个一二百吊钱，也是应该。无如现在也正是没处设法。"岑其身道："我一定还，断断不敢宕欠。"

姑奶奶道："二哥不要多心，前月大嫂子定媳妇，妹子也还送过百十吊钱。这是二嫂子的大事，一样嫂子，难道妹子还分厚薄？但是手头现成，尽管用也不妨，实系现在一筹莫展。"岑其身道："妹妹照应点罢，如果不肯空口白话，就写张借据，或起个利息，统通可以。"姑奶奶道："二哥怎样说，妹子倒这样小气起来？去年是把万把银子去替妹夫捐了一个大花样的知县，分发云南，下余的又置了地，现在可真是没有钱了。我要哄你，我就不是人。"岑其身道："妹子没有也没法，我现在住的这几间房子，是我受分的。如今请妹妹去抵给大嫂子，以后我要有住处，我就搬去住；要一时没处住，我就出房钱便了。本来我想卖了，一者是不犯着便宜外人，再者搬了个外姓来，大嫂子那边也不方便。"萧姑奶奶道："也好，我去替你问问他罢。可是一句话，停过灵的房子，人家是有点犯忌讳的。大嫂子虽然不在乎这间房子，但是二哥哥是办正经事，帮忙也是应该，何况还有房子抵呢？就这样办罢，我去去就来。"

当下站起，走到牛氏房里叽咕了老大一回，方才回来坐下道："话是已经说了，大嫂子本来不要。后来我再三去说，方才答应了，只要二哥哥写一张归并据给他。以后再住就尽管住。大约每月按着一分五厘扣房租就是了。自己的家里人，大嫂子并不是一定要较量，实在大嫂子没钱，还要去另借。人家是一定要利息的，这房租就是拨给人家的利息。"岑其身道："好，好，费心得很，我就照办。可不知嫂子说了多少钱？"萧姑奶奶道："说了二百吊钱，他还不肯，后来费了多大的事才明白了。"

岑其身道："难道这房子就只值二百吊钱？"萧姑奶奶道："不是这样说，房子虽值几个钱，从来说得好，裁衣不值缎子价。况且二哥哥又不是卖的，将来原可赎还。妹子的意思，倒是轻点好。"岑其身道："那末，又何必要我写归并据呢？"萧姑奶奶道："那是他孤儿寡妇的算计，二哥将来赎屋，难道大嫂子还霸住不许赎么？"岑其身一心想要钱用，也没得法，只得答应了照办。又道："我不懂，我走的时候，箱子里大衣裳也还有十几件。就算是装殓了几件，还有好些，如今一件没有，不知道是怎样一回事？"萧姑奶奶道："都装殓了，那里还有多余？"岑其身道："我不信，这口棺材里会装得许多？"萧姑奶奶道："看着不大，装起来才晓得，妹子是亲眼看着办的，那里会错？”岑其身也不便再言，只得拣了一张纸写了一张归并据，放在桌上，又道：“前几天，万家人白说了多少闲话，不知道什么意思？”萧姑奶奶道：“我却有点晓得，万家常常有人到我家里，说二哥哥心太狠，只打算搁在家里，怕抬出去化钱。我听了心上很不愿意，我还着实抢白了他一顿。总之，我们办我们的事，别的不说，出殡这一天，一班僧、一班道士是要的；四邻亲戚来的人，饭是要吃的。坟上开圹破土的这些事，也很不少。我们的账房胡子廛是个老手，叫他来帮忙，决不得错，断不要你多化一个钱。如今，我先把你的钱据两交了再说。”便拿了归并据，径到牛氏房里。不到一会，果然由胡子廛送了一张二百吊钱的票子过来。

岑其身便同他商议出殡的事，胡子廛道：“二先生不要问，一切由我包办，断断不会有一点失错。”岑其身道：“大约要几个钱呢？”胡子廛道：“我已经开了一篇账，照账是万万不能少的了。”说着，便解开手巾包，取出一张白纸写的账目递过来。岑其身接到手里，从头至尾看了一遍，觉得大半都可不必，诸如请阴阳先生洗宅，以及鞭爆歌唱这些事。后来看到结总一笔，总结是实估钱一百九十八吊八百四十九，岑其身“扑嗤”笑道：“好，好，我总算还剩百十个钱。”嘴里虽说，心里却舍不得，就与胡子廛较量起来。

胡子廛也不多说，赶紧站起，请了姑奶奶过来。姑奶奶先看了一看账道：“这就很好，幸而胡先生是老手，第二个人，照这个价钱真办不下来呢！”岑其身道：“我是还要大大删减点好。”姑奶奶道：“算了罢，二哥哥！这是二嫂子的末了一件事，多就多两个罢，何必这样较量？此后不论二哥哥发了几十万的家私，还与二嫂子什么相干？”岑其身只是不肯，总要删减。

姑奶奶忽的一笑道：“我知道了，二哥哥是想多剩几个钱娶新嫂子哩。无论这个钱本是借了办丧事用的，亦断断不能去办别事。就是二哥哥要娶新嫂子，也应该另外打算，不应该在死嫂子面上去留新嫂子的地步。况且也要图个吉利，不嫌这钱来的背晦么？”岑其身道：“不是这话，死的死了，活的也要过。难道出了殡，我父子几个就可以不吃饭么？”萧姑奶奶道：“二哥哥，快别说这没气力的话。总而言之，这会的事，如果太不像样，不但是对不起死的，抑且叫外人看着笑话。妹子只好斗着胆替做了主罢。”便对胡子廛道：“你去照着单子办罢，诸事有我哩。”岑其身被他弄得没法，只是叹气。胡子廛答应一声，一径去了。姑奶奶又道：“二哥哥，看开些，你看那些做大事业的，那一个不是在亏空里钻出来的？这又什么要紧。”姑奶奶说毕，也就到牛氏房里去坐。这边办事，胡子廛果然按着单子去办。

出殡已过，岑其身是一家如洗，没得一点法子。忽然接得一封信。要知信内何事，且听下回分解。

图书在版编目(CIP)数据

黄绣球/(清)颐琐著. 糊涂世界/(清)吴趼人著
. -- 哈尔滨:黑龙江美术出版社, 2016.6
(中国古典文学名著丛书)
ISBN 978-7-5318-8584-9

Ⅰ. ①黄… ②糊… Ⅱ. ①颐… ②吴… Ⅲ. ①章回小说—小说集—中国—清代 Ⅳ. ①I242.4

中国版本图书馆CIP数据核字(2016)第136824号

黄绣球　糊涂世界

作　　者　颐　琐　吴趼人
责任编辑　陈颖杰　于　澜
出版发行　黑龙江美术出版社
地　　址　哈尔滨市道里区安定街225号
邮政编码　150016
发行电话　(0451)84270514
网　　址　www.hljmscbs.com
经　　销　全国新华书店
印　　刷　三河市腾飞印务有限公司
开　　本　720×1020　1/16
印　　张　16
字　　数　280千字
版　　次　2016年6月第1版
印　　次　2019年4月第2次印刷
书　　号　ISBN 978-7-5318-8584-9
定　　价　40.00元